重现经典

重现经典

《一月十六日夜》　　　　《情迷六月花》

《已故的帕斯卡尔》　　　《革命之路》

《血色子午线》　　　　　《能干的法贝尔》

《阁楼上的狐狸》　　　　《亡军的将领》

《萨巫颂》　　　　　　　《校园秘史》

《老妓抄》　　　　　　　《居辽同志兴衰记》

《路》　　　　　　　　　《破碎的四月》

《禅与摩托车维修艺术》　《梦幻宫殿》

《平原上的城市》　　　　《施蒂勒》

《穿越》　　　　　　　　《母猪女郎》

《天下骏马》　　　　　　《孤独天使》

《猜火车》　　　　　　　《孤独旅者》

《源泉》　　　　　　　　《血橙》

《阿特拉斯耸耸肩》　　　《猎鹰者监狱》

《人民公仆》　　　　　　《跳房子》

《瓦解》　　　　　　　　《魔法外套》

《荒原蚁丘》　　　　　　《捕蜂器》

《神箭》　　　　　　　　《牙买加飓风》

《相爱一场》　　　　　　《看电影的人》

《鞑靼人沙漠》　　　　　《相约萨马拉》

《面纱》　　　　　　　　《情陷撒哈拉》

《邮差》　　　　　　　　《曼哈顿中转站》

《斜阳》　　　　　　　　《秘密花园》

《金色夜叉》　　　　　　《美丽新世界》

《飞越疯人院》　　　　　《穿裘皮大衣的维纳斯》

One Flew Over the Cuckoo's Nest

飞越疯人院

〔美〕肯·克西（Ken Kesey）◎著

胡红◎译

重庆出版集团 重庆出版社

ONE FLEW OVER THE CUCKOO'S NEST BY KEN KESEY

Copyright © Ken Kesey, 1962
Copyright renewed Ken Kesey, 1990
Copyright © The Estate of Ken Kesey, 2002
Introduction Copyright © Robert Faggen, 2002
All rights reserved including the right of reproduction in whole or in part in any form.
This edition published by arrangement with Viking, a member of Penguin Group (USA) Inc.
Simplified Chinese edition copyright © BEIJING ALPHA-BOOKS.CO.,INC.,2014
All rights reserved.

版贸核渝字（2013）第189号
图书在版编目（CIP）数据

飞越疯人院 / (美) 克西著 ; 胡红译. –– 重庆 : 重庆出版社, 2014.10
书名原文：One flew over the cuckoo's nest

ISBN 978-7-229-07306-0

Ⅰ.①飞… Ⅱ.①克… ②胡… Ⅲ.①长篇小说－美国－现代
Ⅳ.①I712.45

中国版本图书馆CIP数据核字（2014）第203423号

飞越疯人院
FEIYUEFENGRENYUAN

〔美〕肯·克西　著
胡红　译

出　版　人：罗小卫
策　　　划：华章同人
出版监制：陈建军
策划编辑：张慧哲
责任编辑：王春霞
责任印制：杨　宁
营销编辑：刘　菲　王丽红

重庆出版集团
重庆出版社　出版
（重庆长江二路205号）

投稿邮箱：bjhztr@vip.163.com
北京联兴盛业印刷股份有限公司　印刷
重庆出版集团图书发行有限公司　发行
邮购电话：010-85869375/76/77转810

重庆出版社天猫旗舰店
cqcbs.tmall.com
全国新华书店经销

开本：850mm×1168mm　1/32　印张：13　字数：276千
2015年1月第1版　2015年1月第1次印刷
定价：39.80元

如有印装质量问题，请致电023-68706683

近世西风东渐，自林纾翻译外国作品算起，已逾百年。其间，被翻译成中文的外国作品，难以计数。几乎每一个受过教育的中国人，都受过外国文学作品的熏陶或浸润。其中许多人，就因为阅读外国文学作品而走上文学创作的道路，比如鲁迅，比如巴金，比如沈从文。翻译作品带给中国和中国人的影响，从文学领域渗透到社会生活的各个方面。从某种意义上可以说，是翻译作品所承载的思想内涵把中国从古老沉重的封建帝国，拉上了现代社会的轨道。

仅就文学而言，世界级的优秀作品已浩如烟海。有些作家在他们自己的时代大红大紫，但随着时间的流逝而湮没无闻，比如赛珍珠。另外一些作家活着的时候并未受到读者的青睐，但去世多年后则慢慢被读者接受、重视，其作品成为文学经典，比如卡夫卡。然而，终究还是有一些优秀作品未能进入普通读者的视野。当法国人编著的《理想藏书》1996年在中国出版时，很多资深外国文学读者发现，排在德语文学前十位的作品，竟有一多半连听都没有听说过。即使在中国读者最熟悉的英美文学里，仍有不少作品被我们遗漏。这其中既有时代变迁的原因，也有评论家和读者的趣味问题。除此之外，中国图书市场的巨大变迁，出版者和翻译者选择倾向的变化，译介者的信息与知识不足，时代条件的差异等等，都会使大师之作与我们擦肩而过。

自2005年4月始，重庆出版社大力推出"重现经典"书系，旨在重新挖掘那些曾被中国忽略但在西方被公认为经典的文学作品。当时，我们的选择标准如下：从来没有在中国翻译出版过的作家的作品；虽在中国有译介，但并未得到应有重视的作家的作品；虽然在中国引起过关注，但由于近年来的商业化倾向而被出版界淡忘的名家作品。以这样的标准选纳作家和作品，自然不会愧对中国广大读者。

随着已出版书目的陆续增加，该书系已引起国内外读者的广泛关注。应许多中高端读者建议，本书系决定增加选纳标准，既把部分读者熟知但以往译本存在较多差误的经典作品，以高质量重新面世，同时也关注那些有思想内涵，曾经或正在影响着社会进步的不同时期的文学佳作，力争将本书系持续推进，以更多佳作满足不同层次读者的需求。

自然，经典作品也脱离不了它所处的时代背景，反映其时代的文化特征，其中难免有时代的局限性。但瑕不掩瑜，这些作品的文学价值和思想价值及其对一代代读者的影响丝毫没有减弱。鉴于此，我们相信这些优秀的文学作品能和中华文明继续交相辉映。

丛书编委会

修订于2010年1月

序言

　　二十世纪五十年代末，精神病学的声名在美国人的想象力中达到了巅峰。华盛顿特区的圣·伊丽莎白医院收治了七千多名病人，成了一座乌托邦式的丰碑，意在标榜将精神疾病患者从社区隔离进行治疗的卓越功效。根据玛丽·简·沃德的小说《蛇穴》改编的1948年的同名电影将精神病医生描述为一位救世主，拯救了在精神病院饱受磨难的妇女。如果人的精神能够如此放荡不羁而导致形成多重人格，那么拥有爱心的精神病医生则一定能够解除心魔，让分裂的人格重新合一，就如同演员李·科布在1957年的电影《三面夏娃》里表现的那样。精神病医生是理智和秩序的骑士，将年轻女孩从无处不在的心魔中解救出来。

　　但是到了二十世纪六十年代，精神病医生和精神病院则成了魔鬼。曾受训于布达佩斯的精神病学家托马斯·萨兹在其《精神疾病的秘密》（1960）一书中突然对自己曾接受的培训发难，声称精神疾病的说法"不仅没有科学价值，而且有害于社会"。R.D.莱恩在《分裂的自我：对健全与疯狂的生存论研究》中认为，精神病人经常通过装疯卖傻、作践自己和作弄医生来达到牵制并躲避危险人群的目的。米歇尔·福柯的《疯癫与文明》（1961）记录了精神病院的诞生，并且认为疯癫的现代概念就是一种实施控制的文化发明：曾经被认为是社会和荒唐人生一部分的疯子们被视为一种威胁，他们被隔离到了精神病院里，变得悄无声息。社会学家欧文·高夫曼的《疯人院》将精神病院，特别是华盛顿的圣·伊丽莎白医院描述成建立于某种权力机制之上的机构，在这种机制中，病人被贬低并非为了治愈疾病，而是为了维护精神病治疗专家的权力和威信。高夫曼得出结论说："精神病人发现自己处境尴尬。为了离开医院，或是在医院的日子好过一点，他们必须接受精神病院安排给他们的位置，而这样的安排是为了支持把这场'交易'强加给他们的那些人的职业角色……精神病人会发现自己被一个让其他人日子好过一些的过于沉重的服务理想给压碎了。"

这些著作将精神病学和精神疾病视为在科学的面具掩盖之下的社会净化的工具，几乎没有诊断或者治疗的价值。治疗意味着内化某个社会的道德准则，而不是对于疾病的诊治。尽管上述著作在知识界中颇具知名度和影响力，然而却欠缺广泛的冲击力，无法与一本从1960年开始创作的小说相比。这部小说的作者是一位二十四岁的写作班学生，他那时正在一家精神病院值夜班，并且参与政府资助的药物实验。肯·克西并未打算写一部有关精神治疗的专著（当时电疗的作用还处于争论之中），或者纠正任何政治错误。他的性情太倾向于无政府主义和恶作剧，因而不太可能提出某种社会学的或者政治上的预案。当他在斯坦福大学附近的门罗帕克老兵医院的精神科病房工作时，他对病人们产生了同情，开始质疑之前所确立的疯癫与否的界线。他开始考虑发疯是否意味着服从于一个无思想的制度，抑或是试图彻底摆脱这一制度。在《飞越疯人院》一书中，精神病人斯甘隆一语总结了高夫曼的论文或关于悲剧的现代定义："地狱一般的生活，你接受是诅咒，不接受也是诅咒，把一堆这样胡乱地捆绑在一起，真是该死。"你可以选择服从，然后获得释放；也可以保持你的骨气，但一直被留在病房里。

肯·克西认为当时颇为流行的"治疗性团体"是一种强迫人的内在精神适应他人的理想外在环境的方式。按照这一实践，病人们互相吐露秘密，以努力使病房"尽可能像……民主、自由的社区——一个内部小世界，这是某一天你将会重新占一席之地的那个外部世界的缩影"。治疗性团体成了一种强迫手段，假意为了民主大众的福祉而帮助人们，但其实只是服务于平庸的大多数，以及为达到自身目的而不择手段的机构管理者。在《飞越疯人院》中，克西把精神病房变成了战后美国社会所实施的控制手段的象征。

肯·克西是一位成功的乳制品农场主之子，曾就读于俄勒冈大学的戏剧专业，并是该校的明星摔跤手。1956年毕业以后，他写了一本名为《秋末》的有关大学体育的小说，并且在好莱坞待了一年，企图涉足电影行业。之后克西得到了前往斯坦福大学学习写作的"伍德罗·威尔逊奖学金"，和妻子弗伊搬到了帕拉阿托市帕瑞区的波西米亚人聚集地。克西开始创作一本名为《动物园》的小说，书中主人公是个乡下的男孩，一名橄榄球运动员，成了旧金山北岸区"垮掉一代"社区的一分子。《动物园》的影响没有达到克西的预期，但是该书为他赢得了著名的"斯蒂格纳奖学金"，使他有幸得到瓦勒斯·斯蒂格纳、弗兰克·奥康纳，特别是马尔科姆·考利等人的教诲。马尔科姆是位具有传奇色彩的编辑，曾经推出了福克纳和杰克·凯鲁亚克的作品，后者的作品《在路上》于1957年出版。成为一名叛逆者的克西很少参加一般的讲座，而是在家中或其他地方举行座谈，和其他具有天赋的同辈分享作品与思想，这些同辈包括格尼·诺曼、罗伯特·斯通、拉里·麦克莫特里、肯·巴博和温德尔·伯里。克西在帕瑞区的某位邻居是心理学的研究生，名叫维克·拉维尔，他是艾伦·金斯堡和理查德·阿尔伯特（后来的拉姆·达斯）的朋友，他告诉克西有关政府在当地老兵医院进行精神药理学实验的事情。克西于1960年春天开始参与这些实验。大约在同一时期，有个人跑到了克西的家门口，开一辆变速器漏气的吉普车，说话飞快、滔滔不绝，还把自己的变速器拆得七零八落。这人叫尼尔·卡萨迪，是"垮掉一代"的缪斯，《在路上》中人物狄安·莫里亚蒂的雏形，他在圣昆丁监狱坐了两年牢，刚刚放出来，并未真正在路上很久。他一直都没有向克西解释是什么让他坐牢，但是四年以后，他将驾驶克西的巴士，载着"快乐的恶作剧者"环游美国。野性被禁闭已久，西部等待着探索。

　　禁闭、控制和孤独准确地描述了冷战时期的黑暗情绪，当克西进入斯坦福的时候，周围仍然寒意十足。虽然麦卡锡自己失败了，但HUAC也就是"非美活动委员会"仍在审查大学教授和其他人的政治忠诚度。共产主义的"幽灵"如此不可捉摸而难以控制，导致了一种怀疑和沉默的文化，特别是在那些有事隐藏和害怕被误解的人中间。"制度遵从"成了二战之后备受赞誉的小说以及流行的社会学所关注的主题。拉尔夫·埃利森的《看不见的人》（1952）描写了一个挣扎于白人的遵从和黑人的不遵从之间的男人，在看不见的孤独中备受折磨。诺曼·梅勒的《裸者与死者》（1948）和詹姆斯·琼斯的《从这里到永恒》（1951）渲染了军队的遵从和单一对个体力量的削弱，而斯坦利·库布里克的电影《光荣之路》（1957）则显示了在军队等级制度中军事法的残酷。二十世纪五十年代的社会学文献也对孤独和遵从等问题的界定产生了同样巨大的影响。大卫·理斯曼的《孤独的人群》（1950）提出在中产阶级的美国有两种主要的社会角色——内在的和外在的，并分别使用内在"方向仪"和"雷达"做比喻，描述并且强化了人类异化为类型和机器的事实。理斯曼也强调了通过各种否定性自我评价的策略所实施的文化控制。威廉姆·怀特的《组织人》（1956）描述了二战以后强盗资本家如何壮大起来，通过组织完善的社团来同化美国。个人简化为分类后的数据困扰着克西，就好比它给金斯堡的《嚎叫》（1956）和威廉·巴洛斯的《裸体午餐》（1959）提供了燃料，这些作品描述了美国末日狂欢的景象。

进入迷幻的状态能把个人从文化残缺的效应中释放出来，

这激发了金斯堡和巴洛斯的想象力。肯·克西参与政府资助的迷幻药实验成了一个寓言，表明了政府利用科学和技术控制世界的企图和这种企图的失败。冷战时期，政府极力吹捧科学，甚至利用了人们担心科学发展会使得世界失控的恐惧。让原子弹成为现实的天才计划却激发了对于核扩散的巨大恐惧，并且直接引发了冷战。设计原子弹并实施战后恐怖政治的奥本海默很快就因为想要停止氢弹的制造而成为恐惧和怀疑的目标，失去了从事机密工作的资格。阿尔弗莱德·金赛量化人类性行为的努力同样具有讽刺意味。他的研究成果，也就是人们熟知的《金赛性学报告》，看起来颠覆了美国家庭的理想，因此被主流报纸拒之门外。《生活》杂志称《金赛性学报告》是对"作为社会基本元素的家庭的攻击，对于道德的否定，对于放纵的宣扬"。有意思的是，很可能就是因为声称超过四分之一的中产阶级白人妇女四十岁之前和别人通奸过，一半的中产阶级白人妇女都曾有过婚前性行为，金赛的报告成了畅销书。尽管性行为特别是同性恋行为开始和颠覆性以及对隐秘东西的恐惧联系在一起，但它们在人类生活中是难以驾驭的，就算可以测量，却无法被控制。

二十世纪五十年代中期也见证了美国中央情报局对于麦角酸、三甲氧苯乙胺和其他迷幻药的各种实验项目。中央情报局希望开发控制大众思想的手段，作为冷战中的武器。虽然并非所有想要LSD[1]的人都能弄到它，LSD还是成了反主流文化魅影中艺术家、作家和演员们的话题。金斯堡设法参与了在斯坦福大

1　麦角酸二乙基酰胺，一种药力极强的迷幻剂，简称LSD。

学进行的LSD实验，最终写了一部惠特曼风格的、洋洋洒洒的"颂词"，描述LSD强化空虚的疏离和夸大妄想症的力量："我，艾伦·金斯堡，一个独立的自我/想要成为上帝的我。"金斯堡和其他人的问题是LSD到底让人精神错乱还是洞彻世事。克西自愿参与在门罗帕克医院进行的政府资助的药物实验，得到七十五美元的报酬，服用LSD、二苯甲烷、三甲氧苯乙胺和IT-290。不久，这些药物流入了帕瑞区，并最终进入了美国大众主流文化。政府里的精英们也无法控制药物的"平民化"。正如克西自己在1987年说的那样："政府要求我们，'嘿，到那边的那个小盒子里去。'那个小盒子里有我们没勇气进去拿的东西……然后他们又说，'不要让他们再回到那个盒子里去！'"《飞越疯人院》中的药物不是为了治疗，而是要让人上瘾，从而守规矩并消除自由的意志："拉契特小姐会让我们都靠着墙站成一排，在那里我们将面对填满枪膛的枪，她已经在里面装了眠尔通！氯丙嗪！利眠宁！三氟啦嗪！镇压！用镇静剂把我们都消灭。"

克西后来在《飞越疯人院》的创作中预言了迷幻药文化。酋长布罗姆登的传奇在克西服用了"拍约他[1]"后，在头脑中成形，然后加以充实。后来，克西修改了小说及其人物，尤其是布罗姆登这个角色，减少了药物对小说创作的作用。药物也许开启了几扇门，但是那些形象主要来自东方神秘主义、莎士比亚、陀思妥耶夫斯基和麦尔维尔，而不是那些药丸：

在作为似乎是灵光乍现的天才（即使不是绝顶天才）的

1　制自墨西哥一种仙人球的麻醉剂。

预言者混了很多年后，我被告知某位神灵有点被激怒了，因为电报员过于傲慢而将收到的信息作为自己的成绩，就像是收报员自己发出的信号似的。"布罗姆登先生要求你不要再以他的创造者的口吻说话，"我被告知，"停止吧，否则小心变成你自己的虚荣荒唐事的猎物。"（《克西的跳蚤市场》，维京出版社，1973年，第14页。）

　　称酋长布罗姆登为精神分裂症患者，如同很多评论家所做的那样，恰恰是用小说所质疑的操控一切和居高临下来减少这个人物自身的想象天赋和幽默感。布罗姆登是本书的第一个傻子和杂耍者。当他在书的开头说"就算事情压根儿没发生过，我说的也都是真的"，他说出了欺骗艺术的精华所在，一个道出真理的谎言。杂耍者是北美印第安人文学和欧洲文学中无所不在的人物，以他们的狡黠、不可靠、颠覆所有的等级观念、愚弄周围人的同时也愚弄他们自己的自嘲性而著称。他们展示着原始和被遗忘的过去的力量，来撼动过多文明所造成的过于平静的秩序。布罗姆登骗得周围的人相信他又聋又哑，但是他也因此让自己身陷其中，也许要找回他自己的唯一方法，就是通过那种曾导致他成为"正在消失的美国人"和一个"连自己的影子都害怕的六英尺八英寸高的扫地机器"的暴力形式。灭绝的威胁和把一个强壮的人简化为机器似乎是那个难以捉摸的"联合机构"的杰作之一，"联合机构"是一个通过同化个人来实现自身利益的实体，是一个对于阻挡其前进的任何东西都无情鞭打、切割和清除的机器。布罗姆登似乎是这机器及其目标的一个不合拍甚至有些破损的零件。

布罗姆登对于"联合机构"及其机器的看法是他的旧日伤口造成的：政府建设水电大坝使得他的家族部落失去了捕鱼的地方。在梦境中恐慌的一刻，他将"联合机构"的隆隆声描述为"很像你深夜站在巨大的水电站大坝上听到的声音，展示着那股低沉、无情而残忍的力量"。他听到工人们"流畅地贴身经过其他人，他们的身体贴得那么近，我甚至听到了濡湿的身体撞击的声音，就像鲑鱼尾巴拍打水面时发出的声音"。之后，在又一次令人打战的恐慌中，他回忆"美国内政部用一个碎石机埋葬了我们的小小部落"。这大坝就是机器的一部分，影响了人和鱼的机器，他们（它们）都难以抵御它的力量，破坏他们（它们）生活方式的力量。克西有关印第安人的经历和对于破坏力的义愤，在遭遇门罗帕克老兵医院很久之前就开始了：

> 我爸爸曾带我去观看在北俄勒冈举行的彭德莱登牛仔竞技大赛。他会让我独自待在那里一两天。我会和居住在那里的印第安人一起玩。我通常坐长途巴士回去，经过哥伦比亚河谷，他们正在那里建设达尔斯大坝，以便给俄勒冈的那个地区供电，灌溉田野。但是大坝会淹没赛理罗瀑布区域沿着哥伦比亚河的古老捕鱼地。政府在用脚手架建大坝。当我第一次来俄勒冈时，我曾看见印第安人站在那些脚手架上用三齿鱼叉叉那些试图跳上瀑布的鲑鱼。政府已经买下了他们的村落，把他们搬到了路对面，并在那里给他们盖了新的小屋。（肯·克西访谈录，《巴黎评

论》，1994年春）

一次，当克西和他父亲离开彭德莱登牛仔竞技大赛赛场时，一个印第安人咬着一把刀，故意撞上了迎面开来的一辆给大坝工程运送管子的柴油卡车。这起自杀行为给克西留下了深刻的印象，他亲眼看见了有人愿意为了捍卫一种生活方式而做出最大的牺牲，而这种生活方式是任何开发商都不能用钱买走的。用一种也许不太恰当的比喻，印第安人体现了梭罗的观点——"在野性里蕴藏着世界的救赎"。大坝代表着破坏一种生活方式以服务于另一种生活方式的机器。在克西的世界里，精神病院执行了类似的任务。但是自然不也一样吗？这部小说的名字取材于一首摇篮曲，戏谑地邀请对文明和自然的机制进行比较。杜鹃窝也许仅仅是疯人院的一个趣名（也是女性生殖器的俚语），但一般将杜鹃和疯癫联系在一起主要是因为杜鹃令人不解又残忍的行为。在自然界里，杜鹃把它们的蛋放在别的鸟窝里，每个窝放一个蛋。由于新生的杜鹃和其他的继兄妹间没有联系，它会把其他的蛋甚至活的小鸟扔出去。这是一个被遗弃者变成暴君的过程，无序、错置和竞争主宰了任何合理的设计。达尔文认为杜鹃的行为是一种本能，从而辩说自然的规律是物竞天择而不是神的仁慈设计。所有东西都在一定程度上被自然的手段所毁灭：印第安人用古老的捕鱼技巧引诱和捕捉毫无戒备的鲑鱼；鲑鱼被引诱游到上游产卵然后死去。文明的陷阱和自然的陷阱又有什么不一样呢？

疯人院里最有知识的病人哈丁认为没有什么大的区别。他赞扬疯人院的秩序让他想起自己在达尔文所谓的捕猎者和猎物机制中所扮演的角色："这个世界……属于强者，我的朋友！我们存在的仪式是基于强者通过吞噬弱者而变得更加强大。我们必须面对这一切，不是说这是对的，而是说就该是这样的，我们必须学会将它作为自然世界的法则来接受。兔子们接受它们在这一仪式中的角色，接受狼作为强者。为了自卫，兔子变得狡猾、容易受惊、难以捕获，当狼来时它能够挖洞躲藏。它忍耐着这一切，持续前行。它清楚它的位置。"由于对世界的这种僵化的看法，哈丁有可能把自己的生活变成一部迪士尼的卡通片。哈丁成了某种少见的知识分子的缩影，他们本来是一艘空船，但由于生活在一堵墙后，这堵墙帮他们界定了自己。自然也许残酷，但相比于那些试图摒除异质的单一制度，它还是有更多自由的。克西与这种单一性斗争，也和那些试图驯化人类精神的野性和不可预测性的人进行着斗争。

精神病医生在《飞越疯人院》中是处于边缘的。病房体现了中层管理者的噩梦，布罗姆登把护士拉契特想象成了确保"联合机构"及时高效运转的小喽啰。她的名字就暗示了她作为一个齿轮爪的角色，只允许齿轮朝着一个方向转动。她越生气，就越像机器，也就越滑稽："……于是这下她真的放开了，在她涂抹着脂粉的脸上，微笑扭曲成了肆无忌惮的咆哮。她膨胀得越来越大，宛如一台巨大的拖拉机，以至于我能够闻到她体内机器的味道，就像你能闻到超载的汽车所散发出的气味。"布罗姆登发现拉契特的包里没有作为人的迹象——"没有粉盒、口红或其他女性用品，但却似乎塞满了许许多多今天她准备履行职务时使用的零部件——车轮和齿轮、擦得冰冷锃亮的嵌齿、像瓷器一样微微发光的小药片、针头、镊子、钟表匠用的钳子、铜线圈……"他把她看作一个卡通或者喜剧人物，隐藏在她选择的面具下。

作为大护士她有时候显得可笑，但是她的操纵技能和通过含沙射影进行破坏的能力，使她成了一个阴险的、令人愤怒的工具。她以一种不可动摇的貌似神圣的虔诚执行着自己冷漠的职责。一个前军队护士——作为军队的一分子，她丝毫不带感情色彩地工作，像清教徒那样掩盖自己的性征，显得不可捉摸、不近人情、面目可憎。她代表一种渲染泛滥温情的文化，就是装腔作势的作风被带到了工作场合，来填补那里由于缺乏强势精神或者道德权威而造成的真空。为了让女性安分守己而灌输给她们的虔诚和为公益奉献的精神，在她的手里成了权力和阉割的武器。这个捕食猎物的慈善之兽利用精心测算的利益安抚病友，让他们不知所措。哈丁赞扬她，强调说："她甚至在周末休息的时候还慷慨地在城里做志愿者，以进一步造福人类。她会准备各种各样的慈善物品——罐头食品、奶酪、肥皂等——送给经济上有困难的某对年轻夫妇……这对夫妇对于她的善行永远感恩戴德。"的确她的慈善行为并非她分内的义务，而她对感官愉悦的排斥代表着一个清教徒的社会对于其所不能控制的东西的恐惧。她无意识地仍受制于那个社会。

布罗姆登很清楚地表示，如果真的有一个最大的恶棍，那就是"联合机构"："……不仅仅是大护士一个人，而是整个'联合机构'，全国范围内的整个'联合机构'，才是真正的巨大势力，而大护士不过是他们的一个高级职员。"然而，布罗姆登和哈丁都没有指出是联合机构或者其他的东西导致一些人疯了，丧失了行为能力，而另外一些人却能够超越他们自身的局限性和眼前的障碍。《飞越疯人院》中根本的对立面不是疯癫和清醒，而是自由与不自由。克西的作品所提出的问题是在一个被无情又无形的机器所控制的世界里，自由究竟意味着什么。

在这个机器一般僵化而病态的世界里，杂耍者兰道·帕特里克·麦克墨菲从天而降，一个红头发的危险品，就像布罗姆登（和哈姆雷特）一样，假装疯癫，目的是为了逃避通过劳动来偿还债务的伟大的美国游戏。一个自信的人，一个新教职业伦理和资本主义精神的蹩脚模仿者。麦克墨菲激发了病房其他病友的信心，同时也赚走了他们的钱："他是一个流浪者、一个四处游荡的伐木工，后来部队招收了他，教会他一件他最有天赋的手艺，就像他们教会一些人行骗，另一些人游手好闲一样。他说，他们教会了他赌博。从那以后他就专注于把自己奉献给各种层次的纸牌游戏。"他也许可以是《正午》中撼动大多数人弱点的警官威尔·肯，但是他的非道德性使得他太难以捉摸，从而无法成为某一事业的英雄。他在朝鲜战争中服役的记录了他能谱写英雄事迹的光环，但颇为讽刺的是，他成功地组织了囚犯从朝鲜监狱逃跑，自己却进了美国的监狱。有关他的任何高尚理想都会很快被他的野性和性暴力的幽灵所打消："兰道·帕特里克·麦克马里，由州政府从彭德莱登劳改农场送到本院来进行诊断和可能的治疗，三十五岁，从未结过婚，因为在朝鲜囚犯集中营领导了一次成功的越狱而获得杰出服役十字勋章，之后因为不服从命令而不光彩地被部队开除，接下来是一连串的街头斗殴和酒吧打架的历史，以及因为酗酒、攻击殴打他人、扰乱治安、再三赌博而数次被捕，还有一次逮捕是因为——强奸。"尽管他声称指控他的是法定强奸[1]，但是没有人知道该相信他多少，他似乎也不是很在乎。他用狂野而粗鲁的笑声来应对所有试图驯服他的清规戒律，暂时激活了疯人院死寂的世界。正如麦克墨菲名字的缩写所暗示的"每一分钟都在革命[2]"，他让任何权威——甚至是他自己——都不能长期占据权威的宝座。最终，他最大的把戏也许就是阻止了别人为了获得救赎而过分依赖他。

麦克墨菲大踏步走进病房，就像一个田园牧歌里的巨人，意在让城市世界的精致显得荒谬，他浑身散发民主党人甚至人民党人的气息，但他其实两者都不是。他很男人，带着"从田里来的人的尘土味、汗味和劳作的味道"，与此形成对比的是病房里"杀菌剂、锌药膏、脚气粉、尿臊味和老年人的酸臭粪便味、宝宝乐婴儿软食的味道和眼药水的味道……机油的香蕉味，以及有时候会有的烧焦了毛发的味道"。他追随凯鲁亚克的狄安·莫里亚蒂的精神，其"聪明是……耀眼而完整的，没有令人疲惫的知识分子的负担。而且他的'犯罪性'又并不令

1　在美国，如果与未到法定结婚年龄的人发生性关系，即使对方事先同意，也可能被判强奸罪，称为法定强奸（statutory rape）。

2　英文是Revolutions Per Minute，而麦克墨菲的全名为Randall Patrick McMurphy，缩写为RPM，与前句缩写相同。

人愤怒或嗤之以鼻；它是美国式的快乐，发自内心的野性的爆发；它是西方的，西风……我所有的纽约朋友都处在消极的、噩梦般的位置上，他们要记录社会，并给予社会来自陈旧书本的或政治的或心理分析的理由，但狄安仅仅是在社会中飙车，渴望面包和爱情，他不在乎其他的东西，'只要我能够把那个带着某样小东西的小老朋友放到她的两腿之间，天哪'，并且'只要我们还能吃，孩子，我吗？我饿了，我饿死了，我们现在就吃吧!'……"

哈丁的智力和教养让他像是急性病人部的主席，他居高临下地嘲笑麦克墨菲对于弗洛伊德和荣格的无知，但是麦克墨菲用他在农场习得的智慧使哈丁学校男孩似的书呆子气相形见绌。麦克墨菲把病房想象为斗鸡场，其权力属于能够把其他所有鸡的眼睛都啄出来的那只鸡。对这个颇具讽刺意味的社会达尔文主义，他加入了自己很有见地的弗洛伊德式的分析，将大护士比作一只大鸡，一个专制的阉割器，以文明的名义啄食病人们的命根子。在他看来，她是一个"割卵蛋的屠夫"。"我见过成千上万这样的人——老的、年轻的、男人和女人。他们散布在全国各地，在人们的家里——这些人竭力使你感觉弱小，以便你能听从他们的命令，遵守他们的规则，按照他们希望的方式生活。"麦克墨菲愤怒了，他的怒火从冷静的外表和冷眼旁观的背后燃烧出来，卷向使人软弱无力的控制和逼迫。并且因为其受害者没有意识到这种迫害，其怒火愈加炽烈。

麦克墨菲张扬地和失败者团结一致，是他最让人消除戒心的把戏之一。他既为自己也为别人，理所当然地成了病房里的第一猛男，或者像他说的那样——"疯子老大"，可以将一切为己所用的那种人。他成了蛊惑人心的政客，在给予周围的人他们想要的东西同时，也扩大了自己的权力："一个顶尖骗子的秘诀在于能了解你想要什么，以及如何让你觉得你正在得到你想要的。"他鼓励周围的人开怀大笑而不要怨天尤人："我能听到的就是抱怨、抱怨、抱怨，抱怨大护士、工作人员或者医院。斯甘隆想要把整个地方都炸了，塞弗尔特抱怨他的药片，弗雷德里克森抱怨他的家庭问题，你们不过是在推卸责任。"但是麦克墨菲也说他之所以能成为一个"具有奉献精神的爱人"，要怨那个他童年时遇见的九岁女孩，"她教会了我爱，保佑她那甜美的小屁股"。这个"抱怨"实际上是对情欲力量的赞美。麦克墨菲远非一个理想主义者或者大公无私的英雄，他很实际地劝导大家"有时候你不得不勉强屈服来保护你自己的利益啊"，但是他自己却没有遵照执行。病房里其他的病友信服他的天才，却忽略了他自身的恐惧和弱点。只有从布罗姆登的视角，我们才得以看到那个复杂多面的麦克墨菲："我认识到他能做和他的脸和手不相吻合的事情，例如在职业治疗时用真正的颜料在一张空白的纸上画一幅画，尽管那纸上没有任何线条或号码提示他在哪里画；或者用行文流畅的手给某个人写信。像他这样的人怎么会画画或者给人写信，或者像某次我所看到的那样，居然在收到一封回信时如此难过而担忧呢？……他从来没有让他的外表来限制他只能这样或那样去生活，也没有任由'联合机构'碾磨他来适应他们想要他适应的事情。"

克西想象着在小说的中心有一种强烈的戏剧冲突，但是也许在这一冲突里我们所见的，如同斯甘隆所见的那样，无非是所有的选择都代表着失败。他从希腊悲剧，特别是《安提戈涅》及其对于个人拒绝服从国家秩序之后果的描述里得到暗示。但是克西发现自己也沉浸于麦尔维尔的戏剧冲突里。令人恐惧的大白鲸化身为"联合机构"和它的工具大护士。在这样一个非人的世界里，也许只剩下背叛者和被逐出者会去追讨人性。在《白鲸》里，船长艾哈伯成了那个受伤的煽动者，带领着他的船队去追逐一个幽灵。在《飞越疯人院》里，麦克墨菲带着他的人进行了一次更为有趣的钓鱼活动。在他们去渔船的路上，哈丁转向麦克墨菲，说出了令人震惊的观察："我以前从未意识到心理疾病也能产生力量，想一想：也许一个人越疯狂，他就变得越有力量，希特勒就是一个例子。什么事都要求合情合理就会让人头昏脑涨，不是吗？那真是精神食粮一般的警句啊。"麦克墨菲曾拿自己那大白鲸图案的黑短裤开玩笑，说是一个俄勒冈州立大学的女学生送的，"她说我是一个象征"，这无疑是象征那个储存精子的庞然大物。但是如同麦尔维尔的大白鲸一样，麦克墨菲也是一个难以捕捉的幽灵。在麦尔维尔和克西那里，美好与邪恶的巨大冲突成了模棱两可的形象的交替，黑与白的结合。

克西唤醒了麦尔维尔作品里的人物，如沉默的抗拒者巴托比、化妆的骗子，以及高贵而神秘的魁柯来体现酋长布罗姆登，并探索在一个残酷的世界里保持尊严的可能性。比利·彼比特的命运让人不禁联想到麦尔维尔的替罪羊似的人物比利·巴德，而麦克墨菲似乎也多少具有水手的牺牲精神和柯拉加特先生的狡黠。当他带领大家去钓鱼时，麦克墨菲难道不是一个渔夫之王、一个耶稣一样的钓取人们灵魂的渔夫、一个像船长艾哈伯一样的善于操纵的专制者，或者一个带领一群疯子乘坐"百灵鸟号"或者"愚人船"到海上胡闹的骗子？钓鱼是最古老的把戏之一，而麦克墨菲似乎是一个玩把戏的高手。病房里的人假定了他那荒唐愚行背后的高超技巧会让他赢得战争的最后胜利。但是大护士也知道如何击破病人们对这个"救世主"的忠诚，让他们怀疑他的好意，并提醒他们"他绝非傻瓜"。

最终，由于拒绝退出他的游戏，麦克墨菲也许成了真正的傻瓜。如同每个杂耍者的命运那般，他深陷于自己的游戏之中。他无法抗拒击穿大护士高深莫测、难以驾驭的面具，并剥夺她自称的权威和纯洁性的诱惑。他的嗜赌成性和巨大胃口使得他周围的每个人都暴露在一个不能容忍挥霍者的赌场。布罗姆登说："他要对付的东西是无法一劳永逸地被制伏的。你能够做的就是不停地斗争，直到你再也无力应对更多的回合，别人不得不接替你的位置。"麦克墨菲的这种品行以及他维持自身独立性的方式，对于他自己和其他人都产生了后果。每一次麦克墨菲砸碎护士站的玻璃时，他都加高了赌注并加剧了风险。在这一群人中，最终只有一个人砸碎了通向更广大世界的玻璃。麦克墨菲也许就是自身破坏性激发了创造性的巫师，一道让光明进入、让野性流露的缝隙。

罗伯特·法根

美国克莱蒙特·麦肯纳学院文学教授

素描

迷幻的六十年代。上帝知道，无论怎样去阐释，这个名词所蕴含的意义远远不止是药品。只不过，药品仍然是抓住这个现象的相当顺手的工具。

我拿起了这个工具。也许我还应该补充说，我的这个举动是合法的，甚至几乎可以被当成是一种爱国主义的行为。在那个迷幻的六十年代的早期……

每个星期二早上八点钟，我都会出现在位于门罗帕克的老兵医院，准备迎接一切。医生将我安排在病房的一个小房间里，给我一两颗药片，注射一针，或者给我一小杯苦涩的液体，然后锁上门。他每隔四十分钟会回来看看我是否还活着，进行一些检查，问一些问题，然后又离开了。其余的时间我用来冥思苦想，或者从门上的小窗户往外看。这扇小窗户宽六英寸，高八英寸，玻璃后面缠着沉甸甸的铁丝网。

你只能通过这些口来观望世界，别人赐予你的口。

病人们在外面的大厅里漫无目的地徘徊，他们的面孔充满可怕的忏悔的神情。有时候我看看他们，有时候他们看看我，但是我们很少互相对视。这实在是太赤裸裸、太痛苦了。当两个人面对面的时候，一个人的面孔所暴露的东西会让另一个人无法承受。

　　有时候护士会来检查我。她的面孔不一样。这也是让人痛苦的事情，但却不是赤裸裸的。这不是一个你能够允许自己赤裸裸面对的人。

　　大概六个月以后，我完成了药品实验，并且申请了一份工作。我被雇用为一名护士助理，在同一个病房里，和同一个医生一起工作，在同一名护士的领导之下——你必须明白我们谈论的是一个非常大的医院！真是奇妙的巧合。

　　但是，正如我所说的，这是六十年代嘛。

　　那些面孔仍然在那里，仍然痛苦地赤裸着。为了驱走这种感觉，我非常谨慎地带着一个小笔记本到处走，不停地记笔记。我得到了护士们的高度赞扬："很不错，克西先生。要的就是这种精神，努力了解这些人。"

　　我也胡乱画下了那些面孔。不，这样说其实不对。当我小心翼翼地翻阅那一沓素描时，我能够看出，是这些面孔钻到我的头脑里面，把自己画了出来。我不过是拿着笔，等待着魔力的出现。

　　毕竟，这是六十年代。

肯·克西

第一部

他们在外头。

穿白色制服的黑男孩们起得比我早，他们公然在大厅里性交，然后在我能抓到他们前把大厅都擦干净。

我从宿舍里走出来时他们正在擦，三个人都闷闷不乐，憎恨一切：憎恨一天中的此时此刻、脚下的这个地方，以及他们不得不与之一起工作的人。当他们这样憎恨一切时，最好不要让他们看到我。我穿着帆布鞋蹑手蹑脚地沿着墙壁走过去，像灰尘一样安静，但是，他们似乎配有特别灵敏的设备，能够侦察到我的恐惧，三个人都不约而同地抬起头来，黑脸上的眼睛闪闪发亮，就像老式收音机背后伸出的电子管所发出的坚硬的光。

"这是酋长。超级酋长，伙计们。老扫帚酋长。拿去，扫帚酋长……"

他们把一个拖把塞到我手里，指一指今天要我打扫的地方，我立刻遵命。其中一人还用扫帚柄打了我的小腿肚一下，催我快点滚过去。

"呃，你看他那个急不可耐的样儿！个子高得都能从我头上吃到苹果，却像婴儿一样听我的话。"

他们大笑，然后我听到他们在我身后凑在一起嘀嘀咕咕。黑

色机器忙碌的嗡嗡声，哼着仇恨、死亡和医院里的其他秘密。他们认为我又聋又哑，所以当我在附近时，他们并不刻意压低声音谈论他们的仇恨。每个人都认为我又聋又哑。我的谨慎小心足以糊弄他们到这种程度。如果说拥有一半的印第安人血统在这肮脏的生活中对我有任何帮助的话，那就是它让我谨慎小心，这些年来一直这样。

我正在病房门附近打扫，这时门外响起了钥匙开门的声音。从锁包围钥匙那轻柔、迅捷、熟练的感觉，我知道是"大护士"来了，毕竟她已经跟这些锁打交道很久了。她带着一股冷风从门外溜了进来，然后锁上了门。我看到她手指滑过锃亮的钢门——每个指甲的颜色都和她嘴唇的颜色一样。那是一种可笑的橘红色，让她的指甲就像一块块烧红的铁的顶端。这颜色是如此炙热，又是如此冷酷，如果她摸你的话，你都无法判断到底是冷还是热。

她拿着她的柳条编织袋，就像阿姆帕夸部落在炎热的八月沿着高速公路叫卖的那种工具箱形状的手袋，上面还有一个大麻纤维的把手。我在这里的这些年她一直用这个手袋,手袋编织得很稀疏,所以我能够看到里面——没有粉盒、口红或其他女性用品,但却似乎塞满了许许多多今天她准备履行职务时使用的零部件——车轮和齿轮、擦得冰冷锃亮的嵌齿、像瓷器一样微微发光的小药片、针头、镊子、钟表匠用的钳子、铜线圈……

她走过去时对我点了下头。我让拖把顺势把自己往墙上一推,面带微笑,试图避开她的注视,觉得也许这样她的那些设备就失效了——如果你闭上眼睛,它们就无法了解你很多。

当她在大厅里经过我身边的时候,在黑暗里我听到她的橡胶鞋跟敲击着地板,柳条手袋里发出的声响和她走路时的响动猛烈碰撞着。她走路的姿势极为僵硬。当我睁开眼睛时,她已经到了大厅的另一头,正要拐进玻璃围成的护士站。她将一整天坐在她的桌子前,透过她的窗户向外看,在接下来八小时中把休息室里发生的一切都记录下来。她的脸看起来满足而平静。

然后……她撞见了还凑在那儿嘀嘀咕咕的黑男孩们。他们没有听到她已经进了病房,现在才感觉到她怒目而视,已经太迟了。他们应该知道不要在她值班时扎堆瞎聊。这几个人的脑袋骤然分开,他们满脸疑惑,像被困在陷阱中一般互相挤靠在走廊的尽头。她俯下身子朝他们冲了过去。她知道他们在说什么,我看得出来她异常愤怒,很显然已经失去控制了。她要把这些黑杂种的四肢一条一条地撕碎,她实在是太愤怒了。她开始膨胀,直到白大褂崩裂,她的背部露了出来。她让她的胳膊一节接一节地伸出来,直到长得足够环绕他们三个五六圈。她

硕大的头颅猛地一转，往四周看了看。除了藏在拖把后面、无法开口求救的混血印第安人老布鲁姆·布罗姆登以外，其他人都还没有起床。于是这下她真的放开了，在她涂抹着脂粉的脸上，微笑扭曲成了肆无忌惮的咆哮。她膨胀得越来越大，宛如一台巨大的拖拉机，以至于我能够闻到她体内机器的味道，就像你能闻到超载的汽车所散发出的气味。我屏住呼吸想，上帝啊，这次他们来真的了！他们让仇恨层层累积到不堪重负的程度，在尚未意识到自己做了什么之前，就一定会互相把对方撕成碎片。

但是就在她开始弯曲那分节的胳膊箍住黑男孩们，他们也准备用拖把的把子劈开她的下腹时，所有的病人们都从宿舍里走了出来，想看看这大吵大闹究竟是怎么回事。她必须在丑恶嘴脸原形毕露之前赶快变回去。等到病人们揉了揉眼睛，对这里发生的事情仍一知半解时，他们看到的不过是和往常一样微笑、平静和冷冰冰的护士长，她正在告诉黑男孩们，这是星期一的早晨，一个星期的第一个早上总有很多事情要做，他们最好不要围在那里讲闲话。

"……说的就是星期一早上，你们明白我的意思，孩子们……"

"好的，拉契特小姐……"

"……还有，今天早上我们有很多的安排，如果你们聚在一起要聊的事不是太紧急的话……"

"好的，拉契特小姐……"

她停下来向一些病人点头致意，他们正瞪着红肿惺忪的睡眼围站在那儿。她向每个人都点了一次头，姿势精确而机械。她的脸孔很柔和，是在严谨的精打细算下创造的产物，就像一个昂贵的洋娃娃，皮肤犹如肉色的瓷釉，呈现出一种白色和奶白色的混合体，婴儿蓝的眼睛，小鼻子，粉红的小鼻孔——每一样都很和谐，除了她的嘴唇和指甲的颜色，以及她胸部的尺寸。在生产的过程中多少出了点差错，把那硕大的、女性化的乳房放到了一件本来堪称完美的作品上，你可以看出她有多讨厌这点。

这些人还站在那里等着看她将会怎么对待黑男孩们，她突然记起看到过我，于是说道："既然是星期一，孩子们，为什么我们不让这个星期有个好的开始，在早餐后剃须室变得繁忙前，先给可怜的布罗姆登先生刮胡子，看看我们是不是真的无法避免一些，呃，他一向喜欢制造的骚动，你们觉得怎么样？"

在任何人能够回头找我之前，我躲到了拖把间里，猛地把门关严实，屏住了呼吸。在吃到早餐前刮胡子是最糟糕的事情。当你肚子里有点食物时，你就变得比较强大和清醒，为"联合机构"[1]工作的狗杂种们才不会那么兴冲冲地把他们的某个机器代替电动剃须刀放到你的脑袋里。但是如果你在早餐之前刮胡子，就像她有些早上让我做的那样——清晨六点半待在一个四壁白色、满是瓷盆的屋子里，天花板上的长管日光灯明晃晃的，确保房间内一点暗影也没有，被绑在你周围的脸都在镜子里面尖叫——你说你还有什么机会抵抗他们的任何机器？

我藏在拖把间里听着外面的动静，心在黑暗里激烈地跳动着。我竭力让自己不要害怕，努力把思绪转移到别的地方——努力回想过去，想起村庄和宽阔的哥伦比亚河，想起有一次爸爸和我在达尔斯附近的一片雪松树林里打鸟……但是，每当我试图让思绪躲藏到过去时，眼前的恐惧总是渗透到记忆中来。我能感觉到那个个头最小的黑男孩走到大厅里来了，一路嗅着我的恐惧。他把自己的鼻孔像黑色漏斗一般打开，大脑袋东一下西一下地四处闻着。他在整个病房里都吮吸到了我的恐惧。他已经闻到我了，我能听到他的鼻息声。他不知道我躲在哪里，但是他到处嗅着，搜寻着。我努力保持安静……

（爸爸叫我保持安静，告诉我说猎犬察觉到了很近的某个地方有只鸟。我们从达尔斯的一个人那里借了一条猎犬。爸爸说村庄里所有的狗都是不能狩猎的杂种狗，吃鱼内脏的，既没血统，也没身量。这条猎犬可是要吃牛排的！我没有说什么，

1　"联合机构"（Combine），作者意指管治医院乃至于整个社会的机构，影射压抑人性的现代体制。

但是我已经看到在一棵矮小的雪松上有一只正隆起一团灰色羽毛的鸟。猎犬在下面转着圈子跑，周围太多的味道使得它无法确切地辨认方向。鸟儿只要保持安静，就是安全的。它坚持得还不错，但是猎犬不停地绕着圈子继续嗅着，声音越来越大，距离越来越近。然后，鸟儿顶不住了，抖动着羽毛跳离了雪松，恰好撞上爸爸射鸟用的小号枪弹。）

我还没跑出拖把间十步远，那个个头最小的黑男孩和高个黑男孩中的一个就把我抓住，拖到了剃须室。我没有挣扎也没有出声。要是你喊叫的话，他们就会让你更难受。我强忍住没有喊叫，直到他们碰到了我的太阳穴。此前，我无法确定他们用的究竟是剃须刀还是代替剃须刀的某个机器，之后我便再也无法控制自己。当他们碰到我的太阳穴时，那就不再是意志力的问题了。它是……一个按钮，啪地一按，喊着空袭了、空袭了，让我变得如此歇斯底里，以至于其他声音好像都消失了：每个人似乎都捂着耳朵从一面玻璃墙后朝我大喊大叫，他们的面部像在说话一样不停牵动，但是嘴里没有发出声音。我的声音吸收了所有其他的声音。他们又开动了烟雾器，像脱脂乳似的雪白冰冷的东西洒遍我的全身，如此厚重以至于要是他们还没有抓住我的话，我也许都可以躲藏在里面了。透过浓雾，我连六英寸以外的东西都看不见，而在我自己的鬼哭狼嚎声中，我唯一能听到的是大护士像阵风似的冲了过来，同时用她的柳条编织袋甩开挡路的病人们。我听到她来了，但我还是不能停止号叫。她到了我还在号叫。他们把我摁倒，让大护士把柳条编织袋整个塞到我嘴里，用拖把把子将袋子往我喉咙里捅。

（一条布鲁特克猎犬在大雾中狂吠着，因为看不见而迷惘惊恐。除了它自己的脚印外，地上没有其他任何的痕迹。它用冰冷的红橡皮头鼻子四下里嗅着，除了它自己的恐惧外，它没有嗅到任何其他气味，恐惧就像蒸气一样灼烧着它的内心。）

过去发生的事情一直那样灼烧着我，让我最终道出有关这一切、这家医院、她和大伙——以及有关麦克墨菲的事情。我已经沉默了很久，现在，它将像洪水一样从我的身体里奔涌而出。你会说，上帝啊，讲述这个故事的人一定是在胡言乱语；你认为这实在是太可怕了，不可能真的发生过，这实在是太糟了，不可能是真的！但是，请等一等。直至今天，我都觉得很难以清醒的头脑来思考这一切。但是，就算事情压根儿没发生过，我说的也都是真的。

当浓雾消散，我差不多能看清眼前事物时，我发现自己坐在休息室里。这次他们没有带我去电击室。我记得他们把我带出剃须室，锁到了禁闭室里。我不记得我是否得到了早餐，很可能没有。我还记得被关禁闭的某些早上，黑男孩们不停地拿来劣质食物，名义上是给我吃的，但是他们自己却全都吃了——他们三个吃着早餐时，我就躺在那张充满尿臊味的床垫上，看着他们就着烤面包片消灭鸡蛋。我能闻到油腻的味道，听到他们嚼面包片的声音。其他的一些早上，他们给我拿来冰冷的玉米粥，盐都没放就逼我咽下去。

今天早上我真的不记得了。他们逼我吞下了太多他们称之为药片的东西，所以在我听到病房的门打开之前的事情，我一件也记不得了。病房门打开意味着至少已经八点钟了，而我可能已经在外头的禁闭室冻了一个半小时，在那段时间里，技术人员完全可能在我的脑袋里安装任何大护士命令装上的东西，而我对此却毫无知觉。

我听到病房门口有吵闹声，可惜病房门在我视线之外的大厅那头。病房的门八点打开，然后一天之内开关上千次，咔嗒咔嗒。每天早餐后我们都在休息室的两边排队坐着，玩智力拼图游戏，听着钥匙开门的声音，等着看进来的是啥东西。没有太多事可做。有时候，走进来的是一个年轻的住院医生，一大早便过来察看我们在服药前的状况。他们称"服药前"为BM[1]。有时候，走进来的是穿着高跟鞋前来探视的某个病人的妻子，手袋被她紧紧拽在胸前。有时候，走进来的是一群小学老师，由那个愚蠢的公共关系负责人带着前来参观，他总是拍着他潮湿的手，诉说着精神病院消除了所有的老式残忍手段是多么让他喜不自禁，"多么愉快的氛围啊，你们不觉得吗？"他在这些学校老师身边上蹿下跳，不停地拍手，而老师们则总是挤在一起寻求安全感。"哦，当我回想起过去那些日子，那些污秽、那些

1　"服药前"，Before Medication，简写是BM。

糟糕的食物，甚至，是的，那些野蛮的行为，哦，我意识到，女士们，我们在这场运动中已经走了很长的路！"通常走进来的人总是令人失望的，但是难免有例外，所以，当有钥匙开门时，所有人的脑袋总会像有根线牵着似的抬起来。

今天早上，门锁打开的声响有点不同寻常，显然门口站着的不是一般的来访者。一个护送者的声音传过来，听上去急躁而不耐烦："有病人入院，过来接收他。"黑男孩们赶快过去了。

有病人入院。每个人都停下了手中的纸牌或棋盘游戏，将头转向休息室的门。大多数的日子里，我会在外面清扫大厅，能看到他们接收了谁。但是今天早上，如同我跟你们解释的那样，大护士在我身上似乎压了一千磅重的东西，让我在椅子上动弹不得。大多数的日子里，我会第一个看到新来的入院者，注视着他蹑手蹑脚地进来，沿着墙壁溜过，很害怕地站在那里，等着黑男孩们来接收他。黑男孩们会把他带到洗澡间，扒光他的衣服，让他在那里直打哆嗦，门也不关，他们三个却一脸坏笑地在大厅里跑上跑下佯装寻找凡士林。"我们需要凡士林，"他们会告诉大护士，"体温计需要凡士林。"她仔细审视他们，"是吗？"随后递给他们一个至少装着一加仑凡士林的罐子，"但是你们这些孩子给我小心了，不要又聚在那里瞎搞。"然后，我看到他们当中的两个，或者全部三个，和那个入院者一起待在洗澡间里。他们把体温计插进凡士林的油脂里滑来滑去，直到上面包了手指粗的一层，嘴里还哼着："对的，妈妈，对的。"然后他们把门关上，把所有的淋浴喷头都打开，除了水流打在绿色地板上发出的邪恶的咝咝声外，你什么也听不到。

我大多数的日子里都在外面，看到的情形就是这样的。

但是，今天早上我被迫坐在椅子上，只能听到他们带他进来。尽管如此，虽然我看不到他，但我知道他不是一般的入院者。我没有听到他害怕地沿着墙壁溜过去，而且当他们要求他洗澡时，他没有虚弱地应允，而是立刻用大而刺耳的声音回答，多谢了，他妈的我已经够干净了。

"他们今早在法院让我洗澡，昨夜在监狱也让我洗澡。并且我发誓，如果设施允许的话，在坐出租车来的路上他们会把我的耳朵也洗一遍。呼，天哪，每次他们把我运到某个地方之前、之后和当中，似乎我都要被彻底搓洗。我已经习惯了，所以水声一响我就开始收拾我的东西。把那个体温计给我拿开，山姆，给我一分钟仔细看看我的新家，我以前从来没有在心理治疗机构待过。"

病人们满脸迷惑地互相对视了一下，又把头转向门口，他的声音还在传进来。如果黑男孩就在他身边的话，他似乎不需要这么大声。他的声音给人一种高高在上的感觉，似乎他是在对着下面说话，就好像他游弋于头顶之上五十码高的地方，正对着底下的人咆哮。我听到他朝着大厅这边走过来，从他走路的方式听上去他很高大，而且他绝没有偷偷溜过来；他的后跟钉有铁掌，敲在地板上的声音就像马蹄铁一样铿锵。他在门口停住，穿着靴子的脚往两边一撇站在那儿，大拇指勾在口袋里。大家都看着他。

"早上好，伙计们。"

他头顶上的天花板垂吊着一只万圣节纸蝙蝠；他伸出手弹

了一下，纸蝙蝠开始旋转起来。

"非常美好的秋日。"

他说话的方式有点像爸爸过去说话的方式，声音很大、充满邪气，但是他看起来不像爸爸；爸爸是个纯种的哥伦比亚印第安人——一位酋长——就像枪托般坚硬而闪亮。这个人满头红发，留着长长的红色的鬓角，一堆蓬乱的鬈发从他的帽子下露出来，看起来早就该理发了。爸爸很高挑，而他比较宽，有着宽宽的下巴、肩膀和胸部，咧嘴一笑充满邪气，露出满口白牙。他的强悍和爸爸的强悍不一样，有点像外皮磨损的棒球的那种坚硬。他的鼻子和颧骨中间有道伤口，看来某次打架时有人给了他很锐利的一击，伤口还缝着线。他站在那里等着，当发现没有人准备跟他说话时，他开始大笑起来。没有人确切知道他为什么笑，毕竟没什么好笑的事发生。但是他的笑和公共关系负责人的笑不一样，非常放肆而大声，从他宽宽地咧着的嘴里发出来，一圈比一圈大地传播出去，回荡在病房四周的墙壁上。这笑听起来很真实，和那个肥胖的公共关系负责人的笑不一样。我突然意识到，这是很多年来我听到的第一声笑。

他站在那里看着我们，身子前后摇摆着，不停地笑啊笑。他把手指交叉放在肚子上，但大拇指仍勾在口袋里。我注意到他的手好大，一副饱经风霜的样子。病房里的每个人，病人、工作人员，所有人都被他和他的笑给搞蒙了。没有人采取行动制止他或者说任何的话。他笑了好一会儿才停下来，接着他走进了休息室。即使他不再笑了，那笑声似乎还在他周围回荡，就像回荡在一座刚刚停止轰鸣的大钟四周那样——回荡在他的眼睛里、他微笑的方式里、大摇大摆走路的架势里，还有他说话的样子里。

"伙计们，我叫麦克墨菲，R.P.麦克墨菲，我是个赌鬼。"他眨眼哼起一首小曲，"……任何时候我碰到一副纸牌，我放……下……我的钱。"随即又开始笑起来。

他走到一张牌桌前，用一根粗大而厚实的手指挑起一个急性病人的纸牌，眯着眼看着急性病人的那只手，摇了摇头。

"是的，先生们，我来这个机构的目的就是为了给你们这些人带来赌桌上的娱乐。那个彭德莱登劳改农场已经没有人能让我的日子变得有趣了，所以我提出转移，你们明白吧。需要些新鲜

的血液。哎哟，看这人拿牌的样子，整个街区里的人都看到了，天哪！我会像修剪小绵羊一样修剪你们这些小娃娃。"

契思威克把他的牌收起来。这个红头发男人伸出一只手让契思威克跟他握手。

"你好，伙计，你们在玩什么？皮纳克尔牌戏吗？上帝，难怪你不介意露出你的牌。你们这里难道没有一副像样的纸牌吗？好了，我说，看这儿呢，为了以防万一，我带了我自己的这副纸牌，除了头像以外，里面还有其他东西——看这图片，嗯哼？五十二种姿势，每个都不一样。"

契思威克眼珠都鼓出来了，不过他看到的那些纸牌上的东西对他的情形可没有什么帮助。

"放松点，不要把它们弄脏了，以后的日子还长着呢，超多的游戏等着我们。我喜欢用这副纸牌，其他玩家至少需要花一个星期的时间才能认出同花色的一组牌……"

他穿着已经被太阳晒成了掺水牛奶颜色的农场裤子和衬衫。因为长期在地里干活，他的脸、脖子和胳膊都晒成了深红色。他头上戴了一顶漆黑的摩托车手帽子，胳膊上搭了一件皮夹克，靴子上满是灰尘，重得几乎可以一脚把人踢成两半。他从契思威克身边走开，取下帽子拍打着大腿上的灰尘。有个黑男孩拿着体温计围着他打转，但是他动作敏捷地溜进了急性病人堆里，在黑男孩能够找准目标前四处握手问好。他说话和眨眼的方式、他的大嗓门、他大摇大摆的样子都让我不禁想到汽车销售员或者货物拍卖人——或者你在一个杂耍舞台上看到的某个商品宣传员，这人穿着带黄纽扣的条纹衬衫站在呼呼飘扬的旗帜前面，就像磁铁吸引锯木灰似的吸引着众人的目光。

"你们知道吗，我不过是在劳改农场跟人打了几架，然后法院就判定我为精神病患者。你觉得我会跟法院争辩吗？狗屁，你可以用你的老本跟我打赌我不会。如果这样就能让我离开那片该死的豌豆地，我可以做那些小心眼的人所希望的任何东西，不管是精神病患者、疯狗还是狼人，因为在死之前还能不能见到一把铡草锄，我真的无所谓。他们告诉我精神病患者就是一个打架太多、性交太多的人，但是他们说得并不全对，你不觉得吗？谁听说过一个男人嫌欢爱太多的？你好，伙计，他们怎么称呼你？我的名字叫麦克墨菲，我赌两美金你不知道你抓着的那把皮纳克尔游戏纸牌一共有多少点，不许偷看。两美金，你说咋样？操，山姆，你就不能等半分钟再拿那个该死的体温计来戳我吗？"

这个新来的人站在那里看了一会儿，打量了一下休息室的布置。

休息室的一边是更年轻的病人，也就是通常所说的急性病人，这是因为医生认为他们的病症还有治愈的可能，他们正在掰手腕或玩卡片游戏——就是进行多次加减计算，最后确定是哪张卡片的那种把戏。比利·彼比特在努力学习卷特制香烟，而马蒂尼则到处晃悠，想找出桌子和椅子下的东西。急性病人总是随意走动。他们互相开着玩笑，用拳头捂着嘴偷偷地傻笑（没有人敢放肆地大笑，否则所有的工作人员都会拿着笔记本进来讯问很多问题），他们用被啃过的短小的黄色铅笔写信。

他们互相监视。有时候某个人不小心说了本来没打算说的有关自己的事情，和他一桌的某个伙伴就会打着哈欠站起来，偷偷溜到护士站里，在大日志本上把他听到的信息记录下来——大护士声称这日志本是为整个病房的治疗考虑，但我知道她不过是在搜集证据，等到证据足够多后就把某个人弄到主楼重新诊断，通过修理他的脑部来消除麻烦。

在日志本上记录信息的人，可以在名单中他的名字旁加一颗星，并且第二天可以晚些起床。

休息室急性病人的对面是"联合机构"的精选产品，慢性病人。把这些人留在医院里不是为了治疗，而是为了不把他们放到大街上去坏了产品的名声。工作人员牵强地说留慢性病人在医院里是为了他们好。慢性病人又分为像我这样的只要给饭吃就能行动的"行路人"，以及"轮椅人"和"植物人"[1]。慢性

病人——或者说我们当中的大多数——就是内部存在无法修复的缺陷的机器，或是存在天生缺陷的机器，抑或是多年来一直碰撞坚不可摧的东西而落下缺陷的机器，当医院发现后者的时候，他正躺在某处空地上流着生锈的脓血。

但是我们当中的有些慢性病人是被工作人员误诊了，进来的时候是急性病人，后来被改变了。埃利斯就是一个进来时是急性病人的慢性病人，当他们在那个被黑男孩们称为"电击室"的污秽的大脑谋杀间里对他进行了过度的处理后，他就被彻底毁了。现在他被固定在墙边，自从他们最后一次把他从桌子上抬起来后，他的情况就没改变过，连姿势都是一样的，胳膊伸着，手握成杯状，脸上则充满恐惧。他就像一个标本似的被固定在墙上。该吃饭或者睡觉时，或者他们想移动他，以便我能打扫他站过的地方的污秽时，他们会把钉子取下来。由于他在同一块地方站立太久，他的尿把脚底下的地板和横梁都腐蚀了，这让他老是掉到下面的病房里，点名清查人数时总是让工作人员非常头痛。

拉克里是几年前作为急性病人入院的另一个慢性病人，但他们以不同的方式毁了他：他们在给他脑袋里安装东西时犯了错误。他刚来时到处惹麻烦，踢打黑男孩们、撕咬实习护士的腿，于是他们带他去治疗。他们把他绑在一张桌子上。那段时

间大家最后一次看到他，是在他们把门关上之前的那一刻。门将要关上前，他眨着眼睛警告从他身边退开的黑男孩们："你们这些该死的黑娃，你们要为此付出代价。"

两星期后他们把他带回了病房，他的头发被剃光了，脸成了一个油腻青紫的大肿块，每只眼睛上面有个纽扣大小的黑洞。你能通过他的眼睛看出他们是如何把他烧焦了；他的眼睛都熏坏了，里面像烧坏的保险丝一样成了死灰色。现在，他除了整天把一张老照片举在自己烧焦的脸前面，其他什么也不做。冰冷的手指把那老照片不停地转来转去，由于他的长期把玩，照片两面都呈现和他眼睛一样的灰色，你都无法判断这照片上面原来是什么东西。

工作人员现在把拉克里看作他们的失败案例之一，但是我不确定安装如果妥善地完成了，是否对他就一定更好。如今他们进行的安装一般都会成功，技术人员有了更多的技巧和经验。额头上不会再留下纽扣大的洞，因为根本连切割也没有——他们直接把器械从眼眶安装进去。有时候去安装的某个病人离开病房前很可恶很疯狂，对着整个世界狂吼不已，然而几个星期以后他就像跟人打过架似的眼睛青紫地回来了，并立马变成你见过的最讨人喜欢的、最友善的、最守规矩的东西。他甚至可能一两个月后就回家了，帽檐压得低低的，遮住了那张在简单、甜美的梦境里到处游荡的梦游者的脸。他们说这是成功，要我说的话，他不过是"联合机构"的另一个机器人，还不如坐在那里对着照片流着口水咕哝的失败案例拉克里。拉克里很少做别的事情。那个矮个黑男孩有时会刺激他一下，靠近他问："说，拉克里，你猜你的宝贝老婆今晚在城里做啥？"拉克里抬起头来，记忆在那个乱七八糟的机器的某个地方低声呼唤着。他的脸涨得通红，血脉贲张。这让他如此激愤，他会竭力从喉咙里发出一点呲呲的声音，使劲动着下巴想说点什么，泡沫从嘴角挤了出来。当他终于能够说出想说的几个字时，那种低沉、窒息的声音会让你浑身起鸡皮疙瘩——"操他娘的老婆，操他娘的老婆！"他因为用力过度而昏过去了。

埃利斯和拉克里是最年轻的慢性病人。曼特森上校年纪最大，是个衰老的、快风化了的参加过一战的骑兵，喜欢用拐杖撩起经过他身边的护士的裙子，或者用他凭空想象的拿在左手的课本，向任何愿意倾听的过路人教授所谓的历史。他是病房里年纪最大的，但不是待得最久的——他的妻子在几年前无力照顾他时才把他送到这里来。

我从二战以来就在这里了，是待的时间最长的人。我比任何病人待的时间都长。但是，我入院的时候，大护士已经在这里了。

慢性病人和急性病人通常并不扎堆。他们像黑男孩们所希望的那样，各自待在休息室的一边。黑男孩们说这样比较有秩序，并且让大家知道他们希望维持这样的状况。早餐后他们把我们带进来，看着两组人群点头说："对的，先生们，就是这样，你们最好保持这样。"

实际上他们并不太需要强调什么，因为除了我以外，慢性病人并不怎么动，而急性病人说他们宁愿待在自己那一边，给出诸如慢性病人这边的味道比肮脏的尿布还要难闻之类的理由。但是我知道，与其说他们是因为怕臭不愿意过来，不如说是他们不喜欢被提醒，慢性病人的情况某一天可能会发生在他们身上。大护士发现了这种恐惧，并且知道怎么利用它；如果某个急性病人不高兴了，她就会指出，你们这些孩子最好能好好表现，积极配合为了治愈你们而制定的工作政策，否则你们最终将到那边去。

（每个人都为病人们的配合感到骄傲。我们得到了一块镶在枫木上的黄铜牌，上面刻着：**恭喜你们能够在医院工作人员最少的病房里与工作人员和睦相处**。这是对于配合的奖励。它被挂在日志本上面的墙上，正好在慢性病人和急性病人中间。）

这个新来的红头发病人麦克墨菲马上意识到了他不是慢性病人。在他审视了休息室一分多钟以后，他明白了自己该到急性病人那一边去，于是立即走了过去，咧嘴笑着和碰到的每一个人握手。从一开始，我就发现他的玩笑和起哄、他对那个仍然拿着体温计跟着他的黑男孩大喊大叫的样子，特别是他的开怀大笑，让每个人都感觉不太自在。控制仪表上的指针被他的声音搞得颤动不已。他笑的时候急性病人们看起来紧张而不安，就像是一个调皮捣蛋的孩子在教室外面跟老师闹得太过分了，让教室里的孩子们都感到很紧张不安，生怕老师马上走回来，突然要罚所有的孩子放学后留堂。他们扭扭捏捏、坐立不安，使得控制仪表上的指针都有了反应。我发现麦克墨菲注意到这点了，但他并没有让自己安静下来。

"操，多么可怜的一副样子，我看你们这些孩子并不是那么疯狂嘛。"他试图让他们放松，就像拍卖人在拍卖开始前会说一连串的笑话让人群放松，"你们当中谁自称是最疯狂的？谁是这里最牛的疯子？谁经营这些纸牌游戏？这是我来到这里的第一天，我想直接给那个人留下个好印象，要是他能向我证明他配的话。谁是这里的疯子老大？"

　　他这话是对着比利·彼比特说的。他弯下腰，恶狠狠地瞪着比利，这让比利不得不磕磕巴巴地说他不是什么疯子老大，但他是下一个接替这工作的人。

　　麦克墨菲把一只大手伸到比利的面前，比利不得不握了一下。"好的，伙计，"他对比利说道，"我真的很高兴你是下一个接替这工作的人，但是由于我考虑接管所有这些游戏，无论是枪机、枪托还是枪管，也许我最好跟老大说话。"当他看到一些急性病人停止了手中的纸牌游戏时，他把一只手压在另一只手上，把指关节掰得噼啪响，"我认为，你看，伙计，为了找出这个病房里的赌王，我们需要来一场二十一点的游戏。所以你最好带我去见你的头领，马上搞清楚究竟谁是这里的老大。"

　　没有人确切知道这个胸肌发达、脸上有疤、笑容狂野的男人到底是在演戏呢，还是真的像他自己所说的那么疯狂，或者两者兼具，但是他们都开始因为附和他而感到了很大的愉悦。他们看着他把那只大红手放在比利的瘦胳膊上，等着看比利会说些什么。比利清楚不得不由自己来打破沉默，于是他看了看四周，挑出了一个在玩皮纳克尔纸牌游戏的人。"哈丁，"比利说，"我想应该是、是你。你是病、病人理事会的主席。这个人、人想跟你说话。"

　　急性病人们开始咧嘴笑了，不再觉得不安，并因为发生了不同寻常的事情而感到高兴。他们都嘲弄哈丁，问他是不是疯子老大。哈丁放下了手中的纸牌。

　　哈丁是个单调的、容易紧张的人，他的脸有时让你觉得你曾在某部电影里见过，对于大街上的普通人来说那张脸似乎过于美了。他有着宽而单薄的肩膀，当他试图把自己藏起来时，他会把肩膀缩到胸前。他的手是如此修长、雪白、秀美，几乎让我以为它们是从肥皂里刻出来的，有时候他的手会松开，像两只雪白的鸟儿一样在他面前自由地滑行，直到他注意到它们，把它们藏回他的膝盖中间——有双美丽的手很困扰他。

他之所以是病人理事会的主席，是由于他有张纸说他是从大学毕业的。这张纸被装在框子里，放在他的床头柜上一张女人的照片旁边。这个穿着游泳衣的女人看起来也像是你在电影里见过的——她用手抓着游泳衣的肩部，侧脸看着相机，有着非常大的乳房。你能看到哈丁坐在她身后的一块浴巾上，看起来非常瘦，就好像正在等着某个大个子往他身上踢沙子似的。哈丁经常炫耀有如此尤物作为妻子，说她是世界上最性感的女人，夜里总是欲壑难填。

当比利指出他的时候，哈丁往椅子后面一仰，摆出一副要人的架势，看也不看比利或麦克墨菲，对着天花板说："这位……绅士有预约吗，彼比特先生？"

"你有预约吗，麦克墨、墨、墨菲先生？哈丁先生是个忙人，没有预约不能见他的。"

"这位忙人哈丁先生，他是疯子老大吗？"麦克墨菲一只眼斜睨着比利，比利飞快地点头，如此受关注，比利感到很畅快。

"那你告诉这位疯子老大哈丁，R.P.麦克墨菲等着见他。这家医院不够大，不能同时容下我们两个。我习惯了做老大。

我曾是西北部所有伐木曳引机驾驶员的老大；也是从朝鲜一带一直到这边的赌徒老大；在彭德莱登我曾是那个豌豆农场锄草工人的老大——所以我认为如果我注定要成为一个疯子的话，我他妈的一定要做个践踏一切、不可一世的疯子。告诉这个哈丁，要么面对面跟我碰头，要么最好像个黄色臭鼬一样在太阳落山前给我滚出这个镇子。"

哈丁把身体又往后仰了仰，并将大拇指勾在翻领里。"比利，你告诉这个年轻暴发户麦克墨菲，我明天正午在大厅里会见他，把这个事情给彻底解决，力比多在燃烧啊。"哈丁努力像麦克墨菲一样拖着腔调说话，但是他那尖尖的、微弱的声音听上去有点滑稽，"为了公平起见，你也可以警告他，我成为这个病房的疯子老大已经快两年了，比任何活人都要疯狂。"

"彼比特先生，你可以警告这位哈丁先生我非常疯狂，我承认曾投过艾森豪威尔的票。"

"比利！你告诉麦克墨菲先生，我是如此疯狂，我两次投了艾森豪威尔的票！"

"你马上告诉哈丁先生，"——麦克墨菲把两只手放在桌上，身体往下压低了声音——"我如此的疯狂，我打算今年十一月再投艾森豪威尔的票。"

"我脱帽致敬。"哈丁说，鞠了个躬，然后和麦克墨菲握手。我心里丝毫不怀疑麦克墨菲已经赢了，但是我不确定他赢了什么。

其他的急性病人都放下手中的事情，慢慢地走过来想看看这个新来的究竟是个什么样的人。病房里从来没有过像他这样的。

他们用我从未见他们采取过的方式，问他是从哪里来的，从事什么工作的。他说他是一个具有献身精神的人。他说他是一个流浪者、一个四处游荡的伐木工，后来部队招收了他，教会他一件他最有天赋的手艺，就像他们教会一些人行骗，另一些人游手好闲一样。他说，他们教会了他赌博。从那以后他就专注于把自己奉献给各种层次的纸牌游戏。如果人们允许的话，他将一直玩纸牌，保持独身，在喜欢的地方按照自己想要的方式生活，"但是你知道社会是如何迫害一个有奉献精神的人的。自从我发现了自己的使命以后，我就在如此多的小镇监狱里待过，都可以列本册子了。他们说我是习惯性的好斗者，就是说我打过几架，狗屎，当我是个傻帽伐木工时，打架他们怎么不管我。那可以原谅，他们说，那是一个努力工作的人要用掉多余的精力，他们说。但是如果你是一个赌徒，并让他们知道了你不时地组织个地下游戏什么的，你只要斜着吐口痰，就成了该死的罪犯。哎哟，有阵子让我玩纸牌游戏的预算都中断了。"

他摇了摇头，直叹气。

"不过那只是一段时间而已。我摸到了窍门。说实话，在彭德莱登的那次斗殴是近一年来我头一回栽跟头。我手生了，跟我打架的那人居然能够在我离开城镇前爬起来去找警察。这就是为什么我被捕了。非常强悍的一个人……"

他又笑了，每次那个黑男孩拿着体温计靠近他，他就到处握手，坐下来跟人掰手腕，直到他和急性病人这边的每个人都会了面。当他和急性病人中的最后一个握完手，他又不失时机地跑到慢性病人这边来了，好像我们没有什么不同似的。你无法判断他是真的这么友好，还是他有什么作为赌徒的理由，要跟我们这些迷失自我，连自个儿名字都不记得的人套近乎。

他把埃利斯的手从墙上拽下来，跟他握手，仿佛他是在竞选什么职位的政客，而埃利斯的选票和别人的选票一样有用。"伙计，"他用很严肃的声音对埃利斯说道，"我的名字叫R.P.麦克墨菲，我不喜欢看到一个大老爷们在自己的尿液里泡着。你为什么不去把自己弄干？"

埃利斯惊奇地低头看了看自己脚四周的那摊污水，说道："哎呀，我谢谢你。"他甚至向厕所走了几步，但是钉子很快又把他的手拖回到墙边去了。

麦克墨菲走到慢性病人这边来了，和曼特森上校、拉克里、老彼得都握了手。他握了"行路人"、"轮椅人"和"植物人"的手，为了握手，他不得不把它们从慢性病人的膝盖间拿起来，就像拎起死掉的鸟儿、机械的鸟儿，以及一堆由骨头和电线组成的衰败并坠落的奇迹。他跟碰到的每个人都握了手，除了那个有洁癖的大个子乔治。大个子乔治咧嘴笑了笑，躲开了那只看起来不太干净的手，所以麦克墨菲只是对他敬了个礼就走开了，一边走还一边对自己的右手说："手啊，你说那个老家伙是怎么知道你做过邪恶事情的？"

没有人知道他的用意何在，或者为什么他要这样小题大做地跟大家认识，但是这比玩智力拼图游戏感觉更好。他不停地说和要跟他赌博的人认识一下是赌徒工作的一部分。但是他一定知道他是不会和最多只能把纸牌放在嘴里嚼几下的八十岁老东西打交道的。可他看起来很自得其乐，也像是那种能逗你乐的人。

我是最后一个，这会儿仍然被绑在角落里的椅子上。麦克墨菲走到我身边停了下来，把大拇指勾在口袋里，身子往后仰，开始笑起来，就好像我有什么东西比其他人好笑。突然之间，我开始害怕他之所以笑是因为知道我这副样子不过是在演戏。我正用胳膊紧抱着蜷曲的膝盖，眼睛直勾勾地盯着前方，好像什么也听不到似的坐着。

"哎哟，"他说，"看看谁在这里。"

对这部分我记忆犹新。我记得他闭上一只眼睛，把头微微后仰，目光从鼻子上那个尚未愈合的酒红色伤疤上落下来，一副嘲笑我的样子。一开始我想，他笑是因为一张印第安人的脸、一头黑色油腻的印第安头发长在像我这样的人身上很滑稽。我想他是在笑我看起来有多虚弱。但是我记得那一刻我突然又想，他发笑是因为我装聋作哑的表演不曾糊弄到他，无论我的演技多么高明，他很清楚我的把戏。他朝我挤眉弄眼地笑着，想让我知道这一点。

"大酋长，说说你的故事吧？你看起来像等待出击的坐牛[1]。"他回头望望那些急性病人，想看看他们是否觉得他的笑话好笑。当他们只是窃笑时，他转过来对我眨眨眼："你叫什么名字，酋长？"

比利·彼比特在屋子那边叫道："他的名、名字叫布罗姆

---

[1] 坐牛（Sitting Bull），美国印第安人苏人部落首领，领导苏人在比格霍恩战役（1876年）中打败美国联邦第7骑兵团。这里用来讽刺布罗姆登高大却无用。

登。布罗姆登酋长，但是每个人都叫他扫、扫把酋长[1]，因为看护们大多数时候都叫他扫地。也没有什么别的事情他能做，我猜。他是个聋子。"比利用双手捧着他的下巴。"如果我是聋、聋、聋子，"他叹了口气，"我就杀了我自己。"

麦克墨菲一直看着我："他发育得不错，长得很高，不是吗？我在想他有多高。"

"我记得有人曾经量、量、量过他的身高，有六英尺七英寸。但是尽管他很高大，他连自己的影、影、影子都害怕。就是一个高、高大的印第安聋子而已。"

"当我看到他坐在这里的时候，我觉得他看起来有点像印第安人，但是布罗姆登不是一个印第安人的名字。他是哪个部落的？"

"我不知道，"比利说，"我来、来的时、时候他已经在这里了。"

"我从医生那里得到的信息是，"哈丁说，"他只有一半的印第安人血统。我觉得他是个哥伦比亚印第安人，来自一个已不复存在的哥伦比亚河峡谷的部落。医生说他的父亲是部落首领，所以这家伙的头衔叫'酋长'。至于他名字中的'布罗姆登'，恐怕我了解的关于印第安人的文化知识还不足以囊括那一点。"

麦克墨菲低下头，我不得不看着他。"真的吗？酋长，你是聋子？"

"他又聋、聋、聋又哑。"

---

1 布鲁姆·布罗姆登（Broom Bromden）名字中的"Broom"也是扫把的意思。

麦克墨菲噘起嘴，注视着我的脸。然后他站直身子，伸出他的手。

"好吧，管他的，无论聋不聋，他能握手，不是吗？我向上帝发誓，酋长，也许你很高大，但是你必须跟我握手，否则我会认为你侮辱了我。侮辱医院里新来的疯子老大可不是个好主意。"

他说这话时，回头冲着哈丁和比利做了个鬼脸，然后把那只晚餐盘子一般大的手继续朝我伸了过来。

我对他的那只手记忆犹新：指甲里有炭黑，可见曾在修车厂工作过。关节间是个锚形的文身，中指关节处有个脏脏的创可贴，边缘都翘了起来。其他的手指也布满新旧伤痕。我记得他的手掌由于常拿斧子锄头而如同骨头一般平滑坚硬，不像是玩纸牌的手。手掌上满是开裂了的老茧，裂口里面都是泥巴。那手掌就像他闯荡中西部的一张地图，和我的手相碰时摩擦出了声音。他的手指粗大强壮，几乎把我的手指都覆盖住了，让我的手有种异样的感觉，似乎他的手在我的那截胳膊上开始膨胀开来，就好像他把他的血液输到我的手里来了，让它澎湃着热血和力量，胀得和他的手一般大，我记得……

"麦克马里先生。"

是大护士。

"麦克马里先生，请你到这里来好吗？"

是大护士。那个拿体温计的黑男孩去把她叫来了。她站在那里，用体温计轻轻敲打着她的腕表，眼睛滴溜溜地试图揣摩这个新人。她的嘴唇噘成三角形，就好像一个准备迎接假奶头的洋娃娃的嘴唇。

"麦克马里先生，看护威廉姆斯告诉我，你对于刚入院要求的洗浴多少有些抵制，是真的吗？请理解，我欣赏你自己主动和病房里的其他病人熟悉起来的做法，但每一件事情都应该适可而止，麦克马里先生。我很抱歉打断你和布罗姆登先生，但是你应该理解：每个人……都必须遵守规矩。"

他把头往后仰，眨了眨眼，似乎在说他很清楚她，她无法糊弄他，就像我无法糊弄他一样。他用一只眼睛看了她一会儿。

"你知道吗，夫人，"他说，"你知道吗——那恰恰是有人总想告诉我的东西，规矩……"

他咧嘴一笑。他们都冲对方笑，估摸着对方的实力。

"……就在他们觉得我将要做相反的事情时。"

在玻璃围成的护士站里，大护士把一个从外国寄来的包裹打开，将里面小瓶子装着的草绿和乳白的液体吸到皮下注射针里。有个小护士，一个小女孩，一只眼睛总是飘忽不定地、不安地往身后看，另一只眼睛倒像在正常行事。她拿起装满针头的小盘子，但是并没有马上把它们拿走。

"拉契特小姐，你对这个新病人怎么看？我的意思是，他长得很帅，也很友好什么的，但我觉得他肯定想接管这里。"

大护士在用指尖测试一根针头。"恐怕，"她把针头扎入带橡胶帽的小瓶里，把活塞拔了出来，"那正是这个新病人计划的：接管。他是我们所说的'操纵者'，弗林小姐，一个不惜利用任何人或事情达到自己目的的人。"

"哦，但是，我的意思是，在一个精神病院里？他的目的是什么呢？"

"任何的东西。"她很平静，微笑着沉浸在装针筒的工作中，"例如，舒适度和一个闲适的生活；或许感觉有权力或者受人尊敬；或许是金钱利益——或者所有的这些东西。有时，一个操纵者的目的就是为了扰乱而扰乱病房的秩序。我们的社会里有这样的人。一个操纵者能够影响并干扰到其他病人，而且可能需要几个月的时间才能让一切重新顺利开展。在目前精神病院里宽容哲学盛行的情况下，他们很容易蒙混过关。我记得一些年前我们病房里有个塔伯先生，他就是个令人难以容忍的操纵者，不过也就一阵子而已。"她从正在忙乎的活中抬起头来，装了一半的针筒就像一根小小的权杖。她的眼睛似乎在注视着遥远的过去，对当年的事情还感到舒心畅意。"塔——伯先生。"她说。

"但是，嗯，"那个护士说，"拉契特小姐，究竟是什么让一个人想做扰乱病房秩序这样的事情呢？有什么可能的动机……"

她打断了小护士，将针头猛地穿过小瓶的橡胶帽，装满针筒，然后用力一拔，将针头放到盘子上。我看到她的手伸向另一个空针筒，飞快地抓住，装满，放到盘子里。

"你似乎忘记了，弗林小姐，这是一个疯人院。"

如果有任何东西让她的组织不能像平稳、正确、精准的机器一样运转，大护士就会非常恼怒。一点小麻烦、失衡或者挡路石都会让她的笑容僵硬，纠结成一团愤怒的绳结。虽然她四处行走时，下巴和鼻子间仍洋溢着同样的洋娃娃似的微笑，目光仍然平静从容，但她的内心会像钢条一般绷紧。我知道，我能感觉到。在把麻烦事处理好之前，她连根头发也不会放松——这是她所称的"与环境调和"。

在她的统治下，病房内部几乎完全与环境调和了，但问题是她不可能一直都待在病房里，有些时候她还是得待在外面，所以她工作的同时也努力调和外部世界。和"联合机构"的其他人员一起工作，使她成了一个调和事情的真正老兵。如同大护士致力于调和病房内部一般，这个"联合机构"是个致力于调和外部世界的巨大组织。很久以前当我从外面进来的时候，她已经是医院旧址的护士长，只有上帝知道她致力于调和环境多久了。

我观察到这些年来她的技巧变得越来越娴熟。不断的练习使她的能力得到稳固和加强，现今她能驾轻就熟地施展她的权威，而这权威就像向四周延伸的头发丝般细小的金属线，除了我以外，其他人似乎都看不到。我看她就像一个警惕的机器人一样坐在这个金属线网的中心，用昆虫一样机械的技巧看管着她的网络，每一秒都清楚哪根电线通向哪里，送出什么样的电流可以获得她希望的结果。我被部队派到德国前曾是训练营里一个电工的助手，在大学那年我学过一些电子学，这就是为何我清楚这些事情是可以被操纵的。

在这些电线的中央，她所梦想的是一个精准、高效和有序的世界，就像有玻璃底盖的怀表一样；在那地方所有的日程表都必须被遵守，所有的病人都完全服从于她的电波，犹如坐在轮椅上、导尿管直接从他们的裤腿伸向地板下面下水道里的慢性病人。年复一年她积聚了她的理想员工：各种年纪和类型的医生来到这个医院，向她提出他们关于管理病房的想法，其中一些人本来有足够勇气坚持他们的想法，而她却天天用冰冷的眼光来修理这些医生，直到他们打着寒战退却了。"我告诉你，我也不知道是什么原因，"他们告诉人事部主管，"自从我开始在那个病房和那个女人一起工作，我觉得我的静脉里似乎流的都是氨水。我每时每刻都在颤抖，我的孩子不愿意坐在我的腿上，我的妻子不愿意再跟我睡觉。我坚决要求调离——无论是去神经科、酒精储藏室，还是小儿科，我都无所谓！"

多年来她一直这么做。医生们坚持三个星期或者最多三个月就走了。直到最后她屈就于一位有着大额头和双下巴的小个男人。他的两只小眼睛紧紧挤在一块，就好像从前曾经戴过特别小的眼镜，戴得太久，以至于它们把他的脸都挤皱了，所以现在他把眼镜吊在衣领纽扣上拴的一根线上。眼镜在他那小鼻子的紫色鼻梁上摇摇欲坠，总是从一边滑到另一边，因此当他说话时他总是斜抬着头，以保持眼镜的平衡。这就是她的医生。

她的三个日间看护黑男孩是她花了更长的时间测试并且拒绝了很多人以后才得到的。那些黑人都可以排成很长的队伍了，每个都像戴着面具一样表情阴郁，第一眼见到她就立即开始憎恨她和她的洋娃娃般的粉白。她对他们及他们的憎恨进行了一个月左右的评估，然后因为觉得他们憎恨得不够而让他们走了。当她最后得到她想要的这三个人——她花了好几年的时间才陆续把他们找到——并把他们编入她的计划和网络中时，她非常确信他们因为足够憎恨而可以做出任何事。

我在病房待了五年后她找到了第一个人，一个扭曲的、肌肉发达的矮子，有着冰冷柏油一般的肤色。他的母亲在佐治亚被强奸了，而他的父亲被犁田用的缰绳绑在旁边火热的铁炉子上，鲜血直流到他的鞋子里去。当时这孩子只有五岁，他躲在一个壁橱里，斜睨着眼从壁橱门和侧柱间的缝隙偷偷向外窥视，从那以后他再也没有长高过一英寸。现在，他眉毛下面的眼皮松松垮垮地挂在那里，就像有个蝙蝠停在他的鼻梁上一般。每次有新的白人到病房来的时候，他便将灰色皮革似的眼皮抬起来一点点，从眼皮下面往外偷看，上下打量新来的人，略微点一点头，好像他只是要肯定一下他已经很确定的某个东西似的。刚来工作的时候，他想随身带一只袜子，袜子里装满射鸟用的小号铅弹，以便整顿病人们。但是大护士告诉他，他们不再那么做了，让他把武器留在家里。她把自己的技艺教给他，教他不要暴露他的仇恨，要平静地等待，等待有利的时机，等待别人松懈，然后拧紧绳索，再也不松手。所有的时候都要这样，她对他说，这才是整顿病人的有效方式。

另外两个黑男孩是两年后来的，前后就差大概一个月，而且两人看起来非常相像，我甚至觉得是她把先来的那个人做了复制。他们个头高、醒目、瘦骨嶙峋，面部像削出的燧石箭头一般没有表情。他们的眼神很尖锐，如果你碰到他们的头发，那头发都可以把你的皮锉掉。

他们三个都像电话机一般黑。从曾经在她面前经过的长长的黑人队伍那里，大护士领悟到了他们皮肤越黑，就越可能奉献更多的时间来打扫和擦洗，以便保持病房的干净有序。举个例子，这三个黑男孩的制服总是像雪一样的纤尘不染，跟她自己那件一样雪白、冰冷，而且僵硬。

他们都穿着浆过的雪白裤子、一边有金属按扣的白衬衫和擦得像冰一样白的鞋子，当他们在大厅里来回走动时，鞋子的红色橡胶底就像老鼠一样安静。他们行走时从来没有什么声响。每次某个病人想有点私人的空间或者向另一人说点什么秘密时，他们就会在病房的不同地方突然出现。某个病人正独自一人待在某个角落里时，咯吱一声，他脸颊的一边会突然像起了霜冻似的，然后他转向那个方向，只见一个冰冷的石头面具靠着墙浮在空中。他只看见了一张黑脸，没看到完整的人，墙壁和白衣服一样白，好似一扇擦得非常干净的冰箱门，在墙壁的衬托下，这黑脸和黑手宛如飘忽的鬼魂。

经过几年的培训，三个黑男孩越来越适应大护士的频率。他们能够断开金属线的直接连接，通过接收电波来运作了。她从不大声发号施令，也不曾留下可能被来访的妻子或学校老师发现的书面指示。再也不需要这么做了，她和黑男孩们可以通过高电压的仇恨波长联系，有时甚至在她想到某个命令之前，这些黑男孩就会出去替她执行。

因此，在大护士找到她的员工后，效率就像巡夜人的时钟一样牢牢地控制了病房。大家想的、说的和做的每一件事都是根据护士日间做的小笔记提前好几个月计划好的。这个笔记被输入护士站钢门后时常嗡嗡作响的机器里，然后一定数量的"日间指令卡"就会出现，上面打了由正方形小孔组成的图案。每日伊始，明确标上日期的日间指令卡会被插到钢门的某个槽里，墙壁便开始嗡嗡响起来。六点半，宿舍里的灯准时亮了，黑男孩们飞快地把急性病人赶起来，让他们将地板擦干，把烟灰缸倒空，并将一天前某个老家伙短路烧死时在墙上弄出的抓痕磨掉。那老家伙倒下时，身体在浓烟中可怕地扭曲着，身上充满橡胶的焦煳味道。"轮椅人"把死木头似的腿脚甩到地板上，就像坐着的雕像一样等待着某人把轮椅给他们推进来。"植物人"在床上撒尿，激活电子震动信号装置，把他们掀到地板上，以便黑男孩们用水龙头冲刷他们，给他们换上干净的绿衣服……

六点四十五分，剃须刀开始嗡嗡响起来，急性病人们按照名字的字母顺序在镜子前面排起队来，A，B，C，D……像我这样能走的慢性病人则在急性病人完事之后再进去，然后是"轮椅人"被推进去。最后只剩三个老家伙，他们坐在休息室中各自的躺椅上刮胡子，下巴松弛的皮肤上覆盖了一层黄色的泡沫。为了防止他们在剃须时乱动，看护给他们的额头都绑上了固定用的皮带。

有些早晨——特别是星期一的早晨——我会躲起来试图对抗这些时间表。其他的一些早晨，我认为更为明智的是径自进入A和C之间的位置，跟其他人一样按照惯例行事，甚至连脚也不用抬——地板里的强磁场就像对待游乐中心的木偶一般操纵着我们。

七点钟食堂开门时，病人们排队的顺序也颠倒过来：首先是坐轮椅的，然后是能走的慢性病人，之后是急性病人。大家拿起盘子，盛上玉米片、熏肉、鸡蛋和烤面包片——今天早上还有放在翠绿生菜叶上的一片罐头桃子。一些急性病人给坐轮椅的病人拿来盘子。大多数"轮椅人"只是腿脚不好的慢性病人，他们可以自己吃饭，但有三个"轮椅人"脖子以下没有任何的知觉，脖子以上也几乎不能动，他们被称为"植物人"。在其他人都坐下以后，黑男孩们把他们推进来靠着墙，然后给这三个没牙的人拿来一模一样的盘子，上面盛着泥浆似的食物，并附上白色的饮食小卡片，写着"机械软食"字样：鸡蛋、火腿、烤面包片、熏肉，每一样食物都被厨房里的不锈钢机器搅拌过三十二次。我看到那机器张开分成几瓣的嘴，像吸尘器的管子一般，把一团搅拌过的火腿喷到一个盘子里，发出一声畜棚里常有的声音。

黑男孩们往"植物人"正吮吸着的粉红色嘴里喂了一大口食物，他们来不及吞咽，于是那机械软食被挤了出来，顺着他们突起的小下巴掉到了绿色的病号服上。黑男孩们咒骂着"植物人"，手里的勺子在他们嘴里一转，就把他们的嘴巴撬得大开，就像要挖出腐烂苹果的果核一样。"这老臭塑料，我眼看着他就这样变成了碎片。我都无法判断我是在喂他熏肉浓汤，还是他自己的该死的一块舌头……"

七点半大家回到休息室。大护士透过那扇擦得光亮无比、仿佛不存在似的玻璃窗里往外看，对眼前的一切点点头，伸手从她的日历上撕下一张纸。离目标又近了一天。她按了下按钮，让一切转动起来，我听到一块巨大的锡铁片在某处震荡的呼呼声。每个人都进入有序的状态。急性病人：坐到休息室里你们这一边等着纸牌和游戏棋盘被端出来。慢性病人：坐到你们这一边等着拼图游戏从红十字会的盒子里被取出来。埃利斯：到墙边你的地方去，举起手来等着钉子把你钉住，尿液从你的腿上流下来。皮特：像个木偶一般摇晃你的头。斯甘隆：在你面前的桌子上用你多骨节的手忙碌吧，制造想象的炸弹炸毁一个想象的世界。哈丁：开始说话吧，在空中挥舞你鸽子一般的手，然后把它们藏到你的腋窝里，因为成熟的男人不应该那样挥舞他们美丽的手。塞弗尔特：开始呻吟抱怨你的牙齿很痛，你的头发开始掉了。每个人：按照完美的秩序吸气……吐气……心脏按照日间指令卡所要求的频率来跳动，发出完全协调的气缸才有的声音。

就像在一个卡通世界里，黑线勾勒的扁平人物只能通过某种可笑的故事来动几下，如果我们是卡通人物而不是真人的话，现在病房里发生的故事也许真的会很有趣。

七点四十五分，黑男孩们来到慢性病人的队伍里，给那些还能安静接受安装的慢性病人用胶布粘上导尿管。导尿管是底部被剪掉的二手避孕套，用橡胶圈绑到病人裤腿中的管子里，管子被接到一个标着"一次性，不可再用"的塑料袋，每天结束时由我把这塑料袋冲洗干净。为了固定避孕套导尿管，黑男孩们用胶布把它粘在病人的阴毛上。戴导尿管的年老慢性病人的下身，由于经常要被撕去胶布而变得像婴儿般光秃秃的。

八点钟，墙壁开始全力以赴地嗡嗡鸣响起来。天花板上的扩音器响起大护士的声音，"服药。"我们向她常坐着的玻璃间里望去，她并不在麦克风旁边，实际上她离麦克风至少有十英尺远，正在指导一个小护士把药片有序地摆放在药盘里。急性病人按照A、B、C、D的顺序在玻璃窗前排队，然后是能走的慢性病人，然后是"轮椅人"（"植物人"最后再服他们混在一勺苹果酱里的药）。大家一个个走过，拿到装在一个小纸杯里的药片，一下倒进嘴里，然后接过小护士给的一满杯水把药片冲下去。偶尔，某个傻子可能会问自己被要求吞下去的是什么东西。

"等等，亲爱的，跟我的维生素混在一起的这两颗红色小胶囊是什么？"

我认识他。他是个很烦人的高大的急性病人，已经赢得了捣蛋鬼的名声。

"只是药而已，塔伯先生，对你有好处的，现在把它吞下去。"

"但我的意思是这是哪种药。上帝，我看得出来那是药片。"

"把它吞下去，好吗，塔伯先生——为了我？"她飞快地回头看了一眼大护士，想确认她这点调情的小伎俩是否为大护士所接受，然后又转过头来看着急性病人。即便是为了她，他还是不准备把他不知道为何物的东西吞下去。

"小姐，我不想制造麻烦。但是我也不喜欢吞下莫名其妙的东西。我怎么知道这不是把我变成别的东西的那种古怪药片？"

"不要生气，塔伯先生——"

"生气？看在上帝的分上，我想知道的只不过是——"

但是大护士已经安静地走了过来，用力按在塔伯的胳膊上，麻痹感一路延伸到他的肩膀。"没关系，弗林小姐，"她说，"如果塔伯先生选择像小孩子一样行事，那么我们不得不像对待小孩子一样对待他。我们已经尽力为他考虑，对他很好了。很显然，那不是答案。敌意、敌意，这就是我们得到的答谢。你可以走了，塔伯先生，如果你不希望用嘴来服你的药的话。"

"我只是想知道，看在——"

"你可以走了。"

在她放开他的胳膊后，他咕咕哝哝地走了，然后花了整个早晨来洗厕所，脑子里一直在想着那些胶囊。有一次我把一颗同样的红色胶囊藏在舌头底下，假装吞咽，并且侥幸逃脱。后来我在拖把间把胶囊敲开了，在胶囊变成白色粉末之前，有那

么一刻我看到那是一个迷你电器元件，就像我曾在雷达兵团使用过的那种，有细微的金属丝、线束和晶体管，而这个东西一碰到空气就消散了……

八点二十分，纸牌和拼图游戏来了……

八点二十五分，某个急性病人提到他曾偷看过姐姐洗澡，同桌的其他三个人争执起来，争相想成为第一个把这秘密写到日志本上的人……

八点三十分，病房的门打开了，两个技术人员小跑着进来，闻上去像葡萄酒一样。技术人员总是走得很快，或者小跑着，因为他们的身体前倾得太过厉害了，所以不得不快步移动来保持站立。他们总是身体前倾，而且闻上去总让人觉得他们是用葡萄酒来给那些器械消毒的。他们把实验室的门关上了，我扫着地凑过去，在钢铁碰撞磨刀石的邪恶的嗞嗞声里辨别出了他们的声音。

"早晨的这个时间真讨厌，我们要干什么呢？"

"我们要在某个好打探的家伙体内装个切除好奇心的装置。她说是紧急工作，我甚至不确定我们的库房里是否有这个小装置。"

"我们可能要打电话给IBM让他们赶制一个。我到后面检查一下库存——"

"嘿，你顺便拿瓶谷物酒来，天这么冷，我连他妈的最简单的零件都安装不了，我需要点提神的。算了，妈的，毕竟比修车厂的工作强……"

他们的声音很勉强，两人说话都很快，听上去不像真实的谈话，而更像是卡通喜剧里的对白。我在他们发现我偷听之前扫着地走开了。

两个高大的黑男孩在厕所里抓到了塔伯先生，把他拖到了一个有床垫的房间。其中一人对着塔伯的小腿狠狠地踢了一脚，塔伯狂叫"杀人了"，我很惊讶当他们抓着他时，他竟显得如此无助，就像被黑铁条捆住了一般。

他们把他脸朝下按在床垫上，一个坐在他的头上，另一个从后面把他的裤子撕开了，将布条剥下来，直到塔伯先生露出了他破旧的生菜绿内裤框着的粉红色屁股。塔伯先生用窒息的声音贴着床垫拼命诅咒，坐在他头上的那个黑男孩说："对的，塔伯先生，对的……"大护士从大厅走过来，边走边往一个长针头上涂凡士林，她把门关上了，所以有一小会儿我看不到他们，然后大护士又走了出来，边走边用塔伯先生的一块裤子擦着针头。她把凡士林罐留在了房间里。我瞥见那个仍然坐在塔伯先生头上的黑男孩用一块面巾纸轻拍着塔伯先生。他们在里面待了很长时间，然后门打开了，两个黑男孩走了出来，把塔伯先生抬到了实验室，他的绿色内裤已经完全被剥掉了，人被包在一块潮湿的被单里……

九点钟，穿着带皮革护肘的衣服的年轻住院医生和急性病人进行五十分钟的谈话，讨论他们小时候做过的事情。大护士并不信任这些理着小平头的住院医生，他们在病房的五十分钟对她来说是段艰难的时间。当他们在这里时，机器都变得不灵了。她怒容满面，疯狂地做笔记，准备查看这些男孩的记录，看看他们有没有交通违规或类似问题……

九点五十分，这些住院医生离开，机器又开始平稳地嗡嗡忙碌起来。大护士从她的玻璃间监视着休息室：面前的一切又具有了蓝钢一般的清晰度，呈现卡通喜剧里清楚有序的行动。

塔伯被放在盖尼式金属担架上从实验室里抬了出来。

"在脊椎穿刺时他试图起来，我们不得不给他再打了一针，"技术人员告诉大护士，"现在还来得及，我们可以直接把他抬到一号楼施行电击治疗——这样就不会浪费额外的西可巴比妥[1]，你觉得呢？"

"我认为这是一个很好的建议，也许还可以在电击治疗以后给他照个脑电图，检查一下他的大脑——或许我们能发现需要脑部手术的证据。"

技术人员就像卡通人物一般推着盖尼式金属担架上的塔伯疾步离开了——或者说像木偶，《庞奇和朱迪》木偶剧某一幕里的机械木偶。在那部木偶剧里，木偶被恶魔击败，微笑的鳄鱼把它从头一口吞下去，那情形真让人发笑……

十点钟，邮件来了，有时候你收到的是被撕开的信封……

十点三十分，公共关系负责人走了进来，后面跟着来自某个女性俱乐部的一群女人。他在休息室的门口拍着他的胖手，"哦，各位，你们好，安静、安静……女孩们，你们四处看看，是不是非常干净，非常明亮？这是拉契特小姐，我选择这个病房就是因为这是她的病房。女孩们，她就像一位妈妈，我并非指她的年纪，但是我想你们这些女孩理解我的意思……"

公共关系负责人的衬衫领子实在是太紧了，当他笑时那

---

1 西可巴比妥：一种用来催眠的镇静药物。

领子把他的脸挤得肿胀起来，而他几乎一直都在笑，我甚至不知道他到底笑什么。他的笑声尖而快，就好像他希望停下来但是无法做到似的。他的脸又红又圆，像画了一张人脸的气球。脸上没有胡须，其实头上也没有头发，看上去似乎他曾把一些毛发粘到头上和脸上，但是那毛发不停滑下来，跑到他的袖口上、衬衫口袋里和领子上，也许这就是他把领子弄得那么紧的原因——为了把那些毛发挡在外面。

也许这就是为什么他总是发笑，因为他无法把所有的毛发都挡在外面。

他领着这些身着鲜艳运动夹克、表情严肃的女人到处参观，向她们指出，几年以来这里的条件已经改善了很多。她们听了都不停地点头。他向她们一一指出电视机、大皮革沙发、卫生的饮水机等，然后领她们到护士站里喝咖啡。有时候他独自一人站在休息室的中央拍手（你可以听到他的手是湿的），拍两三下直到手都粘一块了，他就把手合成祷告状放在下巴底下开始旋转。他在地板的中央转啊转，目光狂乱地看着电视机、墙壁上的新照片和饮水机，不停地笑。

他看到的东西如此有趣，有趣得都不愿意让我们知道，其实我觉得唯一好笑的事情是他像个橡胶玩具一样在那里不停地转啊转——如果你把他推倒的话，因为他底部很重，他会立马又弹回来，继续不停地旋转。他从来不看大家的脸。从来不。

十点四十分——四十五分——五十分，病人们进进出出，穿梭于各处，进行他们预约好的电击治疗、职业治疗或者心理治疗，或者待在某个奇怪的小房间里，那里的墙壁尺寸不一，地板高低不平。整个大机器听起来似乎在说已经达到了一个平稳的巡航速度。

病房充满嗡嗡的忙碌声。有一次我所在的橄榄球队到加利福尼亚跟一个高中球队打球，我曾在那里的一个纺织厂听到过类似的嗡嗡忙碌声。有一个赛季我们表现不错，镇上热心的支持者因为非常自豪而头脑发昏，出钱资助我们飞到加利福尼亚跟那里的一个高中冠军球队打球。当我们抵达城镇时，我们不得不去参观当地的工业。我们的教练总喜欢跟人们讲，体育运动之所以具有教育意义就在于旅行所提供的学习机会，所以在外地比赛前，他总是把我们一群人先赶到奶油厂、甜菜农场和罐头厂，在加利福尼亚时是一个纺织厂。参观那个纺织厂时，球队里大多数人看了一眼就跑回长途汽车上，支起行李箱玩扑克牌，而我则缩在纺织厂的一个角落里，尽量避免妨碍在机器旁的过道里上下忙碌跑动的黑女孩们。纺织厂里按统一模式快速移动的人，机器的嗡嗡声、嘀嗒声和咔嗒声，都让我有种置身梦境的感觉。那就是为什么其他人都离开了而我还留在那里，因为它让我想起了在最后的日子里离开村庄去为水库的碎石机工作的人们。那种狂热的方式，被循环往复的工作催眠了的面孔……我想和队友们一起出去，但是我不能。

那是一个初冬的早晨，我仍然穿着获得冠军时他们发给我们的夹克——一件红绿相间的夹克，袖子是皮的，背上绣着冠军队橄榄球形状的标志——这让很多黑女孩都盯着我看。我把夹克脱下来，她们仍然盯着我。在那些岁月里我比现在要高大很多。

一个女孩离开她的机器，往过道里张望，看工头是否在附近，然后她走到了我站着的地方。她问我是不是当天晚上要和高中队比赛，还告诉我她有个兄弟是那个球队的后卫。我们讨论了一会儿橄榄球，我注意到她的脸看起来很模糊，就好像我和她之间有一层雾隔着，但那是由于空气中飘舞的棉絮。

我跟她说有棉絮，并且告诉她，现在我看她的感觉，就像在某个外出打鸭子的日子里，透过早上的浓雾端详她的脸。听到这话她眼珠一转，用拳头捂着嘴笑了起来。她说："看在永爱的主的分上，究竟为何你想和我单独待在一个猎鸭掩体里？"我说她可以照顾我的枪，整个纺织厂的女孩子都掩着嘴偷偷笑了，我也笑了笑，觉得自己蛮聪明的。当我们还有说有笑时，她猛地紧紧掐住我的两只手腕。她的脸突然变得明艳而清晰，我看得出有什么东西让她感到很害怕。

"一定，"她对我低声耳语，"一定要带我走，大男孩，带我离开这个纺织厂，离开这个城镇，离开这种生活。带我到别处的某个猎鸭掩体里。别处。好吗，大男孩，好吗？"

她那黝黑美丽的脸在我面前闪闪发亮，我张着嘴站在那里，努力想该以什么方式回答她。我们就这样在一起几秒钟，然后纺织厂里的某种声音突然响起，某个看不见的东西开始把她拽离我，一根看不见的线钩在她那件红色的花衬衫上，开始把她往回拉。她的手离开了我的手腕，一旦不再跟我接触，她就变得模糊不清了，脸庞在那涌动的棉花雾后变得像融化的巧克力一般轻柔松软。她笑着飞快一转身，裙裾翻飞处我瞥见了她那双黄色的腿。她回头对我一眨眼，跑回到机器旁边去了，桌上已经有堆放不下的布料掉到了地上，她把布料抓起来，脚步轻盈地跑到机器过道那边，把它们扔到了储料箱里，然后她在转角处消失了。

所有纺锤不停地旋转着，梭子四处跳动，丝线把空气卷绕在线轴上，刷白的墙壁、钢灰色的机器，还有穿着花裙子的蹦蹦跳跳的女孩子们，整个地方被流动的白色线条织成了一个网络，将工厂牵引在一起——这一切都留在了我的记忆里，偶尔，病房里的某件事情会让我想起它来。

是的，这就是我所知道的。这个病房就是"联合机构"的一个工厂。医院就是为了纠正邻近社区、学校和教堂里发生的错误而存在的。当一个产品修复一新——有时甚至比新的还好——重新走入社会时，大护士心里就备感欣慰；某个进来时扭曲变样的东西现在成了能够运行的、称职的零部件，是令人刮目的奇迹，整个组织对此功不可没。他终于带着重新焊接好的笑容穿越大地，融入了某个美好的社区，正在那里沿街挖沟为城市用水铺设管道；他感到心满意足，他终于与环境调和了……

"哎呀，我还从未见过任何东西可以超越马科斯威尔·塔伯从医院回来以后的巨变，他的眼睛四周有点青紫，体重减轻了一点，但是，你知道吗？他脱胎换骨了。妈的，上帝啊，现代美国科学……"

他家地下室的灯通宵亮着，这是因为技术人员给他安装的"延迟反应元件"给了他灵巧的技艺，他服从于他吸过毒的妻子，服从于他年仅四岁和六岁的女儿，服从于每星期一跟他一起去打保龄球的邻居，他和他们调和，就像他曾被调和一样。

他们如此宣传。

当他度过事先设定好的年头最终倒下时，整个镇都觉得痛失所爱，报纸登出了他去年在"扫墓日"帮助童子军的照片，他的妻子收到高中校长的一封信，称赞马科斯威尔·威尔森·塔伯是我们社区年轻人的优秀楷模。

甚至一毛不拔的两名尸体防腐处理人也动摇了，"是的，老马科斯·塔伯是个好人。你觉得我们用那种比较贵的三十重量单位的棺材，但是不向他妻子另外收钱怎样？是的，妈的，见鬼去吧，让殡仪馆出钱算了。"

这样一个成功的出院者是让大护士备感欣慰的产品，代表着她和整个行业的技艺。每个人都为出院者感到高兴。

但是，入院者就是另外一回事了，甚至表现最佳的入院者也注定需要做些工作才会开始遵守医院的常规，并且，你永远无法知道什么时候某个精神足够自由的人可能进来把事情全部搞糟，闹个天翻地覆，对整个组织的平稳性构成威胁。另外，就像我解释的那样，如果任何东西妨碍了她的组织的平稳运作，大护士一定会竭尽全力将其扼杀。

中午之前，他们又开启了烟雾器，但没有将马力开足，雾气不是非常浓重，如果我努力的话，还是能够看到东西。在那些平常的日子，我一般会不再努力，完全放任自己，像其他慢性病人那样，完全淹没在这些烟雾里。但是眼下我对这个新来的人很感兴趣——我想看看他在即将到来的小组会议上如何表现。

一点差十分，雾气完全散了，黑男孩们吩咐急性病人清扫地板，为开会做准备。所有的桌子都从休息室搬到了大厅对面的浴盆间——麦克墨菲说我们好像要在地板上跳舞一样。

大护士透过她的窗户注视着这一切，整整三个小时她都没从那扇窗户里移动一下，甚至午饭时也没动。休息室里的桌子都清空了，一点钟的时候，医生从他的办公室走出来，路过她的窗口时，他向她点头致意，然后走到门左边他的椅子上坐下来。他坐下时病人们也坐了下来，之后年轻护士和住院医生们从四下里走了进来。当大家都坐定以后，大护士从窗后站起来，走到护士站后面那个有刻度盘和按钮的钢质仪表板面前，设定一些自动操作，这样她不在的时候一切便仍能运行，然后她拿着日志本和一筐笔记走进了休息室。尽管她已经到医院半天了，但她的制服仍像刚浆洗过似的那样僵硬，一点皱褶也没有，关节弯曲处的响动像折起冰冻了的帆布时发出的声音。

她坐在了门的右边。

她刚坐下，老皮特·班西尼就开始晃着脚，摇着脑袋，喘息着说："我累了。哟。天哪，主啊。哦，我真的很累啊……"每次病房有新人到来，有个诉苦机会时，他总是这样。

大护士没有瞧皮特，她在翻弄筐子里的笔记。"谁坐到班西尼先生的旁边去，"她说，"让他安静下来我们好开始会议。"

比利·彼比特走了过去。皮特正把脸转向麦克墨菲，像铁路交叉路口的信号灯那样左右摇晃着脑袋。他在铁路上干了三十年，现在人已磨损殆尽，但记忆仍然在工作。

"我累、累了。"他说，对着麦克墨菲不停摇晃他的脑袋。

"放松点，皮特。"比利说，把一只满是雀斑的手放到皮特的膝盖上。

"……好累……"

"我知道，皮特。"比利轻拍着皮特瘦骨嶙峋的膝盖。皮特把脑袋缩了回去，意识到今天没人会理会他的抱怨。

大护士把她的腕表取下来，看了看病房里的钟，上了上发条，把表面朝上放在筐子里，然后从筐子里拿出一个文件夹。

"现在，我们可以开会了吧？"

她的脑袋在衣领里四处转动，脸上挂着镇定的微笑，四处察看有没有人会打断她。除了麦克墨菲以外，大家都不看她，而是低头找手指上的倒刺。麦克黑菲挑了角落里的一把扶手椅子，好像他有权永久占有这把椅子似的坐在那里，观察着她的一举一动。他仍然戴着帽子，像个摩托车赛手一样将帽子紧紧压在红头发上。他单手将膝盖上的一摞纸牌摊开，然后啪的一声又合上，四周的安静让人觉得这个响动很大。大护士四下转悠的目光在他身上停留了一秒，整个早上她一直在观察他玩纸牌游戏。病房里只许赌火柴棍，尽管她没有看到有钱转手，但是她认为他不像会遵守这个规则的样子。那一摞牌悄声摊开，啪地又合上，然后消失在麦克墨菲的大手掌中。

大护士又看了看腕表，然后从手中的文件夹里抽出一张纸看了看，再把它放回文件夹里。她放下文件夹，拿起日志本。埃利斯在墙边咳嗽起来，她等他停止。

"现在请注意了，星期五会议快结束时……我们正讨论哈丁先生的问题……有关他的年轻妻子的问题。他说他的妻子胸部异常丰满，这让他很不舒服，因为她在街上常常吸引陌生男人的目光。"她翻到日志本里有关的记录，做标记的小纸片从顶端伸出来，"很多病人在日志本里写道，他们曾听哈丁先生说'她有很好的理由让那些狗杂种盯着她看'。哈丁先生还说，'我的甜美但大字不识的宝贝妻子，觉得任何无法激起男性力量和性虐待冲动的话语和姿势，都是柔弱的颓废派风格的体现'。"

她继续镇定地读了一会儿日志本的内容，然后把它合上了。

"他也曾经说过，他妻子丰满的胸部有时候给他一种自卑感。就是这样，任何人有兴趣进一步触及这个话题吗？"

哈丁闭上了眼睛，其他人也没有说什么。麦克墨菲四处看看，等着瞧是否有人会回答大护士，然后他举起了自己的手，打着响指，就像学校里课堂上的孩子一样，大护士对他点了点头。

"麦克马里——呃——先生？"

"抚摸什么？"

"什么？抚摸——"

"你问的，我相信，'任何人想抚摸这个'——"

"触及这个——话题，麦克马里先生，关于哈丁先生和他妻子的话题。"

"哦。我以为你是说抚摸[1]她——或者别的什么。"

"好了，你怎么能——"

但是她停住了，有那么一秒她几乎有些慌乱，有些急性病人偷偷笑了，麦克墨菲长长地伸了伸懒腰，打了个哈欠，对哈丁眨了眨眼。大护士随即平静下来，把日志本放回到筐子里，

---

1 英文里的touch既有触及某个话题的意思，也有抚摸的意思。麦克墨菲是故意跟大护士捣乱。

从里面拿出另一个文件夹，开始读起来。

"兰道·帕特里克·麦克马里，由州政府从彭德莱登劳改农场送到本院来进行诊断和可能的治疗，三十五岁，从未结过婚，因为在朝鲜囚犯集中营领导了一次成功的越狱而获得杰出服役十字勋章，之后因为不服从命令而不光彩地被部队开除，接下来是一连串的街头斗殴和酒吧打架的历史，以及因为酗酒、攻击殴打他人、扰乱治安、再三赌博而数次被捕，还有一次逮捕是因为——强奸。"

"强奸？"医生立马精神起来。

"法定强奸，和一个女孩，年纪为——"

"哇哈，那个人站不住脚，"麦克墨菲对医生说，"女孩拒绝出庭做证。"

"和一个十五岁的孩子。"

"她说她十七岁，医生，而且她完全是自愿的。"

"一个法庭医生的检查发现并证实了性侵入，反复的侵入，记录上说——"

"事实上，她是非常自愿的，我都快把我的裤子缝起来了。"

"尽管有医生的报告，但那孩子拒绝做证，似乎是被胁迫了。被告在庭审之后很快离开了那个城镇。"

"嘀，好家伙，我不得不离开。医生，让我来告诉你，"他身子前倾，一只胳膊肘放在膝盖上，对着房间对面的医生压低声音说，"如果等她到达法定年龄十六岁，那个小婊子可能已经把我烧成灰了，她那时候都能把我扳倒在地板上鞭打我了。"

大护士把文件夹合上，递给门那边的医生，"我们的新病人，斯皮威医生，"就像那张黄色的纸里叠了个人，她可以递给医生看似的，"我本来想今天晚些时候再向你介绍他的记录，但是他似乎很急于在小组会议上强调他的存在，那么也许我们可以省点事，现在就把他的情况说了。"

　　医生一拉线，把外套口袋里的眼镜拽了出来，戴到鼻梁上。眼镜往右边歪了一点，但他把头往左边一抬，让它获得了平衡。他翻阅文件夹时稍微笑了笑，就好像他和我们一样，被这个新人在大家面前厚颜无耻大声讲话的方式弄得心里痒痒的。并且，和我们一样，他小心翼翼地不让自己露出笑意。医生读完后合上了文件夹，把眼镜放回口袋里。他看着麦克墨菲，而休息室另一边的麦克墨菲也身体前倾注视着他。

　　"你曾——好像你没有过任何其他的精神病史，麦克马里先生？"

　　"叫我麦克墨菲，医生。"

　　"哦？但是我以为——护士长曾叫——"

　　他重新把文件夹打开，拿出眼镜来又仔细看了看记录。过了一会儿，他将眼镜放回口袋里："是的，麦克墨菲，的确是这样的，请原谅。"

　　"没关系，医生，是这位女士一开始叫错了，我知道有些人倾向于那样做。我有个叔叔叫哈勒汗，他跟一个女人约会过一次，她一直装作记不住他的名字，不停叫他胡里根[1]，这样持续了几个月。最后他制止了她，制止得很对。"

────────────

1　胡里根：Hooligan，小流氓的意思。

"哦？他是怎么制止她的？"医生问。

麦克墨菲咧嘴一笑，用他的大拇指抹了抹鼻子："啊哈，这个嘛，我不能告诉你。我得严守这个秘密，你明白吗，万一某一天我自己需要用。"

他这话是对大护士说的。她对他报以微笑，然后他又看着医生说："现在告诉我，医生，你刚才问了些什么，你问我关于我记录的什么东西，医生？"

"是的，我在想你之前是否有过精神病史，有没有做过心理咨询，或者有没有在其他机构待过？"

"州里和县里的监狱也算吗——"

"精神病院。"

"哈，如果是这样的话，没有，这是我的第一次旅程，但是我很疯狂，医生，我发誓我很疯狂。好的——让我给你看这个，我相信农场另一个医生……"

他把一摞纸牌扔到夹克的口袋里，站起来走到了房间的另一边，从医生肩头上探过去，伸手翻看医生膝盖上的文件夹："我相信他曾在记录用的某张纸背后写过什么东西……"

"是吗？我没有看到，等一会儿。"医生把他的眼镜拿出来戴上，看了看麦克墨菲手指着的地方。

"在这儿呢，医生，护士在综述时把这部分省略了，这里说，'麦克墨菲先生多次表现出'——我只是想确保你完全理解了我，医生——'激情的爆发，有可能是精神疾病的症状。'他告诉我'精神病患者'意味着我打太多架，操——原谅我，女士们——意味着按照他的说法，我在性关系方面过分热心了。

医生，这很严重吗？"

他问这话时，宽大、坚韧的脸上满是小男孩似的关切和担忧，医生忍不住低下头用衣领掩着嘴窃笑，他的眼镜从鼻子中央滑下来掉到了他的口袋里。现在，所有的急性病人，甚至连一些慢性病人也都笑了。

"医生，我的意思是，在那种事上过分热心，你曾经被这个问题困扰过吗？"

医生揉了揉眼睛，"不，麦克墨菲先生，我承认我没有。但是，我感兴趣的是农场的医生加的这段陈述，'不要忽视这样一种可能性，这个人可能是假装精神错乱以逃避农场的苦差事'。"他看着麦克墨菲，"你觉得呢，麦克墨菲先生？"

"医生，"他站直身子，皱着眉头，伸出两条胳膊，一副向全世界坦白的模样，"我像正常人吗？"

医生再次竭力抑制咯咯发笑的冲动，一时说不出话来。麦克墨菲从医生身边转过去，问了大护士同样的问题："我像吗？"她没有回答，而是站起来从医生那里把淡褐色的文件夹拿了过去，放回筐子里她的腕表下面，然后坐了下来。

"医生，也许你应该把小组会议的原则告诉麦克马里先生。"

"夫人，"麦克墨菲说，"我没有告诉过你，我的叔叔哈勒汗和那个曾经念错他名字的女人的事吗？"

她把笑容收敛了起来，看了他很长时间。在应对别人的时候，她总能把微笑变成任何其他表情，但是无论她的表情怎样变化，看上去却并没有什么不同，都是为了服务于她的目的而故意显露的机械的表情。最后她说："请原谅，麦克——墨——菲。"她回头对着医生："现在，医生，如果你能够解释一下……"

医生双手交叉，身体往后一靠："是的，既然说到这里，我想我应该解释一下我们治疗性团体的全部理论，虽然我通常把这个留到后面说，好主意，拉契特小姐，很好的主意。"

"当然理论也要讲，医生，但我想的是，病人在会议进行时应该一直坐着，这是个规矩。"

"是的，当然，然后我将解释一下理论，麦克墨菲先生，首先要注意的事情之一是病人在会议中间应该一直坐着，你看，这是我们保持秩序的唯一办法。"

"当然，医生，我只是站起来指给你看我记录本里的那个东西。"

他回到他的椅子旁，又长长地伸了伸懒腰，打了个哈欠，坐了下来，就像要休息的狗一样不停地挪动身体。过了一会儿，当他觉得舒服了，他就看着医生，等着他说话。

"就理论而言……"医生愉快地、深深地吸了吸气。

"操他娘的老婆。"拉克里说。麦克墨菲用手指掩着嘴，以一种沙哑的低语向病房那边的拉克里叫道："谁的老婆？"马蒂尼猛一抬头，眼睛瞪得大大的。"对呀，"他说，"谁的老婆？哦，她吗？是的，我看到她了，是的。"

"我愿意出高价换取那个人的眼睛。"麦克墨菲说的是马蒂尼，然后直到会议结束他再也没说一句话，而是坐在那里观察，不错过发生的任何事情或漏听别人说的任何一个字。医生不停地谈论他的理论，直到最后大护士觉得他已经用了足够多的时间，才催促他快点结束，以便大家可以讨论哈丁的问题。于是剩下的时间大家都在讨论哈丁。

会议当中有一两次麦克墨菲在椅子里往前坐了坐，就好像他有什么话要说，但是觉得不妥又往后靠了回去。他的脸上有种迷惑的表情，这里正发生着某些奇怪的、他无法理解的事情，他试图找出来。比如说，为什么没有人笑呢？当他调侃地问拉克里"谁的老婆？"时应该有人发笑的，但是大家连笑的迹象都没有。墙壁让气氛压抑而紧张，大家都笑不出来。一个男人们不愿让自己放松发笑的地方多少有些奇怪；这些大老爷们都对那个微笑的、丰乳红唇的面粉脸老太婆俯首帖耳的样子多少有些奇怪。他想，要进行任何表演前最好先等段时间，看看这个新地方到底是怎么回事。对于一个聪明的赌徒来说，这是个好的规则：出手之前先仔细观察一下整个游戏。

我已经多次聆听所谓治疗性团体的理论，几乎可以颠来倒去地重复它—— 一个人能够在一个正常的社会里发挥作用之前，必须学习在一个团体中与人融洽相处；那个团体要挑出这个人出格的行为，以便帮助他；一个人是正常人，还是疯子，是由社会决定的，所以你必须符合标准。就这么几道板斧。每次病房来新病人时，医生总会毫不迟疑地探讨起这个理论来，这差不多是医生接管事情和主持会议的唯一时间了。他说，治疗性团体的目的在于建立一个民主的病房，完全通过病人以及他们的选举活动来进行自治，致力于将有价值的公民转变为重新回到社会的出院者。任何的小烦恼或者委屈都应该带到团体里来讨论，而不是放任它在心里折磨你。如果你能够自由地在其他病人和工作人员面前探讨你的感情问题，你将会对你周围的环境感到自在。他说，谈论、探讨、坦白。如果你在日常对话中听到一个朋友说了什么，你应该将之记录到日志本上。这不是电影里所称的"告密"，而是帮助你的伙伴把这些旧日的罪恶公开，让它们在大家的视线中被冲刷干净。参与团体讨论。帮助你和你的朋友探索潜意识里的秘密。朋友之间不需要有秘密。

我们的意图，他通常会在结尾时这样说，是尽可能地使这个病房成为你们自己的民主的、自由的社区——一个内部小世界，这是某一天你将会重新占一席之地的那个外部世界的缩影。

他也许还有更多的话要说，但到这时大护士通常会让他闭嘴；在那间歇老皮特会站起来，摇晃着他那个历尽磨难的铜锅似的脑袋，告诉每个人他有多么累，大护士会叫某个人去让他安静下来，皮特通常会乖乖听话，而会议得以继续进行。

唯一的一次例外，发生在四五年前。那时候医生已经完成了喋喋不休的高谈阔论，大护士也已经开口说了："现在，谁来开个头，把那些陈年的秘密都吐出来？"之后，她像个马上要响起来的电子闹钟似的，默不作声地坐在那里，等着某个人率先坦白有关自己的事情。她的眼睛就像探照灯一样镇定地在大家面前扫来扫去。休息室悄无声息，所有的病人都呆坐在那里。二十分钟以后，她看了看腕表，说道："我是不是应该得出结论说，你们中没有一个人干过羞于启齿的事情啊？"她把手伸到筐子里去拿日志本，"我们不得不重温过去的历史吗？"

那句话一下子激活了什么，墙里的某个声响装置似乎立即开动了起来。急性病人们都身体一僵，嘴巴同时张了开来。她来回扫荡的目光停在了墙边第一个人的身上。

他的嘴动了："我抢劫过一个加油站的收银机。"

她把视线移到下一个人身上。

"我试图跟我的小妹妹上床。"

她的眼睛盯住下一个人。她的眼神射向谁，谁就会像射击练习场的靶子一样跳起来。

"我——有次——想跟我弟弟上床。"

"我六岁时杀死了我的猫。哦，上帝饶恕我。我用石头把它砸死了，然后谎称是我的邻居干的。"

"我说试图是撒谎。我真的和我妹妹上床了！"

"我也是！我也是！"

"还有我！还有我！"

这比她梦寐以求的情景还要好，他们都狂喊着，想要胜过别人，并且一发不可收拾，越说越骇人听闻，最后他们都无法直视别人的眼睛。大护士对每一次告解都点头，嘴里说着对对对。

然后老皮特站了起来。"我累了！"他喊了出来，他的声音里有一种强大的、愤怒的、红铜一般铿锵的调子，这是大家以前从未听过的。

大家都鸦雀无声，而且感到些许羞愧，就好像他突然说了某样真实、正确和重要的东西，让他们为自己那些孩子气的大声叫喊感到无地自容。大护士怒不可遏，猛地转身瞪着他，微笑彻底消失。事情才刚进入正轨，他就来打岔。

"谁来照看一下可怜的班西尼先生？"她说。

两三个人站了起来。他们拍着他的肩膀努力让他恢复平静，但是皮特似乎不愿安静。"累死了！累死了！"他不停地说。

　　最后，大护士派了一个黑男孩，试图将皮特强行带离休息室，但她忘记了黑男孩们根本无法操控像皮特这样的人。

　　皮特一辈子都是个慢性病人。尽管他直到五十多岁才入院，但他一直是慢性病人。他头的两边各有一个大的凹痕，因为他妈妈生他时，医生试图钳住他的脑袋把他拖出来。那时皮特先是往外张望了一下，看到了产房里等着他的机器，多少意识到了他即将降生的世界是什么样子，于是抓住娘胎里一切顺手能抓住的东西，努力拖延降临人世的时间。医生将一把钝钳子伸了进去，夹住他的头要他松手，以为这样就不会有什么大的问题。但皮特的脑袋太嫩了，像黏土一样松软，钳子还是留下了凹痕，在他的脑袋成形后，这两道凹痕仍然存在，而这使得他的头脑异常简单——需要付出巨大的努力、注意力和意志力，才能完成即使对一个六岁的孩子来说都异常简单的任务。

　　但好的一面是——由于头脑简单，他才幸免于"联合机构"的控制。他们无法按某个模子来改造他，于是允许他在铁路上做一份简单的工作。在那里，他要做的事情就是待在偏远地方的一座小隔板屋里，守着一个孤零零的开关。如果开关朝向这一边，他就挥舞一个红色信号灯；如果开关朝向另一边，他就挥舞一个绿色信号灯；如果前方某处有一节火车，他就挥舞一个黄色信号灯。他做到了，凭借体力和他们未能捣毁的毅力做到了。他从未被安装过任何大脑控制器。

　　这就是为什么那个黑男孩对他没有任何的控制权。但是黑男孩没有马上意识到这点，大护士命令他把皮特从休息室带走时也未意识到这点。黑男孩径直走上去，猛地一拉皮特的胳膊就往门边拖，就像你猛拉正在犁地的马的缰绳让它转弯一般。

"好了，皮特。我们到宿舍去，你打扰到大家了。"

皮特把黑男孩的手甩开，"我很累。"他警告说。

"赶快，老头，别再小题大做了。让我们到床上去，做个安静的好孩子。"

"累……"

"我让你到宿舍去，老头！"

黑男孩再次猛拉他的胳膊，皮特停止摇晃脑袋，站直站稳了，眼光突然变得清醒。通常皮特的眼睛是半闭着的，很浑浊，

就像里头掺着牛奶，然而这次却变得格外清晰，宛如蓝色的霓虹灯。黑男孩拉着的那条胳膊下端的手开始膨胀。工作人员和其他大多数的病人自顾自在那里说着话，没有太注意这个老家伙和他抱怨太累的陈词滥调，以为他会像往常一样平静下来，会议还会继续。他们没有看到那条胳膊下端的手膨胀得越来越大，而他不停地松开拳头，又握紧拳头。我是唯一注意到的人，我看到那只手握紧了，膨胀着，在我面前挥动，变得流畅而且坚硬，好似一根链条末端拴着的巨大的生锈铁球。我盯着那只手，等待着，这时黑男孩又大力拉扯皮特的胳膊朝门口拽。

"老头，我说你必须——"

他看到了那只手，试图闪到一边躲开它，嘴里还说着："你是个好孩子，皮特。"但他还是迟了，皮特把那只大铁拳从膝盖上挥舞了出去。黑男孩被重重砸到了墙上，然后就像墙壁涂了油似的滑了下去。我听到那面墙里管子爆裂破碎的声音，石灰沿着他撞击的形状裂了开来。

个子最矮的黑男孩和另一个高个的黑男孩站那儿吓呆了。大护士手指一弹，他们立即反应了过来，闪电般地滑过地板。小个儿紧跟着大个儿，好似小镜子里映照出来的大个子的缩影。他们快到皮特跟前时，才突然意识到被打的男孩本应知道的事实，那就是皮特不像我们其他人一样安装了控制器，他并不会因为他们命令他或者拽一下他的胳膊就俯首帖耳。如果他们要带走他，就得像带走一头野熊或公牛一样费劲，而他们当中的一个已经被撂倒了，似乎胜算不大。

他们两个同时想到了这点，一下呆住了。大个儿和他的小缩影姿势相同，左脚在前，右手伸出，僵持在大护士和皮特中间。铁拳在他们面前挥舞，雪白的愤怒天使在他们身后虎视眈眈，他们颤抖起来、七窍生烟，而我听到了齿轮刺耳的摩擦声。我看到他们因为迷惑而抽搐着，就像正全速行进的机器猛然被刹住。

皮特站在地板的中央来回挥舞着那只大铁拳，身体随着大铁拳的重心转移而有些倾斜，现在每个人都看着他。他的目光从大个儿移到小个儿身上，当他看到他们不会马上靠近时，他转向了病人们。

"你们看——都是些骗人的鬼话，"他告诉他们，"全是骗人的鬼话。"

大护士溜了出去。她走到门边，抓起她的柳条编织袋。"对的，对的，班西尼先生，"她低声哄着，"如果你现在平静下来的话——"

"就是这样，不是别的，全是一堆骗人的鬼话。"他的声音失去了那股红铜般的力量，变得勉强而急促，就像他没有足够的时间来说完他想说的，"你看，我没有办法，我不能——你们不明白吗，我生下来就死了，你们不是，你们不是生下来就死了。啊哈哈，很难哪……"

他开始哭起来，再也无法把话清楚地说出来。他的嘴一开一合想讲话，却无法再把词语组成句子。他摇着头想让自己清醒，对着急性病人直眨眼。

"啊哈哈哈哈，我……告诉……你们……我告诉你们。"

他开始委顿了，大铁球般的拳头又缩成了一只手。他把手握成杯状放在面前，就像要给病人们什么东西。

"我没有办法，我是早产儿，受了很多的侮辱，我早死了，生下来就死了。我没有办法，真的很累，我已经放弃努力了。你们还有机会。我受了如此多的侮辱，生不如死，但是活着对你们来说很容易。我天生就是死人，生活对我来说非常艰难，我真的很累。说话和站着都让我很累。我已经死了五十五年。"

大护士从房间的一头冲过去准确地扎中了他，针头直接穿过他的绿色病号服。扎了针以后，她立刻蹦了回去，注射器都没有拔出来，像一小截玻璃和钢铁的尾巴吊在他的裤子上。老皮特身体渐渐向前软倒，不是因为注射，而是因为之前他竭尽全力，最后两分钟已经把他消耗殆尽——你只要看着他，就能够明白他彻底完了。

所以那个注射真的没有必要，他的脑袋本来就已经开始来回摇晃，眼睛也变得混浊起来。当大护士小心翼翼地走过去拔针管时，皮特的身体已经弯曲得非常厉害，他几乎是面对着地板在哭泣。他的脸并没有湿，他来回摇晃着脑袋，眼泪溅湿了一大片地方。他一口接一口地往地板上吐着口水，仿佛是在播种。"啊哈哈哈哈。"他说。大护士猛地把针头拔出时，他丝毫没有反应。

他也许曾经有那么一刻活了过来，努力想告诉我们某些事情，但是我们没有一个人在意或者试图理解，这努力把他榨干了。他屁股上的那针就像扎进了一个死人的身体里——没有心脏来抽取它，没有静脉来把注射液输送到他的头部，头部里也没有大脑来接受注射液的毒素；这就等同于把一针注射到一具干瘪的老尸体里去。

"我……累了……"

"我觉得现在要是你们两个男孩够勇敢的话,班西尼先生就会十分乖巧地回到床上。"

"……非——常累。"

"看护威廉姆斯快来了,斯皮威医生,照看好他,好吗?这里,他的腕表坏了,割破了他的胳膊。"

皮特再也没有做过那样的事情,而且他永远也不会再做了。现在,当他在某次会议当中开始调皮,而他们努力让他安静下来时,他总会安静下来。他仍然会不时地站起来,摇晃他的脑袋,让我们知道他有多么疲惫,但那不再是抱怨、借口或警告——他已经告别了那些,就好像一座破旧的钟,既不会报时,也不会停下来,指针已经弯曲变形,面上已经没有数字,闹铃也已经生锈哑然。一个只会不停嘀嗒作响和像杜鹃一般咕咕叫的没有价值的老钟,毫无意义可言。

时针已经指向两点钟了,整个小组还在猛攻可怜的哈丁。

两点钟时,医生开始在他的椅子里扭动。除非让他谈论他的理论,否则这些会议对医生来讲很不舒服,他宁愿待在楼下他的办公室里,画他的图表。他不停地扭动,最后他清了清喉咙。大护士看了看她的腕表,叫我们去浴盆间把桌子搬回来,明天一点再继续这个讨论。急性病人从他们的恍惚中清醒过来,朝哈丁那边看了看。他们的脸因为羞愧而发烫,就好像他们刚刚意识到自己又被当作笨蛋给骗了一次。一些急性病人到大厅另一边的浴盆间搬桌子去了，另一些闲逛到报栏边，假装对过期的《麦克考杂志》表现出了浓厚的兴趣，但不过是想回避哈丁。他们再一次被操纵，对他们的一个朋友进行了拷问，就像他是罪犯，而他们是检察官、法官和陪审团。在长达四十五分钟的时间里，他们把无数问题砸向一个人，把他击成碎片，仿佛这就是他们喜欢做的事。他认为是什么问题使得他无法取悦那个小女人？为什么他坚持说她从来没有和其他男人有过瓜葛？如果他不诚实地回答问题，他如何指望病能够好？——诸如此类直到现在才让他们感到难受的问题和暗示，因此他们不想靠近，免得让自己感觉更加不舒服。

麦克墨菲没有立刻离开他的座位，而是满脸迷惑地注视着这一切。他在椅子上坐了一会儿，一边观察着急性病人们，一边用一摞纸牌摩擦着下巴上的红胡茬。最终他从扶手椅子上站起身，打了个哈欠，伸了伸懒腰，用一张纸牌的一角刮了刮肚子上的纽扣，然后把那一摞纸牌揣进兜里，走到了哈丁的椅子旁边，而哈丁则满头大汗地独自坐在那里。

麦克墨菲低头看了哈丁一会儿，大手一伸放到附近一把木头椅子的靠背上，把椅子一转，将椅背对着哈丁，然后一屁股坐了上去，就像骑着一匹小马。哈丁什么也没有注意到。麦克墨菲拍打着口袋直到找出了他的香烟，掏出一支点燃，把烟在面前一举，对着烟头皱皱眉头，舔了舔大拇指和食指，把香烟的火摆弄到让自己满意为止。

这两个人好像都没有意识到对方的存在。我甚至无法判断哈丁是否注意到了麦克墨菲，只见他把瘦弱的肩膀像绿色的翅膀一般紧紧抱在胸前，直直地坐在椅子的边缘上，两只手放在膝盖中间，眼睛径直盯着前方，嘴里哼着歌，努力让自己看起来比较平静——但他在用牙齿咬着口腔里脸颊内侧的肉，这让他露出骷髅般的笑容，看上去一点都不心平气和。

麦克墨菲把香烟放回牙齿中间，双手交叉放在木头椅子背上，下巴靠在手上，一只眼睛半眯着避开烟雾，另一只眼睛注视了哈丁一会儿，然后开始说话。香烟在他的唇间上下晃动。

"喂，我说，伙计，这些小会议通常都是这样进行的吗？"

"通常这样进行？"哈丁停止了哼歌，不再咬他脸颊内侧的肉，但是眼睛仍然越过麦克墨菲的肩膀盯着前方。

"这些团体治疗的闹剧每次都来这么一套吗？一群斗鸡比赛中的鸡？"

哈丁的头猛地一动，他发现了麦克墨菲，就像刚刚意识到有人坐在他面前。他又开始咬脸颊内侧的肉，脸部中间皱了起来，这让他看上去好像在笑似的。他把肩膀往后靠到椅背上，努力让自己显得比较放松。

"'斗鸡比赛'？恐怕你的奇特但过于淳朴的言论在我身上是一种浪费，我的朋友。我完全不知道你在说什么。"

"是吗，我来给你解释一下。"麦克墨菲拔高了声音，尽管他没有看着身后倾听的其他急性病人，但这话其实是对他们讲的，"一群鸡看到了某一只鸡身上的一滴血，于是它们都冲过去啄它，直到把那只鸡撕成碎片，让它鲜血淋淋、骨头裸露、羽毛零落。但是，通常这群鸡里头的一两只在混战中被溅上了血，于是接下来这一两只鸡成了目标，然后又有几只溅上了血，被啄死。哦，一次斗鸡比赛可以在几个小时内消灭整群鸡。这是我看到过的非常令人震撼的景象。阻止这种情况发生的唯一方法——对鸡而言，就是给它们戴上眼罩，让它们什么也看不见。"

哈丁用修长的手指环绕一只膝盖，然后把它朝近前一拖，身体往椅背上靠。"斗鸡比赛，那确实是一个令人愉悦的比喻，我的朋友。"

"我刚刚耐着性子参加完的那个会议恰恰让我想起斗鸡比赛，伙计，如果你想知道这个肮脏的事实的话。那个会议让我想起一群肮脏的鸡。"

"那我不就成了那只身上有一滴血的鸡，朋友？"

"对的，伙计。"

他们仍然咧嘴笑着，但是声音压得很低，我不得不拿着扫把一边扫地一边凑过去听，其他的急性病人也走近了。

"你想知道别的事情吗，伙计？你想知道谁啄了第一下吗？"

哈丁等着他说下去。

"是那个老护士，就是她。"

寂静中响起一声恐惧的哀号。我听到墙里的机器捕捉到了这声哀号，然后继续运行。哈丁无法让自己的手不再乱动，尽管他竭力表现得若无其事。

"这么说，"他说道，"事情就这么简单，简单到了愚蠢的地步。你来我们病房不过六个小时，但你已经把弗洛伊德、荣格和麦克斯韦·琼斯[1]的所有成果简化成了一个比喻：一次'斗鸡'比赛。"

"我不是在谈论弗洛伊德、荣格和麦克斯韦·琼斯，伙计，我只是觉得，那个护士和其他那些狗杂种在那个拙劣的会议上对你所做的一切，实在令人难以容忍。"

"对我所做的？"

"是的，没错。抓住每个机会要弄你，把你摆弄得团团转。你一定做过什么事情，和这里的人结了仇，伙计，因为看起来一定是你的一帮敌人给你设了这个陷阱。"

"为什么，这太不可思议了。你完全忽略了一个事实，那就是这些人今天所做的一切都是为了我好！难道拉契特小姐和其他的工作人员所提出的问题或讨论，唯一目的不是为了治疗吗？斯皮威医生所说的团体治疗理论，你一定是左耳进、右耳出，或者就是听到了，但是因为受教育太少而无法理解。我对你感到失望，我的朋友，哦，非常失望。今天早上我们碰面时我还觉得你应该比较聪明——也许是个无知的乡巴佬，肯定是个从偏远地区来的喜欢吹牛皮的人，还不如一只鹅敏感——但基本上应该是聪明的，真没想到。当然，尽管我对人观察得很细致，具有敏锐的洞察力，但我也难免会犯错误。"

"你见鬼去吧，伙计。"

"哦，是的，我忘记补充一点了，今天早晨我也注意到了你残忍的本性。你是一个具有虐待倾向的精神病人，也许是源于非理性的狂妄自大，是的。上述那些天才肯定会视你为称职的治

1　麦克斯韦·琼斯，团体治疗理论的先驱和积极推行者之一。

疗专家，认为你非常有能力批评拉契特小姐的会议程序，尽管拉契特小姐是一位威望甚高的心理治疗护士，在这行已经干了二十年。是的，我的朋友，运用你的才能，你一定能够创造潜意识的奇迹，安抚痛苦的本我[1]，并治愈受伤的超我[2]。你也许很可能在短短的六个月里给包括‘植物人’在内的所有病人带来治愈的良方，先生们、女士们，如果治不好的话，你会负责退钱的。”

麦克墨菲并没有辩论，而是一直看着哈丁，最后，他用一种平稳的声音问道："你真的认为，今天会议中的那些胡说八道能产生任何治疗效果或者带来益处吗？"

"如果不是这样，还有什么其他理由让我们服从于这个会议呢，我的朋友？工作人员和我们一样盼望我们尽快病愈，他们不是恶魔。拉契特小姐也许是位严厉的中年女士，但她不是什么残忍地把我们的眼睛啄掉的禽类部落的巨魔。你不能那样看她，不是吗？"

"不，伙计，不是那样的，她没有啄你的眼睛，那不是她啄的东西。"

哈丁哆嗦了一下，我看到他的手从膝盖中间伸了出来，就像两只白色的蜘蛛从覆满青苔的枝丫中间爬了出来，往上面和树干接头的地方继续爬。

"不是我们的眼睛？"他说，"那么，求求你告诉我，拉契

1　本我，在弗洛伊德理论中，这是完全处于无意识中的心理状态，它是产生本能冲动和要求直接满足原始欲望的根源。

2　超我，弗洛伊德理论中自我的一部分，由父母和社会道德标准的内在化而形成，能审查并约束自我。通常为无意识的，由自我理想和良心组成。

特小姐在啄哪里呢？"

麦克墨菲笑了笑："哎呀，你不知道吗，伙计？"

"不，我当然不知道！我的意思是，如果你坚持认为——"

"你的卵蛋，伙计，你永远钟爱的卵蛋。"

蜘蛛爬到了树干接头处，在那里停了下来，抽搐着。哈丁努力想笑，但他的脸和嘴唇白得吓人，笑容也消失了。他瞪着麦克墨菲。麦克墨菲把香烟从嘴里拿了出来，重复了一遍他所说的话。

"正中你的卵蛋。没错，那个护士不是什么鸡怪物，伙计，她是个割卵蛋的屠夫。我见过成千上万这样的人——老的、年轻的、男人和女人。他们散布在全国各地，在人们的家里——这些人竭力使你感觉弱小，以便你能听从他们的命令，遵守他们的规则，按照他们希望的方式生活。而这样做的最好办法，就是在对你伤害最大的地方向你出击。你有没有过跟人打架时被迫跪在一堆坚果上的经历，伙计？一下就把你搞定了，不是吗？没有比这更糟的了，它让你感到恶心，削弱你的斗志。如果你要对付的，是一个通过削弱你而不是让自身强大来取胜的人，你要小心他的膝盖，他一定会冲着你的要害来。那个老秃鹰正是这样做的，正击你的要害。"

哈丁仍然脸色惨白，但是他控制住了自己的手，他的手在他面前散漫地挥动着，试图把麦克墨菲说的话扔出去。

"我们亲爱的拉契特小姐？我们甜蜜的、面带微笑的、仁慈的温柔天使拉契特妈妈是个割卵蛋的屠夫？好了吧，朋友，那是最匪夷所思的事情。"

"伙计，不要告诉我什么温柔小妈妈之类的屁话。她也许是个母亲，但是她他妈的像谷仓一般巨大，像金属刀一样坚硬。今天早上我进来时，她用善良的小个子老妈妈的形象糊弄我，但不超过三分钟我就看明白了。我不认为她能一直糊弄你们这些大老爷们，不超过一年半载你们肯定会识穿她的。过去我见过不少母狗，但她是当之无愧的第一号母狗。"

"一条母狗？但是刚才她是割卵蛋的屠夫，然后是秃鹰——或者鸡？你的隐喻互相冲撞了，朋友。"

"该死，她是母狗、秃鹰和割卵蛋屠夫，别跟我开玩笑了，你知道我在说什么。"

这一刻哈丁的脸比之前动得更快了，不停地咧嘴傻笑、做着鬼脸或者露出讥诮的表情，并伴随着一连串的手势。他越想停止这些动作，身体越是不听使唤地飞快伸缩着。当他让他的脸和手随意移动，而不是刻意抑制时，它们是那么的赏心悦目，但是当他当心它们而努力控制时，他就成了一个狂野的、抽搐的、紧张地跳着舞的木偶。每一样东西都越来越快地移动，他的声音也配合地加速起来。

"好了，是这样的，我的朋友麦克墨菲先生，我的精神病病友，我们的拉契特小姐是一位真正的仁爱天使，为什么这样说？因为每个人都知道这一点。她像风儿一样大公无私，为了大家的利益不求回报地辛苦工作着，日复一日，一周五天。那需要用心，我的朋友，用心。事实上，我从可靠的信息来源获知——我不能披露我的信息来源，但是我可以告诉你，马蒂尼很多时候和同样的人有接触——她甚至在周末休息的时候还慷慨地在城里做志愿者，以进一步造福人类。她会准备各种各样的慈善物品——罐头食品、奶酪、肥皂等——送给经济上有困难的某对年轻夫妇。"他的手在空中挥动，比画着他描述的情形，"啊哈，看，她来了，我们的护士。她的轻轻的敲门声，缠着丝带的篮子。年轻夫妇因为喜出望外而一时语塞，丈夫张大了嘴，妻子禁不住哭了。她赞扬他们的住处，许诺给他们寄钱买——对的，买洗衣粉。她把篮子放在地板的中央。当我们的天使要离开时——抛洒着热吻，带着轻飘飘的微笑——她的行为在她的大胸脯里酝酿了人类真善美的乳汁，让她陶醉，使她变得忘我一般的慷慨，忘记了自己，你听见了吗？她在门口停下，把那个怯生生的年轻新娘拉到一边，给了她二十美元：'去，可怜而不幸的吃不饱的孩子，去，给你自己买件像样的衣服。我意识到你丈夫没钱给你买，但是，这儿，把这钱拿去，去吧。'这对夫妇对于她的善行永远感恩戴德。"

他说得越来越快，脖子上青筋突起。当他停止说话时，整个病房鸦雀无声。除了一个微弱的、有节奏的转动声外，我什么也没有听到，我猜可能某处的一部录音机正把这一切都录下来。

哈丁四处看了看，发现大家都在注视着他，他尽了最大努力想要笑一笑，他的嘴里传出"咿——咿"的声音，就像一颗钉子从一块绿松木中被撬杆拔了出来。他无法停止。他把手扭得像只苍蝇，发出可怕的咿咿声，同时眼睛瞪得大大的，但他还是无法停下来。那声音越来越高，最终他猛吸一口气，把脸埋到了等待着的双手里。

"哦，这条母狗、这条母狗、这条母狗。"他在齿间悄声说。

麦克墨菲点了另一支烟递给他，哈丁一言不发地接了过去。麦克墨菲继续用一种迷惑而惊异的表情注视着他面前的哈丁的脸，那样子就像这是他看到过的第一张人类的脸。哈丁的抽搐和痉挛逐渐慢了下来，他的脸也从手中抬了起来，"你是对的，"哈丁说，"关于所有的一切。"他抬头看着其他正注视他的病人，"之前从来没有一个人敢站出来这么说，但是我们当中没有一个人不是这么想的，没有一个人对她和这整个事情的感觉和你的感觉有什么不一样——至少在他受了惊吓的渺小的灵魂深处是这样感觉的。"

麦克墨菲皱了皱眉头，问道："那个小屁医生呢？他也许脑筋转得有点慢，但还不至于慢到看不出她是如何控制这一切或者在搞什么名堂。"

哈丁深深地吸了口烟，烟雾随着他的谈话飘出："麦克墨菲，斯皮威医生……和我们其他的人完全一样，完全清楚自己的不足。他是一只胆小怕事的、绝望的、无用的小兔子，如果离开拉契特小姐，他完全无力管理这个地方，而且他自己知道这一点。更糟糕的是，她清楚他知道这一点，总是抓住每一个机会提醒他。每次她发现他在书籍研究或者制作图表方面有任何疏忽时，你可以想象她在里面如何折磨他。"

"的确如此，"契思威克走到麦克墨菲的身边说道，"因为我们的错误而折磨我们。"

"为什么他不解雇她？"

"在这家医院里，"哈丁说，"医生没有聘用或解雇的权力。那个权力属于主管，而主管是个女人，是拉契特小姐一位非常亲密的老朋友，她们三十年代时都是军队里的护士。在这里我们是母权制的牺牲品，我的朋友，医生和我们一样无能为力。他知道拉契特只需拿起你见过的那部放在她胳膊肘旁的电话机，给主管打个电话，顺便提及，哦，怎么说呢，医生似乎需要大量的杜冷丁——"

　　"等等，哈丁，我听不懂这些行话。"

　　"我的朋友，杜冷丁是一种人造鸦片，比海洛因更容易让人上瘾。医生们对杜冷丁有瘾是很常见的。"

　　"那个小屁家伙？他也是个瘾君子？"

　　"我不知道。"

　　"那她指控他有什么用——"

　　"哦，你没注意听，我的朋友，她不指控，她只需要暗示，暗示什么都行，你不明白吗？你今天没有注意到吗？她会把一个人叫到护士站门口，让他站那儿，问他有关在他床下发现一张克里内克丝牌面巾纸的事情。就这样，问问而已。无论他的答案是什么，他都会觉得自己在对她撒谎。如果他说他用它来擦他的笔，她会说：'我明白了，一支笔。'或者如果他说他感冒了，她会说：'我明白了，感冒。'她会点点那个戴着灰色头饰的小脑袋，报以端庄的微笑，转身回到护士站里，而他仍旧站在那里冥思苦想自己到底用那张克里内克丝牌面巾纸做了什么。"

　　他又开始颤抖起来，肩膀向后伸展。

　　"是的，她不需要指控，她有含沙射影的天赋。今天讨论的过程中，你曾听到她指控我任何事情吗？但是，一箩筐的指控却掉到我头上：妒忌、妄想、没有足够的男人气概来满足我的妻子、和我的男性朋友有不正当关系、拿香烟的姿势很做作，甚至——我这么感觉到——他们指控我两腿间除了一撮毛以外什么也没有——而且是柔软的金色绒毛！割卵蛋的屠夫？哦，你低估了她！"

哈丁突然安静了，身子前倾，用两只手抓住了麦克墨菲的一只手。他的脸奇怪地倾斜着，仿佛刀刃一样参差不齐，像一个摔破了的酒瓶般呈现一种紫灰色。

"这个世界……属于强者，我的朋友！我们存在的仪式是基于强者通过吞噬弱者而变得更加强大。我们必须面对这一切，不是说这是对的，而是说就该是这样的，我们必须学会将它作为自然世界的法则来接受。兔子们接受它们在这一仪式中的角色，接受狼作为强者。为了自卫，兔子变得狡猾、容易受惊、难以捕获，当狼来时它能够挖洞躲藏。它忍耐着这一切，持续前行。它清楚它的位置。很肯定的是，它不向狼挑衅宣战。对的，那是很明智的？不是吗？"

他放开麦克墨菲的手，身子往后一靠，两腿交叉，又深深地吸了一口烟。他淡淡一笑，把香烟从嘴边拿开，再次笑起来。咿——咿——咿，就像从木板里拔钉子的声音。

"麦克墨菲先生……我的朋友……我不是一只鸡，而是一只兔子。医生是一只兔子。契思威克是一只兔子。比利·彼比特是一只兔子。我们这里所有的人，尽管年纪各异，但在不同程度上都是兔子，在我们的迪士尼世界里忙碌跳跃着。哦，别误会我，我们不是因为是兔子才在这里——我们无论在哪里都是兔子——我们之所以在这里是因为我们不能适应自己作为兔子的状态，因此需要像大护士那样的异常强壮的狼来教我们找到自己的位置。"

"天哪，你像个傻子似的在胡说八道。你想告诉我，你就这么坐着，什么都不干，任由那个蓝头发的老女人说服你去相信自己是兔子？"

"不是说服我，不，我天生就是兔子，看看我就知道了，我只是需要大护士让我安于我的角色。"

"你不是该死的兔子！"

"看我的耳朵？能扭动的鼻子？还有这可爱的小尾巴？"

"你听上去像个狂热的疯——"

"像个疯子？你很敏锐。"

"操，哈丁，我不是那个意思，你不是那种意义上的疯狂，我的意思是——该死，我很吃惊你们所有的人看上去竟如此清醒，几乎让我觉得你们还不如街上一般的浑蛋疯狂——"

"啊哈，是的，街上的浑蛋。"

"但是，你知道，不像电影里所描绘的疯子那么疯狂。你们只是被一些心理问题所困扰——有点像——"

"有点像兔子，是不是啊？"

"兔子，该死！一点都不像兔子，该死。"

"彼比特先生，在这位麦克墨菲先生面前跳跳。契思威克先生，让他看看你是多么的毛茸茸。"

比利·彼比特和契思威克在我眼前变成了蹲着的白兔，但是他们不好意思做哈丁要求他们做的事情。

"啊哈，他们害羞了，麦克墨菲，那不是很可爱吗？或许这些人因为未能维护他们的朋友而感觉不自在吧，或许他们因为再次被大护士利用，做了她的审讯官，而感到有犯罪感吧。高兴起来，朋友们，你们没有理由感到羞愧，这一切本来就该是这样的，兔子本来就不该维护它的朋友，否则就太愚蠢了。是的，你们是明智的，懦弱但是明智。"

"听我说，哈丁。"契思威克说。

"不，不，契思威克。不要对事实恼羞成怒嘛。"

"不，听我说，有几次我也曾经说过麦克墨菲刚才说的话，关于对老拉契特女士的评价。"

"没错，但你是非常安静地说的，而且后来又收回去了。你也是只兔子，不要试图回避事实，这就是为什么我并未因为今天会议上你问我的问题而对你有任何的怨恨。你只是在扮演你的角色。如果你、比利或者弗雷德里克森是被批判的对象，我也会像你们攻击我那样残忍地攻击你们。我们不必为我们的行为感到惭愧，这是我们这些小动物应有的行为方式。"

麦克墨菲在椅子上一转身，上上下下打量着其他的急性病人。"我不是很确定他们为什么应该感到惭愧。就我个人而言，我认为他们急不可耐地加入她的阵营来攻击你的行为非常卑劣。有那么一刻，我几乎以为我回到了朝鲜战场的囚犯集中营……"

"看在上帝的分上，"契思威克说，"你听我说。"

麦克墨菲转过身听着，但契思威克并没有说下去。契思威克从来说话就说半截，他是那种总是小题大做好像要带头进攻的人，大声叫喊着给人下命令，不停地跺着脚，但走了一两步就停了下来。麦克墨菲看着他，发现他来了个乍一听很强悍的开头之后冷不丁就没话了，只好对他继续说道："非常像一个囚犯集中营。"

哈丁举起他的手表示求和。"哦，不、不、不，你一定不能谴责我们，我的朋友，不，事实上……"

我看到那种狡黠的狂热又回到了哈丁的眼睛里，我感觉他又要开始笑了，但是他却把香烟从嘴里拿出来，用它指着麦克墨菲——香烟在他手里就像他的一根消瘦、雪白的手指，顶部冒着烟。

"……你也是，麦克墨菲先生，别看你那西部牛仔似的虚张声势和杂耍艺人似的大摇大摆，在那薄薄的一层皮下面，你很可能和我们一样柔软、一样毛茸茸，有着兔子的灵魂。"

"是的，你说得没错，我也有点兔子尾巴，但是是什么使我变成兔子的呢，哈丁？我的精神病潜质吗？是我喜欢打架的潜质吗，还是我喜欢操女人的潜质？一定是喜欢操女人这点，是不是？所有那些乒乒乓乓——谢谢——你——夫人，是的，那种乒乒乓乓，一定是那个使我像兔子——"

"等等，恐怕你刚刚提出了一个值得进一步考虑的观点，兔子那方面的特点是很有名的，不是吗？事实上，兔子因为喜欢乒乒乓乓而臭名昭著。是的，呃。无论如何，你提出的这个观点仅仅表明你是一只健康的、功能健全和发育充分的兔子，而我们当中的大多数人甚至因为不具备性能力而无力取得充分发育的兔子会有的成绩。失败啊，我们是——一个弱小的族群里孱弱、发育不全的、无力的小生物。不能乒乒乓乓的兔子，想想就觉得可怜啊。"

"等一下，你老是歪曲我所说的——"

"不，你是对的。你记得吧，是你第一个提醒我们注意大护士啄的部位？那没错，这里没有一个人不担心他正在丧失或已经丧失了乒乒乓乓的能力。我们这些具有喜剧天分的小生物甚至无法拥有兔子世界里的雄性力量，我们就是如此的柔弱和先天不足。唉，我们是——人们也许可以这样说，兔子世界里的兔子！"

他身子又往前倾，嘴里开始发出我所预期的那种压抑的、嘶嘶的笑声，他的手翻转着，面部抽搐。

"哈丁，闭上你那该死的嘴！"

就像一记耳光，哈丁突然安静了，因为猛然被打断，他的嘴仍旧张着，嘴角往下撇，带着一丝笑，手在一团蓝色的烟雾中摇摆着。他就这样僵了一秒，然后眼睛狡黠地眯成两个小孔，漫不经心地看着麦克墨菲，声音极轻，我不得不推着扫把走到他的椅子旁边才能听到他在说什么。

"朋友……你……可能是只狼。"

"见鬼！我他妈的不是狼，你也不是兔子。呼，我从未听说过这样的——"

"你有狼一般的吼声。"

麦克墨菲发出长长的嘘声，不再看哈丁，转而面向周围站着的其他急性病人："听着，你们所有的人。他妈的你们究竟是怎么了？你们不会这么疯吧，会认为自己是什么狗屁动物。"

"不，"契思威克走到了麦克墨菲的旁边，"不，以上帝的名义，我不是，我不是什么兔子。"

"这才是好孩子，契思威克。你们所有人也一样，停止那种胡思乱想。看看你们，居然让自己害怕到对一个五十岁的女人敬而远之。她究竟能把你们怎么样呢？"

"是的，怎么样呢？"契思威克说道，怒视着其他人。

"她不能让人鞭打你们、用烙铁来烫你们，或者把你们绑在架子上。现在他们有了关于那类事情的法律了，这不是中世纪，她不能对你们做任何事情——"

"你看、看、看到了她能对我们做什么！在今天的会、会、会议上。"我看到比利·彼比特从一只兔子变了回来，他靠近麦克墨菲，努力想说下去，嘴角被唾沫弄湿了，脸红扑扑的，"啊哈，没、没用的。我应该杀、杀了我自己。"

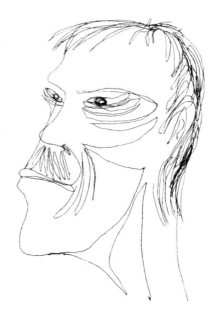

麦克墨菲在他身后叫道："今天？今天的会议上我目睹了什么呢？

地狱的钟声，今天我看到的只是她问了几个问题，并且是既礼貌又轻松的问题，这些问题不是骨头粉碎机，也不是木棒或石头。"

比利转过身："但是她提问的方、方、方式——"

"你不一定要回答，不是吗？"

"如果你不、不回答，她会微笑着在她的小本子上记、记、记笔记，然后她——她——哦，天哪！"

斯甘隆走到比利的旁边："如果你不回答她的问题，麦克，就是说你默认了。这是政府里那些狗杂种打击你的办法，你赢不了的，唯一能做的就是把这一切从这片流血的土地上统统炸毁——把它们全炸了。"

"那么，当她问那些问题时，你们为什么不叫她见鬼去？"

"是呀，"契思威克晃着他的拳头说，"叫她见鬼去。"

"然后怎么办呢，麦克？她会立即问：'为什么这个特——别——的问题让你这么生气，病人麦克墨菲？'"

"那样的话，你再告诉她见鬼去吧，告诉他们所有的人都见鬼去，他们还是没有伤害到你啊！"

急性病人们挤在他的周围，这次弗雷德里克森回答道："可以，你叫她见鬼去，然后你将被列为具有潜在攻击性的病人，转到楼上的心理失常者病房。这种事在我身上发生过三次。楼上那些可怜的呆瓜甚至不能离开病房去看星期六下午的电影，他们连电视机都没有。"

"而且，我的朋友，如果你继续表现出这种敌视倾向，例如叫人们下地狱，你将被送到电击室去，或者被处以更重的惩罚，一次手术—— 一次——"

"见鬼，哈丁，我跟你说过我听不懂这种行话。"

"电击室，麦克墨菲先生，是指电击治疗仪器。一种可以说能同时起到安眠药、电椅和刑拷架作用的装置。那是一种聪明的小程序，简单、迅速，由于发生得很快，几乎是无痛的，但是没有一个人想再承受一次。永不。"

"这东西会干吗呢？"

"你被绑在一张桌子上，讽刺的是，你会被摆成十字架状，取代荆棘头冠的则是一个电线头冠，你的头两边都有电线接触。嚓！仅值五分钱的电流穿过你的大脑，你既被施行了治疗，同时也因你叫人下地狱的敌意行为而得到惩罚。此外，取决于个人的情况，你也会在六小时到三天的时间里不再打扰任何人。即使在你真正醒过来后，你也会在好多天里处于一种迷失的状态。你的思维变得不再连贯。你记不起事情。如果经历足够多这样的治疗，一个人就会变成在墙边靠着的埃利斯先生那样，一个三十五岁的流着口水、尿裤裆的傻子；或者变成像拉克里一样的没有思想的有机体，只会吃饭、排泄和喊'操他娘的老婆'；或者看看你旁边的名副其实的扫把酋长。"

哈丁把他的香烟指向我，我来不及退后，于是假装没注意到继续扫着地。

"我听说多年前当电击治疗盛行的时候，酋长曾接受过两百多次的治疗，想象一下这对本来已经开始下降的心智产生了多大的影响。看看他，一个巨人般的看门人，这就是你们所谓的'正在消失的美国人'，一个连自己的影子都害怕的六英尺八英寸高的扫地机器。我的朋友，那样的结果就是威胁着我们的东西。"

麦克墨菲注视了我一会儿，然后转回身对哈丁说："嘿，我告诉你，你们怎么能忍受呢？医生给我的这个所谓'民主病房'的狗屎算啥呢？你们怎么不投票？"

哈丁对他报以微笑，又慢慢抽了一口烟："投啥票呢，我的朋友？投票说大护士不能再在小组会议上问问题吗？投票说她不得以某种方式看着我们吗？你告诉我，麦克墨菲先生，我们对什么投票呢？"

"见鬼，我不管，投什么票都行。你们难道不明白你们必须做点什么来表明你们仍然有些勇气？你们难道不明白不能让她完全控制你们？看看你们这副样子：你说酋长连自己的影子都害怕，但我一辈子从未见过比你们更加胆战心惊的一群人。"

"我不怕！"契思威克说。

"也许你不是，伙计，但是其他的人甚至不敢公开发笑。你知道吗，我首先注意到的就是这个地方没有一个人笑。自从我进了这扇门，我还没有听到过真正的笑声，你知不知道？嘿，当你失去笑声时，你就失去了立足点。一个男人任由一个女人摆布，甚至连笑都不能笑了，就失去了自己一个极大的优势。你发现的第一件事，就是他开始认为她比他要强悍，并且——"

"啊哈，我相信我的朋友开始理解了，兔子伙伴们。告诉我，麦克墨菲先生，一个男人如何向一个女人表明谁说了算，我的意思是除了嘲笑她以外？他怎样向她表明谁是山上的国王？一个像你这样的人应该能够告诉我们这点。你不会不停扇她耳光，对吗？不，否则她会请求法律援助。你不会发脾气对她大喊大叫，否则她将会通过安抚这个愤怒的大男孩而占上风：'我们的小男人[1]开始为琐事而烦忧了吗？啊哈哈哈哈哈？'面对这样的安抚，你曾试图保持一条高贵而愤怒的战线吗？所以你看，我的朋友，多少像你所说的：男人只拥有一件真正有效的武器来抵御现代母权制崇拜，但这武器绝不是笑

1　作者在这里用了wittle，近于wittol，古意为知道妻子不贞而予以容忍的丈夫，可能是哈丁在暗讽自己容忍了妻子的不忠。

声；只有一件武器，而年复一年，在这个新潮的、崇尚动机研究的社会，越来越多的人不断探索着让这件武器变得无用的方法，从而征服那些迄今为止曾是征服者的人。"

"上帝，哈丁，你少说废话了。"麦克墨菲说。

"——并且，即使你拥有你所宣称的精神病人的力量，你认为你能够有效地利用你的武器来反抗我们的斗士吗？你认为你能够运用你的武器对付拉契特小姐吗，麦克墨菲？哪怕一次？"

哈丁把他的手朝玻璃护士站一摆，每个人都转头去看，她坐在里面看着窗外，一个录音机藏在了看不见的某处，将这些话都录了下来——她正盘算着如何把这些安排到小组会议的日程表里。

大护士注意到了看着她的每一个人，她点了点头，他们都转过脸来。麦克墨菲摘下帽子，把手往他的红头发一撸，现在大家都看着他，等着他的答案，而他清楚这一点。他觉得自己进入了某种陷阱，于是把帽子重新戴上，揉了揉鼻子上缝过针的伤疤。

"好了，如果你的意思是，我是否能够为那个老秃鹰勃起，不，我相信我不能……"

"她长得并不难看，麦克墨菲，她的脸十分俊秀，保养得不错。而且，尽管她竭力用毫不性感的装扮来隐藏它们，你仍然能够看出她有一对非常不错的乳房。她年轻的时候一定相当美丽，尽管如此——为了辩论的目的，想象一下，如果她不老，而是年轻并有海伦的美貌，你能够因为她勃起吗？"

"我不认识海伦，但是我知道你用意何在。我对上帝发誓你是对的，我无法因为那张冷冰冰的脸而勃起，即便她有玛丽莲·梦露一般的美貌。"

"看到了吧，她赢了。"

就是那样了。哈丁往椅子上一靠，每个人都等着听麦克墨菲接下来的发言。麦克墨菲知道自己已经退无可退，他看了看大伙，然后耸耸肩从椅子上站了起来。

"好吧，随便，又不会让我的鼻子掉皮。"

"没错，你的鼻子没有掉皮。"

"而且，我他妈的的确不想让某个老恶魔护士拿着三千伏的电压追在我屁股后面，尤其这里头除了冒险以外，对我而言没有其他任何的好处。"

"没错，你是对的。"

哈丁赢了辩论，但是大家并没有显得很高兴。麦克墨菲把大拇指勾在他的口袋里，试图挤出一个微笑。

"没错，先生，我从未听说有人为捕获一个割卵蛋的屠夫而提供二十倍的奖金。"

每个人听到他这样说都会心地笑了笑，不过他们并不高兴。我很欣慰麦克墨菲毕竟还是精明的，不会卷进自己无法控制的事情里去，但我知道大家怎么想的，而且，我也不高兴。麦克墨菲又点了一支烟。大伙都没有挪动，仍然站在那里咧嘴笑着，显得很不安。麦克墨菲又揉了揉鼻子，将目光从周围这群人的脸上移回到大护士身上，咬着嘴唇。

"但是你曾说……除非她抓住你在胡闹，否则她不会把你送到楼上的那个病房去？除非她让你失去自制力，诱导你诅咒她、砸碎窗户或做出类似的事情？"

"除非你做出那样的事情。"

"你确定吗，嘿？因为我恰好想到了从你们这些鸟儿身上赚很多钱的最阴暗的主意。但我可不想把它搞砸了。从另外那个洞里逃出来我感觉好极了，我可不想刚从油锅里跳出来就又跌进了火坑。"

"绝对没错，除非你做了足以进入心理失常者病房或电击治疗室的事情，否则她拿你没法子。如果你够厉害，不让她抓到你，她是无计可施的。"

"那就是说如果我表现规矩，不咒骂她的话——"

"也不咒骂任何看护。"

"也不咒骂任何看护或在这里胡闹，她就无从对我下手？"

"这就是我们所遵从的游戏规则。当然，她总是赢，我的朋友，总是。她是无法攻克的，而且因为有时间优势，她最终可以了解每个人。那就是为什么医院视她为优秀护士，给她如此大的权力，她是把激荡的力比多无情挤出的大师。"

"让那些废话见鬼去吧，我想知道的是我在她的游戏里战胜她是否安全？如果我像个馅饼一样对她谦顺温和，就算我皮里阳秋，她都不会变得激动狂乱，把我给电击了，对吧？"

"只要你保持自制，你应该是安全的。只要你不乱发脾气，不给她要求施加心理失常者病房待遇或者采取电击治疗措施的口实，你就是安全的。但首先你得控制自己的脾气。可是你啊……看看那红头发和黑色记录！不要自欺欺人了吧？"

"行，好吧。"麦克墨菲搓了搓两只手，"我是这样想的，你们这些鸟儿似乎认为你们这里有个十足的斗士，不是吗？十足的——你叫她什么来着——是的，不可攻克的女人。我想知道的是，你们中有多少人足够确定并愿意押点钱来赌她赢。"

"足够确定……"

"就是我所说的：你们这些机警聪明的人当中，谁愿意赢我的五美元？我赌我能胜过那个女人——在这星期结束前——而不会让她胜过我。一星期，如果我不能把她逼到不知该拉屎在裤子里还是该弄瞎双眼的田地，赌注就是你们的了。"

"你要赌这个？"契思威克两只脚轮流跳着，像麦克墨菲一样把两只手放在一起搓着。

"你他妈说得没错。"

哈丁和其他的人说他们不理解。

"非常简单。没有什么高贵或者复杂的东西。我喜欢赌博，并且我喜欢赢，我认为我能够打赢这个赌，好吗？在彭德莱登时，大家甚至都到了不愿意跟我赌分币的地步，就是因为我老是赢家。我设法让自己被送到这里来的重大理由之一，就是因为我需要一些新的输家。我告诉你们一件事：早在我来这里之前，我就已经发现了有关这个地方的一些事。你们当中几乎一半的人有补偿金，一个月三四百不等，但是你们根本用不上这些钱，只能让它们在那里招灰尘。我想我可以利用这点，让你我的生活都更丰富多彩一点。我跟你们说的都是大实话，我是个赌徒，还没有输的习惯。而且我从没见过任何一个我认为比我更像男人的女人，我不在乎自己是否能够在她面前勃起。她也许有时间优势，但是我身后也有一长串的取胜记录啊。"

他把他的帽子取下来，用一根手指一转，然后用另一只手在背后抓住了，动作干净利落。

"还有一件事：我之所以在这地方是因为我就是这么计划的，整个事情纯粹而简单，因为这是一个比农场要好的地方。我几乎可以确信我不是疯子，或者从不知道我是个疯子。你们的护士不知道这点：她将不会留意到有一个像我这样具有扳机一般快速反应的人试图攻击她。这给了我优势，谁想要这五美元，我可以跟你打赌，赌我可以在一个星期内在那个护士的屁股上放只臭虫。"

"我仍然不确定我——"

"就是那样，在她屁股上放只蜜蜂，在她裤子里放个毛刺，激怒她，不停地干扰她，直到她看似一丝不苟的那一套崩溃，让她哪怕只有一次表现得并不是像你们认为的那样不可战胜。一星期，我将让你们来判定我赢了没有。"

哈丁拿出一支铅笔，在皮纳克尔纸牌游戏的便笺簿上写下了一些东西。

"拿去，这是十美元的处置权，是从基金会我名下那些躺在那里招惹灰尘的钱中拨出来的。我的朋友，这个不可思议的奇迹对我来说值赌注的两倍。"

麦克墨菲看了看那纸片，把它折了起来："对你们其他的鸟儿也值吗？"其他的急性病人开始排起队来，依次在便笺簿上写字。当他们写完的时候，他把一沓纸放在手掌里，用一根坚硬的拇指按着，我看到很多张纸在他的手里堆着，他在仔细察看那些纸片。

"你们是否信任我，愿意由我来保管这些赌注，伙计们？"

"我相信我们那样做是安全的，"哈丁说，"你暂时不会去任何地方。"

一个圣诞节的午夜零时，老地方的病房门被猛地撞开，外面进来了一个留胡子的肥胖男人，眼睛周围一圈因为寒冷而冻得红红的，鼻子是樱桃色的。黑男孩们在大厅里用手电筒的光把他逼到了一角。我看到他完全被缠在了公共关系负责人挂得到处都是那些金属箔片装饰里，黑暗中他在那些装饰里跌跌撞撞，一边用手遮着红眼睛以躲避手电筒刺眼的光，一边吹着胡子。

"嚯、嚯、嚯，"他说，"我想留下来，但是我必须赶快走了，时间表排得满满的，你知道吗。嚯嚯，必须走了……"

黑男孩们拿着手电筒扑了过去。他们把他留在了我们这里，六年后释放了他，走的时候他的胡子刮得光光的，身体瘦得像根麻秆。

只要转动钢门里某个仪表的指针，大护士就能将墙上的钟调到她想要的任何速度：如果她想让事情快些，她就把速度调快，那些指针就会像车轮的辐条一样在表盘上急转。屏幕窗户里的景象就会飞快地经历光线变化，显示早晨、中午和夜晚——白天和黑夜猛烈地变幻着，而每个人都像疯了一样被驱使着追赶流逝的虚假时间，手忙脚乱地赶着刮胡子、吃早餐、赴预约、吃午饭、服药，夜晚只有十分钟，所以，你几乎还没合上眼，宿舍的灯就又亮了，尖叫着让你起床开始另一轮的忙乱，就像个狗杂种似的无休无止，一小时之内把一天的日程重复二十遍，直到大护士看见每个人都到了崩溃的边缘，她才会把速度减慢一点，让那个钟的指针放慢一些，就像摆弄电影放映机的某个孩子，最终厌倦了观看比自然速度快十倍的电影，突然觉得那些愚蠢的奔跑和昆虫吱吱叫似的谈话非常无聊，于是把放映调回了正常速度。

她喜欢在有人来探望你，或者海外战争老兵委员会代表从波特兰来举行抽烟聚会的日子里，把速度调快——那样的时间是你希望抓住并且尽量延长的，而她偏偏喜欢这些事情尽快结束。

不过，大部分的时候她更喜欢调慢时间。她会把指针调到几乎完全停止，将太阳冻在那个屏幕上，以至于几星期里它连头发丝那么一下都不动，屏幕里的树叶或者小草也一动不动。钟的指针指着三点差两分，她会确保在我们快生锈时指针还指在同一时刻。你定定地坐着，无法吞咽或呼吸，唯一能动的东西就是你的眼睛，并且整个房间除了石化了一般的、互相等着对方决定下面该谁出牌的急性病人们外，没有其他可看的。我旁边的慢性病人已经死了六天，正在椅子上腐烂着。有时候她会从通风口放进一种通透的化学气体来取代烟雾，当气体变成塑料时，整个病房都会固化。

上帝知道我们这样坚持了多久。

然后，她会逐渐把指针的速度再调慢一些，这更糟糕。相比忍受斯甘隆那只糖浆一样慢的手花三天时间打出一张牌来说，静静地吊着等死我还更能忍受一些。我的肺费劲地吸进那些厚塑料般的空气，就像把这些空气往针孔里吸一样。我努力想去上厕所，但感觉自己被埋在一吨沙子底下，膀胱被挤压着，直到眼前金星直冒，脑袋嗡嗡作响。

我竭力调动每块肌肉和每根骨头让自己站起来去上厕所，直到胳膊和腿脚都不停颤抖，牙齿酸痛。我努力再努力，只能离开那把皮椅子不到四分之一英寸的距离，于是，我放弃努力坐了回去，让尿径直淌了出来，激活了我左脚附近一根对热盐敏感的金属线，引发了令人羞辱的闹钟、警报器、聚光灯，每个人都站了起来狂呼乱叫、四处奔跑，两个高个儿黑男孩把人群往左右两边推，挥舞着可怕的湿铜线扫把飞快地朝我冲过来，铜线扫把因为沾了水而引起电线短路，飞溅出点点火花。

我们能够从这种时间控制中得到的唯一放松的机会，大概就是在雾里的时候。那是因为在雾里时间没有任何意义，它和其他东西一样迷失了（今天自从麦克墨菲进来后，他们还没有全力施放雾气，我敢打赌如果他们施放雾气，麦克墨菲一定会像头公牛似的大喊大叫）。

如果没有其他事情发生，你通常会努力对付雾气或者时间控制，但是今天有事发生：自从刮胡子以后，还没有任何类似的东西施加在我们身上。这个下午每一样东西都很配合：当值中班的人来上班时，钟准确地显示四点三十分。大护士打发走了黑男孩们，最后巡视了一遍病房。她从脑袋后面铁灰色的发髻里抽出一根长长的银质帽针，把她的白帽子取下来，小心地放在一个纸盒里（那个盒子里有樟脑球），手一伸把帽针又插回到头发里。

透过玻璃我看到她向每个人道晚安，递给脸上有胎记的中班小护士一张字条，然后把手伸向钢门里的控制仪表盘，啪地打开休息室的扬声器："晚上好，孩子们，守规矩点。"之后她把音乐开得前所未有的响，并用手腕内侧擦了擦她的窗户，脸上嫌恶的表情仿佛在告诉刚刚进来汇报工作的肥胖黑男孩，他最好赶快去擦拭窗户。她还没把病房门锁上，黑男孩已经拿着一张纸巾到了玻璃前。

墙里的机器轻轻呼啸着、叹息着，运行速度降低了一挡。

然后夜晚来临了，我们吃饭、洗澡，然后回到休息室坐着。最老的"植物人"老布拉斯迪克捧着他的肚子直呻吟。乔治（黑男孩们叫他"橡皮鸭"）在饮水机前洗他的手。急性病人们闲坐着，有的打牌，有的把电视机搬到电源线能达到的每一个地方，试图找到更强的信号，在电视机上弄出图像来。

天花板上的扬声器仍然放着音乐，这音乐不是通过无线电波传输的，所以机器不会干扰它。这音乐其实来自护士站一盘长长的磁带，我们所有的人都对这磁带如此熟悉，除了麦克墨菲这样的新人以外，我们当中任何人都意识不到它的存在。麦克墨菲还不习惯这音乐，他正在打二十一点赢香烟，而扬声器正好在牌桌上面。他把帽子压得非常低，直到他不得不把头往后靠，眯着眼睛从帽檐下看向纸牌。他在牙齿中间叼了根烟，像我曾在达尔斯的一次牲口拍卖会上见到的货物拍卖人那样，含着烟说话。

"……嘿——你，嘿——你，快点，快点，"他喊，声音高而急，"我在等你们这些蠢货呢，你到底出牌还是不出牌……你是说出牌吗？好好好，都已经有个王在那里了，这孩子还要出牌……你知道什么呀。看我的，这下可有好戏看啦……看啊看，年轻的男人找了个小姑娘，他高兴地跳过了墙，走上了路，爬上了山，卸下了身上的重担……冲着你来啦，斯甘隆。我希望那个温室护士站里的某个白痴能把那该死的音乐关小一点！哎哟！那个该死的东西是不是没日没夜地开着，哈丁？我这辈子从没听过这么吵的、令人发疯的声音。"

哈丁茫然地看了他一眼："麦克墨菲先生，你到底在说什么噪声啊？"

"那个该死的收音机，天哪。从我今天早晨一进来，它就一直开到现在，不要跟我胡扯说你没有听到。"

哈丁对着天花板竖起耳朵。"哦，是的，那所谓的音乐。是的，我想如果集中注意力的话，我们确实听得到，但是，话又说回来，如果一个人的注意力足够集中的话，他也能听到他自个儿的心跳。"他对麦克墨菲呵呵一笑，"你知道吗，那里放的是盘录音带，我的朋友。我们很少听到收音机，世界新闻可能对治疗无益。我们已经听了那盘录音带太多次，它都不知不觉从我们听觉里滑出去了，就像住在瀑布附近的人很快就听不到瀑布的声音一样。你认为如果你住在一个瀑布边，你能够长时间听到它的响声吗？"

（我仍然能听到哥伦比亚瀑布的声音，并且一直会听到—— 一直——听到那个大个子切努克人"熊腰查理"刺穿一条巨大的切努克鲑鱼时发出的哎哟声，听到鱼儿在水里拍打的声音，听到河边赤身裸体的孩子们的嬉闹声，听到架子旁边妇女们的闲聊……从很久以前飘过来。）

"他们每一刻都放着那个录音吗，像瀑布一样？"麦克墨菲说。

"我们睡觉时不会。"契思威克说，"但是其他所有时候都开着，真的。"

"见鬼去吧。我要告诉那边那个浣熊[1]把它关了，否则我踢烂他的小肥屁股！"

他一站起来，哈丁就碰了碰他的胳膊："朋友，那种言论恰恰会让一个人被视为具有攻击性。你这么着急失去你的赌注吗？"

麦克墨菲看着他："是这样的吗，哼？压力游戏吗？保持一贯的压力？"

"就是那样的。"

他慢慢地坐回到他的座位上，说了句，"马粪。"

哈丁看了看牌桌周围的急性病人："先生们，我好像觉察到我们的红头发挑战者已经开始失去银幕牛仔般的坚毅和耐心啰。"

他微笑着看了看桌子那边的麦克墨菲，麦克墨菲对他点点头，然后把头往后一仰，舔了舔大拇指："好了，哈丁老教授听上去有些过于自信了，他才赢了两手，就开始变得像个聪明人了。好好好，看他坐那里露出一张两点，这里的一包万宝路劝他最好后退……哎哟，他看到我的牌了，好吧，教授，这里是张三点，他想要另一张，再拿张两点，试试那个五点，教授？是想要丰厚的双倍回报呢，还是打得谨慎一点？又一包万宝路

1　对黑人的一种蔑称。

说你不会谨慎的。好好好，教授看到我了，这有点揭人短的嫌疑，太糟糕了，又一个女人，然后教授考试就没过……"

扬声器里响起了另一首歌，大声而刺耳，还有很多手风琴演奏穿插其中。麦克墨菲抬头看了看扬声器，他的饶舌也变得越来越大声，好像要赛过它一般。

"……嘿——你嘿——你，好吧，下一个，该死，你出牌还是不出牌……冲你来啦……"

一直持续到九点半熄灯的时候。

我可以整夜观看二十一点游戏牌桌边的麦克墨菲，他打牌和说话的方式，以及他的做派。他先拉他们加入，把他们打得几乎要放弃，然后让一两手给他们点信心，让他们再继续参与。有一次他停下来抽烟，将椅子拼命往后仰，手交叉着往头后面一放，告诉大家说："一个顶尖骗子的秘诀在于能了解你想要什么，以及如何让你觉得你正在得到你想要的。我为一个狂欢节轮盘工作了一个季度之后，学会了这点。当一个傻子走上来时，你用你的眼睛能感应到，'这是一只需要感觉自己很厉害的鸟儿'，于是每次你赢了他，他对你吼叫时，你浑身颤抖着装作害怕得要死的样子告诉他，'拜托你，先生，不要制造麻烦，下一轮免费，先生。'这样的话你们双方都得到了自己想要的东西。"

他身子往前一探，原本翘起的椅子砰的一声砸到地板上。他拿起一摞牌，大拇指往上一滑，然后把这一摞牌往桌子上一敲，舔了舔大拇指和食指。

"我推测你们这些笨蛋需要一个大肥锅来引诱你们，这是给下一轮交易的十盒烟，嘿——你，冲你来啦，从现在开始来真的了……"

然后他把头往后一甩，看着病人们急不可耐下注的样子大声地笑了出来。

那笑声整个晚上都在休息室里回荡着，而他在打牌赌博时总是不停地谈笑风生，试图让打牌的人和他一起笑，但是他们毕竟已经压抑很长时间了，都很怕放松，于是他放弃了努力，开始专注于严肃的赌博。他们赢了他一两次，而他总是能扳回来并进行反击，他身边的香烟变成了越来越高的金字塔。

快到九点半的时候，他开始让他们赢，让他们把一切飞快地赢回去，而他们几乎不记得曾经输过。他付了最后一两根香烟，把牌放下，叹口气往椅子上一靠，将帽子往眼睛上面一推，游戏结束了。

"好了，先生们，赢了一点，其余全输了，我说，"他悲凄地摇摇头，"我不知道——二十一岁时我是一个非常精明的客人，但是也许你们这些鸟儿对我来说太厉害了。你们有某种不可思议的诀窍，一个明天想真正赢钱的人要小心谨慎对付你们这样的狡猾之辈啊。"

他甚至懒得自欺欺人地让他们去相信他说的话，他故意让大家赢，观看游戏的和打牌的每个人都知道这点。但是没有一个人收起他自己那堆香烟——虽然那香烟并非战利品，本来就是他们已经输出去之后又赢回来的——不是满脸得意地笑着，就好像自己是整个密西西比最了不起的赌徒一般。

肥胖黑男孩和一个叫基瓦的黑男孩把我们赶出休息室，用拴着链条的一把小钥匙关灯，当病房变得黑暗时，护士站里那个有胎记的小护士眼睛变得大而明亮。她站在玻璃护士站的门口，给排着队慢吞吞经过门口的人们分发夜间的药片，今晚她似乎难以搞清楚谁应该服什么"毒药"，她甚至没有注意自己在往哪里倒水，让她如此分散注意力的是正走向她的那个戴着顶讨厌的帽子、有着吓人伤疤的红头发大个男人。她注意到麦克墨菲从黑乎乎的休息室的牌桌边离开，一只粗硬而满是老茧的手捻着从帽子里垂到衬衫领子处的一缕红发。我想从麦克墨菲走到护士站门口时小护士往后一退的样子判断，大护士很可能已经警告过她，让她小心麦克墨菲。（"哦，今晚在我把事情交代给你之前，还有一件事情，皮尔波小姐；坐在那边那个新来的人，就是那个有着刺眼的红色鬓角和脸上有伤口的男人——我有理由相信他是一个色情狂。"）

麦克墨菲见她如此害怕地睁大眼睛看着他，便把头伸进护士站的门里，对她报以友好的一笑，想跟她套套近乎；她正在发药，这顿时让她很慌乱，一不小心让水罐掉到了自己脚上。她大叫了一声，手猛地一颤，把正准备给我的药滚出了小杯，甩到了她制服衣领处的那片胎记上。在那里，她的胎记就像一条正流到山谷里去的酒溪。

"让我来帮你，夫人。"

护士站门里伸进来的那只手满是伤疤和文身，有着鲜肉一般的颜色。

"退后！病房里有两个看护和我在一起！"

她眼睛一转想看看黑男孩们在哪儿，但是他们正在病房里把慢性病人绑到床上去，不在近处，无法马上赶来帮忙。麦克墨菲呵呵一笑，把手一翻，让她看到他手里并没有拿刀。她只看到灯光下那平滑的、有老茧的、蜡色的手掌。

"我想做的，小姐，只是——"

"退后！病人们不许进入这——哦，退后，我是个天主教徒！"她毫不犹豫地猛拉她脖子上的金链子，当一个十字架从她的胸口被抽了出来时，遗失的药片也飞出来弹到了空中！她看到麦克墨菲伸手向空中一击，于是失声尖叫起来，接着把十字架往嘴里一放，紧紧地闭上了眼睛，就好像她马上要挨打一般站着，脸像纸一般白，但那胎记却比之前颜色深了很多，仿佛她身体里的血都被吸到那里去了。当她终于睁开眼睛时，那只长着老茧的手正伸在她面前，手里是我的红色小胶囊。

"——刚才我只是想捡起你掉下来的水罐而已。"他的另一只手把水罐递了过去。

她长长地呼了一口气，从他手里把水罐接过来。"谢谢你，晚安，晚安。"她在下一个病人眼前关上了门，今晚不再发药了。

在宿舍里麦克墨菲把药片扔到我床上："你还要你的酸糖球吗，酋长？"

我对着药片摇了摇头，于是他把药片从床上弹了出去，就好像那是一个正在烦扰他的臭虫。药片像匆匆爬过的蟋蟀一般在地板上跳着。他开始脱衣服准备睡觉，工装裤下面的短裤是炭黑色的纱绸料子，上面绣着长着红眼睛的白鲸鱼。当他发现我在看他的短裤时，他呵呵一笑道："一个俄勒冈州立大学的女学生送的，酋长，图书馆专业的。"他用大拇指一弹松紧带，"她说我是一个象征，所以送了我这个。"

他的胳膊、脖子和脸都被晒黑了，上面有卷曲的橘红色硬毛，巨大的肩膀两边都有文身：一边刺着"现役海军陆战队队员"、一个红眼睛红角的恶魔和一把M1来复枪，另一边刺着一只在玩纸牌游戏的手，正打出么点和八点。他把一卷衣服放到我床边的床头柜上，开始捶打他的枕头，他被分配在我隔壁的那张床。

他钻到被子里，告诉我最好也捶打我的枕头，这时一个黑男孩进来关灯，我看了看，是那个叫基瓦的黑男孩。我把鞋子一蹬爬上床，他正好过来用一块床单绑住我。绑好之后，他向四处望了一会儿，咯咯一笑，顺手把灯关了。除了外面大厅护士站里传来的一点光外，宿舍里一片黑暗，我只能勉强分辨出睡在我旁边的麦克墨菲，呼吸深沉而均匀，身上的被单一起一落。他的呼吸越来越慢，直到我以为他已经睡着了好一会儿，突然听到他床上传来轻轻的、喉咙里发出的声音，就像一匹马的嗤嗤笑声。他还醒着，正为某事自顾发笑呢。

过了一阵，他不再笑了，轻声耳语道："为什么当我告诉你那个浣熊来了，你就跳了起来？酋长，有人告诉我说你是个聋子呢。"

很长一段时间以来，我第一次没有吃那个红色小胶囊就上床了（如果我藏起来想不吃的话，有胎记的夜班护士就会派那个叫基瓦的黑男孩来找我，用他的手电筒制住我直到她把针管准备好），这会儿黑男孩拿着手电筒走过去时我假装睡着了。

当你吃了一颗那种红胶囊时，你不仅仅是睡觉，而是被睡眠麻痹，整夜无论周围发生什么事情你都不会醒来。那就是为什么工作人员给我那种药。过去在老地方时，我会在夜里醒来，发现他们正对周围睡着的病人们实施各种可怕的罪行。

我放慢呼吸静静地躺着，等着看是否会有什么事情发生。上帝，周围好黑！我听到他们穿着橡胶鞋子在外面偷偷地移动，有两次他们往病房里偷看，用手电筒照向每一个人。我闭着眼睛，但不曾睡着。我听到楼上的心理失常者病房传来一声哀号，噜、噜、噜——可能某个人正被安装用来获取代码信号的电线。

"考虑到前面的漫漫长夜，不如来一瓶啤酒吧。"我听到一个黑男孩对另一个悄声耳语道，随即响起橡胶鞋子朝着护士站走去的吱吱声。冰箱在那里。"你想来一瓶啤酒吗，有胎记的甜心？为了打发漫漫长夜？"

楼上那个人安静下来了。墙里那些装置发出的低声鸣叫越来越低，最后完全停止，整个医院一点声音也没有了——除了大楼内部深处传来的一种单调的、被隔音设备间隔着的隆隆声，一种我以前从未注意过的声音——很像你深夜站在巨大的水电站大坝上听到的声音，展示着那股低沉、无情而残忍的力量。

我能看到那个肥胖黑男孩站在外面大厅里傻笑着四处张望，然后慢慢地朝宿舍门走来，一边将他湿乎乎的手掌往腋窝里擦拭。护士站里的灯光将他的影子在宿舍墙上拉得像个大象一般大，随着他走近宿舍门，影子又渐渐变小。他往宿舍里看

了一眼，然后傻笑着打开门边的保险丝盒，把手伸了进去。"对的，孩子们，好好睡。"

他将把手一转，整个地板立即往下滑，就像谷物升降机的平台一般，从他站着的门口那里开始往大楼下面坠落。

除了宿舍门以外，别的东西都没有动，我们开始滑离病房的墙壁、门和窗户——包括床、床架和所有其他的东西也开始向下滑。这个机器——很可能在升降机井的每个角落都有齿轮和轨道装置——因为上了油而像死一样寂静，我能听到的唯一声音是大家的呼吸声，我们越往下降，下面的隆隆声就变得越响。五百码之上的宿舍门的灯光变成了一个斑点，给升降机平台的四边打上了一些暗淡的光影。四周越来越暗，直到一声遥远的尖叫回荡在升降平台的四周——"退后!"——光线完全消失了。

地板到达了地下很深的地方，随后轻轻一震，停在了某个坚硬的底部。周围是死一般的黑暗，我能感觉到身上的被单令我窒息，正准备把被单解开时，地板微微一晃，开始往前滑行。下面有某种小滑轮，但是我听不到它们的声音。我甚至无

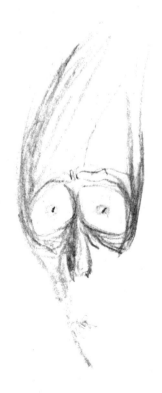

法听到周围大家的呼吸声，我突然意识到那个隆隆声变得如此巨大，让我其他什么也听不到了。我们可能就在那隆隆声的正中央。我开始紧紧地抓住那块捆着我的该死的被单，正要把它弄松时，整整一堵墙突然滑了上去，露出一个巨大的房间，里面无穷无尽的机器一直延伸到视线完全不能企及的地方，周围挤满了打着赤膊、汗流浃背的人，在窄小的通道里跑上跑下。在一百个鼓风炉耀眼的火光中，他们的脸带着某种空洞的梦幻表情。

每一样东西看上去和听上去都像处在一个巨型大坝的内部。粗大的青铜管道消失在头上的黑

暗里，电线接到看不见的变压器上，油污和煤渣沾染了每一样东西，把连接器、发动机和发电机变成了红色和炭黑色。

所有的工人都以同样平稳的速度移动着，自如地迈着流星大步，没有人慌乱，某人会放慢一秒，转动某个仪表、按下某个按钮、打开某个开关。连接开关的火星使他的一边脸突然如闪电一般闪现，然后他会继续跑到一条起伏而窄小的通道的钢阶上，流畅地贴身经过其他人，他们的身体贴得那么近，我甚至听到了濡湿的身体撞击的声音，就像鲑鱼尾巴拍打水面时发出的声音——那人停下来打开另一个开关，电光一闪，然后跑开了。

一个正在全力工作的工人突然眼睛一闭倒在了行进的路上，他的两个伙伴跑过去把他抓起来，走到一个鼓风炉边时横着把他扔了进去。鼓风炉升起一团火球，就像经过结满成熟豆荚的地里一般，我听到了一百万根管子炸裂的声音。

这一切有一种节奏，好似轰隆隆地跳动的脉搏。

宿舍门从升降机平台上滑了出去，滑进了机器室。我立即看到我们头上是什么——就像你在屠宰场里会发现的那种支架，上面的移动装置可以把屠宰后的一扇扇肉块从冷藏室毫不费力地移到屠夫那里去。两个男人，穿着宽松裤子，挽着白衬衫的袖子，戴着薄薄的黑领带，正靠在我们床头上的狭窄甬道边，互相打着手势说着话，长烟嘴里的香烟滑出红色的轨迹。他们在谈话，但是在他们周围响起的有节奏的咆哮声让你无法分辨他们在说什么。当中的一个人一弹手指，离他最近的一个工人突然马上一转身，朝他跑了过来。这个人用他的烟嘴往下指着一张床，那个工人立即跑下钢梯，到了我们这层，然后在两个土豆地窖一般大的变压器中间消失了。

再出现时，那个工人沿着头顶上的支架拖来一个钩子，迈着巨人般的步子大摇大摆地走了过来。他经过了我的床，某处呼呼响的一个鼓风炉突然在我面前照亮了他的脸，那是一张英俊、残忍、蜡像一般的脸，像面具一样无所欲求。我曾见过一百万张类似这样的脸。

他走到那张床边，一只手抓住老"植物人"布拉斯迪克的脚后跟，直接把他举了起来，就好像布拉斯迪克的重量不过几磅。他用另一只手把钩子穿过布拉斯迪克的脚后跟，把他倒吊了起来。布拉斯迪克发霉的脸肿了起来，显出很害怕的样子，眼中浮现出无声的恐惧。他的两只手和自由的那条腿不停扑腾着，直到他的睡衣掉到了他的头上。工人抓住睡衣，把它像粗麻袋似的又捆又拧，把滚轮嘀嘀嗒嗒地沿着支架推到了狭窄甬道那里，抬头看着那两个穿白衬衫的人。其中一个人从自己皮带上的皮套里拿出一把解剖刀，那把解剖刀上焊接着一根链子，他把解剖刀放低给了工人，将链条另一端套在栏杆扶手上，防止工人拿着武器逃跑。

工人拿着解剖刀干净利落地一挥，把老布拉斯迪克的前胸整个划了开来，老人停止了乱动。我以为我会感到很恶心，但是我并没有看到血和内脏如预想般地掉出来，飘出的是一团铁锈和灰尘，不时还有一根金属线或一块玻璃。工人站在那里，膝盖以下就像被淹没在一堆炉渣里。

某处一个鼓风炉的门打开了，又吞噬了一个人。

我想跳起来四处跑，唤醒麦克墨菲、哈丁，还有我能够唤醒的所有人，但是这样做似乎没有什么意义。如果我摇醒某个人，他一定会说，怎么了，你这个疯狂的白痴，什么东西在吃你啊？接着很可能他会亲手帮助某个工人把我挂到钩子上，然后说，让我们来看看一个印第安人的肚子里是什么样的。

我听到烟雾器尖利、冰冷、濡湿的呼呼声，看到了第一小束雾气从麦克墨菲的床下飘了出来。我希望他足够清醒，能够知道躲在雾里。

我突然听到一阵愚蠢的喋喋不休的声音，让我想起了我熟悉的某个人，于是我尽力转身往那个方向看去。原来是那位满脸浮肿的、秃头的公共关系负责人。病人们总是争论为什么他的脸是浮肿的。"我说他穿了。"他们辩论说。"我、我说他没有，你听说过一个真的穿胸衣的男人吗？""的确没有，但是你之前曾经听说过像他这样的男人吗？"第一个病人耸了耸肩，并点点头，"有趣的观点。"

现在，除了一件前后绣了奇异的红色字母组合的长汗衫以外，他什么也没有穿。并且我立马看到了（当他很快地走过去时，汗衫在他背上微微飘了起来，我瞥了一眼）他的确穿着胸衣，而且勒得如此之紧，可能会随时炸了开来。

有大约半打枯萎的东西在他的胸衣上晃晃荡荡，像头皮似的拴在胸毛旁。

他带着一个装着某样东西的小烧瓶，不时地啜饮一口以便他的喉咙能够出声。他把一块充满樟脑球气味的手帕放在鼻子前面赶走臭味。一帮学校老师和大学女孩急急忙忙地紧跟着他，她们穿着蓝色的围裙，头发裹着发卷，正在聆听他在参观过程中进行的一场简短的演讲。

他突然想到某件好笑的事情，不得不暂停演讲，并大大地喝了一口烧瓶中的东西来止住自己的傻笑。在这个停顿中，他的一个学生四处张望，看到了吊着脚后跟晃晃悠悠的、已经开肠破肚的慢性病人。她倒吸了一口气，往后一跳。公共关系负责人转身瞥见了那具尸体，于是冲了过去，拿起尸体无精打采的一只手猛地一转。那个学生缩着身子，小心地往前看，脸上神情恍惚。

"你看到了吧？你看到了吧？"他高声尖叫，眼珠子翻动着，笑得如此厉害，液体都从他的烧瓶里喷洒了出来。他一直笑到我觉得他快要爆炸了。

当他最终停止狂笑时，他沿着一排机器走了回去，继续他的演讲，但突然又停了下来，一拍前额——"哦，我的注意力不集中啊！"——然后径直跑回到吊着的慢性病人那里，撕下了一块头皮作为战利品挂到了他的胸衣上。

附近还有类似的糟糕事情在发生着——疯狂的、可怕的事情，因为过于愚蠢和光怪陆离而让我无法为之哭泣，又因为太真实了而让我无法为之发笑——但是雾变得越来越浓，我都不需要再看了。某个人在拖我的胳膊，我已经知道将发生什么：某个人会把我从烟雾里拖出去，我们将回到病房里，而今夜发生的一切将会了无痕迹。并且，如果我傻到试图把夜里的经历告诉别人的话，他们一定会说，白痴，你只是做了个噩梦而已，机器人似的工人在大坝底下巨大的机房里，将人们开肠破肚这种匪夷所思的事情，在现实中肯定是不存在的。

特克先生抓住我的胳膊把我从雾里拖了出来，他摇晃着我呵呵笑着，他说："你在做噩梦，布罗姆登先生。"这名看护是个老黑人，值晚上十一点到早上七点这段漫长而孤独的夜班，有着不停晃动的、长长的脖子，脸上总挂着昏昏欲睡的笑意，他闻上去像是喝过点酒，"继续睡，布罗姆登先生。"

有些夜晚如果绑着我的被单太紧，我不停乱动的话，他会把它解开。如果他认为白天的工作人员会发现的话，他一定不愿意这样做，否则他们很可能会解雇他，但是他预测白天的工作人员会认为是我自己解开的。我想他这么做的确是出于好意——但他首先要确保自己的安全。

这一次他没有把我的被单解开，而是走过去帮助我以前从未见过的两个看护和一个年轻医生，把盖着一块被单的老布拉斯迪克放到担架上抬出去了。他们小心翼翼地对待他，比他这辈子打过交道的任何人都要小心翼翼。

早晨来临，麦克墨菲比我先起床了，这是自"爬墙者"朱尔斯大叔以来第一个人比我起得早。朱尔斯是个精明的、满头白发的老黑人，他有个理论，说在夜里世界被黑男孩们从一端翻转了过去；他过去经常一大早溜出去，试图抓住正在翻转世界的黑男孩们。像朱尔斯一样，我常常早起，偷看他们把什么机器暗中运到病房或安装到剃须室。通常我和黑男孩们在大厅里待了十五分钟之后，下一个病人才起床，但是今天早晨当我从被子里钻出来时，我听到麦克墨菲已经在外面厕所里了。我听到他居然在唱歌！唱得让你觉得他在这个世界上如此无忧无虑，他的声音清晰而强烈地撞击着钢筋水泥。

　　"你们马儿们正饿着呢，那是她说的。"他很享受声音在厕所回荡的感觉，"过来坐我旁边吧，喂它们一些干草。"他吸了口气，他的声音跳过一个音符，音调和力量逐渐攀升，直到撼动所有墙壁里的电线，"我的马儿不饿，它们不吃你的干——草——咿。"他把玩着那音符，然后突然声调下降完成了那句歌词的其余部分，"所以再见了亲爱的，我要赶我的路去了。"

　　唱歌！每个人都像遭了雷击似的，很多年没有听过有人唱歌了，至少在这个病房里没有。宿舍里大多数的急性病人都起来了，撑着胳膊肘，眨巴着眼睛聆听着。他们互相看着，眉毛竖了起来，怎么黑男孩们没有让他闭嘴？他们以前从不让任何人那么吵闹，不是吗？他们怎么对这个新人不一样呢？他也是和我们其他人一样的有血有肉、终有一天会变得虚弱苍白然后死掉的人啊。他也生活在同样的法则之下，也要吃饭，也会遇到同样的麻烦；面对"联合机构"，这些事情也让他和其他任何人一样容易受到伤害，不是吗？

但是急性病人能够看出这个新人不一样，和过去十年里到这个病房的任何人都不一样，和他们在外面曾遇到过的任何人也不一样。他也许一样易受伤害，但是"联合机构"无法抓住他。

"我的马车装好了，"他唱道，"我的鞭子在我的手里……"

他是如何逃脱的呢？也许，像老皮特那样，"联合机构"错过了尽快抓住他并给他安装控制装置的机会。也许，他如此野性地长大，从一个地方游荡到另一个地方，孩提时代从未在一个城镇待超过几个月长的时间，所以学校也从未有机会抓住他。他伐木，赌博，经营狂欢节轮盘，轻装旅行而且行动很快。他移动得太过频繁，这让"联合机构"从未有机会在他身上安装任何的东西。也许就是那样的，他从未给"联合机构"任何机会，就像昨天早上，他就没给黑男孩拿着体温计靠近他的机会。一个不停移动的目标是很难被击中的。

没有想要新油毡的老婆；没有老泪纵横拖后腿的亲人；没有任何人需要他的照顾，这使他有足够的自由成为一个顶尖的骗子。也许黑男孩们不冲到厕所里阻止他唱歌是因为他们知道他是无法控制的，他们还记得和老皮特的那次冲突，知道一个失去控制的人什么事情都做得出来。他们看得出麦克墨菲比老皮特高大很多，如果要制伏他的话，需要他们三个一起上，大护士还必须在旁边拿着针筒等着。急性病人们互相点点头；他们想这就是为什么黑男孩们会阻止我们其他人唱歌，但却没有阻止麦克墨菲。

我出了宿舍走进大厅时，麦克墨菲正好从厕所里出来，他戴了顶帽子，但没穿衣服，只是用一只手抓着条毛巾围在腰间。他的另一只手上拿了把牙刷。他站在大厅里，上下看着，尽量踮着脚指头以避开冰凉的地板。他挑了那个最矮的黑男孩，走到了他的边上，就像他们已是一辈子的至交似的重重拍了下他的肩膀。

　　"嘿，你好，老伙计，我可否要些牙膏刷刷牙啊？"

　　黑男孩的大脑袋一转，正对着那只手，他皱皱眉，为了以防万一飞快地察看了另外两个黑男孩的位置，然后告诉麦克墨菲说六点四十五分才开橱柜。"这是规定。"他说。

　　"是吗？我的意思是，橱柜是他们放牙膏的地方吗？"

　　"对的，牙膏锁在橱柜里。"

　　黑男孩回头想继续擦踢脚板，但是那只手仍然像个红色的大龙虾钳似的抓着他的肩膀。

　　"锁在橱柜里，是吗？好好好，你觉得他们为什么把牙膏锁起来？我的意思是，牙膏又不是危险品，不是吗？你不能用它毒害一个人，对吧？你也不能用牙膏管打破某个人的脑袋，不是吗？你觉得是什么理由让他们把一小管牙膏这样毫无害处的东西锁起来了呢？"

　　"这是病房的规定，麦克墨菲先生，那就是理由。"当他发现这最后的理由并没有理所当然地打动麦克墨菲时，他对麦克墨菲放在他肩膀上的那只手皱了皱眉头，说道，"你觉得如果每个人想刷牙时就刷牙的话，情况会怎样呢？"

　　麦克墨菲松开他的肩膀，拨弄着自己脖子边的那一小撮红头发，想了想说："啊哈！我明白你想说什么：病房规定是为那些每顿饭后不能刷牙的人制定的。"

"我的上帝，你怎么不明白？"

"是的，现在我明白了。你是说人们任何时候想刷牙就会刷牙。"

"对的，那就是为什么我们——"

"并且，主啊，你能想象吗？有的六点半、六点二十分刷牙——谁知道呢？也许甚至六点钟就想刷牙。是的，我明白你的意思。"

他越过黑男孩向站在墙边的我眨了眨眼。

"我必须马上把这块踢脚板擦干净，麦克墨菲。"

"哦，我并不想妨碍你的工作。"他开始后退，黑男孩弯下腰继续工作。然后麦克墨菲又往前一步，俯身看了看黑男孩旁边的罐子："嗯哼，看这儿，这是什么？"

黑男孩往下瞄了一眼："看哪儿？"

"看这个破罐子里，山姆。这个破罐子里装的什么？"

"那是……肥皂粉。"

"好的，我一般用牙膏，但是，"麦克墨菲把他的牙刷往那粉末里唰的一转，拿了出来，在罐子边缘一敲，"但是这个也凑合，非常感谢你，我们回头再讨论那个病房规定的事情。"

他回到厕所去了，我能够听到他的歌声被刷牙的声音打乱了。

黑男孩站在那里盯着麦克墨菲的背影，抹布在他的灰手里软绵绵地垂着。过了一会儿，他眨了眨眼，四处看看，发现了我一直在看他们，于是拽起我的睡衣带子把我拖到了大厅一角，一把将我推倒在地板上，那是昨天我曾打扫过的地方。

"那里！该死的，待在那里！给我好好干活，不要像头没用的母牛一样四处呆看！那里！那里！"

我弯下身子背对着他开始擦洗，他看不到我在呵呵笑。看到麦克墨菲激怒黑男孩我感觉很好，不是很多人可以做到的。爸爸曾经做得到——政府的人第一次露面谈判试图买断条约时，他面无表情地叉腿站着，眯着眼看着天空。"听那加拿大雁的叫声。"爸爸说，眯眼朝上斜睨着，政府的人也往上看，把手里的纸张弄得咯咯响。"你说什么——七月？每年的这个时候没有——嗯——大雁。嗯，没有大雁。"

他们说话像东部来的旅游者一般，那些旅游者以为只有那样跟印第安人说话他们才能理解。爸爸似乎没有注意到他们说话的方式，他一直看着天空："天上有大雁，白人，你们知道的，今年的大雁、去年的大雁，前年的大雁还有大前年的大雁。"

那些人面面相觑，清了清嗓门："是的，也许是真的，布罗姆登酋长，现在，请暂时忘了大雁吧，注意看合同，我们提供的条件对你大有益处——你的民众——土人们的生活将会改变。"

爸爸继续说："……前年，大前年还有之前的一年……"

政府的人开始明白他们被耍弄了，这时，坐在我们小屋前廊上的所有理事会成员都咧嘴乐了起来，不停地把烟袋放进红黑色羊毛衬衫里然后又拿出来，并且对着爸爸大笑。R&J狼叔叔笑得上气不接下气地在地上打滚，说道："你们知道的，白人们。"

这下真的激怒了他们，他们一言不发地转身向高速公路走去，脖子气得红红的，我们在他们身后大笑。看来我忘记笑声的力量很有些时候了。

大护士的钥匙插进了锁孔，她刚一进门，黑男孩就跑到她面前去了，像个要求去撒尿的孩子似的两只脚轮流站着。我站得足够近，能够听到他的谈话里提到了麦克墨菲的名字一两次，所以我知道他在向她报告麦克墨菲刷牙的事情，而完全忘记告诉她昨夜那个老"植物人"的死。他挥舞着胳膊，努力告诉她一大早那个红头发的蠢货就企图做出违反病房规定、扰乱秩序的事情，她能不能做点什么阻止他？

她瞪着黑男孩，直到他停止了不安的挪动，然后看了看大厅那边，麦克墨菲的歌声比任何时候都响亮地从厕所里传了出来："哦，你父母不喜欢我，他们说我太穷了——或者，他们说我没资格跨入你家的大门。"

一开始她的脸上露出疑惑的表情，同我们其他人一样，她很长时间都没有听到过有人唱歌了，因此她没能立即分辨出来那是什么。

"艰苦的生活是我的乐趣，我的钱是我自、自、自己的，如果他们不喜欢我，他们最好不要来烦我。"

她又听了一会儿，确信自己不是出现了幻听，然后她气得肿胀起来，鼻孔张着，身子随着每一下呼吸而变得越来越大，自塔伯以后我还是第一次见她因为一个病人而变得如此怒不可遏、凶神恶煞一般。她活动着胳膊肘和手指的关节，我听到一声小小的尖叫，她开始行动了，我退后一步靠在墙上，当她轰隆隆地经过我时，她已经变得像个卡车那么大，身后的"排气装置"里拖着那个柳条编织袋，就像一台吉米柴油机车后面的一个半拖车。她的嘴唇张着，脸上的微笑就像热气离开散热器一样消失了。当她走过去时，我似乎闻到了汽油味，看见了发电机的火星，她每踏在地板上一步，就变大一个尺寸，喘息着、喷着气，压倒挡住路的一切东西！我不敢想她将会做什么。

然后，正当她以最庞大而邪恶的架势滚滚向前时，麦克墨菲手抓着腰间的那条毛巾，从厕所里走出来，正好挡在她跟前。她缩回到了正常的尺寸，刚好高出他包着毛巾的腰部一头，他低头对她咧嘴笑着，她也勉强笑了笑，咄咄逼人的气势略微有些缓和。

"早上好，拉——契特小姐！外面一切还好吧？"

"你不能只裹着一块毛巾到处乱跑！"

"是吗？"他低头看了看她正对着的裹毛巾的部位，那里湿漉漉的而且紧贴着肌肤，"毛巾也违反病房规定吗？好吧，我猜什么也不能做，除了——"

"闭嘴！好大的胆子。你马上回宿舍穿上衣服。"

她听上去就像一个正在对学生咆哮的老师，麦克墨菲也像个学生一样低着头，说话的声音似乎带着哭腔，"我不能那样做，夫人，恐怕夜里我正睡觉时某个小偷把我的衣服偷了，我在你们这里的床垫上睡得很沉。"

"某人偷了……"

"劫取了、偷窃了、偷盗了、盗窃了，随你怎么叫，"他愉快地说道，"你知道的，嘿，就是说某人偷了我的衣服。"这样一说他似乎觉得身上痒痒的，于是在她面前光脚跳了一小段舞蹈。

"偷了你的衣服？"

"看起来就是这么回事。"

"但是——监狱的衣服？为什么？"

他停止了乱跳，头又低了下去："我只知道我去睡觉时我的衣服还在那里，我起床的时候就没了，就像一声清脆的哨声消失得无影无踪。哦，我的确知道它们不过是监狱的衣服而已，粗糙、褪色、很不舒服，夫人，我很清楚这点——监狱的衣服对于那些有很多衣服的人来说也许不算什么，但是对于一个赤身裸体的人——"

"那身衣服，"她说，意识到了什么，"是该被收走的，今天早上给你发了一套绿色病号服。"

他摇摇头，叹了口气，但是仍旧没有抬头："不、不，恐怕没有给我发过，今天早上什么也没发，现在只有我头上这顶帽子和——"

"威廉姆斯，"她大声召唤还在病房门口的黑男孩，好像他可以马上跑来似的，"威廉姆斯，你能过来一下吗？"

他向她爬过来，就像一条爬向鞭子的狗。

"威廉姆斯，为什么这个病人没有领到病号服？"

黑男孩松了一口气，站直身子咧嘴一笑，抬起一根灰色的手指，指着大厅另一端的大个儿黑男孩："今天早上华盛顿先生负责洗衣服，不是我，不是。"

"华盛顿先生！"她的喊声立刻把他镇住了，黑男孩的拖把举在水桶上，僵在那里，"你能到这儿来一下吗！"

拖把无声地滑回到水桶里，他小心地把拖把的把子慢慢靠在墙上，然后转过身，看着远处的麦克墨菲、小个儿黑男孩和大护士。他看了看他的左边和右边，好像她可能是在对别人大喊大叫似的。

"到这来!"

他把手放到口袋里，开始慢吞吞地向她走过来，他本来走路就比较慢。我发现如果他还站着不动的话，她可能仅仅看他一眼就能把他冻住，让他粉身碎骨并坠入地狱；所有她计划发泄在麦克墨菲身上的仇恨、愤怒和挫败感都穿过大厅射向那个黑男孩，而他能够感觉到它们像暴风雪一般扑面而来，让他的行动更加慢了下来。他不得不弯下身子往前走，胳膊抱在胸前，头发和眉毛上都结了霜，他身子越来越向前倾，脚步越来越慢，似乎永远也到达不了。

然后麦克墨菲开始吹起口哨，是《甜蜜的乔治亚娜·布朗》，大护士的眼睛立即从黑男孩身上移开。现在她比之前更愤怒、更有挫败感，比我之前见过的任何时候都要疯狂。她洋娃娃似的微笑消失了，脸像火热的金属线一样拉伸得又紧又薄，如果一些病人现在出来看到她的话，麦克墨菲绝对可以开始收他赢的钱了。

黑男孩似乎花了两个小时才走到她面前。她深深地吸了一口气："华盛顿，为什么这个人今天早上没有换上绿色病号服？你没有看到他身上除了一块毛巾以外什么也没有穿吗？"

"还有我的帽子啊。"麦克墨菲低声道，用手指敲着帽子的边缘。

"华盛顿先生？"

大个儿黑男孩看了看告密的小个儿黑男孩，小个儿黑男孩又开始不安地扭动起来。大个儿黑男孩用收音机电子管一般晶亮的眼睛盯了他很长时间，打算以后再跟他算账，接着他转身打量着麦克墨菲，注意到了他坚实而宽厚的肩膀、歪着嘴的坏笑、鼻子上的伤疤、紧紧抓着毛巾的手，然后他看向大护士。

"我猜——"他开始说。

"你猜！你不应该仅仅是猜测！马上给他拿一套病号服，华盛顿先生，否则接下来两个星期你就到老年病房去工作！是的，你可能需要刷一个月便盆，洗一个月石板厕所，好提醒自己要懂得感恩。在这个病房里你们这些看护需要做的事情真是太少了。如果这是其他的病房，你觉得谁会整天在这里擦洗大厅呢？是这个布罗姆登先生吗？不，你应该知道是谁。我们免除了你们这些看护绝大多数的杂务，就是为了让你们全力照顾病人，也就是说不要让他们暴露自己的身体到处乱窜。你觉得一个早来的年轻护士看到没有穿病号服的病人在大厅里到处乱窜，会发生什么样的事情？"

大个儿黑男孩不是很确定，不过也大概明白了她的意思，于是他慢慢地走到衣物保管室，去给麦克墨菲拿一套绿色病号服——也许尺寸小了十号——又慢慢走了回来，把衣服递向他，眼里流露出我曾见过的最明显的仇恨。麦克墨菲只是看起来一脸困惑的样子，似乎不知道怎么接住黑男孩递给他的病号服，毕竟他一手拿着牙刷，另一只手紧紧拽着毛巾。他最终向大护士眨了眨眼，耸了耸肩，把毛巾解开了，搭到她的肩膀上，好像她是一个木头衣架子似的。

我看到他其实在毛巾下是穿着短裤的。

我想她肯定宁愿他在那块毛巾下面完全是赤身裸体，而不是穿着短裤。她瞪着他短裤上两只跳跃的大白鲸，一言不发、怒火中烧。这超出了她容忍的限度。过了一会儿，她才恢复平静，看向矮个儿黑男孩，她的声音因为失控而颤抖着。她是如此的愤怒。

"威廉姆斯……我想……我告诉过你，今天早上我到病房的时候你应该已经把护士站的窗户擦干净了。"他像个黑白瓢虫似的慌忙跑开了。"还有你，华盛顿——还有你……"华盛顿几乎一步就跑回到了他的水桶边。她看到了我，但是这时候一些病人已经走出了宿舍，正纳闷我们这小撮人在大厅里干什么。她闭上眼睛努力集中注意力，她不能让他们看到她脸色苍白，五官因为愤怒而扭曲。她动用了全部的自制力，小白鼻子下面的两片嘴唇渐渐合拢，开始上下活动，就像已经足够热的金属线般闪闪发亮了一会儿，当熔化的金属开始凝固时突然变得坚硬、冰冷和出奇的黯淡。她的嘴唇分开，舌头就像一块矿渣似的伸到嘴唇中间。她的眼睛睁开了，和她的嘴唇一样黯淡、冰冷和缺乏生气，但是她装作若无其事地开始例行公事地道早安，以为病人们还没睡醒，可能注意不到她的反常。

"早上好，塞弗尔特先生，你的牙齿好些了吗？早上好，弗雷德里克森先生，你和塞弗尔特先生昨夜过得还不错吧？你们的床紧挨着，不是吗？顺便提一下，我被告知你们两个擅自处理了你们的药——你让布鲁斯吃你的药，不是吗，塞弗尔特先生？我们以后再讨论这件事情。早上好，比利，我来上班的路上碰到了你母亲，她让我一定要告诉你，她每时每刻都想着你，知道你不会让她失望的。哈丁先生——看看，你的指甲又红又粗糙，你是不是又啃你的指甲了？"

就算一些问题是有答案的，但在他们能回答之前，她已转向仍然穿着短裤站在那里的麦克墨菲。哈丁看到那短裤时吹了一声口哨。

"还有你，麦克墨菲先生，"她说，微笑着，像糖一样甜，"如果你炫耀够了你的男性躯体和花哨内裤，我想你最好回到宿舍里穿上你的绿色病号服。"

他向她和其他盯着他的白鲸短裤指指点点的病人压低帽檐致意，一语不发地回了宿舍。她转身朝另一个方向走去，在她还没把玻璃护士站的门关上前，她那毫无生气的红色微笑就消失了——他的歌声又从宿舍传到了大厅里。

"她把我带到她的客厅里，用她的扇子给我扇、扇、扇凉，"当他拍打他的光肚皮时，我能听到啪的一声，"在她妈妈的耳朵边低语，我爱、爱死那个好赌博的男人了。"

宿舍一腾空我马上开始打扫，我是冲着麦克墨菲床下的尘螨去的，但是我闻到的东西让我第一次意识到：自从我来到这个医院，就有四十个成年男子在这个挤满了床的大宿舍里睡觉，里面混杂着一千种黏糊糊的味道——杀菌剂、锌药膏、脚气粉、尿臊味和老年人的酸臭粪便味、宝宝乐婴儿软食的味道和眼药水的味道、发霉的内裤和袜子的味道（即使刚从衣物保管室拿回来也有发霉的味道）、浆洗过的亚麻布的僵硬的味道、早晨嘴唇发出的酸臭味、机油的香蕉味，以及有时候会有的烧焦了毛发的味道——但在此之前，在他入院以前，我从未闻到过从田里来的人的尘土味、汗味和劳作的味道。

吃早餐的时候，麦克墨菲一直以一分钟一英里的速度谈笑风生。他以为大护士一定快崩溃了，但是他不知道他只是在她放松警惕时抓住了她，而如果这算什么的话，那也不过是让她更加努力地巩固自己。

他一直努力做小丑想让大家笑一笑，但困扰他的是，他们最多就是微微咧咧嘴，或者窃笑一下。他刺激坐在桌子对面的比利·彼比特，用一种神秘的声音说道："嘿，比利男孩，你记得那次我和你在西雅图遇到的那两个让人心痒难耐的女人吗？我搞得最爽的一次啊。"

比利突然从他的盘子上抬起眼睛，张开了嘴，但什么也说不出来。麦克墨菲转向哈丁。

"如果不是因为曾经听她们说过比利·彼比特的传奇的话，我们本来不会那样不假思索地就把她们捡起来。'比利·大棒·彼比特'，那些日子里大家都那样叫他。那些女孩正要离开时，其中一个突然看着他喊道：'你就是著名的比利·大棒·彼比特？著名的十四英寸长的家伙？'比利头一扭，脸红了——就像他现在这样——我们是稳操胜券啊，并且我记得，当我们带她们到旅馆以后，有个女人的声音从比利的床上传来，说：'彼比特先生，我对你很失望；我听说你有十、十——看在上帝的分上！'"

麦克墨菲一边大喊哎哟，一边拍打着自己的大腿，还不时地用手指戳一下比利，直到我觉得比利因为难为情和傻笑都快要晕过去了。

麦克墨菲说，事实上这个医院唯一缺乏的东西，就是像那两个令人心痒难耐的尤物一样的甜美女人。医院提供了他睡过的最好的床，提供了那么好的桌子，他弄不明白为什么每个人都对被锁在这里如此闷闷不乐。

"看看我现在，"他把一个杯子举到灯下，"六个月来我得到的第一杯橙汁。哎哟，真是不错。你们知道我在劳改农场时吃的什么早餐吗？我得到的是什么样的招待？是的，我能够描述它看起来是什么样，但是我真的不知道是什么东西，从早到晚那些饭菜都烧得黑乎乎的，有土豆在里面，看起来像是粘屋顶的胶水。我唯一肯定的是，那不是橙汁。看看我现在，熏肉、烤面包片、黄油、鸡蛋——厨房里的那个小甜心居然问我咖啡是否要加奶，还谢谢我——还有一大杯满满的沁人心脾的橙汁！是的，你付我钱我也不会离开这个地方！"

他很快就和每个人融洽相处了，他跟厨房里倒咖啡的女孩说好了出院后要跟她约会，他赞美黑人厨师煎出了他曾吃过的最好的鸡蛋，他拿了好几根配着玉米片吃的香蕉，告诉一个黑男孩说他也会给他拿一根，因为他看起来很饿的样子，黑男孩眼珠一转，看了看坐在大厅另一头玻璃护士站里的大护士，说看护不允许和病人一起吃东西。

"违反病房规定？"

"对的。"

"很不幸，"麦克墨菲在黑男孩鼻子底下把三根香蕉依次剥开吃了，告诉黑男孩说，"任何时候你想让我帮你偷一根出大厅的话，山姆，你尽管说一声。"

当麦克墨菲吃完最后一根香蕉时，他拍拍肚子站起身往门口走去，一个大个儿黑男孩堵在门口，告诉他病人必须坐在食堂里，到七点半时一起离开。麦克墨菲瞪着他，不敢相信自己的耳朵，转身看着哈丁，哈丁点了点头，于是麦克墨菲耸耸肩回到了位子上："我肯定不想违反这个该死的规定。"

食堂尽头的钟显示现在是七点十五分，撒谎说我们在那里只坐了十五分钟，而你知道其实已经至少一小时了。每个人都已经吃完，靠在椅子上等着钟的指针指向七点半。黑男孩把"植物人"狼藉不堪的食物盘子拿走，将两位老人推下去冲洗去了。食堂里一半的人都把头放在胳膊上，想趁黑男孩们回来前打个盹。没有其他事情可以做，没有纸牌、杂志或者图片智力游戏，只能睡觉或盯着钟。

但是麦克墨菲无法保持安静，他必须做点什么。他用勺子拨弄了盘子里的食物残渣大约两分钟后，准备做点让自己兴奋的事情。他把大拇指勾在口袋里，头往后一仰，一只眼瞄着墙上的那个钟，然后揉了揉鼻子。

"你知道吗——墙上的那个老钟让我想起赖利堡射击场的靶子，在那里我得到了我的第一块奖牌——神枪手奖牌和'夺命眼墨菲'的美称。谁愿意放下可怜的一美元，赌我可以把这坨黄油扔到墙上那个钟的中央，或至少扔到钟面上？"

拿到三个赌注后，他把一小块黄油放到他的刀上用力一掷，黄油粘到了钟左边的墙上，离钟还有六英寸的距离。每个人都非常孩子气地要他支付赌债，当他们还在取笑他，问他到底是夺命独眼还是夺命双眼时，给"植物人"冲洗的矮个儿黑男孩回来了，每个人都看着自己的盘子，立即安静了下来。黑男孩感觉到有什么事情发生了，但是他不知道是什么，本来他很可能永远都不会知道的，但是老曼特森上校不停左顾右盼，看到了墙上粘着的黄油，于是他指着那坨黄油，用他耐心的声音开始叽里咕噜地说教起来，就好像他说的话有什么意义似的。

"黄、油……是共、和、党……"

黑男孩看了看上校指着的地方，看到了那块黄油正像一只黄色的蜗牛从墙上慢慢往下滑，他眨了眨眼，但什么也没说，也没有费力气四处查看是谁扔上去的。

麦克墨菲用胳膊肘碰碰坐在他旁边的急性病人，和他们低声耳语起来，他们都立即点了点头。他把三美元放在桌上，往后一靠。每个人都在椅子里一转身，看着那块黄油歪歪扭扭地从墙上开始下滑，接着静静停在那里，然后又突然猛地往下蹿，在墙上留下了一条明亮的轨迹。大家都一言不发地看看黄油，然后看看钟，又看看黄油，钟这会儿开始走了。

七点半差半分钟时，黄油掉到了地上，麦克墨菲赢回了他输掉的所有钱。

黑男孩如梦初醒地将视线从墙上那条黄油痕迹上移开，说我们可以走了。麦克墨菲走出食堂，在口袋里叠着他的钱。他把胳膊搂在黑男孩的肩上，一边走一边架着他向大厅那边的休息室走去："山姆，今天已经过了一半了，我的老伙计，我才勉强扳回老本，我得赶快加油啊，把你安全地锁在那个橱柜里的那摞纸牌取出来好吧，我想看看我的吼声能否盖过那个扬声器。"

麦克墨菲花大半个早上加足了油，玩了好多次二十一点，这下不是赌香烟，而是赌借据了。他把二十一点的牌桌搬了两三次，试图躲开那个扬声器，你可以看到那个扬声器越来越令他不安。最后他走到了护士站，拼命敲打玻璃，直到大护士在她的椅子里一转身，起来开了门。他问她能否把那个地狱般的声音关掉。她比任何时候都要平静，背靠在玻璃后面的座位上，毕竟没有一个半裸着身子到处跑的野蛮人来扰乱她的心情，她安稳而坚定地微笑着，闭上眼睛摇了摇头，非常愉快地告诉麦克墨菲：不行。

"你不能至少把音量关小一点吗？并不是整个俄勒冈州都需要听劳伦斯·威尔克每小时演奏《鸳鸯茶》三次啊，整天没完没了！如果它能小声一点，我能够听到桌子对面喊的赌注，也许我可以继续我的二十一点牌戏——"

"麦克墨菲先生，你已经被告知了，在病房里赌钱是违反规定的。"

"行，那么把音乐关小点儿，让我们能赌火柴或纽扣——把那该死的东西关了好吗？！"

"麦克墨菲先生，"她知道病房里的每一个急性病人都在听他们谈话，她等了一会儿，等平静的学校教师似的口吻渗入了她的语调才继续道，"你想知道我是怎么想的吗？我认为你表现得非常自私。你没有注意到除了你自己还有其他人在这个医院里吗？这里还有些老人，如果音量太小的话，他们根本就听不到收音机。那些老人也不能阅读或玩拼图游戏——或者打牌赢其他人的香烟。对于曼特森和基特林这样的老人，那个扬声器里传来的音乐是他们唯一能拥有的娱乐，你想把这些从他们那里夺走吗？只要可能，任何时候我们都愿意听取建议和要求，但是我认为你在提你的要求之前，至少应该为其他人考虑一下。"

他转身看了看慢性病人那边，明白她说的话多少有点道理，于是他摘下帽子，用手一撸头发，接着转向她。他和她一样清楚所有的急性病人都在倾听他们说的每一句话。

"是的——我从未想到这点。"

"我觉得你是没想过。"

他摸了摸绿色病号服领子处露出来的那一缕红发，然后说道："好吧，嘿，我们把纸牌游戏搬到别的地方你觉得怎么样？其他的房间？例如，你们开会时放桌子的那个房间，其他时间那个房间里什么也没有，你可以打开那个房间让玩牌的人进去，让老人们在外头听他们的收音机——两全其美的办法。"

她笑了笑，又闭上眼轻轻地摇晃着脑袋："当然，你可以在其他时间把你这个建议跟其他工作人员说一下，但是恐怕每个人的想法都会和我的一样。我们没有足够的人手充分照顾到两个休息室，并且，我请你不要靠着那块玻璃，你的手油腻腻的，把玻璃都弄花了，那意味着其他人额外的工作。"他把手猛地拿走，我看到他想说点什么，但是停住了。他意识到她没有留给他说任何话的余地，除非他想开始咒骂她。他的脸和脖子都红了，他长长地吸了一口气，就像她今天早上所做的那样努力控制自己，告诉他她很抱歉打扰了她，然后回到牌桌那边去。

病房里的每个人都能感觉到两人之间的斗争开始了。

十一点时，医生来到休息室门口叫麦克墨菲，请他到他的办公室去面谈一下。"我总是在新病人入院的第二天和他们面谈。"

麦克墨菲放下扑克牌走到医生面前，医生问他昨晚怎样，但是麦克墨菲仅仅含糊不清地咕哝了一句。

"麦克墨菲先生，你今天好像在沉思嘛。"

"哦，我还算是个爱思考问题的人。"麦克墨菲说，然后他们一起向大厅另一边走去。他们回来时，几乎像是已经过了好几天，两人谈笑风生，显得非常愉快。医生正擦拭眼镜上的眼泪，看起来他一直在笑，麦克墨菲又恢复了他厚脸皮的大声嚷嚷和大摇大摆的姿态，整个午饭期间他都是那个样子，一点钟时，他是第一个坐到位子上等着开会的人，往他待的角落看过去，他的眼睛幽蓝而倔强。

大护士拿着一筐笔记和她的一群实习护士一起走进了休息室，她从桌上拿起日志本皱着眉头看了一会儿（一整天居然没有人打其他人的小报告），然后走到门旁她的座位上，从膝盖上的筐子里拿出一些文件夹飞快地翻阅，直到她找到了有关哈丁的文件夹。

"如果我没记错的话，昨天我们针对哈丁问题的讨论很有成效——"

"啊哈——在我们探讨那个之前，"医生说，"如果可以的话，我想先打断一下，讲讲我和麦克墨菲先生今天早上在我办公室的谈话。事实上我们是畅谈旧日时光，是这样的，麦克墨菲先生和我发现了我们有一个共同之处——我们上的是同一所高中。"

护士们互相看了看，心想这人怎么了，病人们瞄了瞄麦克墨菲，他正不停地点头，笑呵呵地等着医生继续往下说。

"是的，同一所高中。并且，在我们缅怀过去的时候，我们碰巧提及了学校曾经组织过的狂欢节——相当不可思议的、喧闹的庆祝场面，学校布满了各种装饰、绉绸横幅彩带、摊位、游戏。这一直是学校里每年最重大的活动之一。正如我向麦克墨菲提及的那样，高中三年级和四年级时我都是高中狂欢节的主席——那奇妙的、无忧无虑的年代啊……"

休息室这下真的变得很安静了。医生抬起头偷偷瞥了一眼，想看看自己有没有很出丑，大护士看着他的样子无疑肯定了这点，但是他没戴眼镜，所以没看到。

"总而言之——不要再继续脆弱地展示我的怀旧之情了——在我们的谈话过程中，麦克墨菲和我开始想知道，大家对于在病房里组织一次狂欢节态度如何？"

他戴上眼镜又偷偷瞄了四周一眼，没有人对这个主意欢呼雀跃，我们当中的一些人还记得几年前塔伯试图组织一次狂欢节的事，以及其糟糕的结果。医生等着大家回答，但大护士身上所展示的沉默笼罩着每个人，似乎在说我倒要看你们谁敢挑战我。我知道麦克墨菲不能回应，因为他是参与策划这个狂欢节的人，正当我想没有人会这么傻主动打破这个沉默时，坐在麦克墨菲右边的契思威克似乎还不知道发生了什么事情就闷哼一声站了起来，一边揉搓着腋下。

"呃——我个人认为，你看——"他低头看了看麦克墨菲放在椅子扶手上的拳头，弗雷德里克森竖起的挺直的大拇指就像是赶牛的刺棒头一般——"狂欢节是个很好的主意，可以打破这里千篇一律的生活。"

"没错，查理，"医生说道，很感激契思威克的支持，"狂欢节也不是完全没有治疗价值的。"

"当然，"契思威克说，看起来高兴了一点，"狂欢节有很多的治疗意义，的确如此。"

"会很、很有趣的。"比利·彼比特说。

"对啊，"契思威克说，"我们可以做到的，斯皮威医生，我们一定能，斯甘隆可以进行他的人体炸弹表演，我可以表演在职业性治疗时学的扔环把戏。"

"我可以算命。"马蒂尼一边说一边眯眼看着他头上的某个地方。

"我比较擅长通过看手相来进行病理诊断。"哈丁说。

"好、好。"契思威克说道，两个巴掌一拍，之前还从未有人支持过他说的任何东西。

"至于我自己，"麦克墨菲拖着声音说道，"如果能开个轮盘赌局我会很荣幸，在这方面我还有点经验……"

"哦，有数不清的可能。"医生说。他坐直了身体，感到心里暖乎乎的，"是的，我有一百万个主意……"

他又充满热情地讲了五分钟之久，你能感觉到有很多的主意他和麦克墨菲已经探讨过了，他描述了游戏、摊位，说到卖票，然后突然停了下来，就好像大护士的目光准确击中了他的两眼之间。他对她眨了眨眼问道："你觉得这个主意怎么样，拉契特小姐？搞个狂欢节？在这儿，在病房里？"

"我同意狂欢节也许会带来一些治疗的可能性……"她说，顿了一会儿，再次让沉默从她身上爆发出来。当她确信无人挑战她时，她继续说道："但是我也相信在做决定之前，这么一个想法应该由员工会议讨论一下，你不这样认为吗，医生？"

"当然，请理解，我只是想先试探一下大家的态度。当然，首先该由员工会议讨论，然后我们再继续我们的计划。"

每个人都明白狂欢节的命运注定如此。

大护士轻轻拍打着手里的文件夹，重新开始控制局面，"好吧，如果没有其他新的事情——如果契思威克先生能够坐下的话——我认为我们可以立即开始讨论，我们还有——"她从筐子里拿出腕表看了看——"四十五分钟的时间，所以，正如我——"

"哦，嘿，等一下，我记得还有其他新的事情。"麦克墨菲举起他的手，手指一弹。她看了那只手很久才开口说道：

"是的，麦克墨菲先生？"

"不是我，斯皮威医生有话要说。医生，告诉他们你想到的有关听力困难的人和收音机的主意。"

大护士的头几乎不易察觉地轻轻动了一下，但是我的心却突然狂跳起来。她把文件夹放回筐子里，转向医生。

"是的，"医生说道，"我差点忘了。"他往后一靠，跷起二郎腿，两手指尖对到一起，我能感觉他还沉浸在对狂欢节的遐想中，"你看，麦克墨菲和我谈到了病房里的老问题：年轻人和老年人混在一起的问题，这对于我们的团体性治疗并非是最有益的，但是有关部门说，因为老年病房人满为患，确实没有办法。我会第一个跳出来承认，对任何人来说，这绝不是一种令人愉悦的状况。但是，在我们的谈话中，麦克墨菲和我碰巧想到了一个可能让两个年龄组都更加愉快的主意。麦克墨菲提及，他注意到一些老人好像有听力困难，听不到收音机，他建议扬声器可以开得更大，以便听力较弱的慢性病人能够收听到。我认为这是非常人道的建议。"

麦克墨菲谦虚地挥了挥手。医生对他一点头，继续说下去。

"但是我告诉他，我之前收到过一些年轻人的抱怨，说收音机已经太大声了，非常影响谈话和阅读，麦克墨菲说他没有想到这点，但是他提及，如果那些希望阅读的人不能获得一个安静的地方，把收音机留给那些想聆听的人，那真是遗憾，我对此表示赞同，正当我准备不再讨论这个事情时，我碰巧想起病房开会时用来放桌子的那个旧浴盆间。除了开会以外，我们根本不用那个房间。当初那是为水疗设计的，但由于现在我们有了新的药物，也不再有这种需要了。所以，大伙儿觉得，把那个房间改为第二休息室或游戏室如何？"

小组成员什么也没有说，他们知道下一个表演的该是谁。大护士再次把哈丁的文件夹合起来放在膝盖上，手交叉放在上面，看了看房间四周，就好像会有谁敢开口说话似的。当她很清楚在她说话前没有人会说什么时，她把头再次转向医生："听上去是个不错的计划，斯皮威医生，我感谢麦克墨菲先生对其他病人利益的考虑，但是我非常担心我们没有足够的人手来照看第二个休息室。"

　　很明显这事就到此为止，她又打开了文件夹。但是医生对这事考虑得比她想象的要多得多。

　　"我也想到这个问题了，拉契特小姐，但是由于留在这个休息室和扬声器相伴的大多数是慢性病人——而且其中大多数都禁锢于休闲室或轮椅——在这里一个看护和一个护士应该很容易就可以制止任何可能的骚乱或暴动，你不觉得吗？"

　　她没有回答，也不在乎他有关骚乱和暴动的笑话，她的脸上仍然带着微笑，没有任何变化。

　　"所以其他两个看护和两个护士可以照看浴盆间里的人，也许更容易，因为现在的休息室面积更大。你们觉得怎么样？这个主意行吗？我对这个想法相当有热情，我说我们就试试看吧，观察几天看看情况怎么样，如果不可行的话，我们仍然有钥匙把它再度锁上，不是吗？"

　　"对的！"契思威克说，拳头往掌心里猛地一击，他仍然站着，就像害怕再靠近麦克墨菲的那个大拇指一般，"对的，斯皮威医生，如果那不可行的话，我们仍然有钥匙再把它锁上，你说得没错。"

　　医生看了看四周，发现所有的急性病人都在点头微笑，他觉得他们看起来似乎对他和他的建议感到非常满意，他脸都红了，不得不擦了一两次眼镜才能继续说下去。看到这个小男人如此为自己感到高兴，我心里痒痒的。他看到大家不停地在为他点头，于是继续说道："好的，好的。"把双手往膝盖上一放，"非常好，既然这样，这件事就这么定下来——我好像忘记了我们今天早上本来计划讨论什么事情。"

大护士的头又急速地动了一下，她弯腰从筐子里拿起一个文件夹，略显笨拙地胡乱翻了一下文件页，手似乎在颤抖。她拿出一页纸，在她读出上面的内容之前，麦克墨菲又站了起来，举起他的一只手，重心不停地从一只脚移到另一只脚，拖着长长的、深思熟虑的声音说："我有话要说。"她僵住了，不再乱翻，就像今天早上她的声音冻住了那个黑男孩一样，这次轮到麦克墨菲冻住了她。当她僵住时我的内心就有种慌乱的感觉，于是在麦克墨菲说话时，我仔细观察着她的反应。

"我有话要说，医生，我一直渴望知道前两天夜里我做的那个梦意味着什么？你看，在梦里的似乎是我，但好像又不是我——就像我是看起来像我的其他某个人——就像——就像我爸爸！是的，就是他，我爸爸，因为有时候我看到我——他，我看到有根铁条从那人的下颌骨穿过，就像曾经发生在我爸爸身上那样——"

"你爸爸的下颌骨曾被一根铁条穿过？"

"呃，现在好了，但当我还是个孩子时他曾经这样，大约十个月的时间，一根大金属条从他的下颌骨这边进去那边出来！上帝，他是个不折不扣的弗兰肯斯坦[1]，有一次当他和伐木

---

[1] 弗兰肯斯坦：1818年出版的玛丽·雪莱的小说，书中主人公弗兰肯斯坦利用部分尸体器官创造出一个怪物，人们将其也称作弗兰肯斯坦。此词于1838年第一次用作普通名词，用来代指顽固的人，演变为意指"人形怪物"和"脱离创造者的控制并最终毁灭其创造者的东西"。该书更常见的译名是《科学怪人》。

厂的一个水池工人发生争斗时，他的下巴被砍了一斧——嘿！让我来告诉你们那起事故……"

她的脸仍然很平静，就好像她铸造并粉刷了一个她想要的样子的模型，自信、耐心、沉着，再没有微小的抽搐，只有那可怕的冷冰冰的脸，红色塑料里压出来的平静的微笑、光洁平滑的额头，以及没有任何显示弱点或忧虑的皱纹。冷淡的、描画过的大大的绿眼睛仿佛在说我可以等待，也许现在我失去了一个筹码，但是我可以耐心等待，一定要耐心、镇定和自信，因为我知道我不会输的。

有那么一瞬间我似乎看到了她落败的迹象。也许我真的看到了。但是现在我明白形势并没有逆转，病人们一个接一个地偷偷瞄她，想看看她对于麦克墨菲如此这般操纵会议做何反应，而他们看到了同样的东西：她太强大了，强大得无可击败。她就像一个日本雕塑一样占据了房间的整整一半，你不能把她搬走，反对她也无济于事。今天她也许输了一场小小的战斗，但这只不过是她一直在赢并且还将继续赢的大战中的一场微不足道的战斗。我们一定不能因为麦克墨菲而奢望一切有所不同，让他引诱我们进行某种愚蠢的表演；就如同"联合机构"那样，她会继续赢的，因为她有"联合机构"的全部力量在后面支持她，她不会因为失败而损失什么，但是她会因为我们的一次失败而胜利，要打败她，仅仅做到五局三胜或三局两胜是没有用的，而是你每次遭遇她都必须赢她，一旦你放松警惕有一次失败，她就永远赢了，最终我们都会输的，没有人能改变这点。

这一刻，她把烟雾器打开了，雾气如此快地翻滚着涌入，

137

除了她的脸之外我什么也看不见。雾气越来越浓重，一分钟前我还感到喜悦，可是当她的脑袋那么快速动一下时，我感觉仿佛死亡降临一般无助——甚至比以前任何时候都感到无助，因为我现在明白了没有什么可以对抗她和她的"联合机构"，麦克墨菲和我一样无能为力，没有人能够帮忙，我越感到无计可施，浓雾就越发快速地滚滚而入。

并且，当雾气变得足够浓厚时我感觉很欣慰，你可以迷失其中不再担忧，重新变得安全起来。

休息室里正在进行着一场"大富翁"[1]游戏，他们玩这游戏已经三天了，"房子"和"旅馆"到处都是，只好把两张桌子拼到一起来堆放所有的"地契"和一沓沓的假钱。为了让游戏比较有趣，麦克墨菲说服他们对"银行"发行的每一块假钱支付一分钱真币，于是棋牌游戏盒子里装满了零钱。

"该你扔了，契思威克。"

"先等等，如果要买个旅馆该怎么做？"

"在同一种颜色的每一个板块上你需要购置四座房子，马蒂尼，现在赶快扔吧，看在上帝的分上。"

"等一会儿。"

桌子那边假钱一阵乱扔，红色、绿色和黄色的假纸币从各个方向飞过来。

1　"大富翁"：一种棋盘游戏，玩游戏的人通过扔骰子在棋盘上前进，用游戏里的假钱来购买不动产，如果对手停在自己的不动产上，你就可以收取租金或过路费，进行资本积累，最终达到不动产垄断的目的。

"看在上帝的分上，你是要买个旅馆还是在玩新年快乐？"

"契思威克，讨厌，该你扔了。"

"两点！哎哟，契思威克，你该走到哪儿了？该不会进入我的马文花园了吧？我看，那是不是意味着你需要付我三百五十块？"

"鼻屎。"

"其他的东西是什么？等等，棋盘上其他那些东西是什么啊？"

"马蒂尼，你已经看着整个棋盘看了两天，难怪我输得那么惨，麦克墨菲，有马蒂尼坐在那里，一分钟产生一英里的幻觉，我无法想象你怎么还能够集中注意力。"

"契思威克，你不要在意马蒂尼，他做得不错啊，你就赶快支付三百五十块吧，马蒂尼会照顾他自己的，每次他的某个'东西'落到我们的财产上时，我们不是都从他那里拿到租金了吗？"

"等一分钟，棋盘上的东西太多了。"

"没问题的，马蒂尼，你只要保证随时告诉我们它们落到谁的财产上就好了。契思威克，你还是拿着骰子的人啊，你扔了一个'两次'，所以你可以再扔，好样的，他妈的！扔了个大大的六嘛。"

"我得到了个……'机会'：'你被选为董事会主席：付每个玩游戏的人'鼻屎和双倍的鼻屎！"

"看在上帝的分上，谁的旅馆跑到了雷丁铁路上了？"

"我的朋友，任何人都可以看出来，那不是一个旅馆而是一个仓库。"

"好了，等一会儿——"

麦克墨菲守着桌子的一头，移动纸牌，整理假钱，把他的旅馆摆设整齐，一张一百元的纸币从他的帽檐下伸出来。他称这是备用金。

"斯甘隆？我相信轮到你了，伙计。"

"给我那个骰子，我要把这棋盘炸成碎片，开始了，十一！帮我走十一步，马蒂尼。"

"好吧。"

"不是那个，你这个疯狂的狗杂种，那不是我的棋子，是我的房子。"

"颜色相同啊。"

"电力公司上的小房子是干什么用的？"

"那是个发电站。"

"马蒂尼，你在摇晃的不是骰子——"

"随便吧，有啥不同呢？"

"那可是几栋房子啊！"

"狗屁，马蒂尼扔了个大的，我看看，一个大大的十九，不错，马蒂，那送你到了——你的棋子呢，伙计？"

"啊？不是在这里吗？"

"他把它放嘴里了，麦克墨菲。好极了，在第二端和第三端之间动了两次，在整个棋盘上动了四次，这把你送到了——波罗的海大道，马蒂尼，你唯一的财产，一个人能够走运到什么程度呢，朋友们？马蒂尼玩了三天的游戏，几乎每次都落在了他自己的财产上。"

"闭嘴，扔你的，哈丁，轮到你了。"

哈丁用他修长的手指拿起骰子，好像盲人一样用大拇指触摸着骰子光滑的表面。他的手指有着和骰子一样的颜色，好像它们是用他的另外一只手雕刻出来的，当他摇荡骰子时，骰子在他手里叮当作响，然后蹦蹦跳跳地在麦克墨菲的面前停了下来。

"狗屁，五、六、七，运气太差了，伙计，又一次扔到了我的财产上。你欠我——呃，两百美元应该够了。"

"很遗憾。"

游戏持续地进行着，骰子乱响，假钱四处推来搡去。

那么漫长的符咒一般的时间——三天，几年——你无法看见任何东西，只能通过头顶上响着的扬声器来判断你在哪里。在雾里，扬声器就像带铃铛的浮标一样。当我能看到时，大伙通常漠不关心地走来走去，就像他们连空气里有雾也未注意到。我相信雾气在某些方面影响了他们的记忆，而对我却毫无作用。

甚至连麦克墨菲也好像不知道他被雾气包围。即使他知道，他也会确保没有人会发现雾气让他感到不安——他在努力不让工作人员察觉他被任何事情困扰，他知道对于那些竭力为难你的人，世上再无比表现得毫不在意更好的激怒他们的方式了。

他在大护士和黑男孩面前保持着高人一等的举止，无视他们可能对他说的任何东西，也不管他们试图惹他发脾气的任何伎俩。有一两次，有些愚蠢的规定让他很生气，但他还是让自己表现得更加有礼貌、更加有风度，直到他自己都开始意识到这整个事情多么可笑：这些规定、他们用以执行这些规定的谴责的架势、像对待三岁小孩一样的跟你说话的方式——当他明白这有多可笑时，他笑了起来。这狠狠地激怒了他们。他想，只要他还能笑，他就是安全的。这种方法的效果还不错，只有一次他失去了控制，显得非常生气，然而那不是因为黑男孩或大护士或他们做的任何事情，而是因为病人们，以及他们未能做的某件事情。

这发生在某次小组会议上，当时他因为大家表现得过于谨慎小心而生气了——用他的话说就是太鸡屎了。周五会有一场世界职业棒球大赛，麦克墨菲开了赌盘，心里盘算着最好大家能在电视上收看这些比赛，虽然这些比赛不在病房规定的观看时间段内播出。几天前的小组会议上，他问他们是否可以在夜里病房规定的电视时间段内做清洁工作，而在下午观看比赛，大护士对他说不行，时间表的制定是经过精心考虑的，不能因为日常事务的随意调整而被扰乱。这并不出乎他的意料。

让他惊讶的是当他问急性病人们他们觉得这个主意如何时，没有人说话。他们都沉入小团的雾里消失了影踪，我几乎看不到他们了。

"好了，听我说，"他告诉他们，但是他们都不看他，他一直在等着某个人说点什么，回答他的问题，但是大家都像没有听到似的，"听我说，见鬼，"当没有人行动时他说道，"这些比赛谁输谁赢，关系到你们当中至少十二人的个人利益，你们这些人难道不想观看比赛吗？"

"我不知道，兄弟，"斯甘隆最终说，"我习惯收看六点钟的新闻，而且如果改变时间真的像拉契特小姐说的那样会严重地搅乱日程的话——"

"让日程见鬼去吧，下个星期大赛结束时你还可以回到那个该死的时间表，你们觉得如何，伙计们？我们来投票决定下午而不是晚上看电视如何，哪些人赞成？"

"哎呀。"契思威克喊叫着站了起来。

"我的意思是所有赞成的人举手，可以吗，哪些人赞成？"

契思威克的手举了起来。其他人则四处张望看还有没有其他的傻子。麦克墨菲觉得难以相信。

"赶快啊，这是什么狗屁啊。我以为大家可以投票决定政策和类似的事情。不是那样的吗，医生？"

医生低首点了点头。

"那就好了，既然如此，谁想观看那些比赛？"

契思威克把手举得更高了，眼睛四处瞪着，斯甘隆摇摇头举起了手，但把胳膊肘放在椅子扶手上。再无其他人举手，麦克墨菲被气得一句话也说不出来。

"如果确定了下来，那么，"大护士说，"也许我们可以继续我们的会议了。"

"是的，"他说，在椅子里顺着往下滑，直到他的帽檐都快碰到他的胸口了，"是的，也许我们应该继续这狗娘养的会议。"

"是的，"契思威克说，严厉地瞪了大家一眼，坐了下去，"是的，继续这个上帝保佑的会议。"他生硬地点点头，然后将下巴靠在胸前，脸色阴沉。他很喜欢坐在麦克墨菲的旁边，那样他会感到勇气百倍。在契思威克注定要失败的努力中，第一次有人跟他站在一起。

会议结束后，麦克墨菲极为愤慨，他不和他们当中的任何人说话，而比利·彼比特主动过去打破了僵局。

"我们当中的一些人已经在这里五、五、五年了，麦克，"比利说，他卷了本杂志在手里拧来拧去，你能够看到他手背上的烟头烙印，"我们当中的一些人将会在这里待更长的时间，甚至在你走、走、走了很久以后，甚至在世、世界棒球大赛结束了以后……你明白吗……"他扔下杂志走开了，"哦，有什么用呢？"

麦克墨菲盯着他的背影，困惑不解地蹙着眉头，淡黄色的眉毛都拧到了一块。

在那天剩下来的时间里，他不断和其他的一些人争论他们为什么没有投票，但是他们不想讨论这件事。所以他似乎放弃了，再也没有提起这件事情，直到大赛开始的头一天，"今天已经星期四了。"他说，伤心地摇着头。

他坐在浴盆间的一张桌子上，脚放在一把椅子上，努力用一个手指在旋转他的帽子，其他的急性病人在房间里百无聊赖地闲逛，试图忽略他的存在。没有人再和他玩纸牌游戏或二十一点了——在病人们不愿意投票之后，他生气极了，在牌桌上狠狠地把他们修理了一顿，现在所有的人都欠了他很多债，很害怕会陷得更深。并且他们不能再玩赌香烟了，因为大护士开始让他们把各自的香烟一条条都放在护士站的桌上，她每天在那里给他们施舍一包，并声称这是为了他们的健康。但是每个人都清楚她是为了阻止麦克墨菲在打牌时把香烟都赢走了。没有纸牌游戏和二十一点，浴盆间里很安静，只有扬声器的声音从休息室里飘过来。这里安静得你都可以听到楼上心理失常者病房的那个人在爬墙，偶尔发出噜、噜、噜的，百无聊赖、毫无生气的低吼声，好像婴儿叫着叫着把自己都叫睡着了。

"星期四。"麦克墨菲又说了一遍。

"噜噜噜噜噜。"楼上的人喊叫着。

"那是罗勒，"斯甘隆说道，抬头看着天花板，他不想注意麦克墨菲,"'哨子罗勒',他几年前到这个病房来的,一直不愿意保持安静让拉契特小姐遂心,你记得吗,比利?他一直都在噜噜噜,让我都快发疯了,对楼上那群傻子应该做的是扔一两颗手榴弹到宿舍里去,他们对任何人都没用——"

"明天是星期五。"麦克墨菲说道,他不让斯甘隆转换话题。

"是的。"契思威克说。他在房间里晃来晃去地吼叫着"明天就是星期五了"。

哈丁翻了一页他手里的杂志:"那意味着我们的朋友麦克墨菲已经和我们在一起将近一个星期了,还是没能成功地推翻政府,如果那是你想说的话,契思威克。上帝,想想我们已经坠入如此冷漠的深渊——遗憾,非常遗憾。"

"见鬼去吧,"麦克墨菲说,"契思威克的意思是世界棒球大赛的第一场比赛明天就要进行电视转播了,我们怎么办呢?又要擦洗这个该死的'托儿所'吗?"

"是的,"契思威克说,"拉契特老妈妈的治疗性托儿所。"

靠着浴盆间的墙壁,我生出了一种间谍的感觉,我手里的拖把把子是金属的而不是木头的(因为金属是更好的导体),并且是空心的,里面有足够的空间可以藏个微型的麦克风。如果大护士能够听到这些,她一定可以逮住契思威克了。我从自己的口袋里拿出一个嚼过的口香糖硬球,把上面的一些绒毛拿掉,含在嘴里直到它变软了。

"我再看看,"麦克墨菲说,"如果我再提出调整时间,你们这些鸟儿有多少会和我一起投票?"

大约一半的急性病人点头说"会"，人数比真正会投票的多很多，麦克墨菲把帽子戴上，下巴往手里一靠。

"我告诉你们，我真的无法明白，哈丁，你们到底怎么了，真是岂有此理！你害怕如果你举起你的手，那个老秃鹰会把它砍了吗？"

哈丁一条淡眉毛微微一挑："也许是的，也许我害怕如果我举起来，她会把我的手砍了。"

"你呢，比利？那也是你所担心的吗？"

"不，我不认为她会做、做、做任何事情，但是，"他耸耸肩膀，叹了口气，爬上了控制淋浴喷头的那个大仪表板，弓着身子像个猴子似的，"我只是认为投票没、没、没什么用处，从长、长远来看，根本没用，麦、麦克。"

"没什么用？哎哟，光是举起那只胳膊锻炼一下对你们这些鸟儿也有些好处。"

"仍然有些冒险，我的朋友，她总是有能力让我们的处境更糟糕，一场棒球比赛不值得这样冒险。"哈丁说。

"谁他妈这么说的？上帝，这么多年来我从未错过一场世界棒球大赛，甚至某年九月我在监狱里时，他们也让我们搬了台电视来观看比赛，如果他们不这样做，他们将面临一场骚乱。也许我不得不把那道该死的门踢倒，到城里的某个酒吧去观看比赛，就我和我的朋友契思威克。"

"好，这是个很有价值的建议，"哈丁说，把他的杂志一扔，"为什么不在明天的小组会议上倡议投票呢？'拉契特小姐，我提议所有病人集体到'闲暇时光'喝啤酒和看电视，我们投票决定好吗？'"

"我会支持那个提议，"契思威克说，"该死的，没错。"

"让那个集体讨论见鬼去吧，"麦克墨菲说，"我厌倦了看着你们这堆老女人，当我和契思威克从这里跑出去时，我向上帝发誓我将把那道门在我身后钉上，你们大家最好待在这里，你们的妈妈很可能不让你们过马路。"

"是吗？是那样的吗？"弗雷德里克森走到麦克墨菲的身后，"你就那样抬起你的一只颇有男性气概的靴子把那道门踢倒吗？真是个硬汉。"

麦克墨菲都懒得看弗雷德里克森，他已经知道弗雷德里克森也许不时会表现得很强硬，但那种表现会在最微不足道的惊吓面前被击垮。

"怎么样，猛男，"弗雷德里克森继续穷追不舍，"你会踢倒那扇门让我们看看你有多么强悍吗？"

"不，弗莱德，我想我不会，我不想磨损了我的靴子。"

"是吗？好吧，你一直说着大话，究竟你打算如何从这里逃出去？"

麦克墨菲看了看他的身后："好吧，我猜如果我想的时候，我可以把一扇窗户打碎出去……"

"是吗？你可以，是吗？把窗户砸碎？好吧，你试一试给我们看。来啊，猛男，我可以赌十美元你做不到。"

"不要白费力气了，麦克，"契思威克说，"弗雷德里克森知道你只会砸坏一把椅子，并且沦落到心理失常者病房里去。我们到这里的第一天，他们就告诉我们这些窗户是特制的，某个技术人员拿起了一把椅子——就是你现在把脚放在上面的那种椅子——敲打窗户，直到椅子都变成了一堆柴火，窗户也几乎毫无损伤。"

"那好吧。"麦克墨菲说着环视四周。我看他兴致越来越高。我希望大护士没有听到这一切，否则他将会在一小时内到心理失常者病房报到，"我们需要个更重的东西，一张桌子如何？"

"和椅子一样，同样的木头，同样的重量。"

"好吧，我向上帝发誓，让我们想想我得扔个什么东西砸烂窗户逃出去。如果你们这些鸟儿觉得我什么时候有这种冲动却不会这么做的话，那么你们等着瞧吧，好吧——某个比桌子或椅子更重的东西……好了，如果是晚上的话，我或许可以把那只肥胖的浣熊扔出去，他足够重。"

"太软了，"哈丁说，"把他扔到窗户上，他会像个茄子似的被弹回来。"

"一张床如何？"

"即使你能举起来的话，床也太大了，通过不了窗户。"

"我可以举起来，好吧，见鬼，我找到了，比利坐着的那个东西，那个大大的有很多把手和曲柄的仪表板，那个足够硬，不是吗？而且它应该足够重了。"

"当然，"弗雷德里克森说道，"那就和你用你的脚踢前面的钢门是一样的。"

"用这个仪表板有什么不妥呢？看起来它并没有被钉死啊。"

"是的，它是没有被拴住——除了几根电线外也许没有什么东西固定它——但是仔细看一看，看在上帝的分上。"

每个人都往那里看，仪表板是钢筋水泥的，有半张桌子那么大，很可能有四百磅[1]重。

"好了，我在看着它呢，它看起来并不比我扔到卡车上的干草捆大多少。"

"我的朋友，恐怕这个机器要比你的干草捆重一点。"

"大约四分之一吨重，我敢打赌。"弗雷德里克森说。

"他是对的，麦克，"契思威克说，"那个东西非常重。"

"妈的，你们这些鸟儿想说我举不起那个小零件吗？"

"我的朋友，我不记得精神病人除了他们值得注意的特点外还有移山的能力啊。"

麦克墨菲一跃从桌上跳了下来，把他的绿色夹克一脱，T恤衫下露出来的部分文身在他胳膊的肌肉上跳动。

"那么谁愿意赌五美元？除非我试过了，没有人可以说服我。五美元……"

"麦克墨菲，这跟你要惹毛大护士一样有勇无谋。"

"谁有五美元不想要了？你下注或者你就坐着吧……"

所有人立即开始签署扣押赌资的字据，他在纸牌游戏和二十一点中赢了他们这么多次，他们都急不可耐地要回击他一下，而这次赌赛他们百分之百赢定了。我不知道他用意何在，尽管他身材高大，但至少要三个他这样的人才有可能搬动那个仪表板，并且他应该知道这一点，只要看一眼就知道，他要让这个东西挪动一下都不太可能，更别说举起来了。一个巨人才能把那东

1　一磅有九两，四百磅约为三百六十斤。

西举离地面啊。但是，在所有的急性病人都签署了欠条后，他还是走到了仪表板边，把比利·彼比特从上面抱下来，往自己满是老茧的手掌里吐了口唾液，两手一拍，晃晃肩膀。

"好了，让开啊，有时候当我竭尽全力时，我会用光附近所有的空气，旁边的成人也会因为窒息而昏过去的，往后站，小心裂开的水泥或者乱飞的钢铁啊，让女人和小孩都到安全的地方，往后站……"

"天哪，他也许真的可以做到。"契思威克喃喃道。

"当然，也许他用嘴说说就能把它从地上拔起来。"弗雷德里克森说。

"更可能的是他会得很严重的疝气，"哈丁说，"算了，麦克墨菲，不要再像个傻子似的胡闹了，没人能够举起那个东西的。"

"靠后站，小娘儿们，你们在占用我的氧气。"

麦克墨菲轮流把两脚抬起，试图寻找一个好的姿势。他把手又往大腿上擦了擦，然后弯下腰抓住仪表板两边的控制杆，当他开始要用力时，大家呼呼哈哈地叫嚣，一个劲地嘲弄他，他放松了一下，站直身子，两只脚又轮流动了几下。

"放弃啦?"弗雷德里克森笑道。

"先活动一下筋骨，这下来真的了。"——他再次抓住那些控制杆。

突然，没有人再朝他呼呼哈哈了，他的胳膊鼓起来，青筋凸现，眉头紧锁，嘴巴咧着，露出牙齿。他的头向后仰，暴起的青筋好像盘绕的绳子似的沿着他高抬的脖子往两只胳膊和手爬下去，因为试图举起他清楚自己无力举起的东西，他竭尽全力，浑身颤抖。每个人都知道他无力举起那东西。

但是，有那么一瞬间，当我们听到水泥在我们脚下碾碎的声音时，我们想，天哪，也许他可以举起来。

然后他的呼吸从他身体里噗的一下出去了，他跌跌撞撞地退回到墙边，控制杆上有血，原来他把手划破了，他闭着眼靠着墙喘息了一会儿，除了他的喘气声外，四周悄然，大家都默默无语。

他睁开眼睛看了看我们，他看了每个人一眼——甚至也看了我一眼——然后从口袋里摸出过去几天来他在纸牌游戏中赢的所有欠条，他在桌前弯下身子试图整理这些欠条，但是他的手就像冻住了的红色钳子，手指无法灵活转动。

最后，他把一摞欠条全扔到了地上——他平均从每个人那里赢了四五十美元——然后转身走出浴盆间。到了门口，他停了下来，回头看着面面相觑站在那儿的大伙儿。

"但是我尽力了，不是吗，"他说，"操他娘的，我毫无疑问地尽力了，好吧，不是吗？"

然后他转身走出去了，把那些沾了鲜血的纸片留在了地上，谁爱整理就整理去吧。

一个黄头皮上罩着蛛网般灰色头发的访问医生正在员工室里对年轻住院医生们进行演讲。

我扫着地经过他身边，"哦，这是什么东西？"他看我的样子好像我是某种臭虫，一个住院医生指着他自己的耳朵，示意我是聋子，访问医生于是继续他的演讲。

我扫着地到了一幅巨大的画前面，那是公共关系负责人拿进来的，记得当时雾气非常浓厚，我都没法看到他。画里是一个人在山里某处施展"假蝇飞钓"来钓鱼，背景看起来像是彭尼维尔附近的奥坷坷山——松树掩映着山顶上的雪，高高的白色杨树耸立在小溪两岸，绽放着红花的酸模在绿色草甸上快乐地生长着。画上那人在一块岩石后面的池塘边弹着假绳，其实，这不是施展假蝇飞钓的好场所，而是适合放只鸡蛋在六号鱼钩上钓鱼的地方——他最好让假蝇漂到下游那些涟漪起伏的溪流里去钓鱼为佳。

白杨树中间有一条小路穿过，我推着扫把往小路上走了一段，然后坐到一块岩石上，从画框里回头望着那个正在和住院医生们谈话的访问医生，我能看到他用手指在掌心里比画着某个要点，但是由于从岩石缝里流下来的冰凉的、泡沫飞溅的溪流的哗哗声，我无法听到他在说什么，我能够在风中嗅到从山顶上飘落的雪花的味道，我可以看到鼹鼠在绿草和水牛草的下面隆起身子挖洞溜过，这真是一个活动筋骨进行放松的好地方。

你会遗忘——如果你不坐下来努力回想过去的话——遗忘从前的医院是什么样的。那里没有像墙上画的这么好的地方让你爬进去；没有电视、游泳池或者一月两次的鸡肉；那里什么也没有，除了墙壁、椅子和花你几小时也无法脱下的囚衣。从那之后他们已经学会了很多东西，"有很大进步。"肥脸公共关系负责人如是说。他们已经学会用油漆、装饰和铬合金浴室装修使生活看起来非常愉悦。"一个人如果想从这么好的地方逃走，"肥脸公共关系负责人说，"那么，他一定是有毛病。"

外面的员工室里，来访的权威交叉着胳膊正在回答年轻住院医生的问题，身子抖抖索索地，好像感觉冷似的。他清瘦而无肉，衣服穿在身上空荡荡的，他站在那里，抱着胳膊肘直打哆嗦，也许他也感觉到了山顶上吹来的冰凉雪花。

夜里越来越难找到我的床，我不得不手脚并用地四处爬着摸索弹簧床底，直到我发现粘在我床下的一坨坨口香糖。根本没有人抱怨雾气的存在，我现在知道为什么了。尽管雾气很糟，但是你可以滑到里面从而感觉到安全。那是麦克墨菲所不能理解的，就是说我们想要安全，他不停地试图想把我们从雾里拖出去，拖到很容易被逮住的敞开空间里。

楼下有一批冷冻器官运了进来——心脏、肾、大脑等，我能听到它们从运煤溜槽里轰隆隆地滚到冰冷的储藏室。有一个人坐在房间里我看不到的某个地方，正在谈论楼上心理失常者病房的某个病人自杀了。是老罗勒。他端坐在厕所里的便桶上把自己的两个蛋蛋割了然后流血而死，和他在一起的六七个人都没有察觉，直到他倒在地板上。

我不明白究竟是什么让人们如此缺乏耐心。一个人要做的无非是等待而已。

我知道他们如何操作烟雾器，在海外时我们有一整个排的人被分派到飞机场四周操作烟雾器。

如果情报部门认为可能有轰炸时，或者如果将军们有事情想秘密实施——希望避人耳目，巧妙掩藏，以便连基地上的间谍也无法察觉发生了什么——他们就会向场地上施放烟雾。

这是一个很简单的装置：你用个普通的压缩机从一个罐里吸水，再从另一个罐里吸一种特殊的油，把它们一起压缩，然后从机器尾部的黑色管道里喷出的白色烟雾就会在九十秒的时间里包围整个飞机场。在欧洲着陆时我看到的第一样东西就是这些机器制造出的烟雾。当时有些拦截机紧跟在运送我们的飞机后面，我们的飞机刚一落地，烟雾小分队立即开动了烟雾器，我们从运输机刮痕斑驳的圆窗户望出去，注视着吉普车把烟雾器运送到飞机的附近，看着那些烟雾沸腾而出滚滚越过机场，就好像湿棉花一般包住了我们的窗户。

中尉不断地吹响裁判员喇叭，你跟着这个雁叫一般的喇叭声摸索着走下了飞机。一出舱门，你立即发现从任何方向看出去，能看清的距离都不超过三英尺。你会觉得你是独自一人在那个飞机场上，敌人可能发现不了你，但是你感觉非常孤单。走了几码后，各种声音渐渐停息并且消逝了，你再也无法听到任何你的队友的声音，什么也听不到，除了那个小喇叭吱吱地叫着，四周是无尽的、轻柔的、毛茸茸的和白茫茫的一团，雾如此浓，你的身体腰带以下的部分都消失在白色里。除了上身棕色的衬衫和腰上青铜的皮带扣，你什么也看不到，好像你的下半身都在雾里消融了。

然后，某个跟你一样迷失因而到处乱窜的人会突然出现在你眼前，他的脸比你这辈子见过的任何人的脸都要大而清晰。

你的眼睛如此竭力想在雾里看清楚，所以当某个东西真的进入你的视野时，每一个细节都比平常要清晰十倍，而你们两个人都不得不把视线移开。当一个人出现时，你不想看着他的脸，他也不想看着你的脸，因为如此清楚地看到一个人，就好像看进了他的身体里面，是很痛苦的一件事情。但是你们两个都不想真的移开视线，生怕完全看不到对方了。你有两个选择，要不就竭力去看着雾里浮现在你面前的东西，尽管可能很痛苦；要不就放松让自己消失在里面。

当他们第一次在病房使用从"剩余军用物资处"买来的烟雾器时（他们在我们搬进来时把它藏到了某个新地方的通风管道里），我尽量长时间地看着雾里出现的任何东西，留意它的去向，就像在欧洲当他们向飞机场施放烟雾时那样。这里没有人吹着喇叭指路，也没有可以抓住的绳子，所以眼睛盯着某个东西是我避免迷路的唯一办法。有时候我无论如何都会在其中迷失，那是因为我试图躲藏而进去得太深，每次我这样做的时候，我似乎总会转到同一个地方，转到同一扇有一排眼睛似的铆钉但没有房间号码的门前面，就好像门后面的房间总把我吸引进去。那个房间里的恶魔们所产生的电流在烟雾中送出一束电波，把我像个机器人一般顺着往回拖，无论我怎样努力想避开它。我会在雾里徘徊好几天，在我担心再也不会见到别的东西时，那扇门就会出现，然后打开让我看到门的另一面挂着隔音垫子。人们像行尸走肉一般排成一队站在发亮的铜线、闪动的电子管和明晃晃四下飞溅的电火花中间。我会在队伍里一站，等着轮到我躺到桌上去。桌子的形状像个十字架，上面印着一千个被谋杀了的人的暗影。由于过度使用而变绿的皮带扣下面有手腕和脚踝的轮廓，固定前额的银色箍条上有脑袋和脖子的轮廓。然后桌子边操纵控制器的技术人员从他的仪表上抬起头来，看了看整个队伍，戴着橡胶手套的手冲我一指："等等，我认识站在那里的那个大个狗杂种——最好狠狠地对准他脖子后面来一拳，或者叫些帮手。他老是浑身乱动，非常难搞。"

所以过去我总是努力不要太深入雾里，担心我会因为迷路而走到电击室的门口。我用力盯着进入视野的任何东西，好像一个人在暴风雪里紧紧抓着栅栏似的拼命坚持。但是他们释放的烟雾越来越浓，好像无论我多么努力，一个月总有那么两三次我会发现那扇门在我面前打开，里面火花四溅、臭氧满屋、酸味十足，不管我做什么，避免迷路总是变得越来越艰难。

然后我发现了一件事情：如果当烟雾包围我的时候我保持不动，静静待着，我就不会跑到那扇门前去。但麻烦在于我自己会主动去发现那扇门，这是因为我迷路了太长的时间，感觉害怕而开始大叫，所以他们能够发现我。在某种程度上，我是故意大叫以便他们能够发现我的。我曾以为任何东西，即便是电击室，也比完完全全的迷失要强。现在，我不知道，也许迷失并非那么糟糕。

今天整个早上我都在等着他们再次施放烟雾，过去的几天他们越来越频繁地这么做，我认为这是因为麦克墨菲。他们还没有给他安装控制器，正试图在他不注意时抓到他。他们可以看出他肯定是个问题，有好几次他好像已经激发了契思威克、哈丁和其他一些人的勇气，几乎足以让他们去对抗某个黑男

157

孩——但是一如既往，每次当病人们看起来可能被拯救时，烟雾就开始出现了，就像现在它又开始出现一样。

几分钟以前，我听到了栅式分配器里面的压缩机开始压缩气体，那一刻大家正把桌子搬出休息室准备开治疗性会议。雾气汩汩冒出来，穿越地板，如此浓重，以至于我的裤腿都湿了。我正在玻璃护士站的门里面擦窗户，听到大护士拿起话筒给医生打电话，告诉他马上要开会了，并且告诉他今天下午最好为员工会议留出一小时的空余时间，"理由是，"她告诉他，"我认为我们早就应该讨论一下病人兰道·麦克墨菲的问题，以及他是否应该继续待在这个病房。"听完医生的答复，她告诉他，"我认为放任他，让他像过去几天那样不断扰乱病人们的心情，是一种不明智的做法。"

那就是为什么她为了这次会议而施放烟雾，她通常不那么做。今天她会对麦克墨菲搞点什么名堂，很可能把他弄到心理失常者病房去。我放下擦窗户的破布，走到慢性病人队尾我的椅子那里，几乎看不到正走向他们座位的大伙儿和擦着眼镜走进门来的医生。医生不停擦眼镜，就好像他认为眼前的模糊不清是因为他的眼镜起了雾，而不是因为周围有雾。

滚滚而入的雾气比我之前所见过的任何一次都要浓重。

我能听到他们在那里试图把会议持续下去，说些有关比利·彼比特的结巴和他为何结巴之类的废话。雾气如此的厚重，说话声就像从水里传到我这里来。实际上，这雾气很像水，它似乎把我从椅子上漂了起来，有那么一会儿我都不知道到底哪一端是在上面。漂浮开始让我觉得胃有一点不舒服，我什么也看不见，我从来没有遇到过让我感觉像漂了起来一般浓重的雾气。

当我感觉四处漂浮时，说话声变得模糊但很巨大，时断时续。但尽管声音响亮，有时响亮到让我知道自己就坐在说话人的隔壁，我仍然什么也看不见。

我听出了比利的声音，他因为紧张而结巴得比以前任何时候都要厉害。"……大学没、没、没毕业，因、因为我离、离开了美国后备军官训练队。我忍、忍受不了，任、任、任何时候负责训练班的教官点名叫'彼比特'时我不能回答，你应该说到、到、到……"他好像喉咙里有根骨头似的哽住说不下去了，我听到他吞咽了一下重新开始，"你应该说，'到，长官'，而我从未能、能够说出来。"

他的声音变得模糊，然后大护士的声音从左边插进来："比利，你是否记得第一次说话有障碍是什么时候？你什么时候开始结巴，记得吗？"

我无法分辨他是在笑还是别的什么，"第、第一次结巴？第一次结巴？我开始说的第一个单词就是结巴的：姆、姆、姆、姆、姆妈。"

然后谈话整个消失了，我从未听说过这样的事情，也许比利藏到了雾里，也许所有的人最终永远地躲回到了雾里。

我继续漂着，一把椅子和我擦身而过，这是我看到的第一样东西，它从我右边不远处的雾里飞了出来，几秒之后已经到了我的眼前，触手可及。最近我已经习惯了不打扰在雾里出现的东西，一动不动地坐着，不再努力坚持。但是这一次我害怕了，就

159

像过去那般害怕了，我竭尽全力想把自己拖到椅子边抓住它，但是没有什么东西可以作为支撑，所有我能做的就是在空气里乱蹦一气，所有我能做的就是眼睁睁地看着这把椅子变得清晰——比之前任何时候都要清晰，我甚至能够分辨出油漆未干前某个工人碰了椅子留下的指纹——椅子出现了几秒后消失了。我从未见过东西这般漂浮，我从未见过雾气这般浓重，浓重到了即使我想在地板上站起身四处走动也做不到，那就是为什么我如此害怕，我感觉这一次我将会永远地漂浮到某个地方。

我看到一个慢性病人从下面漂进了我的视野，是老曼特森上校，他正在阅读写在他那只黄色的长长的手上的手稿。我凑近看了看他，因为我想这可能将是我最后一次见到他了。他的脸硕大无比，大到我几乎不能承受，他的每一根毛发和每一条皱纹都很巨大，就像我在用一个显微镜看他一般。我如此清晰地看到了他，看到了他的一生，这张脸记载了西北军营六十年的峥嵘岁月，上面有铁边弹药车的轮子碾过的痕迹，也有两日行军的几千双脚那深入骨髓的磨蚀。

他伸出那只长长的手放在眼前，眯着眼读上面的手稿，一根被尼古丁染成枪托颜色的手指则指点着所读的字句。他的声音低沉、缓慢而有耐心，当他阅读时我看到字句晦暗而沉重地从他脆弱的嘴唇里飘出来。

"现在……旗帜是……美——国。美国是……李子、桃子、西——瓜。美国是……橡皮糖、南瓜子。美国是……电——视。"

是真的，所有的东西都写在那只黄色的手上，我甚至可以跟他一起读。

"现在……十字架是……墨西哥。"他抬起头来看我是否在集中注意力，当他看到我的确注意力集中时，他对我笑了一下，又继续念起来，"墨西哥是……核桃、榛子、橡果。墨西哥是……彩——虹。彩——虹是……木头的。墨西哥是……木——头的。"

我能明白他用意何在。在这里的整整六年中他一直在说这些事情，但是我从未在意过他，我想他不过是个会说话的雕像而已，一个由骨头和关节组成的东西，漫无目的喋喋不休地重复着他那些丝毫没有意义的滑稽可笑的定义，但是现在我终于明白了他在说什么。我试图看他最后一眼以便能记住他，正因为我看得这么仔细，我一下子就理解了他。他停了下来抬头瞟我一眼，想确定我知道他在说什么，我想对他大吼，是的，我明白了：墨西哥就像核桃，它是棕色的，而且非常坚硬，如果你用你的眼睛去感觉，它的确像核桃！你说得有道理，老人，属于你自己的道理。你不像他们想的那样疯狂。是的……我明白……

但是烟雾堵住了我的喉咙，让我发不出声音。当他漂走的时候，我看到他再次低头看着那只手。

"现在……绿色的绵羊是……加——拿——大。加拿大是……枫树、麦田、日——历……"

我竭力扭头注视着漂走的他，因为太用力连眼睛都痛了，我不得不闭上眼，当我再睁开眼时，上校已经走了。我又开始漂浮起来，比之前任何时候都要迷惘。

是时候了，我告诉自己，我将永远离开了。

那是脸像个探照灯的老皮特，他在我左边五十码的地方，但是我能够清楚地看到他，就好像根本没有什么烟雾似的。或许他其实离我很近，但是显得很小。我不确定。他有一次告诉我他是多么的累，他仅仅是这么说就让我看到了他在铁路上的一生，看到他如何努力想搞清楚怎么看表，看到他为了弄明白正确的孔里正确的按钮而直冒汗，看到他尽了最大的努力来应付对别人来说易如反掌的工作，而别人完全可以逍遥地坐在铺了纸板的椅子里，一面读神秘故事或者色情杂志，一面把工作做好。他从未真正想出该如何应付这些工作——他从一开始就知道他做不到——但是他不得不跟上，仅仅为了还能看得到别人，所以四十年来他勉强生存下来，即使不是在人们的世界里，至少也是在人们世界的边缘。

我能够明白这一切，并且为此受到伤害，就像我为在部队里看到的事情，还有发生在爸爸和部落身上的事情而受到了伤害那样，我想最好不要再为看到那些事情而烦恼，这没有什么意义，完全于事无补。

"我很累。"这就是他所说的。

"我知道你很累，皮特，但是我的烦恼对你没有任何好处，你知道我帮不了你什么的。"

皮特朝老上校的方向漂去了。

比利·彼比特来了，就像皮特那样，他们都轮流来见我最后一面，我知道比利离我不过几英尺远，但是他如此的小，看起来像在一英里以外。他的脸看起来像是乞丐的脸，需要的东西远远超过任何人所能够给予的，他的嘴就像一个小洋娃娃的嘴一样动着。

"甚至当我求、求婚时，我也搞得一团糟。我说'甜、甜心，你愿意嫁、嫁、嫁、嫁、嫁、嫁……'，直到女孩忍不住大笑起来。"

大护士的声音响起来，但我看不见是从哪里传来的。"你的妈妈跟我说起过这个女孩，比利，很显然她远不如你，你认为到底她身上有什么东西让你这么害怕，比利？"

"我爱、爱上了她。"

我也不能为你做什么，比利，你知道这一点。我们当中没有一个人能。你必须理解一个人一旦试图帮助别人，他就会让自己门户大开，脆弱无比。他必须小心谨慎，比利，你应该和任何人一样清楚这一点。我能做什么呢？我不能治好你的结巴，我不能擦掉你手腕上刀片留下的伤疤，或者你手背上香烟烫过的疤痕，我不能给你一个新的妈妈。大护士这般骑在你的头上，用你的弱点来擦你的鼻子，直到你仅存的一点点尊严都荡然无存，由于屈辱而恨不得缩成一团彻底消失，我对此也是无能为力的。在安奇奥[1]的时候，我看到我的一个伙伴被绑在离我五十码远的一棵树上，声嘶力竭地喊着要喝水，他的脸在太阳底下鼓起了无数的水泡，他们巴不得我出去帮他，他们会在那个农舍里把我砍成两半。

把你的脸挪开，比利。

他们轮流经过。

每一张面孔都是一个标记，就像波特兰演奏手风琴的拉丁佬挂在脖子上的写着"我是瞎子"的标记一样，这些标记写着"我很累"或者"我很害怕"或者"我正死于灼伤的肝脏"或者"我身上绑满机器，人们总是把我推来推去"，无论字印得多么小，我都能够读懂这些标记。有些脸在互相看着，如果他

1　意大利中部一城市，位于罗马东南偏南的第勒尼安岸。二战中盟军军队于1944年1月22日在安奇奥登陆。

们想读的话，也能够读懂其他人的脸。但是这有什么意义呢？这些面孔在雾里就像五彩纸屑一般飘散。

我感到自己游离了一切，比以前任何时候更甚，这是死了一般的感觉。我猜测这是像"植物人"一般的感觉：你在雾里丧失了自身，一动不动，他们给你的身体喂食，直到它停止进食，然后他们把它火化了。也许这并不是那么糟，毕竟没有痛苦，除了我觉得会很快过去的一阵寒意外，我感觉不到其他任何东西。

我看到我们的指挥官把我们今天该穿什么的通知钉到布告栏里。我看到美国内政部用一个碎石机埋葬了我们的小小部落。

我看到爸爸从一条浅沟里大步走出来，然后放慢脚步瞄准一头正从雪松林里跳出来的雄鹿，子弹一发又一发地从枪管里打出去，在雄鹿四周掀起灰尘。我跟在爸爸身后从浅沟里出来，在雄鹿开始攀爬悬崖前，我的第二发子弹击中了它。我对着爸爸咧嘴一笑。

我从来没见过你像现在这样失去准头，爸爸。

眼力不行了，盯不住准星了，刚才我枪上头的瞄准器就像狗拉桃核似的摇晃个不停。

爸爸，我告诉你，西德酒吧的那个仙人掌月亮酒会让你未老先衰的。

当一个人开始喝西德酒吧的那个仙人掌月亮酒的时候，他已经未老先衰了，孩子，在苍蝇往它身上产卵前，让我们把那个动物开肠破肚清理干净好吧。

那甚至不是发生在现在的，你明白吗？你不能对过去发生的事情有任何的举动。

看哪，我的天……

我听到有人低语，是黑男孩们。

看那个老白痴布罗姆登，好像睡着了。

对的，布罗姆登酋长，那是对的，你好好睡，不要惹麻烦。是的。

我不再觉得冷了，我认为我成功了。我已经到达了寒冷不能影响我的地方，我可以永远地远离这里，我再也不害怕了，他们抓不到我的，只有话语传到我这里，而这些话语也渐渐弱了。

好了……既然比利决定从讨论中离开，其他人有什么问题需要向小组提出来？

事实上，夫人，的确有件事情……

是那个麦克墨菲，他在很远的地方，仍然在努力想把大家从雾里拖出去。为什么他不让我自生自灭呢？

"……记得一两天前我们进行的那次投票吗——有关看电视时间的？既然今天是星期五，我想也许可以再次把它提出来，看看有没有人多了点勇气。"

"麦克墨菲先生，这个会议的目的是治疗，团体性治疗，我不确定这些微不足道的牢骚——"

"是的，是的，见鬼去吧，不要老生常谈了，我和其他的一些人决定——"

"等一会儿，麦克墨菲先生，让我给小组提个问题：你们当中有没有人感觉到，也许麦克墨菲先生过多地把他的个人愿望强加在了你们头上？我在考虑，如果将他调到另一个病房，

166

你们也许会开心一些。"

一分钟内没有任何人说话，然后一个人喊道："让他投票吧，为什么不呢？为什么仅仅因为倡议投票，你就想要把他弄到心理失常者病房？要求调换时间有什么错呢？"

"为什么，斯甘隆先生，我记得你曾经拒绝进食三天，直到我们允许你在六点而不是六点半就打开电视。"

"一个人需要看世界新闻，不是吗？上帝，他们可能炸了华盛顿，而我们过了一个星期才知道。"

"是呀！那么让你放弃你的世界新闻看一帮人打棒球，你感觉如何呢？"

"我们不能两个都要，嗯哼？是的，我想是不能的，好的，见鬼去吧——我猜他们这星期应该不会炸了华盛顿。"

"让他投票吧，拉契特小姐。"

"很好。但我想这正是他扰乱你们这些病人心神的确切证据。你要提议什么呢，麦克墨菲先生？"

"我提议重新投票决定下午看电视的事情。"

"你确信再多一票会让你满意吗？我们有更加重要的事情——"

"我会满意的，我就是想看看这些鸟儿中哪些有勇气，哪些没有。"

"就是这样的论调，斯皮威医生，让我想到如果麦克墨菲先生被调离病房，病人们可能会安心一些。"

"让他组织大家投票吧，为什么不呢？"

"当然，契思威克先生，小组准备开始投票，举手就够了吗，麦克墨菲先生？还是你坚持要求无记名投票？"

"我想看到手，我想看到没有举起来的手。"

"同意把看电视时间调换到下午的人请举手。"

我辨认出第一只举起来的手是麦克墨菲的，因为他试图举起那个仪表板时手被划伤了，还缠着绷带，然后一个接一个地，我看到他们的手在雾中举了起来，就好像……麦克墨菲那只红色的大手伸到了雾里，把大家的手都拽了起来，让它们在空中闪现，第一个，再一个，接着是下一个，整支急性病人的队伍，所有的二十个人。他把他们都拖了出来，把他们的手都举了起来，不仅仅是为了看电视，更多是为了反抗大护士，反抗她想把麦克墨菲送到心理失常者病房的企图，反抗她这么多年来说话、行事和镇压他们的做法。

没有人说话，我能感觉到每个人都惊讶无比，无论是病人还是工作人员。大护士不理解发生了什么事。昨天，在麦克墨菲试图举起那个仪表板之前，五个人里面可能有四个不会投票。看着这二十只手，她尽量不让自己的声音暴露出她是多么的惊讶。

"只有二十个，麦克墨菲先生。"

"二十？好吧，为什么不呢？二十个是我们所有的人了——"当他理解了她的意思时，他的声音顿住了，"他妈的等一下，女士——"

"恐怕投票没有通过。"

"他妈的等一下好吧！"

"病房里有四十个病人，麦克墨菲先生，四十个病人，但是只有二十个投了赞成票，你必须要有多数票才能改变病房的规定，恐怕投票结束了。"

房间里大家的手都放了下来，他们知道自己又被击败了，试图滑回到安全的雾里去。麦克墨菲噌的一下站了起来。

"如果这样算了，我他妈的就是个狗杂种。你是想告诉我那边那些老鸟的票数也计算在内？"

"你没有把投票程序跟他解释过吗，医生？"

"我恐怕——一个倡议必须获得多数票才能通过，麦克墨菲，她是对的，她是对的。"

"多票数通过，麦克墨菲先生，这是写在病房章程里的。"

"我猜要改变那个该死的章程只有多票数通过才行，对吧？在我见过的所有鸡屎事情里，我向上帝发誓这个绝对胜出一筹。"

"对不起，麦克墨菲先生，但是你会发现这个是写在规定里的，如果你想要我去——"

"这就是你操纵牛屎民主的方式——天哪！"

"你好像很生气，麦克墨菲先生。他看起来很生气不是吗，医生？我想你该把这点记录下来。"

"不要在那儿聒噪，女士。当一个人被欺骗的时候，他有权利吼几下吧？我们他妈的完全被骗了。"

"医生，鉴于病人的情况，也许我们今天应该早点结束这个会议。"

"等一下！等一会儿，让我跟那些老家伙谈谈。"

"投票结束了，麦克墨菲先生。"

他穿过休息室走到我们这里来，他变得越来越巨大，脸涨得通红，他走到雾里，试图把拉克里拖到表面，因为拉克里是最年轻的。

"你怎么样，伙计？你想看世界大赛吗？棒球？棒球比赛？只要举起那只手——"

"操、操、操那个老婆。"

"好吧，算了，你，伙计，你呢？你叫什么名字——埃利斯？你说呢，埃利斯，在电视上观看一场棒球比赛？只要举起你的手……"

埃利斯的手被钉在墙上，不能算作一票。

"我说过投票已经结束了，麦克墨菲先生，你不要再当众出洋相了。"

他根本不理睬她，径直穿过慢性病人的队伍："来啊，来啊，只要你们这些鸟儿投一票，只要举起一只手，让她看看你们可以做到的。"

"我很累。"皮特边说边摇晃着他的脑袋。

"夜晚是……太平洋。"上校念叨着手上的文字，不为投票所动。

"只要你们当中的一个，看在上帝的分上！这是你们占上风的大好时机，你们不明白吗？我们必须这么做——否则我们就被击败了！你们这些笨蛋难道就没有一个能够明白我在说什么，能够帮我们一把？你，加百利？乔治？不？你，酋长，你怎么样？"

在雾气里，他就站在我上头。为什么他不能让我自个儿待着呢？

"酋长，你是我们最后的赌注了。"

大护士正合上她的文件，其他的护士站在她的周围。她最终站了起来。

"那么，会议到此结束，"我听到她说，"我希望大约一小时后在员工室见到所有的工作人员。如果没有其他——"

现在要阻止它太迟了——麦克墨菲第一天就对它做了什么，用他的手对它施了某种魔法，所以这手根本就不听我的使唤。任何傻子都明白，这完全是不可理喻的，要按我的意志绝不会这么做。仅仅看看大护士张着嘴一言不发瞪着我的样子，我就明白自己惹麻烦了。但是我无法停止，麦克墨菲伸出了隐形的电线操纵着我的手，把它慢慢举了起来。这只会把我从雾里拖出成为众矢之的……他正在这么做，电线……

不，那不是真话，是我自己把手举起来的。

麦克墨菲一声轻啸，把我拖了起来，拍着我的背。

"二十一票！加上酋长的投票是二十一票！我发誓，如果这还不算多票数通过的话，我就吃了我的帽子！"

"啊呀！"契思威克欢呼着，其他的急性病人向我走来。

"会议结束了。"她说，微笑仍然挂在脸上，然而在她走出休息室进了护士站时，她的脖子后面赤红肿胀，就好像她会立即炸开来一样。

但是她没有炸开来，至少没有立即这样，而是等到一小时以后才发作。在玻璃窗后面，她的微笑扭曲而奇异，是我们之前从未见到过的。她就那样坐着，我能够看到她呼吸时肩膀一起一伏。

麦克墨菲正和其他一些急性病人一起跪在饮水机那边擦洗踢脚板，这时他抬头看了看钟，说比赛时间到了。那天我已经清理了十次扫把间。斯甘隆与哈丁正在大厅里来回移动打磨机，已经第八次把新上的蜡打磨得锃亮。麦克墨菲又说了一遍他猜测比赛时间该到了，其他人都还未停止工作，他已经站起身把抹布原地一扔。经过大护士的窗户时，她恶狠狠地瞪着他，他却对她咧嘴一笑，就好像在炫耀他击败了她。当他把头往后一仰对她眨眼时，她的头不易察觉地往一侧痉挛了一下。

每个人都在继续做着手上的事情，但是都用眼角观察着麦克墨菲，只见他把他的扶手椅拖到电视机前面，然后打开电视坐了下来。屏幕上画面一闪，一个鹦鹉学舌的人正在棒球比赛场地上吟唱着刀片之歌。麦克墨菲站起来把声音调高，试图压过天花板上扬声器里传来的音乐。他又拖了一把椅子到面前，坐在扶手椅子上，把两只脚交叉放到第二把椅子上，往后一靠，点了一支烟，挠了挠肚子，打了个哈欠。

"哎哟！嘿，现在我唯一需要的就是一罐啤酒和一个火辣的妞儿。"

我们看到大护士的脸变红了，她瞪着他，嘴唇动着。她快速扫视了一圈，注意到每个人都在关注她接下来的行动——甚至黑男孩和小护士们也在偷偷看她；住院医生们正陆续进来准备参加员工会议，也在注视着她。她的嘴紧紧地闭着，她回头看着麦克墨菲，直到刀片之歌唱完，然后她站起来走到控制器所在的钢门那里，拉了一个开关。电视机的画面一闪后消失了，屏幕上什么都没了，除了一小束光线正对着坐在那里的麦克墨菲。

那束光线一点没有打扰麦克墨菲，老实说，他甚至没有表现出他知道电视画面消失这一事实。他把香烟往牙齿中间一放，将红头发上面的帽子往前一推，直到他不得不脑袋后仰，才能从帽檐下看向前方。

然后他就那么坐着，两手交叉放在头后面，他的脚伸在一把椅子上，一支点燃的香烟从他的帽檐下伸出来，眼睛看着电视屏幕。

过了一会儿，大护士忍受不下去了，从护士站里走了出来，远远叫他最好跟大家一起干活，但他不理睬。

"我说了，麦克墨菲先生，这个时间你应该在工作。"她的声音里有种紧巴巴的哀号，就好像电锯穿过松树发出的声音，"麦克墨菲先生，我警告你。"

每个人都停下了手中的活，她看了看周围，然后迈开步子朝着麦克墨菲走了过去。

"你是被判入院的，你应该知道，你是……在我……工作人员的管理之下。"她举起一个拳头，橘红色的指甲在她的手掌里要燃烧了，"在管理和控制之下——"

哈丁把打磨机关了，放到大厅里，走过去拖了把椅子在麦克墨菲旁边坐了下来，也给自己点了一支烟。

"哈丁先生！赶快回到指派给你的工作中去！"

我在想她的声音像是碰到了一颗钉子，这让我觉得很滑稽，我几乎笑了。

然后契思威克走了过去给自己拿了把椅子，然后比利·彼特也过去了，斯甘隆，弗雷德里克森和塞弗尔特跟随其后，然后我们纷纷放下我们的拖把、扫把和抹布，给自己搬椅子去了。

　　"你们这些人——停止这种行为，停止！"

　　我们一排排地坐在关闭的电视机前面，看着灰色的屏幕，就好像我们能够清晰地看到棒球比赛一般。她在我们身后咆哮着，尖叫着。

　　如果这时某个人进来看一看，发现一帮男人盯着一个关了的电视机，而一个五十岁的女人在他们身后尖声怒吼着什么纪律、秩序和追究责任一类的话，他一定会认为这一堆人都是不折不扣的疯子。

第二部

在我视野的边缘，我看到护士站里那张白色瓷釉般的脸在桌子上方摇摇欲坠。那张脸扭曲着，流动着，竭力要恢复到以前的形状。其他的人也在注视着，但他们都努力装作不以为意的样子，仍然盯着面前那台屏幕黑了的电视机。然而任何人都能看出，他们所有的人都跟我一样在偷偷瞄着玻璃窗后面的大护士。有史以来第一次，她在玻璃窗的另一边体会到了被注视的滋味，而此时她最希望的，莫过于在自己的脸和那些她无法躲避的眼神之间拉一道绿色的帘子。

住院医生和黑男孩们以及所有的小护士也都在看着她，等着时间一到，她就走过大厅去参加她自己召集的员工会议；现在大家都知道她会失控，同时也都很好奇她将如何行事。她知道他们都在看着她，可她仍然一动不动，甚至在他们已经开始漫步到员工室时也没有动。我注意到墙壁里的机器装置都很安静，就像它们也在等着看她会如何反应。

任何地方都没有烟雾了。

突然，我记起我应该打扫员工室的。每当员工会议召开时，我都得去打扫员工室，多年来一直如此，但现在我太害怕了，无法离开我的椅子。工作人员总是让我打扫那个房间，因为他们觉得我什么都听不到。然而，现在他们看到麦克墨菲叫我举手时我照做了，难道他们会不知道我并不是个聋子吗？难道他们会不明白这么多年来我一直在聆听本来只应为他们所知晓的秘密吗？如果他们知道了这些，他们会在那个员工室里怎么对我呢？

我充分领略到了任由麦克墨菲引诱我们走出烟雾之后，我们将要面临的危险。

一个黑男孩靠着门附近的墙壁站着，双手交叉抱在胸前，粉红色的舌尖来回舔着嘴唇。他注视着坐在电视机前面的我们。他的眼睛像他的舌头一般来回动着，目光停留在了我身上，我看到他皮革一般的眼皮抬起了一点。他盯着我看了很长时间，我知道他在揣摩我在小组会议上的表现。然后他猛地从墙边蹿开，目光从我身上移走，他到扫把间拿回来一桶肥皂水和一块海绵，托起我的胳膊，把水桶往我胳膊上一挂，就像把一个煤油灯挂在了壁炉的吊杆上。

"走吧，酋长，"他说，"去履行你的职责吧。"

我没有动，水桶在我胳膊上摇晃着，我没有露出听到了的样子。他想骗我上钩，再一次叫我站起来，当看我没动静时，他将眼珠对着天花板一转，叹了口气，伸手抓住我的衣领往上一拖。我站了起来。他把海绵往我的口袋里一塞，指着大厅那一边的员工室。我去了。

当我拿着水桶走过大厅时，镜头一聚焦，大护士从我身边经过转进了门里。她还是保持着过去一贯的平稳速度和威仪，这让我感到惊讶。

我独自一人在大厅里，注意到周围是如此清亮透彻——任何地方都没有雾气。大护士刚刚经过的地方有一丝寒意，天花板上的白色灯管像闪闪发光的冰柱般射出冻僵了的光芒，又像草草装成的冰箱冷凝管那样发着白光。冰柱一直延伸到大厅尽头员工室的门口，大护士刚刚转进去的地方——一扇沉重的钢门，就像一号楼电击室的门，只不过这扇门印有房间号，门上还有个小小的玻璃窥视孔，这样员工们便能从里往外偷看是谁在敲门了。当我走近时，我看到绿色胆汁一般苦涩的光线从窥视孔里透出来，员工会议马上要开始了，这就是为什么会有绿光透出来。每当会议开到一半，墙壁和窗户上就铺满了这种绿色。我得用海绵把它吸走，挤到我的水桶里，然后再用水来冲洗厕所里的排水沟。

打扫员工室总是一件很糟糕的事情，在这些会议中我不得不清除的东西令人难以置信：非常可怕的东西，从皮肤毛孔里长出的毒药和空气中足以将一个人溶解的硫酸，我都看到过。

在一些会议里我曾见过桌腿扭曲变形，椅子坑坑洼洼，并听到墙壁发出刺耳的摩擦声，最后你都能从房间里拧出汗水来。在另一些会议里我曾见过他们长时间地谈论某个病人，那个病人简直像是有血有肉活灵活现地裸体坐在他们面前的咖啡桌上，无力抵御他们魔鬼般残忍的恶意。在会议结束前，他们会把这个病人诋毁得惨不忍睹。

这就是为什么他们需要我在员工会议里，这些会议太肮脏了，他们需要一个人来清理干净。但由于员工室只有在开会时才开放，这个人就必须是他们认为不可能把会议内容传扬出去的人，也就是我。我一直用海绵来清洗这个员工室，掸掉灰尘，擦拭一切，并且打扫另一处那个老旧的木结构员工室。员工们甚至不会注意到我的存在，我干我的活，他们的目光越过我时就像我根本不在那里——如果我没有出现，他们唯一觉得少了的该是飘浮的海绵和水桶。

但这次我敲门时，大护士从窥视孔里往外瞄，死死地盯住了我，并且用了比往常要长的时间来开门让我进去。她的脸已经恢复了原状，在我看来和以往一样强悍。其他人都在往咖啡里放糖或者向别人借香烟，如同每次会议之前那样，但是空气中却弥漫着一种紧张的气氛。一开始我以为这是因为我，然后我才注意到大护士还没坐下来，甚至懒得给自己倒杯咖啡。

她让我轻轻溜进门，当我经过她身边时，她的眼神再一次狠狠地刺穿我。然后她关上门，猛一转身，又瞪了我几眼。我知道她是在怀疑我。我以为她很可能被麦克墨菲的公然挑衅搞得非常生气而没有注意到我，但她看起来却不像是受到了震撼。她仍然头脑清醒地在考虑当急性病人麦克墨菲叫他举手投票时布罗姆登先生到底是如何听到的，她在考虑到底他是如何知道放下手中的抹布去和急性病人们一起坐在电视机前面的，其他的慢性病人可没这么做。她在考虑，难道还不到时候检查一下我们的酋长布罗姆登先生吗？

我背对着她把海绵伸到某个角落里，然后把海绵举过头顶，以便房间里的每个人都能看到海绵上满是绿色的黏液，而我是多么努力地工作。我弯下腰，比以前更加卖力地擦洗起来。但是，无论我多么努力地工作，无论我如何竭力假装无视她的存在，我仍然能够感觉到她站在门边，目光钻进了我的头盖骨，直到它马上就要碎裂，直到我几乎想要放弃，如果她再不把目光从我身上移开，我就要大喊大叫把一切都告诉他们了。

然后她意识到她自己也被注视着——被所有的员工。她在揣摩我的时候，别的员工也在揣摩她，想象着她会如何处置休息室里那个红头发的家伙。他们在等着看她会怎么谴责他，他们并不在意角落里手忙脚乱的印第安傻子，他们都在等着她，于是她不再看我，而是走过去倒了一杯咖啡坐了下来，小心翼翼地搅拌着咖啡里的糖，汤匙都不曾碰到咖啡杯的内壁。

医生首先行动："现在，各位，我们可以开始了吗？"

他向啜饮着咖啡的住院医生们报以微笑，尽量不看大护士，她如此安静地坐在那边，让他感到紧张和不安。他抓出他的眼镜戴上，看了看腕表，边说话边给腕表上发条。

"已经超过我们应该开始的时间十五分钟了，如你们所知，拉契特小姐召集了这次会议，她在团体性治疗会议之前给我打电话，说她认为麦克墨菲已经成为病房的一个不安定因素，虽然这只是她的一个感觉，但鉴于几分钟前发生的一切，你们不会不这样认为吧？"

他上满了发条，再上一下可能要让整个腕表散架了。他坐在那里对着他的腕表发笑，用他粉红色的小手指敲打着手背，等待着。通常在会议的这个点上大护士该发话了，但是这会儿她什么也没说。

"过了今天，"医生继续说道，"没有人会再说我们所面对的是一个普通的病人，不，绝对不是这样的，很明显他是一个不安定的因素，所以——啊哈——我认为，我们本次讨论的主线将是决定采取什么样的行动来应对他，我相信大护士召集这次会议——如果我说的有不妥之处请及时纠正我，拉契特小姐——是为了深入讨论一下当前的形势，统一员工的意见，决定该如何处置麦克墨菲先生。"

他用恳求的目光看着她，但她仍然什么也没有说，而是抬头望着天花板，像在检查上面的尘土，看起来根本没有听到他在说什么。

医生转向房间里的一群住院医生，他们都毫无二致地跷起同一条腿，把咖啡杯放在同一边膝盖上。"你们大伙，"医生说，"我意识到你们还没有足够的时间，来对这个病人进行适当的诊断，但是你们已经有机会观察到他是如何行动的。你们觉得怎样呢？"

这个问题让他们都抬起了头，他很聪明地把他们也拉入了讨论，他们都看看他，又看看大护士。短短的几分钟内她多少恢复了昔日的威权——仅仅是微笑着瞪着天花板一言不发，她就又取得了控制权，让每个人都知道她是大家不可忽视的主力。如果这些男孩的表现不合她意，他们将不得不在波特兰的酒鬼医院完成他们的培训。他们开始像医生一样不安起来。

"是的，他确实是个十分不安定的因素。"第一个男孩小心翼翼地说。

他们都啜了一口咖啡，考虑着他所说的。然后下一个说道："并且他可能构成实际的危险。"

"那是真的，那是真的。"医生说道。

那个男孩认为自己可能抓住了关键，于是继续说道："事实上，十分危险。"

他的身子向前一倾："不要忘了这个人实施暴力行为的唯一目的就是为了离开劳改农场，进入这个相对舒适的医院。"

"有预谋的暴力行为。"第一个男孩说道。

第三个男孩喃喃道："当然，这个预谋表明他是个精明的骗子，而不是心理有问题。"

他四下一瞥，想看看这个说法有没有打动她，却看到她仍然没动，也没有任何表示，但是其他的员工都瞪着他，好像他说了什么特别粗俗的话。他发现自己超越了界限，试图当个笑话把所说的轻轻抹去，于是咯咯笑着说："你知道的，就像'明修栈道，暗度陈仓'。"——但是太迟了。第一个住院医生放下他的咖啡杯，伸手到自己兜里掏出一个拳头大的烟斗，把目标转向他。

"坦率地说，阿尔文，"他对第三个男孩说道，"我对你感到失望。即使不怎么了解他的过去，只需留意一下他在病房的举动就能意识到你的意见是多么荒谬。这个人不仅仅是病入膏肓，而且我相信他一定是个具有潜在攻击性的人。我认为拉契特小姐在召集这个会议时就是这么怀疑的。你不能辨别出这种极端的精神病类型吗？我还没听说过比他的症状更明显的案例。这个人就是一个拿破仑。"

另一个人加入了讨论当中。他记起了大护士对心理失常者的评论，"罗伯特说得对，阿尔文。你难道没有看到这个人今天在外面的做派？当他的一个图谋受挫，他立刻跳离了椅子，濒

临暴力的边缘。你告诉我们，斯皮威医生，他的档案是如何记载他的暴力倾向的？"

"有明显无视纪律和权威的特征。"医生说道。

"是的，他的过去显示，阿尔文，他曾经多次出于对权威人物的仇视而闹事——在学校，在服役时，甚至在监狱里！经过这次狂热的投票，我们可以总结说，他的这种行为会持续下去。"他停了下来，对着他的烟斗一皱眉头，嚓的一声划了一根火柴点烟斗，并且用嘴猛吸。当烟斗点着的时候，他透过黄色的烟雾偷偷瞄了一眼大护士，他一定是把她的沉默视为同意了，因为当他继续说下去的时候，他的语调比之前更加热情和坚定了。

"先停下来想象一下，阿尔文，"他说，话语被烟雾包裹起来，"想象一下如果我们当中某个人独自对麦克墨菲先生进行治疗时会发生什么事情。想象一下你正在接近一个特别痛苦的突破口时，他突然觉得再也无法忍受你——他是怎么说的？——'你这该死的刨根问底的书呆子！'你告诉他不应该有敌意，他说'见鬼去吧'，当然你可以用权威的声音要他平静下来，但是他扑过来了，那个患精神病的红头发爱尔兰人的二百一十磅重的身躯越过桌子扑向你，而你——或者我们当中的任何人——在这些时刻到来时，准备好了如何对付他吗？"

他把大烟斗含在嘴角，双手往膝盖上一摊，等着大家的回答。每个人都在想象着麦克墨菲粗壮的红胳膊和满是伤疤的手，以及他的脖子如何像个生锈的楔子从T恤衫里伸出来。那个名叫阿尔文的住院医生想到这里时，脸色变得蜡黄，仿佛他的伙伴正在吸的那个黄色烟斗已经熏黄了他的脸。

"所以如果我们把他送到心理失常者病房，"医生问道，"你们是否认为这个决定是明智的？"

"恐怕我不得不收回我的意见，同意罗伯特所说的。"阿尔文跟众人说，"即便仅仅是为了保护我自己。"

他们都笑了，放松了一点，确信他们已经制订出了一个符合她心意的计划。他们都喝了一口咖啡，除了那个拿烟斗的人。他忙碌地对付那个老是熄灭的烟斗，划了很多根火柴，拼命又吸又喷又吹。烟斗最终让他满意地又燃了起来。他有点骄傲地说道："是的，恐怕心理失常者病房正是为红头发老麦克墨菲准备的。通过这些天来对他的观察，你们知道我是怎么想的吗？"

"他有精神分裂反应吗？"阿尔文问道。

拿烟斗的人摇了摇头。

"反应形成性潜在同性恋倾向？"第三个人说。

拿烟斗的人又摇了摇头，然后闭上了眼睛。"不是，"他说，对众人微微一笑，"负恋母情结。"

大家都向他表示祝贺。

"是的，我认为有很多症状指向这一点，"他说道，"但是无论最后的诊断如何，我们必须记住一点：我们不是在对付一个寻常的人。"

"你大错特错了，吉迪恩先生。"

是大护士。

每个人的脑袋都猛地朝她一扭——连我也不例外，但是我克制了一下，假装是在努力擦去头顶墙面上刚发现的一块污渍，以此掩饰我的动作。每个人一定都非常疑惑不解，他们觉得这个提议正是她想要的，确切地说，是她自己计划在会议上提出的。我也这么认为，我曾经见过她把只有麦克墨菲一半身量的人送到心理失常者病房，仅仅是因为他们有可能往某人身上吐痰，而现在对这个竭力反抗她和其他员工的公牛般的男人，一个她不久之前还差点叫他滚出病房的人，她却说不。

"不，我不同意。绝对不同意。"她微笑着环顾了大伙儿，"我不同意送他去心理失常者病房，那不过是简单地把我们的问题推给另外一个病房，我也不认为他是某种非同寻常的人——某种'超级'的精神病人。"

她等着，但是没有人准备反对。她第一次喝了一小口咖啡，咖啡杯离开她的嘴唇时留下了橘红色的印迹。我情不自禁地盯着那个杯子的边缘，她不可能用那种颜色的口红，那个杯子边缘的颜色一定是热量化成的，她的嘴唇轻轻一碰就让杯子冒烟了。

"我承认当我开始认识到麦克墨菲先生的煽动力时，我的第一想法是他应该被送到心理失常者病房去，但是现在我相信这么做已经太迟了，调走他能够消除他对我们病房造成的危害吗？我不这么认为，尤其是今天下午以后。我相信送他到心理失常者病房正是病人们所预期的，他将被他们视为烈士。他们将不再有机会见证到这个人并不是一个——如你所称的，吉迪恩先生——'非同寻常的人'。"

她又喝了一口咖啡，把杯子往桌上一放。杯子碰到桌面发出木槌敲击一般的声音，三个住院医生都一下子坐得笔直。

"不，他不是非同寻常的。他只是一个人，仅此而已，一样受制于任何人都会感受到的恐惧、懦弱和胆怯。我有一种很强烈的感觉，再过几天他就会向我们同时也向其他病人证明这一点。如果我们把他留在这个病房里，我确信他的鲁莽傲慢可能会减退，他的反抗也会最终消失殆尽，并且——"她微笑着，深谙其他人所不知晓的东西，"我们的红头发英雄也会自降为病人们能够认清并且丧失对其的尊重的那种人：一个爱吹牛皮的家伙，就像我们曾看到过的契思威克先生所做的那样。他也许会爬到肥皂箱上号召大家跟随他，但是一旦察觉到他自己将要面临的危险，就会立刻退却。"

"病人麦克墨菲，"拿烟斗的男孩觉得他应该捍卫自己的意见以保留一点点颜面，"看起来不像一个胆小鬼。"

我以为她会生气，但是她没有，她只是对他摆出那副"让我们等着瞧"的样子说："我不是说他是一个胆小鬼，吉迪恩先生，哦，不，他只不过是太喜欢某个人了。作为一个精神病人，他因为太喜欢那个兰道·帕特里克·麦克墨菲而不愿让他面临任何不必要的危险。"这次她给了那个男孩一个无疑会掐灭他的烟斗的微笑："我们只要等一段时间，我们的英雄将——你们大学里的男孩子是怎么说的来着？——放弃他的表演，对吗？"

"但是那要等几个星期——"男孩开口道。

"我们有这几个星期。"她说道，同时站了起来。自从麦克墨菲在一个星期前开始兴风作浪以来，我从未看到她对自己这么满意过。"我们有几个星期、几个月，甚至是几年的时间，如果用得着的话。记住麦克墨菲先生是被判入院的，他需要在这个医院待多久完全取决于我们。好了，如果现在没有其他事情……"

大护士在那个员工会议上如此自信的样子着实让我担心了一阵，但是麦克墨菲完全不以为意，整个周末和接下去的那个星期，他还是像以前一样对她和黑男孩们很刻薄。病人们都喜欢这一点。他已经赢了他的赌注，以他说话的方式激怒了大护士，但是赌注到手后他仍像过去一样大摇大摆：在大厅里大喊大叫，嘲笑黑男孩们，让所有工作人员都感觉无计可施。有一次他甚至走到大厅的护士站里，问大护士是否介意告知她那对伟大的乳房的尺寸，说她虽尽了最大努力却还是没能掩住它们。她径直走了过去，并不理睬他，就像她选择忽视大自然贴在她身上的这对超大尺寸的女性标记一般，就好像她在他之上，在性别之上，在象征柔弱和肉欲的每一样东西之上。

当她在布告栏上张贴工作任务，而他看到她分派他洗厕所时，他就走到她的办公室，敲打着她的那扇窗户，亲自感谢她给了他这个殊荣，告诉她每次擦洗小便池的时候他都会想起她。她告诉他没这个必要，只要干好他的工作就够了，谢谢。

他最多也就是拿把刷子在每个小便池里胡乱刷一两下，并且对着挥动的刷子大声地唱首歌，然后再洒点次氯酸钠。"那已经够干净了，"他会告诉因为他的马虎了事而跟在他屁股后面试图追究的黑男孩，"也许对于某些人来说还不够干净，但我自己是打算在里面撒尿，而不是在里面吃午饭。"当大护士因为黑男孩的苦苦哀求而亲自进来检查麦克墨菲的工作时，她带来一面小镜子放在便盆边缘的下面。她边走边摇头，对着每一个便盆说："这是一种侮辱……一种侮辱……"麦克墨菲一路和她并肩而行，对着自己的鼻子直眨眼睛，回答道："不啊，那是一个便盆……一个便盆。"

但是她没有再失去自制力，甚至没有表现出可能会失去自制力。她会就厕所问题来训斥他，施加她常用在每个人身上的那种可恶的、缓慢的、充满耐心的压力，而他站在她的面前，就像一个被严厉训斥的小孩子般低着头，一只脚的脚指头放在

189

另一只脚上，说道："我已经非常努力了，夫人，但恐怕我还是很难成为一名厕所模范。"

有一次他在一张纸片上写了一些古怪的东西，看起来像是某种外国语言的字母，用一坨口香糖把它粘在某个厕所便盆的边缘下面，当她走到那个便盆旁用小镜子往里一照时，她读到的东西让她嘴一张，小镜子掉到了厕所里。但是她依旧没有失去自制力，那张洋娃娃的脸蛋和那种洋娃娃的微笑充满了自信，她从厕所便盆边站起身，以锋利得足以剥落墙上油漆的目光瞪着他，告诉他说他的工作是让厕所更干净，而不是更肮脏。

实际上，在病房里没有任何一项清洁事务能够完成。当下午日程表要求做杂务的时间一到，棒球比赛在电视上转播的时间也到了，于是每个人都把椅子排在电视机前，然后一动不动坐到晚饭时间。尽管护士站里的电源被关了，我们在那个灰色屏幕上什么也看不到，但是这并没有什么影响，麦克墨菲将会娱乐我们几小时，给我们讲各种各样的故事：他如何给一个伐木场开卡车而在一个月内赚了一千美金，又如何在一次扔斧头比赛中把每一分钱都输给了一个加拿大人；或者他和他的伙伴如何哄骗一个人在一次牛仔竞技表演中骑上一头印度产的公牛，说服他戴着眼罩骑在这头公牛上，"不是一头公牛的问题，我的意思是，这人居然戴了眼罩。"他们告诉他当公牛开始打转时眼罩可以防止他头晕，接着，拿了块大手帕把他的眼睛包了起来，让他什么也看不见，然后把他放到牛身上让他倒着骑那头牛。麦克墨菲几次说到这个故事，每次他都用帽子拍着大腿狂笑不止，"眼睛蒙着而且倒骑……如果他没有出局并赢了钱的话，那我简直是个王八蛋了。我是第二名，如果他被扔下来，我就会得到第一名而赢点小钱。我发誓下一次我再耍那样的绝技时，我一定把那只该死的公牛的眼睛蒙上。"

他拍着大腿，头往后仰，不停地笑啊笑，大拇指戳着坐他旁边的人的肋骨，试图让他也跟他一起笑。

那个星期我听到那马力强劲的笑声很多次，看着他挠着肚皮，伸展着身体，打着哈欠，往后一靠，对着他正在调笑的某个人眨巴着眼睛，这一切对他来说都像呼吸一般自然，因此我不再担心大护士和她身后的"联合机构"。我认为他作为他自己足够强大，绝不会像大护士所希望的那样后退；我认为也许他真的非同寻常，他就是他自己，也许坚持自我使他足够强大，就那么回事。"联合机构"这些年来都没能抓住他，是什么让那个护士觉得她可以在几个星期内就做到这一点呢？他不会让他们扭曲他，重塑他。

之后，在厕所里躲避黑男孩们时，我会看一眼镜子里的自己，禁不住想人们怎么可能制伏镜子里这样一个硕大无比的东西。镜子里我的脸黝黑而倔强，有着很大的、高高的颧骨，下面的脸颊好像是用斧头削出来的一般，眼睛是黑亮、坚定而强悍的，就像爸爸的眼睛，或者是你在电视上看到的那些强悍、面貌吓人的印第安人的眼睛。我会认为那不是我，不是我的脸。想拥有那张脸的人甚至不是我，那一刻的我不是真正的我，我只是我看起来的那样，人们希望我的那样，而我似乎从来就没有做过我自己。麦克墨菲如何能够做他自己呢？

我对他的看法和他刚进来时相比有些不同。我认识到他不仅仅有一双大手、红色的鬓角和受伤鼻子下面的咧嘴傻笑。我认识到他能做和他的脸和手不相吻合的事情，例如在职业治疗时用真正的颜料在一张空白的纸上画一幅画，尽管那纸上没有任何线条或号码提示他在哪里画；或者用行文流畅的手给某个人写信。像他这样的人怎么会画画或者给人写信，或者像某次我所看到的那样，居然在收到一封回信时如此难过而担忧呢？你觉得这些事只有比利·彼比特或者哈丁之类才会做。哈丁拥有看起来像是会画画的手，但是他从未画过，哈丁把他的两只手隐藏起来，或者强迫它们为狗窝锯木板。麦克墨菲不是那样的，他从来没有让他的外表来限制他只能这样或那样去生活，也没有任由"联合机构"碾磨他来适应他们想要他适应的事情。

　　我看到了许多变化。我觉得上个星期五当他们为了那个会议而把墙里的烟雾器开得太猛时，那个烟雾器出了故障，所以现在他们不能再释放烟雾和气体来扭曲事情的本来面目。多年来我第一次发现人们的身上不再有黑影，有一天夜里我甚至能够看到窗外的景象。

　　就像我解释过的，大多数的夜晚当他们赶我去睡觉时，他们会给我那个药片，让我昏过去并且一直昏睡；如果药剂出了什么毛病，我醒过来了，我的眼睛就会像包了一层外壳，宿舍里充满了烟雾，墙壁里塞到极限的电线扭曲着，在空气中释放着死亡和仇恨的火花——一切都让我难以承受，所以我宁愿把脑袋塞在枕头底下继续睡去。每一次我往外偷看时，空气中总是充满烧焦的毛发的味道，或者响起烧热的烤盘上肋肉的嗞嗞声。

但是今夜当我醒来时，我发现宿舍里居然干净而寂静，除了人们轻柔的呼吸声和两个老"植物人"脆弱的肋骨下发出的咯吱声外，周围是死一般的沉静。有一扇窗户是开着的，宿舍里的空气很清新，弥漫着使我微微有些眩晕而沉醉的气息，让我产生一种突如其来的起床做点什么的渴望。

我从床单和被单中间溜出来，光着脚走过床和床之间冰冷的地板。我用脚掌感受着地板，想着有多少次，有多少千次，我曾用抹布擦过这同一块地板，却没有感受过它。那些擦洗对我而言就像是一个梦，我无法确切相信这些年来它真的发生过。那一刻只有我脚下冰冷的油毡是真实的。只有那一刻。

我走在躺着的大伙儿中间，小心翼翼地避免撞到任何人。一排排的雪白被单就像堆雪的河岸一般。我走到了有窗户的墙边，经过几扇窗户，来到了纱窗轻轻起伏而飘来微风的那扇窗前面，把我的前额紧贴着网孔，金属线冰冷而锋利，我的头轻轻左右摇着，脸颊感觉着金属线，并且我闻到了微风的味道。秋天来了，我想，我能够闻到青贮饲料那种酸糖蜜的味道，像铃铛似的在空气中摇荡着；我还闻到某个人在烧橡树叶，把橡树叶整夜地闷烧着，因为它们还太绿了。

秋天来了，我一直想着，秋天来了，好像那是有史以来发生过的最奇怪的事情，秋天，就在这外面，不久之前还是春天，然后是夏天，而现在是秋天了——那真是令人惊异的一个想法。

我意识到我仍然闭着眼睛，当我把脸贴紧窗户时，我闭上了眼睛，就像害怕看到外面一般，而现在我必须睁开眼睛，我往窗外看去，第一次发现医院是坐落在郊外。牧场上天空中的月亮很低，月亮的脸满是伤痕、饱经沧桑，仿佛她刚刚从地平线上橡树和浆果鹃树丛的纠缠中挣脱出来。月亮旁边的星星是苍白的，离明月光辉的笼罩越远，星星就越发明亮而华美。我突然记起曾经见过一模一样的景象，那一次我和爸爸还有一些叔叔出去打猎，我把自己包裹在奶奶织的毯子里面躺着，旁边大人们静静地围着篝火坐一圈，传递着一坛仙人掌酒。我注视着头顶上俄勒冈大草原的那一轮巨大明月，她四周所有的星辰都黯然失色。我一直醒着，注视着，想看看月亮是否会变得黯淡，而星星是否会变得明亮，直到露水滴到了我的脸颊上，我不得不拉块毯子盖住了脑袋。

有什么东西在窗户底下的土地上活动着——穿过草地投下一条长蜘蛛似的阴影，跑到一片树篱背后不见了。当它又跑回到我能够看清的地方时，我发现那是一条狗，一条年轻、瘦长的杂种狗，从家里溜出来探索天黑以后的世界。它在嗅着掘地鼠挖的洞，不是为了找一个来继续深挖，而是想看看这时辰掘地鼠们在干什么。它把鼻子伸进一个洞里，摇摆着尾巴，屁股翘到空中，然后又猛地冲到另一个洞前。月光在它周围湿漉漉的草地上摇曳着，它跑动时留下的脚印就像在幽蓝的草地上洒下的点点深色水彩。它从一个它感觉特别有趣的洞跳到下一个，被眼前的景象深深吸引——天上的月亮、黑夜，还有能令一条年轻的狗儿沉醉的充满狂野气味的微风——它情不自禁地躺下来打几个滚，像一条鱼儿似的扑腾着，背部弯曲，腹部隆起，当它站起身摇摆身体时，身上溅出的水珠在月光下像银鳞似的飘洒着。

它一个接一个地很快嗅遍所有的洞，正想好好感受一下下面的气味时，突然一只爪子抬起，头歪着静止不动地聆听四周。我也仔细听了听，但是除了纱窗鼓动的声音外我什么也没有听到。我聆听了很久。然后，从很远的地方我听出了高亢的、好像发笑的嘎嘎声。这声音自远而近，原来是加拿大雁正飞到南方去过冬。我记起自己为了捕获大雁而出去打过很多次猎，常常肚皮贴地匍匐等待，但是我从未猎获过一只。

我努力朝着狗儿看的方向眺望，看看是否能够发现雁群，但是夜太黑了。雁叫声越来越近，听那势头雁群好像要直直飞向宿舍，从我的头上越过。然后它们穿过了月亮——就像一条黑色的编织项链，在头雁的带领下排成一个V字形。有那么一瞬间，那只头雁正好在那群雁的正中央，比其他的大雁都要显得大些，整个雁群好似一个黑色的十字架打开又合上了，然后头雁带着它的V字阵形再一次消失在黑夜的天空中。

我听着它们远去的声音，直到最后能听到的只剩下我对那声音的记忆。狗儿在我已经听不见什么之后很久，仍然能够听到它们，它依旧抬着一只爪子站在那里，当它们飞过时，它既没有动，也没有吠叫。当它再也不能听到它们时，它开始朝着它们离去的方向撒腿跑去，朝着高速公路跑去，步伐稳健而庄严，就好像要去赴约似的。我屏住呼吸，能够听到狗儿奔跑时大爪子拍打草地的声响，然后我听到有一辆车从拐弯处急匆匆地出现，车前灯在上坡时略微闪现了一下随即又隐去，朝着下面的高速公路奔驰。我注视着狗儿和车子朝着公路的同一个方向跑去。

狗儿几乎快跑到地界边缘的栅栏了，这时我感觉某人溜到了我的背后。不对，是两个人。我没有转身，但是我知道一定是那个叫基瓦的黑男孩和那个有胎记带十字架的护士。我的脑袋因为害怕而嗡了一下，黑男孩抓住我的胳膊把我拖来拖去，"我来抓住他。"他说。

"站在窗边很冷，布罗姆登先生，"护士告诉我，"你不觉得我们最好还是回到我们美好舒适的床上去吗？"

"他听不到，"黑男孩告诉她，"我带他去，他总是把被单解开到处乱窜。"

我动了动，她后退一步对黑男孩说："好的，请吧。"她在拨动着脖子上垂下来的链子。在家时她把自己独自一人锁在浴室，脱光了衣服，用这个十字架来回搓洗那从嘴角一直延伸到肩膀和胸部的一根细线似的胎记。她使劲搓了又搓，祈求圣母玛丽亚降下雷电，但是胎记依然在那里。她看了看镜子，胎记比以前更深了。最后，她拿了把用来刷除船只油漆的钢刷，把那胎记刷掉了，然后在掉了皮、正汩汩冒着血的身体上罩了件睡衣爬到床上去了。

但是她身体里那种东西太多了。当她熟睡的时候，它又升到了她的咽喉处，流到了嘴里，然后像紫色的痰似的从她的嘴角冒了出来，沿着脖子往下流到了全身。早晨的时候，她看到自己又被玷污了，但不知何故她认为这不是从她的体内流出来的——那怎么可能呢？像她这么好的一个天主教女孩？——她认为是因为每天晚上她都必须在满屋子像我这样的病人中间工作才会这样，都是我们的错，她将为此惩罚我们，即使这是她需要做的最后一件事。我希望麦克墨菲醒来帮我一下。

"你把他绑在床上，基瓦先生，我去准备一些药。"

小组会议上提出来的很多怨言，因为埋藏已久，所抱怨的事情都已经发生变化了。现在有麦克墨菲在旁边支持他们，大家开始对病房曾发生过的、他们不喜欢的每一件事情进行猛烈攻击。

"为什么周末宿舍门必须锁上呢？"契思威克或者某个人会问，"难道一个人甚至不能拥有属于自己的周末吗？"

"是啊，拉契特小姐，"麦克墨菲说，"为什么呢？"

"我们从过去的经验发现，如果宿舍开着门，你们这些人早饭后会继续上床睡觉。"

"那是人类的原罪吗？我的意思是，正常的人周末也很晚起床。"

"你们这些人在这个医院里，"她会像已经重复过一百遍似的说道，"是因为你们被证实了缺乏适应社会的能力。医生和我都相信，除了一些特殊情况外，在别人陪伴下度过的每一分钟都是有治疗意义的，而独自沉思默想的每一分钟只会让你们更加脱离社会。"

"那就是为什么至少要凑足八个人，病人们才能被带离病房进行职业治疗、物理治疗或者其他的某种治疗吗？"

"没错。"

"你的意思是想要一个人待着就是有病？"

"我没有那样说——"

"你的意思是如果我去厕所解放我自个儿，我至少应该带着其他七个伙计以免我在便桶上沉思？"

在她能对那个问题给出答案之前，契思威克跳了起来对她吼道："是吗，你是那个意思吗？"参加会议的其他急性病人也说："是吗，是吗，你是那个意思吗？"

她会等他们逐渐消停，整个会议室又安静了才小声地说："如果你们大家能够平静下来，像参加讨论的一群成年人，而不是像操场上的一堆孩子那样行事，我们可以问问医生现在改变这个病房规定是否有益，医生？"

每个人都知道医生会给出什么样的答案，于是在他有机会回答前，契思威克就会跳到下一个抱怨："拉契特小姐，我们的香烟又如何呢？"

"是的，又如何呢？"急性病人齐声咕哝道。

这一次，麦克墨菲在大护士回答之前转向了医生，把问题直接对准了他："是啊，医生，我们的香烟又如何呢？她怎么有权利把香烟——我们的香烟——堆到她的桌子上，只在她乐意的时候才施舍一包出来给我们。我不太喜欢买了一条香烟却要别人来告诉我什么时候才能抽。"

医生把头一偏，以便能够透过眼镜看到大护士。他还不知道大护士通过控制香烟来禁止赌博的做法，"关于香烟是怎么回事，拉契特小姐？我没有听说——"

"医生，我觉得每天抽三包、四包甚至五包香烟对于一个人来说实在是太多了，而这似乎就是上星期发生的事情——在麦克墨菲先生来了以后——这就是为什么我认为最好把大家在小卖部购买的香烟扣留，只允许每个人每天拿一包。"

麦克墨菲的身体往旁边一歪，对着契思威克的耳朵故意大声说道："看来她的下一个决定就是关于上厕所的次数了，每个人不仅需要带上七个伙伴跟他一起去厕所，而且每天仅限两次，只能在她同意时才能去。"

然后他往椅子背上一靠，狂笑起来，笑得其他人在将近一分钟的时间里一句话也说不出来。

麦克墨菲在自己所制造的骚动中得到了很多乐趣，我有点惊讶他从工作人员那里没有受到很多的压力，我特别惊讶的是大护士对他也没有再多说什么。"我以为这只老秃鹰比现在这样要强悍很多，"有一次会议以后他对哈丁说，"也许摆平她所需要的就是让她彻底失望一把。"他皱了皱眉头，"但她行事的样子让人觉得她那条白袖子里似乎还藏着所有的牌。"

他继续从骚动中自得其乐，直到下一个星期的星期三，他终于知道为什么大护士对自己稳操胜券那么有信心了。星期三是他们把身体没有什么溃烂的病人集中起来赶到游泳池去的日子，不管他们愿不愿意去。当病房里有烟雾时，我通常躲在里面，避免被赶去游泳池。那池子总是让我害怕，我总是担心会头朝下掉进去淹死，被吸进下水道里冲到大海里。当我儿时在哥伦比亚河上生活时，我是很勇敢的，我和大伙一起走在瀑布四周的架子上，在白花花绿幽幽的咆哮水浪中努力攀登，甚至不需要其他人所穿的平头鞋钉。但是当我看到爸爸开始害怕

199

某些事情的时候，我也变得胆小了，甚至无法忍受一个浅浅的水池。

我们从更衣室里走出来，很多人跳入水中，弄得水花四溅，游泳池里全是光着身子的人，笑闹声和吼叫声回荡在高高的天花板上。室内游泳池总是这样。男孩们把我们都赶进水里。水温适中，但是我不想离开池边（如果你企图抓住池壁，黑男孩们会用一根长长的竹竿把你捅开），所以我在麦克墨菲的边上待着，因为我知道如果他不想去深水区的话，他们是不会设法让他去的。

他在和救生员说话，我站在旁边几英尺远的地方。麦克墨菲很可能是站在水里，因为他不得不一直踩水，而我是站在泳池底部的。救生员站在水池的边上，穿着一件带病房号码的T恤衫，挂着一个哨子。他和麦克墨菲开始谈论起医院和监狱的不同之处，麦克墨菲说医院要比监狱好很多，但救生员不是这么确定。我听到他告诉麦克墨菲说，至少有一点，被判入院不像被判刑，"如果你被判入狱，你知道在你前面有个刑满释放的日子。"他说。

麦克墨菲停止拍打身边的水，慢慢地游到了游泳池的边缘站住，抬头看着救生员，"那么如果你是被判入院的呢？"他停了一会儿问道。

救生员耸了耸肌肉发达的肩膀，拽了一下脖子上的哨子。他的额头上明白写着他曾是职业橄榄球运动员，偶尔他一不留神，某种信号就会在他的眼睛里呈现，他的嘴里就会嘟囔着数字，手脚并用摆出打球时的姿势，他会突然越过某个过路的护士，肩膀往她的腰间一撞，以便在假想中让中卫及时冲过他身后的突破口。这就是为什么他被送到了楼上的心理失常者病房，任何时候当他不做救生员时，他总是倾向于做那样的事情。

他对麦克墨菲提的问题又耸了耸肩膀，来回逡巡看有没有任何一个黑男孩在附近，然后弯下身跪在游泳池边，伸出他的胳膊让麦克墨菲看。

"你看到这副石膏了吗？"

麦克墨菲看了看那条粗胳膊："你那条胳膊上没有石膏啊，伙计。"

救生员咧嘴一笑："好了，这副石膏在这里是因为我上次跟布朗队比赛时严重粉碎性骨折，在骨头长好并且石膏取下前我不能穿比赛服，病房里的护士告诉我，她在秘密地治疗我的胳膊。是的，啊呀，她说如果我小心这条胳膊，不要用力或做别的事情，她将会把石膏取下来，而我就可以回球队俱乐部去了。"

他把指关节放在湿漉漉的地板上，摆出一个三点的姿势来检查胳膊愈合的情况。麦克墨菲注视了他一会儿，然后问他，等着他们告诉他胳膊痊愈可以离开医院已经等了多久。救生员慢慢地站了起来，揉着自己的胳膊。麦克墨菲那样问，他表现出有点受伤的样子，好像他认为自己被谴责为过于柔弱地在那里舔舐自己的伤口。"我是被判入院的，"他说，"如果我能决定的话我早就离开了，也许用这条没用的胳膊我不能做一个一流的运动员，但是我可以叠叠毛巾什么的，不是吗？我一定能做点什么事情的。病房里的那个护士一直告诉医生说我还没有准备好，即使是在破旧的更衣室整理毛巾我也没有准备好。"

他转身走到救生员座位附近，就像一只被下了药的大猩猩似的爬上了通向救生员椅子的楼梯，坐在上面往下瞄着我们，他的下嘴唇长长地噘着。"我因为醉酒和扰乱秩序而被抓，已经在这里八年零八个月了。"他说。

麦克墨菲从池边把自己往后一推，踩着水开始仔细考虑这一切。他本来在劳改农场有六个月的刑期，已经服了两个月，还剩四个月——四个月是他愿意在任何地方被监禁的最长期限了。他在这个精神病院已经将近一个月，这里也许比劳改农场好很多，毕竟有舒适的床铺，早餐还备有橙汁，但是还没有好到让他想在这里待上几年。

他游到游泳池浅水一头的台阶上，剩下来的时间一直坐在那里，用手揉着喉咙的那撮绒毛皱着眉头。看着他皱着眉头独自坐着，我记起了大护士在员工会议上所说的话，我开始感到害怕。

当他们吹哨子让我们离开游泳池时，我们都散乱地朝着更衣室走去，遇上了进入游泳池的另一个病房的病人们。在淋浴间的洗脚池里你不得不跨过从那个病房来的一个孩子。他有一个硕大的、海绵似的粉红色脑袋和鼓鼓囊囊的屁股和腿——就好像某个人抓了个装满水的气球从中间一挤——他侧身躺在洗脚池里，像只昏昏欲睡的海豹般弄出一些声音来。契思威克和哈丁帮助他站了起来，他立马又躺回到了洗脚池里，脑袋在消毒剂里上下晃动着。麦克墨菲注视着他们又把他扶起来站住。

"这是什么鬼东西？"

"他有脑积水病，"哈丁告诉他，"某种形式的淋巴腺紊乱，脑袋里装满了液体，你帮我们一把，让他站起来。"

他们松开那孩子，他又躺回到了洗脚池里。他脸上的样子看起来坚忍、无助而固执，他的嘴巴在牛奶状的水里噼里啪啦地吐着气泡，哈丁再一次要求麦克墨菲帮他们一把，然后他和契思威克俯身对着那孩子。麦克墨菲推开他们，跨过孩子走进了淋浴间。

"让他躺着，"他说，开始在淋浴间洗澡，"也许他不喜欢深水。"

我能够预见它的发生。次日，让病房里的每个人都感到惊讶的是，他早早起床把那个厕所擦得亮堂堂的，然后当黑男孩们叫他时，他又到大厅里去擦地板。他让每个人都感到惊讶，除了大护士，她表现得好像那一点都不让她感到吃惊。

那天下午的会议上，契思威克说到每个人都同意针对香烟的问题应该有某种解决方案。他说："我又不是小孩子，让香烟像甜饼似的受到控制！我们要求对此采取点措施，不是吗，麦克？"然后等着麦克墨菲来支援他，但他得到的回应是沉默。

他看向麦克墨菲，其他人也一样，而麦克墨菲正在那里研究手里时隐时现的扑克牌，甚至连头也没有抬。四周异常的安静，只有油腻腻的扑克牌的扑扑声和契思威克粗重的呼吸声。

"我要求采取点什么措施！"契思威克突然大喊了一声，"我不是小孩子！"他一跺脚，往四周张望，就像迷了路马上要哭出来似的，他紧紧捏着两个拳头放在圆乎乎的胸前，在绿色病号服的衬托下，拳头像两个小小的粉球，他非常用力地握着两个拳头，浑身颤抖着。

他个子矮小、过于肥胖，脑袋后面有个地方秃了，看起来像个粉红色的一美元硬币。他从不显得高大，但是那样独自一人站在休息室的中央让他看起来更加渺小。他看着麦克墨菲，但是麦克墨菲没有看他。他继续用目光向其他急性病人求助，每次某人故意看着别的地方而拒绝支援他时，他脸上的慌乱便又增加了一倍。他的目光最终停留在大护士身上，而且他还跺了跺脚。

"我要求采取点措施！听到我说话了吗？我要求采取点措施！措施！措施！措——"

两个大个子的黑男孩从后面钳住他的胳膊，个子最矮的黑男孩揽住了他的身体，他就像被戳了一下似的泄了气，两个大个子把他拖到了楼上的心理失常者病房，你能够听到他上楼梯时乏力的脚步声。当两个大个子回来坐下时，大护士转向房间里的急性病人们。自从契思威克离开后，没有人再说什么。

"还有更多的讨论吗，"她说，"有关香烟定量配给的问题？"

看着墙边一排排急性病人那茫然无助的脸，我的目光最终落在了麦克墨菲的身上，他正在角落里的椅子上练习单手分牌的技艺……天花板上的白色灯管开始发出冰冻的光……我感觉那光线一直照到了我的心里。

当麦克墨菲不再站起来支持我们之后，有些急性病人谈论说，他仍然智取了大护士，说他听说她要把他送到心理失常者病房，因而决定暂时服从命令，避免给她任何的口实；其他人认为他只是让她放松一下警惕，然后用新的招数来袭击她，比以前更狂野更刁钻的招数……你可以听到他们成群结队地讨论着，猜测着。

但是我知道为什么，因为我听到了他跟救生员的谈话。他毕竟还是变得精明了。就像爸爸最后终于清醒地认识到他无法战胜城里来的、想要政府建大坝的那群人。他们不仅仅是为了钱，也是为了由此带来的就业机会，还可以借机除掉村庄：让那个捕鱼的印第安人部落带着他们的鱼腥臭和政府给的二十万美元到别的地方去吧！爸爸明智地签署了文件，反抗是没有任何好处的，政府无论如何都会得逞的，这是迟早的事情，至少村庄还可以得到一个好价钱。我知道麦克墨菲在做明智的事情，他妥协是因为那是最明智的，而不是因为急性病人们所臆想的其他种种理由。他没有这么说，但是我知道这样做是明智的。我一遍遍地告诉自己，那是安全的，就像躲藏一样，那是明智的事情，没有人会有不同的说法，我知道他在做什么。

然后某天早上所有的急性病人也知道了，知道了他让步的真正理由，而他们所编造的理由不过是他们跟自个儿开玩笑的谎言。他从未提及和救生员有过的谈话，但是他们知道了。我觉得护士在夜里利用宿舍地板里的那些电线，向所有人传播了这一点，因为他们都同时知道了。我能够通过那天早上麦克墨菲进入休息室时他们看他的样子分辨出来。看起来他们不像是在生他的气，或者对他感到失望，因为他们同我一样能够理解，让大护士解除监禁的唯一办法就是按照她的意志行事。但是看起来他们仍然在希望事情不会是这般别无选择。

甚至契思威克也能够理解，没有因为麦克墨菲拒绝冲在前面就香烟的事情发牢骚而谴责他。他在护士向各床位广播这一信息的同一天从心理失常者病房回来了，他告诉麦克墨菲他能够理解他的做法，说通盘考虑确实是最明智的事情，并且说如果他想到了麦克是被判入院监禁的，他绝不会像那天那样置他于如此尴尬的境地。在我们被带到游泳池去的路上，他是这样告诉麦克墨菲的。可是，我们刚到游泳池，契思威克突然说他真的希望可以做点什么，然后就跳进了水里。他不知怎么回事把手指伸进了水池底部下水道口的过滤栅，大个子的救生员、麦克墨菲和两个黑男孩都无法把他的手指撬松，等他们拿到一个螺丝起子把过滤栅拆开，并将他拖上来时，过滤栅仍旧紧紧地箍着他那粉红发青的圆胖手指。他就这样淹死了。

在排队吃午饭的队伍里，我看到前面有一个餐盘飞到了空中，就像一块绿色的塑料云朵下了一阵牛奶、豌豆和蔬菜汤的雨。塞弗尔特紧张不安地从队伍里蹿出，单脚立地，两条胳膊高举在空中，然后往后倒在地上，身体曲成了一张僵硬的弯弓，眼球翻起，露出眼白。他的脑袋重重地砸在地板上，发出岩石落入水底的闷响。他就这么僵硬地弯着，好像一座痉挛抽搐的桥梁。弗雷德里克森和斯甘隆跳起来要去帮忙，但是一个大个子黑男孩把他们往后一推，从他屁股后的口袋里掏出一根缠着胶带、带棕色污迹的扁平棍子。他把塞弗尔特的嘴撬开，将棍子猛塞进他的牙齿中间。我听到塞弗尔特咬碎棍子的声音，我都似乎能够尝到碎木片的滋味。塞弗尔特的抽搐慢了下来，但是变得更加有力、幅度更大。他一阵乱踢乱蹬，直到大

206

护士进来站在他身边，他才逐渐软化成瘫倒在地板上的一堆灰色烂泥。

她双手交叉放在胸前，好像拿着一根蜡烛，低头看着奄奄一息的塞弗尔特，似乎在注视着他仅存的生命从裤脚口和衬衫袖口慢慢渗透出来，"塞弗尔特先生吗？"她问黑男孩。

"是的——啊哈。"黑男孩正在乱动一气，要把他的棍子拉回来，"是塞弗尔特先生。"

"塞弗尔特先生还在声称他不需要更多的药物了。"她点点头，往后退了一步，躲避塞弗尔特四仰八叉朝她的白色鞋子挪过来的架势。她抬起头看了看走过来围成一圈观看的急性病人们，又点点头重复道："……不需要更多的药物了。"她面带微笑，同时露出怜悯、耐心和厌恶的表情——一种经过培训的表情。

麦克墨菲从未见过这样的事情，"他这是怎么了？"他问。

她盯着地上一堆烂泥似的塞弗尔特，没有看麦克墨菲："塞弗尔特先生是一个癫痫病患者，麦克墨菲先生。而这意味着如果他不遵医嘱的话可能随时发病。他应该更懂得这个道理，我们告诉过他如果他不吃药的话，他的病就会发作，但是他仍然冥顽不化。"

弗雷德里克森横眉怒目地从队伍里走出来。他是一个强壮、苍白的男人，有着金色的头发、纤细的金色眉毛和一个长下巴，他通常表现得很强悍的样子，就像契思威克曾经试图表现的那样——咆哮怒吼或咒骂某个护士，扬言他要离开这个臭烘烘的地方！她们总是任由他大喊大叫、摇晃拳头，直到他安静下来，然后对他说，如果你闹完了，弗雷德里克森先生，我们将开始准备出院通知——然后护士们会在护士站里打赌，看等多长时间他就会满脸愧疚地来敲护士站的玻璃要求道歉，并且请她们忘记他头脑发热时说过的话，要她们把那些出院表格暂时搁置。

他走到大护士面前晃着他的拳头："哦，就那样了吗？就那样了吗？你要把老塞弗放到十字架上钉死吗，好像他这个样子是故意刁难你似的？"

她息事宁人地把一只手放到他的胳膊上，他的拳头松开了。

"没事，布鲁斯。你的朋友会没事的。很明显他没有服用他的地仑丁，我真的不知道他把药怎么了。"

她和任何人一样清楚塞弗尔特常把胶囊含在嘴里，然后再把它们交给弗雷德里克森。塞弗尔特声称这些药具有"灾难性副作用"，不喜欢服用它们，而弗雷德里克森则喜欢双倍的剂量，因为他害怕由于突然发病而死亡。从大护士说话的声音你可以断定她知道这一点，但是看她那富有同情心而和善的样子，你会误以为她对弗雷德里克森和塞弗尔特之间的安排毫不知情。

"是吗?"弗雷德里克森说道,但是他无法再发动进攻了,"是吗? 好了,你不需要表现得好像事情就是吃药与否这么简单,你知道塞弗非常担心他的外表以及女人们觉得他丑陋什么的,你也知道他对地仑丁的看法——"

"我知道,"她说,又轻轻碰了碰他的胳膊,"他还把脱发归咎于那个药物。可怜的老人。"

"他并不那么老!"

"我知道,布鲁斯,为什么你要难过呢? 我一直不理解究竟你和你的朋友之间有什么事情让你这般袒护他!"

"总之算了,该死!"他说道,把拳头塞进兜里。

大护士弯下身子把地板上的一小块地方清理干净,然后单膝跪下开始把塞弗尔特揉捏得有点人样。她告诉黑男孩留在可怜的老人身边,她去安排个担架把他推回宿舍,让他在当天接下来的时间里躺着睡觉。当她站起来的时候,她拍了拍弗雷德里克森的胳膊,他咕哝道:"是的,我也不得不服用地仑丁,你知道的,那就是为什么我知道塞弗必须面对什么,我的意思是,那是为什么我——算了,该死——"

"布鲁斯,我理解你们两个不得不经受的痛苦,但是你不觉得任何事情都比这个样子要好吗?"

弗雷德里克森看着她手指的地方,塞弗尔特已经恢复了一半,身体随着濡湿的嘶嘶喘息声急剧地起伏着,他脑袋着地的地方鼓起了一个大包,黑男孩塞进他嘴巴的棍子上残留着粉红色的血沫,他的眼睛开始恢复正常,他的手往两边张着,手掌朝上，手指飞快地张开又捏紧，就好像我看到的被绑在电击室十字形桌子上的人们抽搐时那样，那些人被电击得手掌冒烟。塞弗尔特和弗雷德里克森从来没有去过电击室，他们生来就能自己产生电压储存在脊椎里，如果他们有越轨行为，这些电压就能通过护士站钢门里的遥控释放出——正听到一个黄色笑话的最精彩处，腰背突然就像被猛击了一下似的僵硬起来，这省了把他们弄到电击室的麻烦。

大护士像要把弗雷德里克森从睡梦中唤醒似的轻轻摇晃他的胳膊，重复道："即便你考虑那种药物的危害性副作用，你不认为也比塞弗尔特那样要好吗？"

弗雷德里克森低头瞪着地板，金色的眉毛一抬，好像他第一次看清了每月至少一次自己看起来会是什么样子。大护士微笑着拍拍他的胳膊，走到门口恶狠狠地盯着其他急性病人，责怪他们怎么好意思聚众围观这样一件事情，当她离开时，弗雷德里克森颤抖着想努力微笑。

"我不知道我为什么要如此生那个老女孩的气——我的意思是，她没有做任何事情让我有理由大发雷霆，不是吗？"

看起来他并不想要一个答案，而是更多地意识到他无法确切地指出一个理由。他又颤抖了一下，然后从人堆里默默离开了。麦克墨菲走过来低声问他，他们服用的是什么药。

"地仑丁，麦克墨菲，一种抗癫痫的药，如果你一定要知道的话。"

"那药难道没有效果吗，还是怎么的？"

"是的，我猜它的效果还可以——如果你服用它的话。"

"那么为什么还因为服用或不服用而担心呢？"

"听我说，如果你必须知道的话！这就是服用它的醒醍之处。"弗雷德里克森伸手用大拇指和食指抓住自己的下嘴唇往下一拉，露出嘴里长长的闪亮的牙齿四周毫无血色的、破损不堪的粉红色牙床，"你的牙床，"他说，继续拽着嘴唇，"地仑丁磨烂了你的牙床，癫痫发作时你磨你的牙齿，而你——"

地板上有声响，他们看到塞弗尔特艰难地呻吟着、喘息着，黑男孩正用他缠着胶带的棍子拽出塞弗尔特的两颗牙齿。

斯甘隆拿着餐盘从人堆里走出去，边走边说："地狱一般的生活，你接受是诅咒，不接受也是诅咒，把一堆人这样胡乱地捆绑在一起，真是该死。"

麦克墨菲说："是的，我明白你的意思。"他低头注视着塞弗尔特慢慢恢复原形的脸，他的脸上开始呈现出和地板上的塞弗尔特一样的狂野、充满压力和疑惑不解的表情。

无论整个机制发生了什么故障，他们就快要把它修复了。那种干脆利落、经过精心策划的运行正在恢复：六点半起床，七点进入食堂，八点为慢性病人准备好智力拼图游戏，为急性病人准备好纸牌……我看到大护士雪白的手在护士站里的控制器上穿梭着。

有时候他们让我和急性病人一起行动，有时候不这么做。有一次他们带我和他们一起去了图书馆，我走在技术书刊的区域，站在那里浏览电子学书刊的书目。因为有一年的大学经历，我还能认出这些书，我记得书里面充满图示、方程式和理论——坚实、确定和安全的东西。

我想看一本书，但是我害怕这么做。我害怕做任何事情。我感觉我好像在图书馆泛黄的烟尘中，飘浮于底部和顶部的中间。一摞摞的书籍在我头上摇摇欲坠，朝着不同的角度摆放，疯狂的、弯弯扭扭的。一个书架往左边弯一点，另一个往右。有些书架在我的头顶之上，我不明白那些书为什么不会掉下来。窄木条胡乱钉在一起做成摇摇摆摆的书架用杆子支撑着，靠着楼梯，不停地往上延伸，直到看不见的地方。书架团团围着我，如果我抽出一本书来，上帝知道可能发生什么可怕的事情。

我听到有人走进来，原来是我们病房的一个黑男孩，他带着哈丁的妻子，两人正有说有笑地走进图书馆。

"看这儿，戴尔，"黑男孩远远地招呼正在读书的哈丁，"看看谁来探视你啦。我告诉她不是探视时间，但是她用甜言蜜语说服我把她带到这里来了。"他把她领到了哈丁面前，临走时还神秘兮兮地说，"你可不要忘了啊，听到了吗？"

她给了黑男孩一个飞吻，然后转向哈丁，臀部高高耸起："你好，戴尔。"

"甜心。"他说，但是没有动，甚至没有走近她一两步。他看了看四周围观的人。

她和他一般高，穿着高跟鞋，拿着一个黑色的手袋，不是拎着，而是像拿本书似的把它抱在胸前。在闪亮的黑色漆皮手袋的衬托下，她的指甲就像血滴般艳红。

"嘿，麦克，"哈丁呼唤着正在房间里翻看一本漫画的麦克墨菲，"如果你能暂停你的埋头苦读，我将给你介绍我的另一半和复仇女神，或者我应该老套一点说，'我更好的另一半'，但是我认为那个说法多少体现某种从根本上平等的划分，不是吗？"

他试图大笑，两根象牙色的纤细手指伸进衬衫口袋里去摸香烟。他摸了半天才拿出了香烟盒里的最后一支，把香烟放进嘴里。香烟不停地颤动着，他和他的妻子还没有朝对方移动一步。

麦克墨菲从椅子上站了起来，摘下他的帽子走了过去。哈丁的妻子微笑着看着他，一条眉毛一抬。"下午好，哈丁太太。"麦克墨菲说。

她的微笑比之前更加灿烂了，她说："我讨厌哈丁太太这个称谓，麦克，为什么你不叫我维拉呢？"

他们三人在哈丁刚才一直坐着的沙发上坐下来，哈丁向他妻子介绍麦克墨菲的事迹，讲述了麦克墨菲如何战胜了大护士，而她微笑着说她一点也不吃惊他能这样做。当哈丁开始讲故事时，他变得热情起来，忘记去约束他的手，而是让它们自由地挥动着，在空气中描绘着清晰得几乎看得见的画面，随着声调的变化，他的双手像两个美丽的芭蕾舞女演员一般飞舞。他的手可以是任何东西，但是当故事讲完哈丁注意到麦克墨菲和他的妻子在看着他的手时，他立即就把它们藏到了膝盖中间。他自嘲着。他的妻子对他说："戴尔，什么时候你能学会笑而不是发出那种老鼠似的低声尖叫？"第一天见面时麦克墨菲也对哈丁的笑有过同样的评价，但是多少有些不同的是，麦克墨菲那样说让哈丁平静了下来，而她那样说只会让他前所未有地紧张。

她讨要一支烟，哈丁又把手指伸进衣袋里，但烟盒是空的，"我们开始配给了，"他说，两条细瘦的胳膊交叉向前好似在努力掩藏他正在抽的半支烟，"一天一包，没有留给一个男人表现骑士精神的空间，我最亲爱的维拉。"

"哦，戴尔，你从来都觉得不够，不是吗？"

他微笑着看着她，眼睛呈现出一种狡黠、狂热的轻浮："我们是在打什么比喻吗，还是仍在针对眼下具体的香烟？无论你意指什么，你知道问题的答案。"

"除了我所说的，我没有指其他没有的事，戴尔——"

"你没有指其他任何事，我最亲爱的，你所用的'没有'

和'没有的事'构成了双重否定。麦克墨菲，维拉的英文程度跟你这个文盲有的比，听我说，甜心，你理解在'没有'和'任何'之间有——"

"行了！够了！我两种意思都有。你想怎样理解都行。我的意思是你什么事也没有足够的，什么也别再说了！"

"应该是什么事都不知餍足，我聪明

的小孩。"

她恶狠狠地瞪着哈丁，然后转向坐在她身边的麦克墨菲：
"你，麦克，你呢？你能够做到给一个女孩一支香烟这样的小事吗？"

他的烟盒已经放在他的大腿上了，他低头看着它，好像希望它不存在似的，然后说道："当然，我总是有烟、我总是有烟，这是因为我是个乞丐，我有机会时总是向人讨烟，这就是为什么我的烟盒比哈丁的要持续得久，他只抽自己的香烟，所以你明白为什么他更可能先抽完——"

"你不用为我的不足道歉，我的朋友。这既不符合你的个性，也没有褒扬我的品格。"

"是的，没有，"女孩说，"你需要做的就是给我点上烟。"

她的身体用力前倾靠近他的火柴，我从房间的另一边都可以清晰地看到她上衣里面的胴体。

她又谈论了哈丁的一些朋友，说她希望他们别老是来家里找哈丁了。"你知道这类人，是吧，麦克？"她说，"这类傲慢轻浮、装腔作势、梳着一丝不苟的精细长发的男孩，他们柔弱的小手腕能优雅地抖动。"哈丁问她他们来仅仅是为了找他吗，而她则回答说任何男人来他们家更多是为了看她，而不是为了看他那该死的柔弱手腕。

她突然站起身说她要走了。她握着麦克墨菲的手，说她希望什么时候能再见到他，然后走出了图书馆。麦克墨菲一个字也说不出来。每个人都随着她咔嗒咔嗒的高跟鞋声抬起了头，注视着她走出大厅，直到完全看不见了。

"你觉得如何?"哈丁说。

麦克墨菲开口道:"她的胸真大啊。"这是他唯一能想到的,"和拉契特老太太的一样大。"

"我不是问身体,我的朋友,我的意思是你觉得怎样——"

"天哪,哈丁!"麦克墨菲突然吼道,"我不知道该想什么!你想要我做什么呢?婚姻顾问吗?我只知道,首先,没有谁是伟大的,在我看来,每个人都在尽其一生努力把其他人撕碎。我知道你想要我怎么想,你想要我同情你,想要我认为她是一条真正的母狗。好了,你也没有让她感觉她是什么皇后啊!妈的,我操你,还有你的'你觉得如何?'。我他妈的也有我自己的烦恼,为什么还要和你的问题搅在一块,所以不要再说了!"他瞪着图书馆里的其他病人,"还有你们!不要再烦我了,见鬼去吧!"

然后他把帽子往头上一扣,接着看他的漫画去了。所有的急性病人都张大了嘴面面相觑。他为什么要对他们大喊大叫呢?没有人在烦他啊!自从他们发现他为了避免入院时间被延长而努力表现之后,没有人再问过他任何事情。他对哈丁发火,他们感到很惊讶,不理解他究竟为何把书从椅子上抓起来,高高举在面前——也许是为了防止大家看到他,或者为了避免看到大家。

那天吃晚饭的时候他向哈丁道歉,说他不知道自己在图书馆里发什么神经。哈丁说也许是因为他的妻子,她总是让人觉得心里不舒服。麦克墨菲盯着自己的咖啡说:"天哪,我不知道。我今天下午才遇到她,他妈的,所以在过去那痛苦的一星期里，她肯定不是让我做噩梦的那个人。"

"为什么，麦克墨菲先生？"哈丁叫道，试图模仿来参加会议的一个年轻住院医生说话的样子，"你必须告诉我们你做的那些梦。啊哈，等我去拿我的笔和纸。"哈丁努力插科打诨来缓解道歉带来的紧张气氛，他拿起一张餐巾纸和一把汤匙假装记笔记，"好了，准确地说，啊哈，究竟你在那些梦里见到了什么？"

麦克墨菲的脸上一丝笑容也没有："我不知道，伙计，除了脸以外什么也没有，我想——只有脸。"

次日早晨，马蒂尼在洗浴间的控制仪表板后面装作飞行员在玩耍，玩纸牌游戏的人都停下来对着他的傻样发笑。

"咿咿咿啊哈呼嗨呃。基地报告上空：在四——哦——一千六百发现的目标看起来像是敌人的导弹。立即行动！咿咿咿啊哈嗨嗨。"

他拨动一个转盘，往前推动某根操纵杆，身体假装随着想象的飞行而倾斜着，他用曲柄把控制仪表板边上的一根针拨到了"处于全击发状态"，但是他前面正方形的瓷砖淋浴间四周的喷嘴并没有水喷出来。他们不再使用水疗法了，再也没有人把水打开，崭新的铬合金设备和钢板仪表盘从来就没有使用过。

除了铬合金、仪表板，这个淋浴和他们十五年前在老医院用的水疗设施看起来没什么两样：喷嘴可以从任何角度到达身体的每个部位，一个穿着橡胶皮围裙的技术人员站在房间的另一边操纵仪表板上的控制器，监控喷嘴喷的地方、强度和水温——水流轻柔而舒适地喷出，然后突然像针一样尖利地射出来——你被帆布带子绑在喷嘴和喷嘴之间，被水冲得直皱眉头、全身湿透、软弱无力，而技术人员在那里尽情耍弄他的玩具。

"咿咿咿啊哈嗨嗨……瞄准目标……开——"

他的手猛地一下从仪表板上抽了回来。他站得笔直，头发竖起，狂乱而恐惧地鼓着两个眼球瞪着淋浴间。所有打牌的人都把椅子转过去，想看看发生了什么事——但是除了喷嘴之间僵硬的新帆布带上挂的带扣外，他们什么也没有看到。

马蒂尼转身直直地盯着麦克墨菲，而不是其他人："你没有看到他们吗？你没有吗？"

"看到谁，马蒂？我什么也没有看到。"

"在那些绑带里？你没有看到吗？"

麦克墨菲眯着眼睛看淋浴设施："没有，什么也没有看到。"

"等一会儿。他们需要你看到他们。"马蒂尼说。

"我操，马蒂尼，我告诉你我没有看到他们！明白吗？什么讨厌的东西也没有看到！"

"哦，"马蒂尼说，他点点头，不再面向淋浴间，"算了，我也没有看到他们，我只是跟你开玩笑的。"

麦克墨菲把一摞扑克分成两半，然后开始洗牌，发出啪啪的声响。"算了——我不在乎那种玩笑，马蒂。"他又再分牌、洗牌，纸牌噼里啪啦到处乱飞，就像那摞扑克牌在他颤抖的两手中间爆炸了一般。

我记得那又是一个星期五，我们对看电视的事进行投票三个星期以后，每一个还能够走路的人都被赶到一号楼做X光透视进行所谓的肝炎检查，但我知道这实际上是为了检查每个人体内的机器是否运行正常。

我们排成一条长队坐在大厅尽头的木凳子上，往前走是一扇门，上面写着X光。X光室旁边是另一扇门，上面标着EENT，冬天的时候工作人员会在EENT室里检查我们的喉咙。大厅里我们的对面是另一条木凳子，前面就是那扇上面有一行行铆钉的金属门，两个人夹在两个黑男孩中间坐在木凳子上打盹，而另一个受害者正在里面接受治疗，我听到了他的尖叫声。门嗖的一声从里面打开，我能看到房间里闪闪发光的管子。他们把受害者从里面推了出来，他身上还冒着烟，我紧紧抓住我坐着的长凳，以免被吸进那扇门里去。一个黑男孩和一个白男孩拖起坐在木凳上的两个人中的一个，他因为体内药物的作用而摇摇摆摆、步履蹒跚。他们通常在电击之前给你服用红色的胶囊。他们把他推进门里，技术人员从两边搀着他的胳膊。有那么一瞬间，我看到那个人突然清醒过来，知道了他们正把他拖向什么地方，于是两个脚后跟紧紧贴着水泥地板，拒绝被拖到桌子上去——然后门被关上了，砰，金属撞击垫子的声音，而我再也看不见他了。

"天哪，他们在里面搞什么名堂？"麦克墨菲问哈丁。

"在那里面？哦，是了，你还没有享受过这种乐趣，好可惜，这是任何人都不应该错过的一种经历。"哈丁十指交叉放在脖子后面，身子往后一靠看着那扇门，"那是我之前告诉过你的电击室，我的朋友，EST，也就是电击治疗的意思。在里面的那些幸运儿正被赐予一次免费的月球旅行。不，进一步考虑之后，我觉得也不完全是免费的，你用脑细胞而不是钱来支付那个服务，鉴于每个人都有亿万的脑细胞储存着，你不会发现少了几个的。"

他对木凳子上剩下的那个人皱了皱眉头："今天客户好像不多嘛，不久以前那里还是人头攒动的，然而也许这就是生活，潮流来来去去的。恐怕我们正在经历EST的衰落时期，在治疗精神病患者方面，我们亲爱的护士长是少数几个支持宏大而古老的福克纳传统的人之一：支持烧焦大脑。"

门开了，一台无人推着的盖尼式金属担架呼呼滚了出来，两个轮子一转弯，冒着烟消失在大厅的另一头。麦克墨菲看着他们把最后一个人带进去关上了门。

"他们所做的是，"麦克墨菲竖着耳朵听了一会儿，"把某只鸟儿带进去，把电流射到他的头盖骨里面？"

"那是一种简练的说法。"

"究竟为了什么呢？"

"为什么？当然是为了病人的福祉，这里做的每一件事情都是为了病人的福祉。因为你只在我们病房待过，有时候你可能会有一种印象，认为医院是一个非常高效的机构，即使病人不被强制施以EST，医院也能够良好运作。但那不是真的。EST

并不总是被当作惩罚措施，就像护士长所使用的那样，工作人员也并不都是纯粹的施虐狂，一定数量被认为无法挽救的病人被电击后又和这个世界建立了联系，就像一定数量的人进行了额叶切除术和前额脑白质切除手术而受益一样。电击治疗有一些优点；它便宜、快捷、完全无痛，仅仅是诱发一次抽搐痉挛而已。"

"什么样的生活啊，"塞弗尔特呻吟道，"给我们当中的一些人药片来控制疾病，而给其他人药片来诱发疾病。"

哈丁身体前倾向麦克墨菲解释道："它是这样来的：出于只有上帝才知晓的变态原因，两个精神病学家正访问一个屠宰场，看着牛群被屠夫的大锤子在眼睛中间一击杀死，但他们注意到并不是所有的牛都立即死去，其中一些会倒在地上，进入一种非常类似癫痫发作的状态。'啊哈，这样啊，'第一个医生说道，'这正是我们病人所需要的——诱发的发作！'他的同事当然也同意。众所周知，癫痫刚刚发作过的人，一般会在一段时间内变得平静安详，完全不能和外界发生联系；暴力的病人在发作之后能够进行理性的对话。没有人知道这是为什么，现在他们仍不知道，但是很明显，在非癫痫病人身上诱发抽搐痉挛可能产生很大的益处，而在他们面前就站着一个正如此沉着冷静地诱发抽搐痉挛的人。"

斯甘隆说他以为那人用的是一柄大锤而不是一枚炸弹，但是哈丁说可以忽略那一点，他继续他的解说：

"屠夫用的是一柄锤子，这是那位同事持保留意见的地方，毕竟人不是牛，谁知道什么时候锤子会滑下来敲断某个鼻子？或者甚至敲断一口牙齿？那将置他们于何种境地，毕竟牙科服务那么贵！如果他们想敲打一个人的脑袋，他们需要比锤子更为可靠而准确的东西。他们最后决定用电流。"

"上帝，难道他们不觉得电流可能会有一些损害？为什么公众没有对此表示极力反对呢？"

"我不认为你完全了解我们的公众，我的朋友，在这个国家，当某个东西丧失秩序时，最快的解决方法就是最好的方法。"

麦克墨菲摇摇头："哎哟！电流穿过脑袋，天哪，那就像是电死一个杀人犯。"

"实施这两种行为的原因，比你想的要相近得多：它们都是治疗方法。"

"你说它不会很痛苦？"

"我可以亲自向你保证这点，完全是无痛的，一瞬间你就不省人事了，没有气体、针头或者锤子，绝对的无痛，但事实是没有一个人想再承受一次。你……会变的，你会忘记事情，它就好像——"哈丁双手按着太阳穴闭上了眼睛——"猛的一击开动了一个载满影像、情感和记忆的疯狂的狂欢节轮盘赌博。你见过这些轮盘赌博，杂耍的人接过你的赌注，按一个按钮，当的一声！电光、声音和数字旋风般地转起来，也许你以赢了某个东西而告终，也许你输了不得不再玩一次。付钱给这个人再来一次，孩子，付钱给这个人。"

"放松点，哈丁。"

门开了，盖尼式金属担架出现了，那人盖着被单躺在上面，技术人员出去喝咖啡了。麦克墨菲把手往头发里一撸："我好像还是无法理解正在发生的这些事情。"

"无法理解什么？这个电击治疗？"

"是的。不，不仅仅是那个，所有这……"他伸出手在空中画了一个圈，"所有正在发生的事情。"

哈丁的手碰了一下麦克墨菲的膝盖："放宽心吧，我的朋友，很可能你不需要担心EST，它几乎要过时了，就像额叶切除术一样，在无法解决的极端案例里它才会被使用。"

"又来一个额叶切除术？那是把大脑的一部分给切除了？"

"你又对了，你越来越精于这些术语了嘛。是的，切除大脑，额叶切除术，我猜如果她不能割掉腰带以下的部分，她就割掉眼睛上面的部分。"

"你指拉契特。"

"我的确是指她。"

"我不认为护士对这类事有决定权。"

"她的确有。"

麦克墨菲似乎因为不用再讨论电击和额叶切除术而感到如释重负。他问哈丁，他觉得她到底是出了什么毛病。哈丁和斯甘隆以及其他的一些人有各种各样的看法。哈丁说她是这里大多数麻烦的根源，其他大部分人也这么认为，但是麦克墨菲不再那么确信无疑。他说他也曾经这么想过，但现在他认为，即使没有她，事情也不会有什么不同；他说有某个更大的东西在制造这一切混乱。他开始努力说明那个"更大的东西"是指什么，但他还是说不明白，于是便放弃了。

麦克墨菲不明就里，但是他已经隐隐感觉到了我很久之前就意识到的东西，那就是不仅仅是大护士一个人，而是整个"联合机构"，全国范围内的整个"联合机构"，才是真正的巨大势力，而大护士不过是他们的一个高级职员。

大伙儿不同意麦克墨菲的意见，他们说他们知道事情的症结所在，然后开始争论起来。他们不停争论，直到麦克墨菲打断了他们。

"天哪，听听你们，"麦克墨菲说，"我能听到的就是抱怨、抱怨、抱怨，抱怨大护士、工作人员或者医院。斯甘隆想要把整个地方都炸了，塞弗尔特抱怨他的药片，弗雷德里克森抱怨他的家庭问题，你们不过是在推卸责任。"

他说大护士只是个充满怨气、心肠冷硬的老妇人，试图把他拉进来跟大护士对着干，不过是狗屁而已，这对任何人都没有好处，特别是他自己，摆脱她并不能摆脱导致这一切怨言的真正深层次的障碍。

"你认为不能？"哈丁说，"从什么时候开始你突然对心理健康问题这么了解？你说的障碍是什么？什么是如你这么聪明地表述的深层次的障碍？"

"我告诉你，伙计，我不知道，我从未见过比这个更厉害的。"听着X光室的嗡嗡声，他一动不动地坐了一会儿，然后说道，"但是如果仅仅是你们说的那样，如果问题的关键仅仅在于，比如说，这个老护士和她的性焦虑，那么你们所有问题的解决方法很简单，只需把她弄倒，解决她的焦虑，不是吗？"

斯甘隆拍着他的手："操，该死！就这样了，你被提名了，麦克，你就是承担这个任务的种马。"

"不是我，不，先生，你找错人了。"

"为什么不？我觉得你是超级种马，你不是对性非常热心吗？"

"斯甘隆，伙计，我打算尽可能地远远躲开那只老秃鹰。"

"我已经注意到了，"哈丁微笑着说，"你们两个之间发生了什么事情？你曾打败过她，然后你又停手了。突然对我们的慈善天使产生同情心了吗？"

"不，原因是我发现了一些事情。我去打听了一下，发现了为什么你们这些人都要拍她的马屁，卑躬屈膝地让她踩在你们身上，我明白了你们为什么要利用我。"

"啊哈？那很有趣。"

"你他妈的说得没错，很有趣，对我来说有趣的是你们这些可恶的家伙没有告诉我，我那样摸她的老虎屁股要冒何等风险。仅仅因为我不喜欢她并不意味着我要这样折磨她，让她再给我的监禁加个一年甚至超过一年的期限。有时候你不得不勉强屈服来保护你自己的利益啊！"

"哎呀，朋友们，我们的麦克墨菲遵守规定只是为了让自己尽早出院，这个说法并非空穴来风啊！"

"你知道我在说什么，哈丁。为什么你没有告诉我，她可以一直把我监禁在这里，直到她愿意并且准备好释放我？"

"哎呀，我忘了你是被判入院的。"哈丁笑得脸都皱了起来，"是的，你变得狡黠了，就像我们其他人一样。"

"见鬼！你说得没错，我变得狡黠了。为什么必须是我在这些会议上为了一些微不足道的小抱怨，例如让宿舍门开着或者不让她保管我们的香烟，而大发脾气呢？一开始我没有想明白为什么你们这些人跑到我面前，就好像我是什么救世主似的，然后我碰巧发现护士们能够决定谁可以被释放而谁不可以这个事情，我很快就变得聪明了。我说：'这些狡猾的狗杂种居然骗了我，花言巧语地说服了我来负起全部责任，那真是了不得，居然骗了R. P. 麦克墨菲。'"他把头往后一仰，对着我们这一排坐在木凳子上的人咧嘴笑，"好了，我不是对你们有什么个人成见，你们理解的，伙计们，但是不要在那儿哼哼唧唧了，我和你们一样想离开这里，骚扰那只老秃鹰会让我和你们付出同样的代价。"

他咧嘴笑着，眼睛眨巴着往鼻子下面看去，用大拇指一戳哈丁的腋下，似乎他已经说完了整个事情，再没有任何的怨恨。这时哈丁说出了让麦克墨菲很意外的话。

"不，你付出的代价要更大，我的朋友。"

哈丁笑了笑，用那种神经质的母马特有的轻飘飘的目光往侧面一瞟，脑袋微微一低，然后轻轻地往后一仰。这时每个人都往前移了一个位置，马蒂尼离开X光屏幕走了过来，边扣衬衫纽扣边嘀咕着："要是我没有看到，我是不会相信的。"比利·彼比特走到黑玻璃那边马蒂尼刚才站的地方。

"你付出的代价要更大，"哈丁又说道，"我是自愿的，不是被判入院的。"

麦克墨菲一言不发，脸上再次露出那种疑惑的表情，就像有什么东西不对劲，有什么东西让他琢磨不透。他坐在那里看着哈丁，哈丁的微笑逐渐消失了。麦克墨菲这般神情古怪地盯着他，让他开始坐立不安。他咽了咽口水说道："事实上，病房里只有几个人是被判入院的，只有斯甘隆和——对了，我猜还有一些慢性病人，还有你，整个医院被判入院的并不很多，是的，并不很多。"

然后他停了下来，声音在麦克墨菲的目光下逐渐消失了。麦克墨菲沉默了一会儿，然后轻声说道："你在胡说八道骗我吧？"哈丁摇了摇头，看起来很害怕的样子。麦克墨菲站在大厅里说道："你们大家都在胡说八道骗我吗？"

没有人回答他。麦克墨菲在那个木凳子前来回走动，用手理理他浓密的头发。他走到队伍的后面，又走回到队伍的最前面，走到X光机器那里。那机器咝咝地吐着气，似乎在向他挑衅。

"你，比利——你一定是被判入院的，看在上帝的分上！"

比利正背对我们，抬着下巴对着那个黑屏幕，踮着脚站着。不，他对着机器说。

"那么为什么？为什么？你还是一个年轻人！你应该在外面开着跑车到处追逐女孩子才对，所有这一切——"他又把手在面前转了一圈——"你为什么要忍受它呢？"

比利没有说什么，麦克墨菲把注意力转向其他几个人。

"告诉我为什么，你们抱怨，你们连续几个星期满腹牢骚，说你们如何无法忍受这个地方，无法忍受大护士和她的所作所为，而你们根本不是被判入院的。我可以理解病房里的一些老家伙，他们是疯子，但是你们，你们虽然不一定跟街上的普通人一样，但是你们不是疯子。"

227

他们不跟他争论。他又走向塞弗尔特。

"塞弗尔特，你怎么样呢？除了癫痫发作外，你没有其他的毛病啊！妈的，我有一个叔叔比你要歇斯底里两倍，除此之外还声称看到魔鬼之类的幻象，但是他也没有把自己锁在疯人院里。如果你有勇气的话，你可以在外面生活的——"

"是的！"是比利在说话，他从屏幕那里转过身，眼泪快要掉下来了，"是的！"他又尖叫道，"如果我们有勇、勇气！我可以今天就出去，如果我有勇气的话。我妈、妈妈是拉契特小、小姐的好朋友，我今天下午就能够拿到一个签了字的'不遵医嘱'的出院证明，如果我有勇气的话。"

他猛的一下把他的衬衫从木凳子上拽起来想要穿上，但是他颤抖得太厉害，几经尝试后他把衬衫往身上一甩，转身对着麦克墨菲说：

"你认为我想、想、想、想待在这里？你认为我不想要一辆跑、跑车和一个女、女、女朋友吗？但是你曾经被人嘲、嘲、嘲笑过吗？不会，因为你如此的高、高大和强悍！算了，我既不高大也不强悍，哈丁也不，弗、弗雷德里克森也不，塞、塞弗尔特也不。哦——哦，你——你说、说的好像我们待在这里是因为我们喜欢！哦——没、没有用的……"

他哭了起来，因为结巴得太厉害而无法再说其他的，他使劲用手背擦着他的眼睛以便能够看清。他手上的一个痂脱落了，越是乱擦，就越多地把血抹在了脸上和眼睛里，然后他闭着眼睛跑了起来，脸上满是鲜血。他东倒西歪地跑过大厅，一个黑男孩在后面跟着他。

麦克墨菲转身对着剩下的人，张开嘴想要问点别的事情，当他注意到大家看着他的那个样子时，他就闭上了嘴。他在那里站了一会儿，木凳子上一排人的眼睛就像铆钉似的对着他，然后他有点无力地说了句"地狱的钟声"，就戴上帽子，用力把帽子拉得低低的，走回到木凳子上他的位子旁。两个技术人员喝完咖啡，回到了大厅另一头的房间，当门嗖的一声打开时，你能够闻到空气里散发出电池充电时所特有的那种酸味。麦克墨菲坐在那里看着那扇门。

"我好像还是无法理解这一切。"

回病房的路上，麦克墨菲慢吞吞地走在一群人的最后面，双手插进绿色病号服的口袋里，帽子低低地压在头上，嘴里叼着一支熄灭了的香烟，陷入了沉思。他们已经让比利平静下来了，他走在一组人的前面，一边是黑男孩，另一边是电击室的那个白男孩。

我故意落在后面，直到我走在了麦克墨菲的旁边，我想告诉他不要烦恼，没有什么事情可做，我看出他在担忧着一些事情，就像一条狗在担忧一个他不知道底下有什么的洞。一个声音在说，狗儿，那个洞和你没有关系——它太大太黑了，周围一大片的足迹显示有熊或者其他同样糟糕的东西在这里出没。而在他的沉思背后有另一个清晰的低语声响起来——不是一个聪明的声音——在说，看看它，狗儿，看看它！

我想要告诉他不要为此事烦恼，正当我要说出来的时候，他突然抬起头，把帽子往后一推，快步走到了个子最矮的那个黑男孩身边，猛地一拍他的肩膀说道："山姆，你说我们在小卖部停留一下，让我买一两条香烟怎么样？"

我不得不快步赶上，奔跑让我的心脏狂跳，在头脑里激起一种高亢、激越的音符。在小卖部里，我仍然听到我的心脏在头脑里所激起的那种声响，尽管我的心跳已经恢复了正常的节奏。这声音让我记起某个清冷的星期五晚上，我站在橄榄球场等着球正要被踢出去、比赛正要开始时的感受。那响声会越来越大，直到我再也无法忍受，然后飞起一脚，球飞出去了，比赛开始。我现在仿佛又听到了那种"星期五晚上"的响声，感受到了同样狂野的、来回乱窜的不耐烦，并且我看到了清晰而醒目的画面，就像我在一场比赛开始前看到的那样，就像有一阵子我从宿舍窗口往外看到的那样：每一样东西都清晰、明了而坚实，我忘了一切可以如此清晰。小卖部里陈列着一排排的牙膏和鞋带、一列列的太阳眼镜和保证可以终生在水下的黄油上写字的圆珠笔，像是为防止扒手偷窃似的，所有的东西都由一只高坐在柜台架子上的大眼睛玩具熊来护佑着。

麦克墨菲大踏步走到我身旁的柜台前，把大拇指往口袋里一勾，让那个卖东西的女孩给他一两条万宝路，"要不来三条吧，"他咧嘴对她笑着说，"我打算抽很多香烟。"

直到那天下午开会时，脑袋里的响声都没有停止。我三心二意地听着他们设法影响塞弗尔特，要他面对他的现实问题以便他能够自我调整。（"都是因为地仑丁！"他最后吼道。"好了，塞弗尔特先生，如果你想得到帮助，你就必须诚实点。"她回应道。"但是，一定是地仑丁造成的，难道它没有让我的牙床变软吗？"她微笑着继续回应："吉姆，你已经四十五岁了……"）这时我碰巧瞄了一眼坐在角落里的麦克墨菲。他没有像过去两个星期以来那样，在所有的会议上总是玩着一摞纸牌或者对着一本杂志打瞌睡，也没有无精打采地躺在那里，而是僵直地坐在他的椅子上，脸色潮红，表情鲁莽地轮流看着塞弗尔特和大护士。当我注视这一切时，我脑海里的响声更大了。他那白色眉毛下的眼睛是蓝色的条纹，目光就像他在纸牌游戏桌上看人出牌时那样来回闪烁着。我确信他随时都可能做出某件疯狂的事情，把自己送到楼上的心理失常者病房去。我曾在其他人扑到黑男孩身上之前，在他们脸上看到过同样的表情。我抓紧椅子的扶手，等着，害怕它会发生，而且，我开始意识到事情不发生的可能性是非常小的。

他保持安静，看着他们说完塞弗尔特的事情，然后转过身子看着弗雷德里克森，后者试图以他们拷问他的朋友的方式进行回击。弗雷德里克森大声抱怨了几分钟香烟放在护士站里的问题，彻底说了个痛快，但是最后又跟过去一样红着脸道了歉，然后坐了回去。麦克墨菲还是没有任何动静，我不再紧紧抓着椅子的扶手，开始觉得自己可能错了。

会议还有一两分钟就结束，大护士将她的文件合上放回到筐子里，把筐子从膝盖上放到地板上，然后眼睛朝麦克墨菲扫了那么一下，好像她想看看他是否醒着并且在听。她双手交叉放在大腿上，低头看着她的手指，然后深深地吸了一口气，摇了摇头。

"孩子们，对于我将要说的我已经考虑了很久。我已经和医生以及其他的工作人员谈论过了，并且，尽管我们觉得非常遗憾，我们都得出了同样的结论——那就是，对于三个星期前违反病房规定的难以言喻的行为应该给予某种形式的惩罚。"她举起一只手四处看了看，"我们等了这么久没有说什么，就是希望你们会主动为你们的反叛行为道歉，但是你们当中没有一个人显露一丁点儿的悔意。"

她的手又举了起来，制止可能出现的任何打断——跟玻璃盒子里塔罗牌算命人的动作一样。

"请理解：我们并非没有充分考虑治疗价值就强加某些规定或限制。你们当中的很多人之所以在这里，就是因为无法适应外面世界的社会规则，因为你们拒绝正视它们，因为你们试图躲开和回避它们。在某段时间——也许是你们的童年时代——你们尽管无视社会规则却被允许逃脱了。当你们违反某个规则时，你们想可能会被处置，一定会被处置，但是惩罚却没来。你们父母愚蠢的仁慈也许就是让你们目前生病的病菌。我告诉你们这些是希望你们理解，我们执行纪律和秩序完全是为了你们自身的利益。"

她的脑袋在房间里扭来扭去，脸上露出她不得不这样做的遗憾的表情，四周很安静，但我脑海里仍有那种高热的、发狂的响声。

"你们一定能够明白，在这样的环境里很难执行纪律。我们能对你们做什么呢？你们不能被逮捕，你们不能只靠面包和水来维持生命，你们一定要明白，工作人员也很困扰；我们能做什么呢？"

拉克里知道他们能做什么，但是她没有注意到他。大护士的脸扭动着，发出嘀嗒的噪声，直到她的面部换了一种表情，她最终自己回答了自己的问题。

"我们必须收回一样特权。经过仔细考虑，我们决定取消你们这些人白天使用浴盆间进行纸牌游戏的特权，这听起来不算不公平吧？"

她的头没有动，她也没有看四周，但是一个接一个地，其他每个人都看向坐在角落里的麦克墨菲，甚至那些老慢性病人，因为奇怪为什么每个人都转头看着同一个方向，也像鸟儿似的伸出他们枯瘦的脖子转头看着麦克墨菲——那些脸都转向了他，上面充满赤裸裸的、备受惊吓的希望。

我脑袋里那个细小的音符就像急速驶下一条公路的车胎一般。

麦克墨菲坐直身子，一根红色的大手指懒懒地挠着鼻子上缝合好的伤疤，对看他的每个人咧嘴笑着，很有礼貌地拉低帽檐儿，然后回头看着大护士。

"所以，我想一小时已经到了，如果对这个决定的讨论……"

大护士又顿了顿，看了一眼麦克墨菲。他耸耸肩膀大声叹了口气，两只手用力往大腿上一拍，从椅子上站了起来，伸伸懒腰，打了个哈欠，又挠了挠鼻子，开始慢吞吞地从休息室朝护士站走去，边走边用两根大拇指提着裤子。这时她已经回到护士站里坐着了。我很清楚，要阻止他做他想做的任何蠢事已经太迟了，于是我只是像其他人一样注视着他。他迈着大大的

233

步子——似乎太大了一点；大拇指勾在衣兜里，靴后跟的铁掌在地板上似乎踏出了噼里啪啦的闪电。他又成了伐木工，不可一世的赌徒，高大的爱吵闹的爱尔兰人，电视上走到街中间去接受挑战的牛仔。

当他走近的时候，大护士的眼白都翻了出来。她还没有意识到他会有任何举动，她认为已经获得了最终胜利，已经彻底地重建起她的统治，但是他来了，像一座房子般巨大。

她张大了嘴，害怕得要死，四处寻找着她的黑男孩们，但是他在快到达她面前时止步了，停在了她的窗户前面，用最缓慢、深沉的声音懒洋洋地说，他很想拿一盒今天早上他买的香烟，然后一拳击穿了玻璃。

玻璃碎裂了，像水花一般四处乱溅，大护士猛地用双手捂住耳朵。他拿出一条写着他名字的香烟，取了一盒出来，又把那条烟放了回去，然后转向石膏像一般坐在那里的大护士，非常轻柔地掸掉她帽子和肩膀上的碎玻璃。

"我真的很抱歉，夫人，"他说，"上帝，我真的很抱歉，那个玻璃窗太过干净明亮了，让我完全忘记了它的存在。"

这一切只花了几秒的时间，她坐在那里，脸不停地痉挛，他转身走回休息室，坐在他的椅子上，点了一支烟。

我脑海里的响声停止了。

第三部

那以后很长的时间，麦克墨菲完全按照自己的意愿行事了。大护士一直在等待时机，等着能想出别的办法让自己重新取胜。她知道自己输了一个重大的回合，而且正在输掉另一个回合，但是她并不急。有一点很清楚，她不会建议释放麦克墨菲，只要她想，这斗争可以一直延续，直到他犯了某个错误或者主动放弃，或者等到她能够想出一个新的策略来，让自己在众人眼里重新变成胜利者。

　　她想出新策略之前发生了很多事。麦克墨菲从可以称之为"短期退休"的状态中复出，打碎大护士窗户的举动表明他又重新回到了斗争中来。他让病房里的事情变得相当有趣。他参加每一次会议和讨论——拖着嗓门说话、眨巴眼睛、努力说最好的笑话，从一些十二岁起就害怕得不敢咧嘴的急性病人那里骗取一点点可怜的笑声。他找到了足够的人组成一支篮球队，并且设法说服了医生同意他从体育馆拿回一个篮球来给大家玩。大护士竭力反对，说接下来他们会在休息室里踢足球、在大厅里打马球，但是医生很难得地坚持己见，说让他们玩吧，"拉契特小姐，自从那支篮球队组织起来后，几个打球的人已经有了明显的进步，我认为球队已经显示了它的治疗价值。"

她吃惊地看了他一会儿。看来他自己也在练肌肉。她记住了他说话的口气，准备时机成熟再跟他计较，眼下只是点了点头，走到护士站里坐下来摆弄她的控制器。看门人在她桌前没了玻璃的框架里放了一块纸板，等他们找到合适的玻璃才前来安装，而她每天坐在后面，装作好像纸板不在那里，她仍然能够看到休息室似的。在那块四方的纸板后面，她就像是被翻过去对着墙的一幅画。

她不做评论地等待着，而麦克墨菲每个早上继续穿着他的白鲸短裤在大厅里跑来跑去，或者在宿舍里投硬币，或者在大厅里四处吹着一个镀镍的教练哨子，教急性病人从病房门口飞快突破到另一头的禁闭室，篮球在过道里像大炮射击似的咚咚直响，而麦克墨菲则像个军士一样咆哮着："运球，你们这些柔弱的婆娘，运球！"

麦克墨菲和大护士之间的谈话总是以最礼貌的方式进行。他总是很和蔼地问她能否借用她的水笔来填写一个离开医院"无看护外出"的表格，在她面前的桌上把表格写好，把表格和水笔同时递给她，并且非常和蔼地说声"谢谢你"，而她会看一看表格，同样礼貌地回答说她会"把它提交给员工们"。她也确实这么做了——也许只花了三分钟的时间——然后回来告诉他，她真的很遗憾，但是一个外出通行证在目前不被认为具有治疗价值。他会再次感谢她，然后走出护士站，把哨子吹得极响，足以震碎几英里之内的玻璃，怒吼道："练习，你们这些婆娘，拿好那个球，让我们来流点汗！"

他已经到病房一个月了，他有资格在大厅的告示栏上签名，要求在小组会议上讨论他能否获得"有看护外出"的通行证。他拿着她的水笔走到告示栏，在"由某某陪伴"栏目里写下"我在波特兰认识的一个叫坎蒂·斯达的人"。——在画句号时他把笔尖都弄坏了。麦克墨菲申请通行证的要求，几天以后在小组会议上被提了出来，同一天工人们刚刚给大护士桌前装上了新的玻璃，她以这位斯达小姐好像不是最适合陪伴病人外出的人为理由拒绝了他的要求。之后他耸耸肩膀说，我就猜到她会来这招的，然后站起来走到护士站那里，走到仍然贴着玻璃公司标签的窗户边，再一次用拳头击穿了玻璃——当鲜血还从他的手指汩汩直冒时，他解释说他以为纸板被拿出去了，而窗框是敞开着的，"什么时候他们偷偷摸摸把玻璃装上去了？为什么那个东西就这么可恶呢！"

大护士在护士站里用胶布给他包扎，斯甘隆和哈丁又从垃圾堆里把那个纸板找了出来，重新贴到窗框上去，用的正是大护士给麦克墨菲包扎手腕和手指的同一卷胶布。当大护士清理他的伤口时，麦克墨菲坐在凳子上非常顽皮地做着鬼脸，越过护士的头对着斯甘隆和哈丁不停眨巴眼睛。大护士脸上的表情就像瓷釉一样平静而空洞，但是她的紧张开始在其他地方显现出来，只要看看她把胶布竭力收紧的样子，就知道她仅有的一点点耐心正在消失殆尽。

我们去体育馆看我们的篮球队打球——哈丁、比利·彼比特、斯甘隆、弗雷德里克森、马蒂尼，还有麦克墨菲，如果他的手能长时间不流血从而允许他参赛的话——对阵的是看护组成的球队。我们的两个大个子黑男孩为看护球队打球，他们是场上最好的球员，就像穿着红色运动裤的一对鬼影似的在地板上来回闪动，以机械般的准确性一球又一球地得分。我们的队员个子太矮，而且速度太慢了，并且马蒂尼不停地把球扔给别人都看不到只有他才看得到的人，看护的球队以二十分大比分胜了我们，但是有件事情让我们多少带着一点胜利的感觉离开：在一次争抢篮球的过程中，那个叫华盛顿的黑男孩被人用胳膊肘碰得鼻子鲜血直流，他拼命探头看着坐在篮球上面的麦克墨菲，他的队友不得不使劲拉住他——但麦克墨菲好像对拼命挣扎的黑男孩不以为意，任由他的大鼻子里鲜血直往外流，一直流到胸前，如同红色的油漆洒到了黑板上，听凭他对拉住他的人乱吼，"他故意的！那个狗杂种是故意的！"

麦克墨菲弄了更多的纸条在厕所里，耍弄用小镜子照便盆的大护士；他在日志本里写下长长的有关自己的稀奇古怪的传奇，然后署名"匿名者"；有时候他会一直睡到早上八点，她会责备他，但并不发火，而他会一直站在那里听她说完，然后问个像"他在想她穿的是B罩杯还是C罩杯或者干脆就没罩杯"这样的问题来破坏整个训话的威严。

其他的急性病人开始追随他。哈丁开始和所有的实习护士调情；而比利·彼比特不再在日志本里记录他过去所谓的"观察"；大护士桌子前面的窗户玻璃重新装上以后，上面用白石灰刷了一个大大的X，以确保麦克墨菲不能再借口说他不知道玻璃在那里，但是白石灰刷的X还未干透，斯甘隆就一不小心把我们的篮球扔过去又打碎了玻璃，篮球也被刺穿了，马蒂尼像捧起一只死鸟似的把球从地板上捡起来，拿到护士站里去找大护士，问她能否用胶布或别的东西修补篮球，让它和原来一样好。而她则呆呆地盯着她桌子上刚刚溅落的碎玻璃，一言不发地把球从他手里夺过来扔进了垃圾堆。

所以很显然我们的篮球赛季结束了。麦克墨菲决定下一个活动该是钓鱼。他再次要求一个通行证，告诉医生说如果工作人员同意的话，他有一些在弗罗伦斯的西尔斯罗湾的朋友想要带八九个病人出海去进行深海钓，这一次他在门外大厅的告示栏单子上写下"由两个从俄勒冈城外一个小地方来的和蔼可亲的阿姨陪同"。会议批准了他下个周末可以出行。当大护士正式在她的点名册上记录了他的通行批准后，她伸手从脚边的柳条编织袋里拿出一张从早报上裁下来的剪报，大声地读道，虽然俄勒冈沿岸今年恰逢钓鱼高峰年，但是鲑鱼这一季来得非常晚，海上状况非常恶劣和危险，她建议大家考虑到这一点。

"好主意，"麦克墨菲说，他闭上眼睛从牙缝间往里深深地吸了一口气，"好的，长官！波涛汹涌的大海上的咸味，船尾穿越海浪的巨响声——更具有挑战性，让男人更像男人，船更加像船，拉契特小姐，你已经说服我了，我今天晚上就打电话把那艘船租下来，我应该让你也报名吗？"

她没有回答，径直走到告示栏边把剪报往上面一钉。

次日，他开始让要去钓鱼并且能够出得起十块钱分担船租的人报名，而大护士则连续不断地带来讲述船只失事或者海上风暴突起的剪报。麦克墨菲不停地说呸呸呸，对她和她的剪报不屑一顾，说他的两个阿姨一生大部分时间都和这个水手或那个水手从港口跑到港口，她们俩都保证这次旅行像馅饼一样安全，和布丁一样安全，什么事也不用担心。但是大护士毕竟是了解她的病人的，他以为会有很多人急着来报名，但实际上他不得不连哄带骗才找到了几个人，直到出行前的头一天，他仍然需要再有一两个人报名才能够分担全部船租。

我没有这钱，但是我一直有个念头想要报名。他越说要钓切努克鲑鱼，我就越心痒难耐。我知道这个念头很愚蠢，如果我报名的话，就等于不打自招地告诉每个人我不是聋子。如果我能听到有关船只和钓鱼的事情，就表明过去十年里我一直在听着身边秘密说出的每一件事情。如果大护士发现我听到了她原本以为没人在偷听的所有阴谋诡计，她一定会拿着把电锯来追我，将我修理成一个不折不扣的聋子和哑巴。无论我多想去，有一点我想起来还是忍不住要笑一下：如果我想要继续偷听的话，我必须假装是聋子。

钓鱼出行的前夜，我躺在床上左思右想，思考我假装聋子的事情，回想多年来我一直没有让人知道我其实听到了别人所说的话，我忍不住想我是否还能卸下这个伪装。但是我记得一件事。一开始并不是我要假装聋子的；是其他人首先表现得好像我太傻而无法听到、看到或者说出任何事情。

而那并不是我到了医院以后才发生的，在那之前很久，人们就已经把我当成既聋又哑的人。在部队的时候，任何军衔比我高的人都是如此对待我的，他们认为对那些像我这样的人就该如此。我甚至记得在很久以前上小学的时候，人们就说他们不觉得我在聆听，所以他们也不再聆听我所说的事情。我躺在床上竭力回想过去，试图找出到底是从哪一天起人们开始忽视我。我想那是在我们还在哥伦比亚的村庄里生活的时候，好像是夏天……

……那年我大约十岁，正在小屋后面给架子上的鲑鱼撒盐，突然我看到一辆汽车从高速公路上转下来，行动迟缓地驶过鼠尾草丛中间的车辙路，在车后掀起像一连串货车车厢一般坚实而厚重的红色尘土。

我注视着汽车开上山来，停在了我们家院子的附近，尘土滚滚而来，碰到车尾又四处散开，最后落到了周围的鼠尾草和丝兰草上，让汽车看起来就像一堆冒着烟的红色残骸。汽车停在那里，尘埃渐渐落定，在阳光里静静地弥漫。我知道这一定不是带着照相机的游客，因为他们不会把车开到离村庄这么近的地方。如果他们想买鱼的话，他们会在高速公路边买，他们不愿到村里来，很可能是因为他们以为我们仍然会割了人的头皮然后挂在一根柱子上烧掉。他们不知道我们当中的一些人在波特兰当律师，而且即使我告诉他们，他们很可能也不会相信。事实上，我的一个叔叔成了一名真正的律师，而爸爸说他纯粹是为了证明他有这样的能力，虽然他其实更愿意在瀑布下抓鲑鱼。爸爸说如果你不留神的话，人们将总会有办法强迫你做他们认为你应该做的事情，或者迫使你像倔强的骡子一样，为了泄恨而做了与之完全相反的事情。

汽车的门突然开了，从前面下来了两个人，后面下来了一个人，一共三个人。他们爬上斜坡朝着我们的村庄走来，我看到前面下来的是两个穿着蓝色西服的男人，后面出来的是一个白发的老妇人，她的衣服好像铠甲一样十分僵硬而沉重。当他们穿过鼠尾草丛进入我们家光溜溜的院子时，他们已经汗流浃背，气喘吁吁。

第一个人停下打量我们的村庄，他个子很矮，长得圆乎乎的，戴着一顶宽边高顶的斯泰森毡帽。他对着乱糟糟地挤在一起的鱼架子、二手汽车、鸡圈、摩托车和狗摇着他的头。

"你在有生之年见过这样的东西吗？你现在看到了吧？我向上帝发誓，你曾经见过吗？"

他摘下他的帽子，用一块手帕细心地轻拍着他红色橡皮球似的脑袋，就像他既不想弄乱那点湿漉漉的可怜的头发，也不想弄脏了手帕一样。

"你能想象人们想要以这种方式生活吗？告诉我，约翰，你能吗？"他因为不习惯瀑布的咆哮而大声地说着话。

约翰站在他的旁边，紧紧翘起鼻子底下一撮浓密的灰胡子，来堵住我正在清理的鲑鱼散发出的味道，汗水顺着他的脸颊和脖子往下流，蓝色制服的后背清晰地显示出汗渍。他在一个本子上记着笔记，同时身体不停地打转，四处打量我们的小屋、小园子、妈妈晾在屋后床绳上的红色、绿色和黄色的星期六晚装——直到足足转了一圈，然后回头又看着我，就好像他刚刚才看到我似的，而我离他不过两码远。

"你猜他的父母在哪儿呢？"约翰问道，"在屋子里面吗？还是在外面瀑布那里？既然我们来了，也许我们最好和这个人把事情彻底谈一下。"

"有一点很清楚，我是不会进那个小破屋的。"肥胖男人说道。

"那个小破屋，"约翰透过他的胡子说道，"布里肯里基，这是我们专程过来打交道的酋长的住处，而他是这些人的高贵的领袖。"

"打交道？不是我，不是我的工作，他们付我钱来评估，不是来结交的。"

这话让约翰笑了起来。

"是的，那倒没错，但是应该有个人通知他们政府的计划。"

"如果他们还不知道的话，应该也很快会知道。"

"进去和他谈谈是件非常简单的事情。"

"在那个肮脏破旧的屋子里面？哈，我可以用任何东西跟你打赌，那个地方一定爬满了'黑寡妇'[1]。他们说草地间那些土坯小屋的墙壁里总是寄生着一个赶都赶不走的文明群体[2]，而且我想告诉你们的是，这屋子非常闷热，仁慈的上帝啊，我敢打赌那里经常有个炉子，看看，看看这个小'海华沙'[3]都熟成这样了！嚯，他是被烤到了相当的程度。"

他轻拍着脑袋大笑起来，当那个女人看着他的时候，他停止了发笑。他清清嗓门，往尘土里吐了一口痰，然后走过去坐在了杜松树上爸爸给我做的吊床上轻轻摇荡着，一边用他的斯泰森毡帽扇着凉。

1　一种美洲蜘蛛。

2　这里指各种虫子。

3　海华沙，美国诗人朗费罗的长诗《海华沙之歌》中的印第安人英雄。

我越想越对他说的话感到气愤。他和约翰走上前去，谈论着房子、村庄、财产以及它们值多少钱，我意识到他们之所以在我面前谈论这些，是因为他们不知道我也能说英语。他们也许是从东边某个地方来的，在那里，人们除了电影上看到的印第安人以外，对于我们一无所知。我在想如果他们发现我能听懂他们的话，他们该是何等的羞惭。

我让他们又说了有关炎热的天气和房子之类的一两件事情，然后站起来用我最好的书面语言告诉那个肥胖男人，我们的草坯房子可能比城里任何一间房子都要凉快——凉快很多！我知道事实上我们的房子比我上学的学校凉快，甚至比外面广告牌上用冰柱型字母写着"里面很凉快"的达尔斯电影院还要凉快。

当我正要告诉他们可以进屋，我会去叫在瀑布架子上的爸爸时，我意识到了他们并没有听到我说话，他们甚至没有看我。肥胖男人来回晃荡着，看着下面的熔岩山脊，然后看着站在瀑布架子上的人们，从这个距离看过去他们只不过是水雾里一片朦胧的花呢衬衫。你不时地看到某个人飞快伸出一条胳膊，像击剑手一般往前踏一步，然后举起他十五英尺长的叉子，让架子上层的某个人把活蹦乱跳的鲑鱼从叉子上扯走。肥胖男人注视着站在五十英尺高的水帘里各就各位的男人们，每次他们当中某个人扑向一条鲑鱼时他就哼一声。

约翰和那个女人也自顾自站在那里，他们当中没有一个人看起来像是听到了我说的任何东西，事实上他们都不看我，似乎他们宁愿我不在那里。

每一样东西都这样静止不动地持续了一会儿。

我突然生出一种最为有趣的感觉，好像太阳比之前更加耀眼地照在了那三个人身上，但其他每样东西还是寻常模样——在土坯小屋顶上的草丛里走来走去的鸡、在灌木丛中跳来跳去的蚱蜢、被小孩子们用鼠尾草鞭子惊起而像黑色乌云一般围在鱼架子周围的苍蝇，就像其他的任何一个夏日，只有太阳突然比以往明亮很多地照在这三个陌生人的身上，我都能看到……接缝，将这些人组成一个整体的接缝，并且我差不多可以看到，他们身体里面的仪器接收到了我刚刚说过的话，试图把这些话语装配在这里或者那里，这个地方或者那个地方，然后当他们发现没有什么现成的地方可以容纳这些话语，这个机器就把话语处理掉了，好像它们从未被说过。

当这一切发生时，这三个人都是静止不动的，甚至吊床也被太阳钉在了半空中，停止了荡悠，而那个肥胖男人就像一个橡胶洋娃娃一样在吊床上石化了。这时爸爸饲养的母珠鸡在杜松树丛里醒了过来，看到我们的家里来了陌生人，于是开始像条狗似的对他们大声叫嚷，然后符咒消失了。

肥胖男人吼叫着从吊床上跳下来，横着身子穿过尘土，把帽子举起来挡着太阳，以便能看看杜松树丛里到底是什么东西如此吵闹。当看到不过是一只斑点鸡时，他往地上啐了一口，又把帽子戴上了。

"我真的感觉，"他说，"无论我们出什么价钱，对这个……'大城市'来说都绰绰有余。"

"也许吧，但我仍然认为我们应该试试和酋长谈一下。"

那个老妇人干脆往前走了一步打断了约翰，"不。"这是她说的第一句话。"不。"她又强调了一遍，说话的方式让我想起大护士。她眉毛一抬打量着整个地方，目光就像收银机上的数字一样跳来跳去，她看着仔细地晾在绳子上的妈妈的衣服，不停地点着头。

"不，我们今天不跟酋长谈话，还不是时候，我认为……难得有一次我和布里肯里基意见相合，但这是基于不同的理由：你记得吗？我们持有的记录显示酋长的妻子不是印第安人，而是白人。白人，从城里来的一个女人，她的姓氏是布罗姆登，他用了她的姓，而不是她用他的。啊哈，是的，我认为如果我们现在就回到镇上去，并且，当然，把有关政府计划的消息向镇上的人们传播，让他们理解，拥有一个水电大坝和一个湖比拥有瀑布边的一堆破屋子要好得多，然后我们再草拟一个价格，把它寄给酋长的妻子——也许装作是疏忽大意寄出的？我感觉这样我们的工作会容易很多。"

她远远望着几百年来在瀑布岩石中间生长和分叉的古老的、摇摆的、蜿蜒曲折的架子，以及架子上的男人们。

"如果我们现在就会见酋长，贸然提出一个价钱，我们可能会遭到无法预计的抵抗，源于纳瓦霍人[1]的固执与对家的爱——如果我们不得不称之为'家'的话。"

我准备告诉他们他不是纳瓦霍人，但是转念一想，既然他们根本不听我说话，这又有什么用呢？他们并不在意他属于哪一个部落。

1　纳瓦霍人，美国最大的印第安部落。

那个女人微笑着对两个男人各自点一下头，她的眼神说服了他们，她开始僵硬地走回到他们的车子里，并且用一种轻松、年轻的声音说着话。

"正如我的社会学教授曾经强调的那样，'在每一种情形下通常都有一个人，你无论如何也不可低估他的力量'。"

他们回到车里，离开了村庄，留我站在那里想他们是否看到了我。

我有点惊讶自己还记得这件事，在我看来，这好像是几个世纪以来我第一次能够记起这么多关于我童年的事情。发现自己还能回忆，这让我很着迷，于是我醒着躺在床上继续回忆其他发生过的事情。正当我处在一种半梦半醒的状态时，我听到了我的床底下发出一种老鼠啃核桃的声音。我斜着身子往床下张望，看到一个发光金属正在咬掉我熟记于心的口香糖，那个名叫基瓦的黑男孩发现了我藏口香糖的地方，正用一把打开时像嘴巴一样的长长细细的剪刀把口香糖一块块削到一个袋子里。

我在他注意到我之前猛地蹿到了被子底下，心跳到了嗓子眼，非常害怕他已经看到我了。我应该告诉他，滚一边去吧，管自己的事情，不要干涉我的口香糖，但是实际上我甚至不能让他知道我听到了他在剪我的口香糖。我一动不动地躺着，想看看他是否已经发现了我曾弯下身子偷窥到了床下的他，但是他没有给我任何提示——我能听到的就是他的剪刀的咔嚓声，还有口香糖一块块掉到袋子里的声响，让我想起过去冰雹砸在我们焦油沥青毡屋顶上产生的动静，他吧嗒

249

着舌头，咯咯笑着。

"嗨、嗨嗨嗨，无所不能的主啊，嗬嗬，我在想那张嘴曾经多少次嚼过这些玩意儿？这么硬。"

麦克墨菲听到黑男孩的咕哝声醒了过来，翻身用一只胳膊肘撑着床，想看看这个时间黑男孩偷偷摸摸在我床下搞什么名堂。他注视了黑男孩一会儿，揉揉眼睛想确信他正看到的事情，就像小孩子揉眼睛那样，然后他整个身子坐了起来。

"如果我看到的不是他在夜里十一点半拿着一把剪刀和一个纸袋在黑暗里漫无目的、傻不拉几地乱搞，我他妈就是狗娘养的。"黑男孩跳了起来，用手电筒对着麦克墨菲的眼睛直晃荡。麦克墨菲说："好吧，告诉我，山姆，你他妈的究竟在收集什么，需要黑夜来掩护？"

"回去睡觉，麦克墨菲，这不关任何人的事。"

麦克墨菲慢慢咧开嘴笑了起来，但是他没有躲开电筒光，黑男孩拿着手电筒对麦克墨菲摇晃了半分钟后开始感到不自在，看着那个新愈合的光滑的伤口，那口牙齿，还有麦克墨菲肩膀上的黑豹文身，他将手电筒光移开了。他弯腰继续他的工作，哼哼唧唧的好像把干硬的口香糖撬开需要费很大力气似的，

"一个夜班看护的职责之一，"他在哼哼唧唧的间歇解释道，努力让自己听上去很友好，"就是保持床边区域的清洁卫生。"

"在寂静的夜里吗？"

"麦克墨菲，我们有个东西叫作'职务说明'，上面说搞卫生是二十四小时的工作！"

"你不觉得你本来可以在我们上床前干完值二十四小时的

工作吗，如果你不是一直看电视看到十点半的话。老女人拉契特知道你们这些值班孩子大多数时间都在看电视吗？你觉得如果她发现了会怎么样？"

黑男孩起身坐在我的床边，用手电筒轻轻敲打着他的牙齿，咧嘴咯咯笑着，手电筒光就像一个放在灯笼上面的铅头短棒一般照着他的脸。

"好了，让我来告诉你有关这个口香糖的故事吧，"他像个老朋友似的身子前倾，靠近麦克墨菲，"你看，很多年来我一直奇怪布罗姆登酋长究竟是在哪里弄到他的口香糖的——他从来没有钱到小卖部去消费，我从来没有看到谁给过他一块口香糖，他也从来没向红十字会的女士要过——所以我一直观察着、等待着，看看这里。"他跪了下来，掀开我的床罩把电筒光往床底照，"那是什么呢？我敢打赌这下面一块块的口香糖已经被用过不下一千次了！"

这下把麦克墨菲逗乐了，他看到的东西惹得他咯咯笑了起来，黑男孩举起袋子摇晃着，他们又笑了一会儿，接着黑男孩向麦克墨菲道了晚安，把纸袋顶端一卷离开了，就好像那里面装着他的午饭似的，准备去把它藏起来留着以后"享用"。

"酋长？"麦克墨菲低声唤道，"我想告诉你件事。"然后他开始哼一首小曲，一首很久以前流行过的乡村歌曲，"哦，床柱上的荷兰薄荷隔夜以后是否失去了滋味？"

一开始我感到非常生气，我觉得他像其他人一样在取笑我。

"当你早晨再嚼它的时候，"他低声唱道，"它会不会太硬而咬不动？"

但是我越想越觉得这一切非常好笑，我努力控制自己，可是我感觉自己快要笑出来了——不是笑麦克墨菲，而是笑我自己。

"这个问题让我冥思苦想，有没有人可以告诉我这一点，床柱上的荷兰薄荷一夜、夜、夜之后就失去它的滋味了吗？"

他拖着最后一个音符，把它像片羽毛似的扔向我，我情不自禁地哈哈笑起来，这让我很害怕，怕笑起来之后再也停不下来。正当这时，麦克墨菲从床上跳了下来，开始在他的床头柜边窸窸窣窣地摸索，我闭嘴了。我咬紧牙关想现在该怎么办，很长一段时间以来我最多让别人听到我轻哼或咆哮。我听到他关床头柜的声音就像关上炉门一般响。我听到他说"这儿呢"，某个东西在我的床上一亮。小小的东西，也就像蜥蜴或者小蛇一般大。

"水果味口香糖是我现在能给你最好的了，酋长，这是我跟斯甘隆扔硬币赢来的。"他又爬回了床上。

他没有马上说别的，而是用胳膊肘支撑着身体，像注视黑男孩那般注视着我，等着我说点什么。我把被单上的那包口香糖抓在手里，跟他说了声谢谢。

这声"谢谢"含糊不清，因为我的喉咙生锈了，舌头也不灵了。他说我听上去有点缺乏练习，并且笑了起来，我试图和他一起笑，但是我发出的不过是一种沙哑的尖叫，就像一只试图啼鸣的小母鸡，听上去更像是哭声而不是笑声。

他告诉我不要着急，直到清晨六点半，他有的是时间来听我练习。他说像我这样这么长时间保持沉默的人一定有很多的话要说，然后他躺回到枕头上面等待着。我想了一会儿要跟他说点什么，但是唯一浮现在我心里的都是那种无法言传的事情，因为用话语一说，它们就失去了应有的味道。当他看到我什么也说不出时，他把双手交叉往头后面一放，自己开始说起来。

"你知道吗，酋长，我刚刚想起了在威廉迈特山谷的一段时光——我在尤金城外摘豆子，并且觉得自己能够得到那份工作真他妈的幸运。我之所以得到那份工作，是因为我向豆子老板证明了我能够和成人一样摘得既快又干净。无论如何，我是那群摘豆子的人里面唯一的孩子，周围全是成年人。我有一两次试图跟他们交谈，但是他们都不理睬我—— 一个骨瘦如柴、穿得破破烂烂的红头发小毛孩。于是我闭嘴了。他们不听我说话，这让我很愤怒，于是接下来在地里摘豆子的漫长的四个星期，我一直保持沉默，在那些成人的身边工作，听着他们家长里短地说着这个叔叔或者那个表亲。如果某个人没有来工作的话，他们就开始议论他。四个星期里面，他们甚至没有瞟我一眼，直到我想向上帝发誓他们已经忘记了我是会说话的，这些背上长了水草的绿毛龟杂种。我等待着时机。然后，到了最后一天，我开口告诉他们，他们是多么卑微的一群老臭屁。我告诉每个人当他不在的时候他的朋友是如何诋毁他。哎哟，那会儿他们听得可仔细了！他们最终互相争吵起来，闹得不可开交，我失去了全勤奖，那是因为我在城里的名声很坏，豆子老板声称虽然他没有确凿的证据，但是他觉得这场骚乱很可能是我的错。我也把他痛骂了一顿。这次口无遮拦地把一切喷射出来，可能让我损失了近二十美元，不过还是很值的。"

他笑了一会儿，回味着，然后在枕头上转过头看着我。

"酋长，我在想你是不是在咬牙坚持，等待你的时机到来，对他们进行大肆攻击？"

"不是，"我告诉他，"我不能。"

"不能够责备他们？这比你想象的要容易。"

"你……比我高大很多，比我强悍很多。"我咕哝道。

"怎么会呢？我不明白你的意思，酋长。"

我努力往喉咙里咽了点唾液："你比我高大，比我强悍，你能够做到。"

"我？你在开玩笑吧？老天，看看你，你比病房里的任何人都要高出至少一个头。这里没有一个人是你不能轻松制伏的，这是一个铁的事实！"

"不。我太弱小了，我曾经非常高大，但现在不是这样了，你是我两倍大。"

"嗐，你疯了吧？当我来到这个地方的时候，我第一眼看到的就是你坐在那把椅子上，他妈的就像一座山般高大。我告诉你，我在克拉马斯[1]、得克萨斯州、俄克拉荷马州和盖洛普[2]都生活过，我发誓你是我见过的最高大的印第安人。"

"我是从哥伦比亚河谷来的，"我说，他等着我继续，"我爸爸是一个真正的酋长，他的名字叫提阿米拉图那，意思是'山上最高的松树'，但我们并没有住在山上，当我还是个孩子的时候，他真的非常高大，而我妈妈的身材比他大两倍。"

"你一定有个驼鹿一般大的妈妈，她有多高啊？"

1　克拉马斯：在美国俄勒冈州南部。

2　盖洛普：美国新墨西哥州西北部的一座城市，位于亚利桑那州边界与阿尔伯克基西北偏西。

"哦，非常非常高大。"

"我的意思是几英尺几英寸？"

"英尺和英寸？狂欢节上的一个人打量了她，说五英尺九英寸，重达一百三十磅，但那是因为他刚刚看到她，她每时每刻都变得越来越高大。"

"是吗？有多高大？"

"比爸爸和我加起来都要大。"

"每天都在长，嗯哼？好吧，那对我来说可是新鲜事，我从未听说过一个印第安女人会那样。"

"她不是印第安人。她是从达尔斯城里来的一个城里的女人。"

"那么她的名字叫什么？布罗姆登？对了，等一下，我明白了。"他思忖了一会儿说道，"当一个城里的女人和一个印第安人结婚时，那是下嫁的意思，对吗？是的，我想我明白了。"

"不是，并不仅仅是她让爸爸感觉渺小。他如此高大，不愿屈服，随心所欲，每个人都试图影响他，每个人都在用'他们'影响你的方式影响他。"

"'他们'是谁，酋长？"他用一种轻柔的声音问道，突然变得严肃起来。

"'联合机构'。很多年来它一直努力影响他。他足够强悍，因而跟它斗争了一阵子。它想要我们住在检验过的房子里，它想要夺走瀑布，它甚至想在部落内部影响他。在城里时他们在巷子深处狠狠地打他，有一次把他的辫子剪了。哦，'联合机构'很强，很强。他斗争了很长时间，直到我的妈妈让他感觉如此弱小，弱小得再也无法继续斗争，然后他放弃了。"

那之后麦克墨菲很长时间一言不发，然后他支起他的胳膊肘再次看着我，问我为什么他们在巷子里围堵他殴打他，我告诉他那是因为他们想要他明白，如果他拒绝签署文件，不答应把每一样东西都交给政府的话，他们为他准备的东西只会更糟。

"他们想要他把什么东西交给政府呢？"

"每一样东西。部落、村庄、瀑布……"

"现在我记起来了。你说的是印第安人捕捉鲑鱼的瀑布——那是很久远的事了。是的。但是我记得部落因此得到了很多钱。"

"他们就是那样跟他说的。爸爸说，你能够拿什么来补偿一个人的生活方式呢？他说，你能够用什么来补偿一个人的自我呢？他们不理解。甚至部落里的人也不理解。他们都站在我们家门口，捧着那些支票，要爸爸告诉他们应该如何处置这些支票。他们不停地要求他为他们投资，或者告诉他们该去什么地方，或者如何买一个农场。但是他已经变得很弱小了，而且他已经醉得不省人事。'联合机构'彻底摧毁了他，'联合机构'能够摧毁任何人，它也会打败你的。他们不能让一个像爸爸那么高大的人到处乱窜，除非他是他们中的一员。你应该看到这点。"

"是的，我想我能够看到。"

"那就是为什么你不应该砸碎那扇玻璃窗，既然他们看到你如此强悍，他们就一定要制伏你。"

"就像制伏一匹野马，嗯哼？"

"不是，不是，听我说。他们不是那样制伏你，他们以你无法反抗的方式来渗透你！他们往你身体里放东西！他们安装东西！他们一旦发现你将要变得强大，就会在你还弱小时立即开始工作，安装他们肮脏的机器，并且不停这么做，直到你完全被纠正了为止！"

"放松点，伙计，嘘嘘嘘。"

"如果你反抗的话，他们会把你锁在某个地方来制止你——"

"放松，别激动，酋长。先冷静下来。他们听到你说话了。"

他躺下一动不动。我注意到我的床开始变得热起来。我能听到黑男孩橡胶鞋底的吱吱响声，他拿着手电筒走进来看究竟是什么发出了声响。我们静静躺着直到他离开。

"他最终就只有喝酒了，"我轻轻说道，我好像无法停下来，我要把我想说的话都说出来，"我最后一次看到他的时候，他在雪松丛里，因为饮酒过度眼睛都瞎了。每一次我看到他把酒瓶举到嘴边的时候，我都觉得不是他在吸干酒，而是酒把他给吸干了，直到他缩得满是皱纹，全身泛黄，连狗儿都不认识他。我们不得不用一辆小卡车把他从雪松丛里搬出来，送到波特兰的一个地方去等死。我不是说他们杀了他，他们没有杀他，他们做了别的事情。"

我觉得非常困，不想再说了，我试图回想我所说的一切，但那似乎不是我想要说的话。

"我在说疯话，不是吗？"

"是的，酋长，"他在床上一翻身，"你是在说疯话。"

"那不是我想要说的，我无法表达全部的意思，那没有意义。"

"我没有说那没有意义，酋长，我只是说你在说疯话。"

那以后他沉默了很长时间，我都以为他睡着了。我本来应该跟他道声晚安的。我看着他，他翻身背对着我。他的胳膊不在被子下面，我能勉强辨别出他胳膊上的骰子和纸牌八点的文身。他的胳膊很粗壮，我想，和我过去打橄榄球时的胳膊一样粗壮。我想伸过手去碰一碰他的文身，看看他是否还活着。他非常安静地躺着，我告诉自己，我应该摸摸他看他是否还活着……

那是一个谎言，我知道他仍然活着，那不是我想要摸他的理由。

我想要摸他是因为他是一个人。

那也是一个谎言，周围还有其他的人，我可以摸他们。

我想要摸他是因为我是一个同性恋者。

但那也是一个谎言，那是藏在一个恐惧背后的又一个恐惧，如果我是一个同性恋者的话，我会想和他做其他事情的，我想要摸他只是因为他就是他自己。

正当我要碰到他的胳膊时，他突然说道："你说，酋长……"然后将被子一抬猛地一翻身对着我，"你说，酋长，要不明天跟我们一起去钓鱼吧？"

我没有回答。

"来吧，说说，你觉得怎么样？我觉得这是一次非常难得的活动。你知道来接我们的那两个阿姨，她们不是我的阿姨，天哪，根本不是，那两个女孩都是我在波特兰认识的西米舞舞女，兼做妓女。你觉得怎么样啊？"

我最终告诉他我是赤贫人员之一。

"你是什么？"

"我一分钱也没有。"

"哦，"他说，"是吗？我倒没想到这点。"

他又安静了一会儿，用一根手指揉着鼻子上的伤疤。然后他的手指停了下来，他支起胳膊肘看着我。

"酋长，"他打量着我慢慢地说道，"当你像过去那般高大时，比如说有六英尺七或者八，体重达到两百八十磅左右——你是否强壮得足以举起浴盆间里那个控制仪表板那么大的东西啊？"

我想了想那个控制仪表板，它可能不会比我在部队时曾经举起过的装油的大圆桶沉重很多，我告诉他以前我很可能可以举起来。

"如果你变得和那时候一样强壮，你仍然能够举起来吗？"

我告诉他我是这样认为的。

"我他妈的不管你是怎么认为的，我只想知道如果你变得和过去一样强壮，你能否承诺还能把它举起来。如果你能够答应我这一点，你不但可以从我这里无偿地学到我特别的健身课程，而且还可以免费得到一次价值十美元的钓鱼旅行！"他舔了舔嘴唇躺了回去，"而且也会大大增加我的胜算，我敢打赌。"

他躺在那里自顾地遐想着，不停地咯咯笑。当我问他如何让我重新变得强壮时，他竖起一根手指贴着嘴唇让我小声点。

"天哪，我们绝不能把这样的秘密泄露出去。我并没有说我会告诉你我如何做，不是吗？呼，天哪，让一个男人恢复原来的身材这样的秘密，你是不能随便和别人分享的，要是这秘诀落到你的敌人手里会很危险。很多时候甚至你自己也不会察觉到这种变化。但是我严肃地向你保证，只要你遵循我的训练计划，你一定会变得强壮的。"

他两腿一甩坐在床沿，两只手放在膝盖上，护士站里射出来的微光越过他的肩膀捕捉到了他光洁的牙齿，以及他斜睨着我的一只炯炯有神的眼睛。他那兴高采烈的拍卖人似的声音在宿舍里轻轻回荡着。

"你一定会恢复昔日威风的。我们强大无比的布罗姆登酋长，从大街上一路走来——男人、女人和孩子们都屁颠颠地想瞻仰一下他的风采，'哎呀，哎呀，哎呀，这是哪位巨人啊，一步迈出十英尺，不得不低头避开电缆线？'他叱咤风云地穿越整座城市，仅仅为处女们停留片刻，如果你不是处女最好不要来排队，除非你有香瓜那么大的奶子，还有雪白有力并且长得能够缠绕住他虎背的玉腿，还有一小杯温暖、湿润、甜美得像黄油和蜂蜜一样的淫液……"

在黑暗里他不停地絮叨，描绘着他编织的传奇，讲述着所有的男人如何地害怕我，所有年轻貌美的女孩子如何气喘吁吁地追逐我。然后他说他现在马上去把我的名字加到他的钓鱼队伍名单中去。他站了起来，把床头柜上的毛巾扯下来往腰上一裹，戴上了帽子，走到我的床边。

"哦，天哪，我告诉你，我告诉你，将会有很多女人把你扳倒按在地板上的。"

突然，他的手闪电般地伸出，胳膊一挥解开我的床单，把我身上的被子都掀开了，让我赤身裸体地躺在那里。

"看看啊，酋长，呃，我是怎么跟你说的？你已经长了半英尺了。"

然后他大笑着穿过一排排的床走到大厅里去了。

两个妓女正从波特兰赶来带我们坐船去深海钓鱼！这么一想，真的很难让人再继续待在床上。我好不容易熬到了早晨六点半宿舍亮灯的时间。

我第一个起床跑出宿舍去看贴在护士站旁边告示栏上的名单，想检查一下我的名字是不是真的加上去了。名单开头用大字写着"参加深海钓人员"，然后第一个报名的是麦克墨菲，比利·彼比特紧跟其后，第三个是哈丁，第四个是弗雷德里克森，这么一路排下去，直到第十位。第十位是空的。我的名字也在里面，排在第九个，一串名字的最后。我居然真的要离开医院和两个妓女一起乘坐渔船出海，我不得不一再对自己重复这一点，说服自己去相信这令人难以置信的事。

三个黑男孩溜到我面前念着那个名单，灰色的指头指指点点，当他们发现我的名字也在里面时，立马回头对我呵呵笑。

"好了，你们觉得是谁让布罗姆登酋长参加这蠢事呢？印第安人不会写字。"

"是什么让你觉得印第安人只会认字呢？"

时候尚早，上过浆的衣服依然硬邦邦的，当他们移动时，他们的胳膊在白色制服里窸窸窣窣，就像是纸做的翅膀。我对他们的嘲笑装聋作哑，就好像根本不知道发生了什么事情，但是当他们把扫把朝我面前一递，要我替他们清扫大厅时，我转身走回了宿舍，一面对自己说，让他们见鬼去吧，一个将要和两个波特兰来的妓女去钓鱼的男人不需要受这样的窝囊气。

我有些害怕就这样从他们身边走开，因为之前我从来没有违抗过他们的命令。我回头看到他们拿着扫把追了过来。如果不是因为麦克墨菲，他们很可能立即冲进宿舍来抓我。麦克墨菲正在里面大闹天宫，在一排排的床中间咆哮着来回穿梭，拿块毛巾甩打着报名今早要去钓鱼的人们。这一来黑男孩们觉得也许宿舍不是太安全的区域，不值得为了清扫走廊里的一点灰尘而冒险冲进去。

麦克墨菲把他的摩托车帽子往前一拉扣在红头发上，看上去像个船长，他的T恤袖口下面露出的文身是在新加坡文的。他在地板上大摇大摆地晃荡着，就好像那是一艘船的甲板，他把手指放进嘴里吹出了口哨，就好像叼着一个水手长的哨子。

"上甲板了，伙计们，上甲板了，否则我会严厉惩罚你们，把你们一个个从船头拖到船尾！"

他用手指关节敲打着哈丁旁边的床头柜。

"六下钟声，一切就绪，船只平稳起锚，准备行动，赶快给我起来走人啊。"

他注意到我正好站在门里边，于是冲过来像敲鼓似的拍打着我的背部。

"看看我们的大酋长，这才是一个好的水手和渔民的典范：早早起来出去挖蚯蚓来做鱼饵。你们这群卑鄙无耻的蠢货应该好好向他学习。准备行动，就在今天！赶快从床上滚下来出海了！"

急性病人们嘟囔着，不停地抱怨他和他手上的毛巾，慢性病人们醒了，转动着他们的脑袋四处查看，最终把注意力集中到了我身上。他们的脸因为晚上睡觉时胸部的被单绑得太紧而毫无血色，他们面容虚弱，神情充满渴望和好奇。他们躺在那里看着我为了这次旅行穿上了暖和的衣服，让我有点不自在，还有些许的负疚感。他们能够感觉到我是被挑选出来参加这次旅行的唯一的慢性病人。他们注视着我——这些多年来被困在轮椅里的老家伙，导尿管就像根植于他们身体中的青藤一般从他们腿上延伸下去，他们看着我，本能地知道我要去参加这次旅行。他们情不自禁地有一点嫉妒。他们能够知道是因为他们身体里作为男人的很多东西已经熄灭了，仅留下作为老动物的本能支配着他们（老慢性病人们会在某些夜里突然醒来，在其他人发现某个人死在宿舍里之前突然把他们的脑袋往后一仰，开始号啕起来），他们能够嫉妒是因为他们身体里还残存着作为人的足够多的东西，让他们仍然记得嫉妒为何物。

麦克墨菲出去看了看名单又回来了，试图再说服一个急性病人报名，他一路走下去，踢着仍然有人躺着的床铺，告诉那些用被单捂着头的人，在狂风四起的大海上拿着一瓶朗姆酒不时地吆喝几句是多么畅快淋漓的一件事情，"快点，你们这些懒鬼，我还需要一个人来组成我们的船队，我还需要一个该死的自愿者……"

但是他无法说服任何人报名。大护士关于近期的海面如何危险，很多船只如何沉没的故事吓坏了其他人，看来我们没法再争取到最后一名船员了，直到半小时以后，我们等候食堂开门供应早餐时，乔治·索瑞森突然走到了早餐队伍里的麦克墨菲面前。

因为他的洁癖，乔治这个牙齿脱落、骨节突出的高个儿老瑞典人被黑男孩们称为"橡皮鸭"。他匆匆忙忙地走到大厅这边来，身子拼命地往后倾斜着，以至于他的脚比他的脑袋领先了一大步（脑袋往后伸是为了让他的脸可以离他的谈话对象尽量的远）。他在麦克墨菲的面前停了下来，用手捂着嘴咕哝了几句。

乔治非常害羞，你根本看不到他的眼睛，因为它们深深地藏在他的眉毛底下，而且他的大半边脸也被他巨大的手掌掩住了。他的脑袋就像一个乌鸦窝似的高高安放在他桅杆似的背上。他一直用手捂着嘴，直到麦克墨菲最终忍不住走了上去把他的手拽开，他的话才得以被听到。

"那么，乔治，你到底在说什么啊？"

"蚯蚓，"他说，"我不

认为蚯蚓会对你有任何帮助——如果你要钓切努克鲑鱼的话。"

"是吗？"麦克墨菲说，"蚯蚓？我也许会同意你的意见，乔治，如果你让我了解这些个蚯蚓究竟有什么问题。"

"不久之前我听到你说，布罗姆登先生要出去挖蚯蚓做鱼饵。"

"对的，老伯，我记得我说过。"

"所以我只是想说，你用蚯蚓做鱼饵是不会有什么好运气的。这是肥大的切努克鲑鱼活跃的月份——没、没错。你需要鲱鱼。没、没错。挑选些鲱鱼来做鱼饵，你一定会有好运的。"

他在每一句话的结尾都用了升调，就好像在问问题似的。他的下巴今天早上已经被搓洗过很多次了，皮都几乎被搓了下来，他对麦克墨菲点了几下头，然后转身朝着队伍的尾巴走去，麦克墨菲在背后叫住了他。

"那么，请等一下，乔治，听上去你对钓鱼这事好像很内行。"

乔治转身匆忙走回到麦克墨菲身边，身体如此向后倾斜，以至于他的脚看起来好像正从他的身体下面航行出来。

"你说得没错，没、没错。我在切努克鲑鱼钓鱼船上工作了二十五年，从半月湾一直到普吉特湾，我捕了二十五年的鱼——在我变得如此肮脏之前。"他把手伸出来让我们看上面的脏东西，周围的每个人都弯下身子看了看。我没有看到什么脏东西，但是看到了白色的掌心里布满曾经出海拖了几千英里长的渔线而留下的深入皮肉的伤疤。他让我们看了一会儿，然后一握拳头把手缩回去藏在了他睡衣里面，好像担心我们看看也会把它们看脏了似的。他对麦克墨菲咧嘴笑着，露出就像被盐水浸泡过的猪肉一般的牙龈。

"我曾经有一艘四十英尺长的钓鱼船，吃水十二英尺深，可是结结实实的柚木和橡木啊。"他来回摇晃着，让你怀疑地板是不是在左右晃荡，"它是一条很好的钓鱼船，我向上帝发誓！"

他开始转身要走，但是麦克墨菲又叫住了他。

"天哪，乔治，为什么你不早说你是个渔民啊？别看我装作'海上的老人'似的吹嘘这次航行——你不要告诉别人，其实我唯一上过的船就是密苏里的战舰，而且我对鱼的唯一知识就是：相比杀鱼剖鱼，我更喜欢吃鱼。"

"杀鱼简单，如果有人教你如何弄的话。"

"看在上帝的分上，你做我们的船长吧，乔治，我们将是你的船员。"

乔治身子往后一仰，摇了摇头："那些船太肮脏了——每一样东西都非常肮脏。"

"见鬼去吧，我们有一艘从船头到船尾都特别消过毒的船，清洗得就像猎犬的牙齿一般干净。你不会被弄脏的，乔治，因为你将是船长，你甚至不用装鱼饵，你只要做我们的船长，给我们这些傻乎乎的'旱鸭子'发号施令就可以了——你觉得怎么样啊？"

乔治的手在衬衫底下不安地扭来扭去，我看出他受了很大的诱惑，但是他还在说不想冒险把自己弄脏了。麦克墨菲尽力想说服他，但是乔治仍然摇着头，这时候大护士用钥匙打开了食堂的门，丁零当啷地走了进来，手里拿着她装满奇怪物品的柳条编织袋。她沿着早餐队伍一路走过来，对经过的每个人报以机械的微笑，致以早晨的问候。麦克墨菲注意到乔治在她经过时身子往后靠，眉头紧皱。她走过去以后，麦克墨菲歪着脑袋，一只明亮的眼睛对着乔治。

"乔治，大护士一直在宣传大海如何糟糕，这次旅行可能非常危险——你认为怎样？"

"那个海洋可能非常糟糕，是的，非常狂暴。"

麦克墨菲注视着大护士消失在护士站里的身影，然后回头对着乔治。乔治更快地扭动着他的手，看着周围注视着他的沉默不语的人们。

"看在上帝的分上！"他突然说道，"你认为我会因为她而害怕那个海洋？你是那样认为的吗？"

"啊哈，我猜不是这样的，乔治，但是，我在想如果你不跟我们一起去，并且如果真的发生了什么可怕的风暴灾难，我们当中的每一个都可能会葬身海里，你知道吗？我说过我对于驾船一窍不通，并且我再告诉你一件事：不是有两个女人要和我们一起去吗？我告诉医生这是我的两个阿姨，是两个渔民的遗孀？好了，其实她们参加过的航行都是在坚实的水泥地上进行的，如果有什么不测，她们会和我们一样一筹莫展，我们需要你，乔治。"他抽了一口烟问道，"顺便问一句，你有十美元吗？"

乔治摇了摇头。

"是吧，我也觉得你不会有，算了，管他娘的，我已经打消了能够被提前释放的念头，这儿呢。"他从自己的绿色夹克口袋里掏出一支铅笔，在袖口上擦了擦，然后递给乔治，"你做我们的船长，我们让你花五美元参加我们的旅行。"

乔治又看了看周围的大伙儿，皱着他的大眉头思忖了一下可能的困境。最终，他脸上一笑，露出了漂白的牙床，伸手接过了铅笔，"看在上帝的分上！"他说道，拿着铅笔走过去在名单上的最后一个位置签上了名。早餐以后，当我们走到大厅的时候，麦克墨菲停下来在乔治的名字后面郑重地写下了C——A——P——T[1]几个字母。

妓女们没有按时来到。正当每个人都认为她们压根儿就不会来了的时候，麦克墨菲在窗前尖叫了一声。我们都跑过去观看。他说那就是她们，但是我们只看到了一辆车，而不是我们所指望的两辆，而且只有一个女人。当她在停车场里停下来时，麦克墨菲隔着纱窗呼唤她，她立刻穿过草地朝着我们的病房走来。

她比我们任何人想象的都要年轻漂亮。每个人都已经知道这些女孩是妓女而不是阿姨，都在那里想入非非。有一些宗教信仰虔诚的人对此还不太高兴。但是，看着她步履轻盈地穿过草地一路朝着病房走过来，绿色的眼睛闪耀着光芒，铜色的头发拧成一根长辫子扎在脑袋后面，随着她的脚步在阳光里上下跳跃着，我们能够想到的只是：她是一个女孩，而不是一个从头到脚一身白色武装像刚在寒霜里蘸过似的女人；而她如何赚钱无关紧要。

她跑到麦克墨菲所在的纱窗前，把手指勾进网孔里紧紧贴

1　船长的缩写。

着纱窗。她跑得气喘吁吁的，每呼吸一下好像都会从纱窗网眼穿进来似的。她轻轻地哭了一会儿。

"麦克墨菲，哦，你这该死的麦克墨菲……"

"别这样，桑蒂拉在哪里？"

"她有事情，伙计，来不了了，你怎么样？该死的，你没事吧？"

"她有事情！"

"实话告诉你吧，"女孩抹了抹鼻子咯咯笑起来，"老朋友桑蒂拉结婚了。你记不记得从毕韦顿来的阿迪·基尔芬连？口袋里总揣着一条牛蛇[1]、一只白鼠或者其他味道奇特的东西来参加派对？一个真正的疯子——"

"哦，仁慈的耶和华啊！"麦克墨菲呻吟，"那你觉得我怎么能够把十个人装进一辆臭烘烘的福特车里，我的坎蒂甜心？桑蒂拉和她那从毕韦顿来的牛蛇认为我有那么大的本事吗？"

那女孩看起来正在思考如何回答麦克墨菲的问题，这时天花板上的扬声器噼啪几声，大护士的声音在里面响了起来，告诉麦克墨菲说，如果他想要和他的女性朋友说话，最好让她从前门进去，按照适当的程序登记，而不是在那里打扰整个病房。女孩离开了纱窗，开始朝前门入口走去。麦克墨菲从纱窗边走开，一屁股坐在角落里的一把椅子里，显得垂头丧气。"地狱的钟声。"他说道。

个子最矮的黑男孩领着女孩走到病房里来了，忘了在她

1　牛蛇：一种大的，无毒的北美洲蛇，属于牛蛇属，有黄色的、褐色的或黑色的标记，主要以啮齿类动物为食。

身后锁上门（我敢打赌之后他肯定会因此挨批），女孩蹦蹦跳跳地朝大厅里走来，经过护士站时，护士们都一致努力地用她们统一的冷冰冰的眼光想冻住女孩，不让她继续蹦跳。她走进了休息室，医生就在她身后几步。他正拿着几张纸朝护士站走去，看到了她，低头看看自己手里的纸，再看看她，两手开始四处摸索他的眼镜。

她走到休息室中间停了下来，注意到自己被四十个穿着绿色病号服的男人盯着，周围如此安静，你都可以听到大伙肚子的咕咕叫声，并且，沿着慢性病人那一排队伍，你可以听到导尿管盖子砰砰弹开的声音。

她不得不站在那里用目光四处搜寻麦克墨菲，因此每个人都有机会仔细地打量她。她头顶上的天花板附近有一团蓝色的烟雾，我认为病房里的仪器因为不能适应她突然这般风风火火地跑进来，都烧坏了——因为忙于对她进行电子测试，计算得出的结果是，它们无法在病房里处理这样的人物，于是都烧坏了，就好像机器自杀了一样。

她穿着一件和麦克墨菲相似但是尺寸小很多的白色T恤衫，白色网球鞋，李维斯裤子的膝盖处被剪掉了，以便她的脚能够更好地进行血液循环，但是考虑到其所需要包裹的身体的丰满程度，这些衣物看上去非常不足。她可能曾经穿着更少的衣物被更多的男人观看过，但是在当下，她开始像个舞台上的小女学生一样不自觉地扭捏起来。看着她的人都不说话。只有马蒂尼悄声说：看那裤子有多紧，你都可以读出她的李维斯裤袋里硬币的日期。但是他比我们离得近，比我们其余的人看得要清楚些。

比利·彼比特是第一个大声说出点什么的人，但他说的不是一句话，而只是一声低低的、近乎痛苦的哨声，传达了她有多么动人。她笑了起来，非常感激他，他的脸一下红了，于是她也跟他一样脸红了，并且又笑了笑。这下大家都活跃起来，所有的急性病人都走过来争着和她说话。医生拽了拽哈丁的外套问这是谁。麦克墨菲从椅子上起身穿过人群走到她的身边，当她看到他时，她把胳膊往他的脖子上一搂，说："你这该死的麦克墨菲。"然后脸又尴尬地红了。当她脸红的时候，她看起来不超过十六七岁，我发誓。

麦克墨菲把她介绍给大家，她跟每个人握手致意。当她和比利·彼比特握手时，她再次感谢他的哨声。大护士从护士站里溜了出来，微笑着问麦克墨菲如何能把十个人塞进一辆车里。他问他能否借用一辆员工的车，由他自己来负责那一车人，如每个人所料，大护士引述了禁止这么做的病房规定。她说除非还有另外一个驾驶员签署一份责任单，否则一半的报名的人必须留下来。麦克墨菲告诉她，这将让他花费该死的五十美元来补足差价，他不得不把钱退还给那些去不了的人。

"那样的话，也许，"大护士说，"这次旅行不得不取消，并且退还所有的钱。"

"我已经租了一艘船，那人兜里已经揣了我的七十美元！"

"七十美元？是吗？我以为你告诉病人们，你需要筹措一百美元以及你自己的十美元来负担这次旅行，麦克墨菲先生。"

"路上我要给汽车加油啊。"

"但是那也不需要三十美元，对吗？"

她如此和蔼地微笑着，等待着他的回答。他把双手往空中一挥，看着天花板。

"呼，天哪，你从不错过任何机会，是吧，检察官小姐？没错，我是准备自己留着剩下来的那点，我不认为任何人会觉得这有什么大不了的，我想我不怕麻烦地组织大家——赚点小钱也不为过。"

"但是你的计划并没有实现，"她说，依然微笑着，一副充满同情的样子，"你在经济上的小投机并非每次都能成功，兰道，我现在想想，实际上我觉得你已经得到了很多，甚至比你分内该得到的更多。"说到这里她沉思了一会儿，在考虑我知道我们以后会多次听到的东西，"是的，病房里的每个急性病人都在不同时间就你的某个所谓'交易'给你写过欠条，所以你不觉得你完全能够承担这一次小小失败所带来的后果吗？"

然后她停了下来。她看到麦克墨菲不再听她说话了。他看着医生，而医生正在瞄着铜发女孩的T恤衫，就好像其他东西根本不存在似的。看着医生心醉神迷的样子，麦克墨菲的脸上露出了如释重负的微笑，他把帽子往脑袋后面一推，漫步走到了医生的旁边，把一只手放到医生的肩膀上，吓得医生如梦方醒。

"看在上帝的分上，斯皮威医生，你是否曾经看到过切努克鲑鱼咬钩的架势？这是世界七大洋上最为狂野的场面之一，我说呀，亲爱的坎蒂宝贝，为什么你不过来告诉医生有关深海钓以及类似的事情呢……"

麦克墨菲和女孩齐心协力只花了不到两分钟，小个医生就冲回楼下锁上了他的办公室，然后又回到了楼上的大厅里来，边走边往一个公文包里塞文件。

"我在船上可以完成很多文字工作。"他向大护士解释，并且飞快地经过了她的身边，而她都没有回答的机会。其余的船员也跟着走了出去，相对慢一点的，还有闲暇对站在护士站门里的大护士咧嘴微笑。

不去的急性病人们集中在休息室门口，告诉我们不要把没有清理干净的鱼儿带回来。埃利斯将两只手从墙里的钉子上往下拖，使劲按了按比利·彼比特的手，告诉他要做所有人中最好的渔夫。而比利正注视着走出休息室的那个女孩李维斯裤子上的铜钉装饰。他转头对埃利斯眨了眨眼睛，告诉埃利斯说，让那个"所有人中最好的渔夫"的追求见鬼去吧，然后加入了门口的队伍。矮个黑男孩让我们出来，然后在我们身后把门锁上。我们出来了，到了外面。

太阳正从云层里探出头来，给医院前面的砖墙罩上了一层玫瑰红。一阵薄薄的轻风吹过来，把橡树上残留的最后几片叶子锯掉，整齐地堆到了防龙卷风铁丝网的边上。棕色的小鸟不时飞到网上，当飘落的树叶碰到铁丝网时，鸟儿们就会四散惊飞到风中，乍一看好像树叶碰到铁丝网后化作鸟儿飞走了。

这是一个美好的秋日，树林间烟雾缭绕，四周充满了孩子们踢足球和小飞机轻轻飞过的声音，每个人都应该因为能够身在其中而感到高兴，但是我们这一群人都沉默不语地把手插在兜里，等着医生去取他的车，一面看着开车经过的城里人放慢车速，盯着我们这群穿绿色病号服的疯子。麦克墨菲注意到了我们很不自在，于是不停地开着玩笑，调戏女孩，努力想让我们情绪高扬起来，但是这让我们感到更加不自在。每个人都在想，最容易的事情莫过于返回病房，回去跟大伙儿说他们觉得大护士是对的，风这么大，海上一定很危险。

医生来了，我们上了车出发，我、乔治、哈丁、比利·彼比特、麦克墨菲和女孩坎蒂一车，弗雷德里克森、赛弗林、斯甘隆、马蒂尼，还有塔戴姆和格里高利坐在医生的车里跟在后面，每个人都非常安静。我们在离医院一英里的一个加油站停了下来，医生的车也跟了进来。医生第一个下了车，加油站的一个人蹦蹦跳跳地走了过来，一边咧嘴笑着，一边用块破布擦着手。然后他脸上的笑容僵住了，目光越过医生想要看看车里究竟装着什么人。他后退了几步，皱着眉头用油腻的破布不停地擦着手。医生紧张地抓住那个人的衣袖，拿出十美元的纸币就好像移植西红柿一般小心翼翼地塞到他的手里。

"呃，你能够给这两辆车加上普通的汽油吗？"医生问道，他和我们一样对于置身于医院外面非常不自在，"呃，可以吗？"

"那些穿制服的人，"加油站的人说，"他们是从路那头的医院里出来的，是不是？"他的目光四下搜寻，想要看看周围有没有扳钳或其他称手的护身工具，最终他只好移身到了一堆空汽水瓶的旁边，"你们是从那个精神病院出来的吧。"

医生四下里摸索着他的眼镜，顺便看了看我们，好像他刚刚注意到我们的病号服似的："是的，不，我的意思是，我们——他们是从精神病院来的，但是他们是工作人员，不是病人，当然不是，只是工作队而已。"

那人眯着眼睛斜睨着医生，又狐疑地斜睨着我们，然后走过去和一堆机器后面的同伴低声耳语。他们讨论了一会儿，然后第二个人大声叫喊着问我们是什么人，医生重复说我们是工作队的，然后两个人都大笑起来。我能够从他们的笑声里听出他们已经决定卖给我们汽油了——很可能是不耐用的、脏兮兮的、掺了水的并且价钱是平常两倍的汽油——但是这并没有让我感觉好一点，我能够看出每个人都很不好受，医生的谎话让我们前所未有地感到别扭——不是因为这个谎言，而是因为谎言反面的真相。

第二个人走到医生的旁边，呵呵笑着，"你说你想要高——标汽油，先生？当然没问题。要么我们也检查一下那些滤油器和雨刷如何？"他比他的朋友要高大，好像要分享一个秘密似的弯下身子对着医生，"今天路上的数字显示百分之八十八的车辆都需要更换新的滤油器和雨刷，你相信吗？"

他一笑露出了因为多年用嘴取火花塞而被碳黑覆盖的牙齿。他不停地弯下身子靠近医生，咧嘴傻笑的样子让医生不安地扭动着，最终承认自己处境艰难，别无选择。"还有，你的工作人员有没有准备太阳眼镜？我们有些不错的宝丽来[1]太阳镜。"医生知道那人已经让自己屈服了，但是正当他要放弃，准备开口说"好，任何东西都可以"的那一瞬间，空气中突然响起一阵隆隆的噪声，我们车子的顶篷正在往上折叠。麦克墨菲诅咒着那个折叠顶篷，试图以超过机器能够承受的速度硬把它推回去。每个人

---

1 宝丽来太阳镜使用一种经过特殊处理的透明塑料，该塑料能使光线发生偏振，减少强光。

都能从他狂拉乱扯、拼命拍打顶篷的样子看出他有多么的愤怒，当他一顿咒骂，不停捶打，终于像打拳击似的把顶篷推到后面时，他爬过女孩，从车里一跃而出，快步走到医生和加油站服务生中间，抬头用一只眼斜睨着服务生那张黑乎乎的嘴。

"好了，汉克，我们加普通的汽油就可以了，就像医生所要求的那样。两箱普通汽油，就那样。让其他的劣质货见鬼去吧。而且我们将享受每加仑三分钱的折扣，因为这是他妈的政府赞助的旅行。"

那个服务生动也没动："是吗？这位先生说你们不是病人？"

"好了汉克，难道你看不出来，那不过是为了防止你们这些人被真实情况吓着而采取的善意而谨慎的方式吗？如果是普通的病人，医生是不会撒谎的，但我们不是一般的疯子，我们是刚刚离开刑事犯精神病房的嗜血成性的疯子，正赶往圣昆庭，在那里他们有更好的设施来对付我们。你看到那边那个满脸雀斑的小孩了吗？现在他看起来也许就像刚从周六晚报封面上走下来似的，但其实他是一个杀了三个人的疯狂的玩刀专家。他旁边的那个人号称'疯了老大'，就像头野猪一样多变难测。你看到那个大个子了吗？他是个印第安人，曾经用一把鹤嘴锄打死了六个在交易麝鼠毛皮时试图诈骗的人，酋长，站起来让他们好好看看你。"

哈丁用大拇指戳了我一下，我在车里站了起来，那个人用手遮着眼睛打量着我，一言不发。

"哦，这是一个坏团体，我承认，"麦克墨菲说，"但是这是一次计划好的、经过授权的、合法的并且由政府赞助的旅行，我们有权获得法定的折扣，就像联邦调查局的警探一样。"

那人回头看着麦克墨菲，麦克墨菲把大拇指勾在口袋里，身子往后一摇，眼光越过自己鼻子上的伤疤盯着他。那人转身查看自己的伙伴是否还驻扎在装着空汽水瓶的筐子边，然后回头笑着俯视麦克墨菲。

"好厉害的顾客，这是你想说的吗，红脸大汉？所以我们最好听从命令，按照吩咐去做，那是你的意思吗？好吧，红脸大汉，你又在里面干了什么呢？试图刺杀总统吗？"

"没有人能够证明那一点，汉克，他们伪造证据诬陷了我，我在拳击场里杀死了一个人，你明白吗，不过是一时失手而已。"

"一个戴拳击手套的杀手，那是你试图告诉我的吗，红脸大汉？"

"好了，我没有那么说，不是吗？我一直不习惯你们所戴的那些护垫。这不是从牛宫[1]转播的重要电视赛事，我更像是你们所说的外景场地的拳击手。"

那人也把大拇指勾在口袋里来模仿和嘲弄麦克墨菲："你更像是我所称的外景场地的斗牛手。"

"好了，我并没有说斗牛不是我擅长的事情之一，对吗？但是我想让你看看这个。"他把自己的手贴近那人的脸，然后慢慢地把它们翻了过来，从手掌到手背，"你曾经见过一个人仅仅因为斗牛而把他可怜的苍老的手弄成这个惨状吗？你见过吗，

---

1 牛宫：始建于1941年，坐落于美国加利福尼亚州旧金山市，一直是国家牛仔竞技表演和其他很多重要赛事和表演的举办地。

汉克？"

麦克墨菲把他的两只手久久地举在那人的面前，等着看那人还有没有什么其他的话要说。那人看看麦克墨菲的手，又看了看我，然后再看看麦克墨菲的手。当麦克墨菲确定加油站工人已经无话可说时，他走近了斜靠在汽水冷藏箱边的另一个人，从他的拳头里把医生的十美元纸币拽了出来，扭头朝着加油站旁边的杂货店走去。

"你们这些孩子计算一下汽油要花费的钱，把账单寄到医院去，"他回头喊道，"我打算用这现金给大家买些点心，我相信我们更需要的是点心而不是雨刷或者百分之八十八的滤油器。"

等到麦克墨菲回来的时候，每个人都感觉好像好斗的公鸡一样趾高气扬地指挥着加油站的工人：检查备用轮胎里的气是否充足、擦洗车窗、抠掉车盖上的鸟粪，就好像我们是这个加油站的主人。当那个大个子擦的车窗没有让比利满意时，比利马上把他叫了回来。

"你没有把虫子撞过的污点擦、擦掉。"

"那不是一个虫子，"那人阴沉着脸说，一边用他的指甲刮着，"那是一只鸟。"

在另一部车子上的马蒂尼远远叫嚷道："如果是只鸟，上面会有羽毛和骨头的。"

一个骑自行车的路人停下来问，这些绿色的制服是怎么回事，是某个俱乐部的吗？哈丁立即跳了起来回答他。

"不是，我的朋友，我们是从高速公路那头的医院里来的疯子，精神分裂症患者，人类中的破陶烂瓦。你想不想让我来为你解密一个罗夏测试[1]？不要吗？你要赶路吗？啊哈，他走了，可惜。"他转向麦克墨菲，"我以前从未意识到心理疾病也能产生力量，想一想：也许一个人越疯狂，他就变得越有力量，希特勒就是一个例子。什么事都要求合情合理就会让人头昏脑涨，不是吗？那真是精神食粮一般的警句啊。"

比利为女孩打开了一听啤酒，她以明艳动人的微笑和一句"谢谢你，比利"让他受宠若惊，然后他为我们其他所有的人都打开了啤酒罐。

鸽子们将翅膀收起，在人行道上四处闲逛着。

我坐在那里慢慢地喝着啤酒，感觉完整而美好，我能够听到啤酒往我的身体里流下去的声音——嗞嗞、嗞嗞的声音。很久以来我已经忘记了还有像啤酒的滋味和流进肚子里的声音那般美好的东西。我又大大地喝了一口，然后四处张望，想看看在二十年的时间里我还忘记了哪些东西。

"天哪！"麦克墨菲正在把女孩从驾驶座里赶出来，推向比利，"你们看看大酋长正抱着那壶烈酒独自逍遥呢！"——他猛地一下将车子驶入大路，医生在后面紧赶慢赶，轮胎发出刺耳的摩擦声。

麦克墨菲向我们展示了一点点的虚张声势和勇气能够取得的效果，而且我们觉得他已经教会了我们如何运用这一点。在去海岸的一路上我们不断地装出勇猛的样子，从而得到了很多乐趣。当人们在红灯前停下来瞪着我们和我们的绿色制服时，

---

1 罗夏测试，通常被称为墨迹测试，由瑞士心理治疗专家赫尔曼·罗夏所发明，主要通过测试主体对于一组墨迹形象的解释来决定其个性特征。

我们会如法炮制，在车子里坐直身子，摆出一副强悍威猛的模样，露出个大大的笑脸，直直地盯回他们，直到他们的发动机停了，他们的车窗任由太阳光曝晒着，他们坐在那里忘记了交通灯已经变绿，心有余悸地回想一群彪悍的家伙刚刚离他们不到三英尺远，而周围看得见的地方没有任何能够帮忙的人。

麦克墨菲带领着我们十二个人向大海奔去。

我想麦克墨菲比我们更清楚，我们貌似强悍其实不过是在作秀，因为他仍然无法让任何一个人真正地开怀一笑。也许他无法理解我们为什么还不能笑，但是他知道在明白事情可笑的一面之前你无法真正变得强大。事实上，他如此努力地想要指出事情可笑的一面，以至于我开始觉得他对于另一面是视而不见的，也许他无法看到是什么把你内心深处的笑声榨干了。其他人或许也无法看到这一点，而只是感觉到了四面八方的光束和频率所带来的压力正试图推动或者折弯你，感觉到了"联合机构"在行动——但是我能够看到这一点。

就好比你能够看出一个和你分别很久的人身上的变化，而朝夕相处的人你却察觉不了，因为变化是逐渐发生的；沿着整个海岸线前进，我能看出自我上一次路过以来"联合机构"取得的成果，比如说，一列火车在一个站停下来，下来一连串穿着一模一样衣服、戴着机器生产的帽子的成人，就像是火车孵了一窝相同的昆虫，一窝只有短暂生命的东西，从最后一节车厢里走出来，然后火车汽笛长鸣，沿着被污染了的土地继续前行，在别的地方又放下一窝昆虫。

又比如说一台机器打孔似的打出五千幢相同的房子，在城外的山里排成一排，如此新鲜出炉，以至于这些房子还像香肠似的连在一起，一个标志牌写着"西部家园的安乐窝——老兵不须首付"，山下房子边的一个操场上，在一道方格铁丝网栅栏的后面竖着另一块标志牌："圣·卢克男校"——有五千个穿着绿色灯芯绒裤子、白色衬衫和绿色套头运动衫的孩子在一英亩的碎石地上玩着"神龙摆尾"[1]的游戏。队伍摇摇摆摆，扭动着，不停地改变着方向，像一条蛇似的，每改变一下方向都会把一个孩子从队伍的最后甩出，让他像风滚草[2]似的滚落到栅栏边，每改变一次方向，甩出的总是同一个小孩，循环往复。

这五千个孩子住在从火车上下来的人所拥有的五千幢房子里。这些房子看起来极为相似，孩子们不时会走错家门，进了别人的房子别人的家庭里去，吃饭然后睡觉，没人会注意到，大家唯一能够注意到的只有队伍最后的小孩，他总是满身伤痕，鼻青脸肿，无论去哪里都会很显眼。他也不能开口大笑，如果你感觉到了来自驶过的每一辆新车或者经过的每一幢新房子的电波的压力，开口笑就会变成一件困难的事情。

"我们甚至可以在华盛顿游说一下，"哈丁说道，"成立一

1　"神龙摆尾（crack the whip）"游戏：有点类似中国孩子玩的老鹰捉小鸡游戏，但是没有老鹰这一角色。这个游戏在中文里很难找到类似的准确翻译。游戏的基本特点是由一群人一个拉着一个地排成一列，大家一起跑动或者滑冰，然后队伍的第一个人突然改变方向，使得队伍飞快转弯，常常导致队伍最后面的人脱离了队伍或者失去平衡摔倒。

2　风滚草：多种枝条茂密的一年生植物中的一种，在植物生长期的末期，会从根部脱离，被风吹动，在田野里滚动。

个组织，NAAIP，'受压迫组织'。高速公路边的巨幅广告牌上面可以画一个喋喋不休的精神分裂症患者操作一架破旧的机器，旁边用显眼的红色和绿色写着：'雇用疯子'，我们将拥有一个玫瑰色的未来，先生们。"

我们穿过西尔斯罗湾上的一座桥。空气中弥漫着浓重的水雾，所以在看到大海之前我可以伸出舌头品尝风中海洋的味道。每个人都知道我们快到目的地了，从那里一直到码头的路上，大家都没有说话。

原本要带我们出海的船长长着一个光秃秃的、灰色金属似的脑袋，脑袋露在一件黑色高翻领衣服的外面，就好像潜水艇上的射击塔一样，他嘴里叼着一支未点着的雪茄，环视了我们一圈，然后和麦克墨菲并肩站在木码头上眺望着大海，一边谈话。在他身后的台阶上，六到八个穿着防风衣的人坐在鱼饵店前面的一条木凳上。船长大声地说着话，一半是说给一边那些游手好闲的人听的，另一半是说给旁边的麦克墨菲听的，包着子弹铜衣一般的声音连珠炮似的在两者之间回荡。

"我不管，信里已经特别叮嘱过你了，如果没有一份签了字的豁免书来给我适当的授权，我没法出海。"船长的圆脑袋在高领运动衫的"炮口"中急速地旋转着，嘴里的雪茄一颤一颤地对着我们，"看看那儿，这样一群人出海去，他们也许会像老鼠似的都跳到海里去，他们的亲戚可能会控告我，让我倾家荡产，我不能冒这样的风险。"

麦克墨菲解释说另一个女孩本来应该在波特兰拿到所有的

282

那些文件。靠着鱼饵店坐着的那群人中的一个问道："什么另一个女孩？难道那边那个金发妞还搞不定你们这群人吗？"麦克墨菲没有理睬那个人，继续和船长争论着，但是你能看得出来这话让女孩非常不自在。靠着鱼饵店的那群懒汉继续不怀好意地盯着她，不时地凑到一起窃窃私语。我们所有的成员甚至包括医生都看出这一点了，很惭愧我们不能做点什么。我们不再是在加油站里好斗的那一群人了。

当麦克墨菲发现自己根本无法说服船长时，他停止了和他的争论，回头看了看，用手捋了捋头发。

"租给我们的是哪一条船啊？"

"那边的那条，百灵鸟号，在我拿到授权我的签字豁免书之前，谁也别想踏上一步，谁也别想。"

"我可没打算租一条船，然后一整天坐在那里看着它在码头里来回晃荡，"麦克墨菲说，"你们鱼饵店里没有电话吗？让我们去把这个问题解决了。"

他们大踏步迈上台阶走进了鱼饵店，留下我们瑟瑟地挤成一堆。鱼饵店前面那群懒汉吃吃傻笑着看着我们，指指点点地发表评论，还不时互相戳着肋骨。海风吹着停泊的船只，船只便不时地碰到码头边潮湿的橡胶轮胎，发出一种像是在嘲笑我们的声音。木头码头下的海水也在咯咯笑着，劲风摇晃着鱼饵店门上挂招牌的生锈铁钩子，发出抓耳挠腮似的吱吱声，招牌上面写着"海员服务站——船长的专区和后盾"。高出水面四英尺的标记潮汐线的木桩上面粘着贻贝，也在阳光下滴滴答答地窃窃私语。

海风变得寒冷而恶劣，比利·彼比特脱下他的绿色外套给了女孩，她接过去把它套在了自己薄薄的紧身T恤外面。一个懒汉不停地吼道："喂，你，金发妞，你喜欢那样的疯男孩吗？"这人的嘴唇是猪肝色的，眼睛下面一圈都是紫色的，似乎海风把他眼睛周围的静脉都吹到了皮肤表面来了，"喂，说你呢，金发妞，"他不停地用一种高亢但很疲惫的声音喊着，"喂，叫你呢，金发妞……说你呢，金发妞……说你呢，金发妞……"

我们挤得更近来躲避寒风。

"告诉我，金发妞，他们为什么要判你入院呢？"

"啊哈，她没有被判入院，普斯，她是治疗方法之一！"

"是那样的吗，金发妞？你是被雇用的治疗方法之一？说你呢，金发妞。"

她抬起头来，用目光质问那群厉害的角色到哪里去了，为什么我们没有人说任何话来保护她。没有一个人回答她质问的目光，我们当中真正强硬的人一刻之前搂着秃头船长的肩膀上了台阶到鱼饵店里去了。

她把夹克外套的衣领竖起来围着脖子，胳膊抱在胸前从我们身边走开，走到了离我们远远的码头的另一边。没有人跟上去。比利·彼比特咬着嘴唇在寒风中瑟瑟发抖。鱼饵店门前的那群人咬着耳朵低声说了点什么，然后爆发出一阵狂笑。

"问她啊，普斯——说啊。"

"喂，金发妞，你有没有让他们签署一份豁免书给予你适当的授权？他们告诉我，如果这些男孩当中的某一个在船上掉到水里淹死了，亲戚可能会起诉的。你考虑过这点吗？也许你最好和我们一起留在这里，金发妞。"

"是啊，金发妞，我的亲戚不会起诉的，我保证。跟我们留在这里吧，金发妞。"

我想象着我的两只脚都湿了，码头因为羞愧难当正沉到海湾里。我们不适于在外面和人打交道。我希望麦克墨菲快点出来，狠狠咒骂那些家伙，然后把我们带回到我们所属的地方。

猪肝色嘴唇的男人把手中的刀折叠好站起身，掸掉了腿上沾着的、刚刚刮下来的零星胡须，开始朝着台阶走过来："来啊，金发妞，你为什么要和这群傻瓜搅在一起呢？"

她转身看了看他，又回头看着我们，你能感觉到她在考虑他的提议，就在这时鱼饵店的门开了，麦克墨菲走了出来，推开那群人下了台阶。

"上船，船员们，一切准备就绪！船加了油，都准备好了，船上还有鱼饵和啤酒。"

他在比利的屁股上一拍，来了两下水手号笛舞，然后开始从柱子上解绳子往下扔。

"老船长布洛克还在打电话，但是等他出来时我们已经溜掉了。乔治，让我们看看你能否让发动机动起来。斯甘隆，你和哈丁把那边的绳子解开。坎蒂！你还在那边干什么啊？快点过来，甜心，我们要走了。"

我们一窝蜂地上了船，为能远离站在鱼饵店门口的那帮人而如释重负。比利拉着女孩的手帮助她上了船。乔治在驾驶台的仪表板前忙碌着，指挥麦克墨菲拧拧这个旋钮或者按按那个按钮。

"是的，我们称这种船为呕吐者、呕吐船只，"他对麦克墨菲说，"驾驶它们和驾驶汽车一样容易。"

在上船之前医生犹豫了一下，回头看着鱼饵店前面惊慌地朝台阶跑过来的那群游手好闲的家伙。

"你不觉得，兰道，我们最好等……到船长——"

麦克墨菲抓着他的衣领，一把将他从码头上拎到了船里，就像拎一个小男孩似的。"是吗，医生，"他说，"等船长干吗？"他像喝醉了似的开始大笑起来，用一种兴奋而紧张的声音说道，"等船长出来告诉我们，我给他的电话号码其实是波特兰的一所监狱吗？当然不。这呢，乔治，别管你那该死的眼睛了，搞定这个东西，让我们离开这里！赛弗林！把那根绳子解开，行动，快点，乔治。"

发动机咔嚓几声，又没动静了，然后又咔嚓几声，就好像在清清喉咙似的，然后全力发动了起来。

"哎哟！发动了，乔治，加加煤，其他人准备赶走强行登船的人！"

船咆哮着冒出一股白烟和水柱，这时鱼饵店的门被撞开了，船长的脑袋从里面冒了出来，他冲下了台阶，就好像他的脑袋不仅拖着他的身体，也拖着其他八个人的身体似的。他们怒不可遏地跑到了码头上来，这时乔治正好将大船掉头驶离了码头，激起的白色水沫溅湿了他们的脚。大海属于我们了。

船只突然掉头让坎蒂猝不及防，一下子膝盖着地了，比利慌忙扶她起来，并且为自己在码头上的表现向她道歉。麦克墨菲从驾驶台上走了下来，问他们两个是否需要单独相处畅谈一下旧日时光，于是坎蒂看着比利，而比利能做的就是结结巴巴地摇着头。麦克墨菲说如果是那样的话，他和女孩最好到下面去检查一下有没有漏油，我们其他人可以自己应付一会儿。他站在进底下船舱的入口，敬了个礼，眨了眨眼，任命乔治为我们的船长，哈丁为大副，然后说道："努力啊，同志们。"紧接着跟女孩一起钻进了船舱。

风儿平静了下来，太阳升高了，东边深绿色的海面被镀上了一层鲜艳的铬黄色。乔治把船只开足了马力朝着大海驶去，将码头和那个鱼饵店越来越远地甩在了后面。当我们经过最后一段防波堤和最后一块黑色岩石时，我能够感觉到一种博大的平静涌上心头，我们离身后的陆地越远，我就越发感到平静。

大家兴奋地讨论了几分钟偷船的壮举，然后变得安静了。底下船舱的门打开过一次，一只手从里面推出来了一箱啤酒，比利用他在工具箱里找到的一个开瓶器给每个人开了一瓶啤酒，传给大家。我们喝着啤酒，注视着陆地在身后消失。

我们开出去一英里左右的时候，乔治将船速减到了他称为"拖钓的悠闲"的程度，并且安排四个人到船尾的四根鱼竿那里，其余的人脱掉了上衣，在船舱的顶部或者船头摊开四肢慵懒地躺着，沐浴着阳光，看着那几个人装备他们的鱼竿。哈丁宣布的规则是每个人可以拿一根鱼竿钓鱼，如果钓到了，他就应该把鱼竿交给别人。乔治站在船舱前，眯着眼透过覆满海盐的窗户看着外面，不时地回头指挥如何往鱼竿卷筒上装渔线，或者如何把一条鲱鱼装到鲱鱼装备上去，以及应该在多远和多深的地方钓鱼。

"去四号钓竿，把你的十二盎司的铅锤装在一条有安全脱钩装置的渔线上——我马上教你如何做——我们可以用那根鱼竿来钓海底的大家伙，我发誓！"

马蒂尼跑到船边，弯下腰盯着水里渔线所在的方向。"哦，哦，我的上帝。"他说，但是他看到的东西对其余的人来说太深不可测了。

周围还有其他的汽艇沿着海岸游荡，但是乔治并没有加入它们当中，他稳稳地让我们的船只超过了它们，朝着开放的海域驶去。"没错，"他说，"我们要开到商业渔船会去的地方，那里才真正有鱼。"

海涛在我们身边奔涌而过，一边是幽深的祖母绿色，另一边是鲜艳的铬黄色。唯一的声响就是发动机断断续续的浅唱低吟，海浪吞吐着船尾的废气，可怜巴巴的黑色小鸟在船的周围盘旋着，发出可笑的、迷失的叫声，仿佛在互相打听着方向。其他的一切都很安静。一些人睡着了，其他的人看着水面发呆。我们已经拖钓了大约一小时，这时候赛弗林的鱼竿顶端突然弯了起来，沉进了水里。

"乔治！上帝，乔治，帮我一把！"

乔治可不愿意和鱼竿有任何瓜葛，他咧嘴笑着，告诉赛弗林慢点拖，鱼竿顶端应该往上，往上，好好对付那个家伙！

"但是如果我的癫痫突然发作怎么办？"赛弗林吼起来。

"如果是那样的话，我们就在你身上装上鱼钩和渔线，拿你当诱饵好了。"哈丁说，"好了，好好对付那个家伙吧，遵从船长的命令，不要再担心你的癫痫。"

在船后三十码左右的地方，鱼儿跃出水面跳进了阳光里，银色的鱼鳞闪闪发亮，赛弗林的眼珠都快瞪出来了，他如此兴奋地看着鱼儿，以至于他把鱼竿的顶端放了下去，渔线断了，像根橡皮筋似的弹进了船里。

"抬起来，我告诉过你！直直地拉扯着，你明白吗？抬高鱼竿的顶端……抬高！你本来有一条很大的鱼儿上钩了，上帝。"

赛弗林惨白的下巴颤抖着，最终他放弃了，把鱼竿交给了弗雷德里克森："好吧——但是如果你抓到一条嘴里有鱼钩的鱼，那是上帝恩赐给我的！"

我和其他人一样兴奋。我本来没打算钓鱼，但是看到渔线另一端鲑鱼所展示的钢铁一般的力量以后，我从船舱顶部跳了下来，穿上衬衫，等着鱼竿交到我手上。

斯甘隆为大家可能钓到的最大的鱼设了一个赌局，还为钓上来的第一条鱼设了赌局，想要参加的人每人出五十美分，他还没来得及把钱揣进兜里，比利就拖上来了一个丑陋的东西，看起来宛如一只十磅左右、背上像豪猪一样有脊骨的蟾蜍。

"那不是鱼，"斯甘隆说，"你不能因为那个东西而赢了赌注。"

"也不是一只鸟、鸟、鸟儿。"

"那个东西是长蛇齿鱼，"乔治告诉我们，"如果你能够把它身上那些粗糙的硬块去掉，是种味道不错的鱼。"

"看见了吧，它也是一条鱼，付、付、付钱。"

比利把他的鱼竿交给我，拿了他赢的钱，走过去坐在麦克墨菲和女孩独自待着的船舱附近，闷闷不乐地看着紧闭的门，

"我希、希、希、希望我们有足够的鱼竿。"他说，身子往后靠着船舱的一侧。

我坐了下来拿起鱼竿，看着渔线飞进船后面的海浪里。我嗅着空气的味道，感觉到我喝的四罐啤酒让我身体里面很多控制导线都短路了。在阳光照耀的那一侧，铬黄色的、无边无际的海水在那光芒中尽情涌动着。

乔治高声叫我们往前看，说我们已经来到了目的地。我弯下身子往四周眺望，只看到一段巨大的木头在漂流着，还有一些黑色的海鸥在围着这段木头打转，间或跳到水里，就像被卷入了沙尘暴里的黑色的树叶。乔治加快速度朝着鸟儿们盘旋的地方开去，突然加速的船只拖着我的渔线飞快往前，我已经感觉不到鱼是否在咬钩了。

"那些鸬鹚正在追逐一群裸盖鱼，"乔治一边开船一边告诉我们，"只有手指那么大的白色的鱼，晒干了以后可以像蜡烛一样燃烧。它们是食用鱼，也可以被用作鱼饵，并且你可以确信一点，在有大群裸盖鱼的地方能够发现很多正在捕食的银色鲑鱼。"

他把船开进了鸟群中，避开了漂流的木头，突然我周围平静的铬黄色海面被跳水的鸟儿和银色小鱼的旋涡搅乱了，鲑鱼光滑的、银蓝色的鱼雷一般的脊背不时在水中滑过。我看到一条鲑鱼查看了一下方向，转身朝着我鱼竿后面大约三十码附近的地方游去，那是我的鲱鱼鱼饵所在的地方。我兴奋起来，心怦怦乱跳，然后感觉到两只胳膊猛地一晃，好像某个人用球拍打了鱼竿一下，我大拇指底下的卷筒上的渔线突然烧得火红地飞驰而去，就像血一般红艳，"用星型钓力阀。"乔治狂吼着告诉我，但是据我所知，用星型钓力阀可能会让渔线弹到眼睛里，所以我只是用大拇指拼命地捣鼓，直到渔线又变成了黄色，然后慢了下来，停住了。我看了看四周，另外三根鱼竿也像我的一样抖动着。其他的人都忙不迭地从船舱顶上下来，兴奋得不得了，他们想要帮忙，其实却十分碍手碍脚。

"抬起来！抬起来！把鱼竿顶部抬起来！"乔治大叫着。

"麦克墨菲！出来看看这个。"

"上帝保佑你，弗莱德，你得到了上帝赐予我的鱼儿！"

"麦克墨菲，我们需要一些帮助！"

我听到了麦克墨菲的笑声，从眼角看到了他站在船舱的门口，甚至动也没动一下，而我因为忙于弯曲鱼竿以及跟我的鱼儿搏斗也没空叫他帮忙。每个人都叫他做点什么，但是他根本不动，甚至拿着深海钓鱼竿的医生也在叫麦克墨菲来帮忙，而麦克墨菲只管呵呵笑着。哈丁最终明白了麦克墨菲什么也不会做，于是他把我的鱼拽进了船里，动作干净利落而优雅，就好像他一辈子都在从事把鱼拖上船的工作似的。那鱼儿和我的大腿一样粗，我想，和一根栅栏柱子一样粗！它比我们在瀑布捕到的任何鱼都要大，就像疯了的彩虹一样在船尾活蹦乱跳，弄得鲜血四溅，和一角钱硬币差不多大的鱼鳞到处乱飞，我很害怕这鱼会突然越过船舷跳回海里去。麦克墨菲都不肯动一下来帮忙，还好斯甘隆抓住鱼按倒在船板上，防止它跳回海里去。女孩从下面跑了上来，嘴里喊着说该死应该轮到她了，然后夺过了我的鱼竿。我试图帮她装上鲱鱼鱼饵，她却急不可耐地乱动，三次把鱼钩钩到了我的手。

"酋长，我发誓我从没见过这么慢的动作！哎呀，你的大拇指在流血。那个怪物咬了你吗？谁来包扎一下酋长的大拇指——快点！"

"我们再把渔线扔进去。"乔治喊道。我又把渔线向船后的水里扔去，鲱鱼一闪，消失在幽暗的海水里面灰蓝色的鲑鱼群中，渔线吱吱地落入水里，女孩用两只胳膊环抱着鱼竿，咬牙切齿地说道："啊，不，你不会吧，该死的你！啊不……"

她站在那里，鱼竿的底部夹在两腿中间，两只胳膊环抱着鱼竿卷筒下面，当渔线飞出去时，卷筒曲柄敲打着她的身体。

"啊，你不会吧！"她仍然穿着比利的绿色夹克，但是那个卷筒把绿色夹克挑开了，船上的每个人都看到她原本穿着的T恤已经不翼而飞——每个人都呆了，但仍强作镇定地和自己的鱼折腾，躲开在船尾到处乱窜的那条我刚钓上来的鱼，而那个卷筒的曲柄则以极快的速度拍打着她的一只乳房，以至于乳头成了令人眩晕的一个模糊不清的红点！

比利跳起来要帮忙，但他能想到的只不过是从后面环抱住她，帮她紧紧地把鱼竿夹在乳房之间，以便卷筒能在她身体的挤压之下停止下来。到这个时候，她的肌肉已经变得很紧张，她的乳房看上去如此坚挺，让我想到，即使她和比利都松开手，她的乳房也仍然能够夹住那根鱼竿。

有那么一秒钟，这混乱的场面在海上定格了——男人们抱怨着、挣扎着、诅咒着，竭尽全力一边照看自己的鱼竿，一边偷看女孩；斯甘隆和我的鱼血淋淋地在大家的脚下横冲直撞；

渔线缠绕在一起四处乱飞，医生吊在带子上的眼镜缠上了一根渔线，挂在了船后十英尺的地方摇晃着，鱼儿攻击着闪耀的镜片；女孩拼命地诅咒着，低头看着自己光溜溜的乳房，一只是雪白的而另一只却是令人感觉刺痛的红色——乔治的注意力不再放在航行上，船撞上了漂流的木头，发动机也熄火了。

而麦克墨菲自顾自地在那里狂笑不已，身子越来越往后地靠着船舱的顶部，将他的笑声向四周的水面撒播出去——嘲笑女孩、嘲笑所有的男人、嘲笑乔治、嘲笑吮吸着流血大拇指的我、嘲笑码头上的船长、路上骑自行车的路人、加油站的人，还有五千幢同样的房子，以及大护士等所有的一切。因为他知道你不得不通过嘲笑伤害过你的东西来让自己保持平衡，目的只是为了防止这个世界让你彻底变得疯狂。他知道事情痛苦的一面：他知道我的大拇指很痛，他的女朋友有一只青肿的乳房，医生正失去他的眼镜，但是他不让痛苦遮掩幽默，就像他也不会让幽默抹杀痛苦一般。

我注意到哈丁瘫倒在麦克墨菲的旁边，也笑了起来，船尾的斯甘隆也笑了起来，既在嘲笑他们自己，也在嘲笑我们其余的人。还有女孩，尽管她在白色乳房和红色乳房之间游走的目光还流露出受伤的神情，但是她也开始笑起来。还有赛弗林和医生也笑了，所有的人都笑了。

这笑声是慢慢开始的，然后逐渐变得强大起来，让人们膨胀得越来越大。我注视着他们中的一些人，和他们一起笑着——但是似乎我又不是和他们在一起的，我的身体好像离开了船，被吹到了水面上，和那些黑色的鸟儿一起在风中翻飞，飘浮在我自己的身体之上很高的地方。我能从上面俯视自己和其他人，看到船在那些跳水的鸟儿中间摇晃着，看着麦克墨菲被他的十二个随行者包围着，看着他们——也就是我们，抛撒笑声，让笑声在水面上回荡着，随着海水一圈圈地往外扩散，直到它和海岸边的沙滩碰撞到了一起，和所有海岸的所有沙滩碰撞到了一起，一浪接着一浪，又一浪。

医生用深海钓鱼竿在水底钩到了一个什么东西，等他把它拖到近前我们能够看到的地方时，甲板上除了乔治以外每个人都已经钓到了一条鱼——医生钓上来的是一团白花花的东西，一闪现就跃进水里逃走了，尽管医生竭尽全力地抓住它。医生举着鱼竿，不停地转动卷筒和它搏斗着，嘴里低低地发出倔强的哼哼声，拒绝大家想提供的任何帮助，当他收紧渔线把它拖近水面时，这东西刚一见光又逃进了水里。

乔治不再费力发动船只，他从驾驶舱下来向我们展示如何剖鱼，如何把鱼鳃撕掉来保持鱼肉的甜美。麦克墨菲在一根四尺长细绳的两端各拴上一块鱼肉，把它扔到空中，引得两只鸟儿飞扑而去。他嘴里念念有词："直到死亡让它们分离。"

整个船尾以及站在那里的人身上都溅上了红色的血点和银色的鳞甲。一些人把衬衫脱下来，放到船边的水里清洗。我们就这样晃晃悠悠一直到了下午，一边钓着鱼，一边喝着另一箱啤酒，还不时地喂喂鸟，船在海浪的旋涡中懒散地摇晃着，医生还一直和他的深海怪物搏斗。一阵风吹过，把大海分割成了绿色和银色的块状，好像撒了一地的玻璃和铬合金，船开始更加激烈地颠簸起来。乔治告诉医生说他必须马上把鱼拉上来，或者把渔线割断，因为要变天了。医生没有回答，而是更加用力地举着鱼竿，然后向前弯曲鱼竿，接着收紧松了的渔线，然后又用力举起鱼竿。

比利和女孩爬到了船头上坐着谈话，一边看着海水。比利突然吼起来说他看到了什么东西，我们都冲了过去，水下十到十五英尺的地方，一个巨大的、白色的东西开始变得清晰起来。看着它慢慢往上浮让人有一种很奇异的感觉，它首先呈现一种淡淡的颜色，然后在水下化成像雾一样的白色，变得结实、鲜活……

"耶和华上帝，"斯甘隆喊道，"那是医生的鱼！"

那东西在医生所在位置的船的另一边，但是我们都能够从方向上判断医生的渔线穿过船身在水下连着它。

"我们根本无法把它放到船里。"赛弗林说，"而且风越来越大了。"

"那是一条很大的比目鱼，"乔治说，"有时候它们能重达两三百磅。你得用绞盘才能把它拖到船里。"

"我们必须把它放了，医生。"赛弗林说，一边用他的胳膊搂着医生的肩膀。医生什么也没有说，他肩膀两边的衣服完全湿透了，眼睛因为长时间没有戴眼镜而变得通红，但是炯炯有神。他一直举着鱼竿，直到那条鱼在他所在的船的那边出现了。我们又等了几分钟，看着那鱼接近水面，然后拿绳子和鱼叉准备着。

虽然用了鱼叉，但我们还是花了近一小时才将那鱼拖进了船尾。我们不得不用其他三根鱼竿一起来钩住它，麦克墨菲弯下身子，把一只手伸进了那鱼的鳃里，用力一举，他的手就穿过了它白皙透明的扁平的鱼鳃，然后他一屁股和医生一起坐在了船尾。

"真是个了不起的东西。"医生坐在地上喘着粗气，已经没有足够的力气把这巨大的鱼从他身上推开，"那……的确是个了不起的东西。"

船上下颠簸急速朝岸边驶去，一路上麦克墨菲不停地说着有关船只遇难和鲨鱼的可怕故事。当我们逐渐靠近海岸的时候，海浪变得更加狂暴，浪尖上一团团白色泡沫被狂风吹得呼啸着盘旋而上，好像要与海鸥会合似的。防波堤入口处附近的巨浪汹涌而起，甚至比我们的船还要高，乔治让我们大家都穿上救生衣。我注意到所有的渔船都已经入港了。

我们少了三件救生衣，于是大家为究竟谁应该作为不穿救生衣的勇士穿越沙洲而谦让了一番，最终结果是比利·彼比特、哈丁和乔治，这几位本来也嫌脏不愿意穿；大家都有点吃惊，当救生衣不够时比利立即把身上的救生衣脱下来给女孩穿上，但是大家更没想到的是麦克墨菲没有坚持做英雄，当大家争吵的时候，他只是背靠舱门站着，胳膊抱在胸前抵御着船只的颠簸，咧嘴看着大家。

我们的船触到了沙洲，掉进了一个海水的深谷里，船头正对着面前汹涌咆哮、嘶嘶作响的浪头，而船尾落在了凹洼里，身后是迫近的海浪的阴影，待在船后的每个人都紧紧抓着栏杆，看看在后面追赶我们的山一般的巨浪，再看看左边四十英尺处防波堤附近涌动的黑色岩石，然后看着掌舵的乔治。他像一根桅杆耸立在那里，不停地转身往后看，猛地加大油门，然后慢慢减速，接着再加大油门，让我们稳稳地跟着前面巨浪掀起的斜坡前进。在我们开始闯关之前，乔治告诉我们说，如果我们越过前面的浪头，只要螺旋桨和方向舵劈开水流，我们的冲浪就会失去控制；如果我们慢下来，让后面的巨浪追上了我们，它就会越过船尾，把十吨以上的水倒进船里。尽管他的脑袋像放在一个旋转座架上似的来回不停地转动着，但没有一个人拿他来开玩笑或者说任何滑稽的话。

到了停泊区以后，海水成了波涛微起的水平面，在我们的码头，也就是鱼饵店的旁边，我们能够看到船长和两个警察在水边等着。所有的无业游民都在他们身后围观。乔治开足马力将船朝着他们驶去，船只迫近码头，船长又是挥手，又是吼叫，警察和那群无业游民也疾步走了过来。正当船头几乎要把整个码头一劈两半的时候，乔治猛地一转舵，船头立即掉转了过来，只听他有力地吼叫一声，将船熨帖地正对着橡胶轮胎停了下来，就像他是让这船上床睡觉似的。当追我们的人赶上来的时候，我们已经上岸把船绑好了。这一停泊让旁边的船只都颠簸了起来，朝着码头的方向摇晃，海水溢了出去，码头上满是白色的泡沫，就像我们把大海带回了家。

船长、警察和那群无业游民大踏步冲下台阶朝我们跑了过来。医生主动出击，告诉警察说他们对我们没有任何的管辖权，因为我们是合法的、政府赞助的旅行，如果任何人想要干涉这件事的话，那他必须是联邦政府的官员。还有，如果船长真的想要制造麻烦，也许他首先应该调查一下船上救生衣的数量。按照法律的规定，难道不应该为船上的每个人都准备一件救生衣吗？看船长什么也没有说，警察记下了一些名字就嘀嘀咕咕、满脸疑惑地离开了。他们一离开码头，麦克墨菲和船长马上争吵起来，互相推搡着。

麦克墨菲有点喝醉了，好像还意犹未尽地在随着船的颠簸而摇摇晃晃，脚在湿乎乎的木头上不断打滑，两次掉到了海里，然后他终于站稳了，一拳击中了船长的秃头，结束了争吵。问题解决了，每个人都感觉好了很多。船长和麦克墨菲到鱼饵店里去买更多的啤酒，我们其他的人忙着把鱼从船里拖出来。无业游民们站在码头的高处看着我们，抽着自制的烟斗。我们等着他们再度调戏女孩，甚至盼望他们会出言不逊，但是当他们中间的一个终于说了句话时，却不是关于女孩的，而是说我们的鱼是他曾见过的从俄勒冈海域钓回来的最大的比目鱼，其余的人也点头称是。他们凑到边上来仔细观看，问乔治他在哪里学会了停船的技术，我们才发现乔治不仅开过渔船，还曾经是太平洋一艘鱼雷快艇的船长，并且获得过海军十字勋章。"应该去找份公职啊。"一个无业游民说。"太脏了。"乔治告诉他。

他们比我们更清楚地感觉到，变化已经发生在我们这群人的身上——这些不再是今天早上从疯人院来的那帮软弱无力、眼睁睁任由他们侮辱的人了。他们并没有明确地向女孩道歉，但是当他们要求看看她抓的鱼时，他们就像馅饼一样彬彬有礼。麦克墨菲和船长从鱼饵店里出来以后，我们一起分享了一些啤酒，然后驾车离开了。

当我们回到医院时，天已经很晚。

女孩靠在比利的胸前睡着了，当她抬起头来时，他的胳膊因为一直保持这个高难度的姿势搂着她，已经完全麻了。她帮他揉着胳膊时，他告诉她如果周末有空的话，他会请她和他约会的，她说如果他确定好时间，她可以在两星期后前来探访。麦克墨菲用胳膊搂着他们两个人说："让我们定两点整吧。"

"星期六下午吗？"她问。

他冲着比利眨了眨眼睛，挤了挤在他臂弯里的女孩的脑袋："不，星期六夜里两点，溜进来敲敲你今天早上站在后面的那扇窗户，我会说服夜里的看护让你进来的。"

她咯咯笑起来，不停地点头。"你这该死的麦克墨菲。"她说。

有一些急性病人还没有睡，站在厕所附近等着看我们有没有被淹死。他们看到的是，我们浩浩荡荡地走进大厅，衣服上血迹斑斑，皮肤晒得黝黑，满身都是啤酒和鱼腥味，就像胜利归来的英雄一般在计算着我们一共钓了多少条鲑鱼。医生问他们是否想出去看看他车后备厢里的比目鱼，于是除了麦克墨菲以外，其他的人又都走了出去。麦克墨菲说他已经很累了，只想往床上一躺。他走了以后，一个没有出行的急性病人问为什么麦克墨菲看起来精疲力竭、疲惫不堪，而我们其他人却看上去脸颊红润，十分兴奋。哈丁推脱说麦克墨菲只不过是晒得不够黑。

"你应该记得麦克墨菲进来时充满活力，由于劳改农场严格的户外生活，他显得脸色红润，体格健壮。而我们只不过是见证了他杰出的'晒黑的精神状态'的消退而已，就是这样。今天他的确度过了令人劳累的几小时——在幽暗的船舱里，顺便提一下——当时我们正在大自然里拼命吸收维生素D。当然，那可能让他的体力消耗得太多了，船舱底下的严酷环境，想一想，朋友们。就我自己而言，我相信我宁可接受少一点维生素D，多一点他那种劳累，特别是在那个甜美的小坎蒂做工头的情况下，我说得没错吧？"

我没有回应，但是我在想也许哈丁说得没错。早些时候在回家的路上，我们在麦克墨菲的坚持下开车经过了他以前曾经住过的地方，之后我也注意到了麦克墨菲的疲倦。当时我们正好分享完了最后一罐啤酒，将空啤酒罐扔向车窗外的一个停车指示牌，懒散地靠在车里感受着一天的时光，游弋于那种一整天努力做喜欢做的事情之后通常会包围你的那种悠然的昏昏欲睡——一半是因为被太阳晒的，另一半是因为喝醉了，而你努力醒着只是为了尽量久地回味那种意犹未尽的滋味。我模模糊糊地注意到，自己正处于一种能看到一些生活中美好事物的状态。麦克墨菲在教我这么做。除了事事皆美，土地不停吟唱属于孩子的诗歌的童年，我已经很久没有感觉这么好过了。

我们没有沿着海岸线，而是驾车经内陆返回，目的是为了经过麦克墨菲待得最长的城镇。从卡斯柯德山上往下走的时候我们迷路了，后来兜兜转转我们才抵达占地约为医院两倍的一个小城镇。一阵劲风夹带着沙砾把太阳都给吹得躲了起来，麦克墨菲在路边一片芦苇丛里把车停了下来，指着路的另一边。

"那边那座看起来像是从野草丛中冒出来的破屋，就是我虚度青年时代的简陋居所。"

　　沿着大约有六个街区的昏暗街道，我看到了光秃秃的树木被栅栏围在那里，就像击中了人行道的木头闪电一般，被它们劈开的地方，水泥都裂了开来。一个杂草丛生的院子前面伸出缠绕着铁丝的、曾用来支撑栅栏的尖木桩，后面是一座巨大的、带走廊的木屋，正努力地伸出一只摇摇欲坠的木胳膊在风中支撑着，以免像个空空的杂货纸箱般被寒风卷出几个街区以外。风吹落了几点雨，我看到木屋紧紧地闭上了眼睛，门前的锁重重地敲打着一根链条。

　　走廊上挂着一个日本人用玻璃做的吊在绳子上的那种东西——风一吹就叮叮当当的——只剩下四片玻璃不停地摇摆晃动着，在走廊地板上撒落星星点点的碎玻璃。

　　麦克墨菲把车子发动起来。

　　"我有一次曾经回到这里——很久以前了，那年我们刚刚从朝鲜战场上回来，我回来看看，那时候我老爸老妈都还活着，它曾是一个不错的家。"

　　他一踩离合器把车开了起来，然后又停了下来。

　　"我的上帝，"他喊道，"往那边看，看到一件衣服了吗？"他手往回指，"在那棵树的枝丫上？黄黑相间的一块破布？"

　　我看到一个像是一面旗子的东西，在一座破旧茅棚上头的树枝上呼呼作响。

　　"第一个把我骗上床的女孩当时就穿着那件衣服。我大约十岁，而她很可能更小，在那个时候上床是非常大的事情，所以我问她是否认为，觉得，嗯，我们应该用某种方式宣布一下，就像，比如说，告诉我们的家人，'妈妈，朱蒂和我今天订婚了。'我是说真的，我曾是那样的一个大傻瓜，我以为如果你搞过了，天哪，你就当场合法结婚了呢，无论这是不是你想要的，而且这个规则一定不可以违反。但是那个小骚货——也就八九岁吧——伸手把她的裙子从地板上捡了起来，说它属于我了，并且说，'你可以把裙子挂起来，我可以穿着衬裤回家，用那种方式宣布——他们一定会明白的'，上帝啊，年纪不过九岁，"他说，伸手拧了拧坎蒂的鼻子，"但是比很多职业人员都知道得多。"

她在他的手上咬了一口，笑了起来，他低头打量着咬痕。

"所以，总之，当她穿着衬裤回家以后，我一直等到天黑才有机会把那条该死的裙子扔到了外面——你感觉到那股风了吗？它把裙子像风筝似的托起来，沿着房子吹到了看不见的地方，但是，第二天早上，天哪，上帝，它就挂在那棵树上，我那时候真的觉得，它挂在那里正等着整个镇子里的人出来瞻仰。"

他愁眉苦脸地吹着他的手，坎蒂笑了起来，吻了一下他的手。

"于是我吓得面无人色，从那天开始直到今天，我似乎凑合说得上不负声名——作为一个具有奉献精神的爱人——这是可以对老天说的真话：我童年时代的那个九岁小孩应该对此负责。"

房子在我们身后消失。麦克墨菲打了个哈欠，眨了眨眼："她教会了我爱，保佑她那甜美的小屁股。"

然后——当他正在说着话的时候——路过的一辆车的尾灯照亮了他的脸，前面车窗上映出来的那张脸上所显示的，是一种因为觉得车里很暗、无人觉察才流露出来的表情，如此的疲惫、紧张和狂乱，就像已经没有足够的时间来完成他不得不做的某件事情……

他用放松、和善的声音讲述着旧日生活的点点滴滴，让我们沉浸其中；他讲述他的童趣十足、丰富多彩的过去，其中充斥着喝酒的伙伴、可爱的女人和为了一丁点儿的荣誉而在酒吧里进行的打架斗殴——我们都在幻想中重温了一遍他的人生。

第四部

钓鱼旅行后的次日，大护士开始实施她的下一个计谋。头一天当她质问麦克墨菲从钓鱼旅行和其他类似的小营生中赚了多少钱的时候，这个主意在她的头脑中成形了。那天晚上她仔细地考虑了这个计谋，从每个角度进行揣摩，确信此计谋不会失败。次日她开始含沙射影地制造谣言，在实际对此进行评论之前先让这些传言在大伙儿中间广为传播。

　　她知道像他们这样的人迟早会开始心生疑窦，躲开那些比别人奉献多一点的人，例如圣诞老人、传教士和给慈善事业捐款者。他们会怀疑地说：这些事对他们有什么好处呢？例如一个年轻律师拿了一袋山核桃送给他所在的社区学校的孩子们——而彼时正当州参议员竞选提名之前——他们就会嘴角一撇，不屑地笑着互相转告：狡猾的魔鬼，他这样做一定是另有企图。

　　她知道只要不经意地提及这点，她就可以毫不费力地让大家开始考虑，究竟是什么让麦克墨菲花这么多的时间和精力来组织去海边钓鱼、安排赌局和教大家打篮球？当病房里的每一个人都满足于玩玩皮纳克尔纸牌游戏或者翻阅一下过期杂志来打发日子，是什么让他总是充满活力不知疲倦呢？为什么这个人，这个因为赌博和斗殴而在一个劳改农场服刑的爱尔兰无赖，会像一个十几岁的年轻人一样在头上围上一块头巾，花整整两个小时扮演女孩来教比利·彼比特跳舞，让病房里的每一个急性病人都欢呼不已呢？为什么像这样一个经验丰富的职业骗子——一个老手、狂欢节的艺术家、一个不放过任何获胜机会的赌徒——会不停地冒险得罪一个有权决定谁可以出院而谁不能的女人，从而可能让自己在疯人院待的时间延长一倍呢？

大护士把病人们过去几个月的财务状况张贴出来，引起了大家的疑惑——她一定花了很多工夫来挖掘大家的记录——这个表显示所有急性病人的资金都在持续地减少，除了一个人以外，他的资金从他进来的那一天开始不断增长。

急性病人们跟麦克墨菲开玩笑说，看样子他很快就会把他们的钱都拿走，而他对此毫不否认，一点也不否认，实际上，他夸口说如果他在这个医院待上一两年，出院时他也许已经实现经济独立，可以退休到佛罗里达去欢度余生了。当他在旁边时，他们对此一笑置之，但是当他离开病房去进行电击治疗、职业治疗或者物理治疗时，或者当他在护士站里大喊大叫抱怨什么事情、用他的坏笑来对抗她伪装出来的塑料微笑时，他们就不是真的在笑了。

他们开始互相询问，为什么最近他就像一个忙碌的工蜂一样，到处向病人们兜售诸如此类的事情：要求取消无论什么时候去任何地方都必须组成八人治疗小组这样的规定；（"听着，比利又在谈论割腕了，"在一次会议当中他说，"难道你们有七个人想要加入他的小组让割腕变得有治疗价值吗？"）他还花言巧语地说服了钓鱼旅行之后和病人们距离拉近了很多的医生订阅了《花花公子》、《妞洁特杂志》和《男人帮》，把那个肿脸公共关系负责人从家里拿来的过期的《麦克考杂志》都扔了，公共关系负责人总是把它们堆放在病房里，还把他认为我们可能会感兴趣的文章用绿色的墨水勾出来。麦克墨菲甚至给华盛顿的某个官员寄了一份请愿书，要求他们调查在公立医院里仍旧流行的脑叶白质切除术和电击疗法。我只是私下揣摩，而大家已经开始宣之于口：老麦克从中能够得到什么好处呢？

当这种想法在病房里传播了大约一个星期以后，大护士开始在小组会议中上演她的把戏。她做第一次尝试时，麦克墨菲也在场，她还没有好好开始就被麦克墨菲打败了（一开头她告诉小组成员们，她对病房的堕落感到非常震惊和沮丧：仔细看看周围，看在上帝的分上，从那些乌七八糟的书上剪下来的真刀实枪的色情图片被堂而皇之地钉到了墙上——碰巧的是，她正打算要求主楼调查这些被带进医院来的污秽东西。在威胁完大家以后，她坐着沉默了一会儿，就像坐在王位上的女王一样，往椅子后背一靠，准备继续指出谁该受到责备以及原因……这时候麦克墨菲打破了她的魔咒，把她的威严化为一顿大笑：好吧，一定要提醒主楼的人来调查时带上他们的小手镜），因此，下一次她再进行她的表演时，要首先确保他没有在场。

他有一个从波特兰来的长途电话，于是他和一个黑男孩一起在楼下的电话亭里等着对方再打回来。到了下午一点的时候，我们开始搬东西将休息室准备好，个子最小的黑男孩问大护士是否要他下去把麦克墨菲和华盛顿叫回来开会，但是她说不用，没问题，让他待着吧——而且，这里的一些人也许很高兴有机会在独断专行的兰道·帕特里克·麦克墨菲不在的时候讨论一下他的问题。

　　会议一开始，他们叙说了关于麦克墨菲的有趣故事，不停地说他是一个多么好的人，而她一直保持缄默，等着他们把好话都说完了，开始提出一些别的问题：麦克墨菲是个怎样的人？是什么促使他去做那些事情？一些人觉得也许有关他在劳改农场故意打架以便能被送到这里来的传说并不是他骗人的鬼话，并且也许他比人们认为的要疯狂得多。大护士对此微微一笑，举起了她的手。

　　"像一只狐狸一样的疯狂，"她说，"我相信那是你们试图表达的对麦克墨菲先生的看法。"

　　"你是什么意、意、意思？"比利问道，麦克墨菲是他心目中非同一般的朋友和英雄，他对大护士这种把赞美和含沙射影混为一谈的方式并不十分高兴，"你是什么意、意、意思，'像只狐狸'？"

　　"那仅仅是一个简单的看法而已，比利，"大护士愉快地说道，"我们来看看其他人是否能够告诉你那是什么意思，斯甘隆先生，你来说说好吗？"

　　"她的意思是，比利，麦克绝非傻瓜。"

　　"没有人说他是、是、是、是！"比利用拳头一击椅子的扶手，终于说出了最后一个字，"但是拉契特小姐在暗示——"

　　"不，比利，我没有暗示任何东西。我仅仅是观察到麦克墨菲先生并非一个毫无理由就去盲目冒险的人，你同意这一点，是不是？你们大家不同意这一点吗？"

没有一个人说话。

"但是，"她继续道，"他做起事情来好像根本不考虑他自己似的，就好像他是一个殉道者或者圣人，有没有人斗胆认为麦克墨菲是一个圣人？"

她知道她可以很安全地微笑着环顾整个房间，等待答案。

"不，不是一个圣人或者殉道者。看看这里，我们要不要来剖析一下这个人的行善事迹？"她从筐子里拿出一张黄色的纸，"看看他的一些热心追随者也许会称之为'礼物'的一些事情。首先，浴盆间这个礼物，这实际上是他善心施与的吗？把它变作一个赌场使得他失去任何东西了吗？换个角度看，你们觉得他作为病房里小蒙特卡洛[1]的赌场主管在这么短的时间内赚了多少钱？你失去了多少钱，布鲁斯？赛弗林先生？斯甘隆先生？我想你们对各自的损失心里有数，但是你们猜猜，根据他在基金里存的钱来看，他的个人收益有多少呢？将近三百美元。"

斯甘隆低低地吹了一声口哨，但是其他人都一言不发。

"如果你们当中任何人有兴趣看一看的话，我手里有他跟你们打赌的各种事情的清单，包括一些故意跟工作人员找茬的事情。而这一切赌博行为都是完全违反病房规定的，和他打赌的每个人都清楚这点。

"还有最近一次的钓鱼旅行。你们觉得麦克墨菲这一次的

1　蒙特卡洛：摩纳哥公国一个城镇，位于地中海沿岸和法国里维埃拉。以其赌场和豪华酒店而闻名。

投机利润是多少？据我所知，医生提供了他的一辆车子，他甚至从医生那里得到了加油的钱，并且，我被告知，他还得到了其他很多项好处——而没有付一分钱，非常像一只狐狸，我不得不说。"

她抬起手示意比利不要打断她。

"劳驾，比利，请理解我：我并非在批评这一类行为，我只是认为最好不要对这个人的动机抱有任何幻想。但是，无论如何，也许在我们所谈论的人不在场的时候进行这些指控是不公平的。让我们回到我们昨天讨论的问题吧——是什么问题啊？"她开始在筐子里翻找起来，"是什么问题，你记得吗，斯皮威医生？"

医生的脑袋猛地一抬："不……等等……我想……"

她从文件夹里拿出一张纸："在这儿呢，有关斯甘隆先生对于爆炸物品的感受。好吧，我们现在来讨论这个吧，等下次麦克墨菲先生在场的时候，我们再来讨论他的事情。不过，我的确认为你们可以考虑一下今天所说的这些东西。好了，斯甘隆先生……"

那天晚些时候，我们八到十个人聚在小卖部门口，等着黑男孩完成偷取头油的勾当，这时一些人又重新挑起这个话题。他们说他们不同意大护士所说的话，但是，该死，那个老女孩的确有些正确的观点。可是，见鬼去吧，麦克仍然是个不错的人……真的。

哈丁最终打开天窗说亮话。

"我的朋友们，你们因为抗议太多而言不由衷。在你们那小气的小心灵深处，你们所有人都相信我们的慈善天使拉契特小姐今天对于麦克墨菲所做的每一个论断都是绝对正确的。你们知道她是正确的，我也这么认为。但是为什么要否认这点呢？让我们诚实一点，给予这个人他应得的评价，而不是偷偷在这里批评他的资本主义经营天赋。他赚点小钱有什么错呢？每一次他诈取我们的时候，我们花的钱难道不都是物有所值的吗？他是一个眼疾手快、善于赚钱的精明角色没错，他并没有掩饰他的动机，是不是？为什么我们要掩饰呢？他对于自己的欺骗行为具有一种健康和诚实的态度，我完全赞成他，就像我赞成崇尚个人经营自由的古老资本主义制度一样，同志们，赞成他和他的率真而勇往直前的厚颜无耻，也赞成美国国旗——愿主保佑它——林肯纪念堂和所有这一切。记得缅因、P.T.巴纳姆和七月四日吧。我觉得有义务捍卫我的朋友作为一个优秀的、百分之一百红、白、蓝的美国职业老骗子的荣誉。说他是好人我不相信。如果麦克墨菲知道一些高尚纯洁的动机被附加于他的行为之上，他一定会尴尬得掉眼泪，他会认为那是对他手艺的厚颜无耻的污蔑。”

他把手伸进口袋里找他的香烟，当他没有找到任何香烟时，他向弗雷德里克森借了一支，像在舞台上似的把火柴夸张地一划，将香烟点上，然后继续说道：

“我承认刚开始的时候我也对他的行为，特别是打碎玻璃那件事情感到迷惑不解。上帝，我对自己说，这个人似乎真的想留在医院里和他的伙伴们同舟共济，直到我意识到麦克墨菲这么做只是因为他不想错过任何好事。他在充分利用待在这里的时间。千万不要被他粗野的举止误导了，他是一个非常精明的行家，处理事情冷静清醒。你看，他做过的每一件事情都不是无缘无故的。"

比利不想就此罢休，"是吗？那他教我跳舞又是为了什么呢？"他紧握的拳头放在身侧，我看到他手背上香烟烫的伤痕几乎都痊愈了，代替那些伤痕的是他用一种擦不掉的铅笔画的文身，"那又是为了什么呢，哈丁？教我跳舞让他如何赚钱、钱、钱呢？"

"不要生气，威廉姆，"哈丁说，"但同时也不要失去耐心，让我们放松一点，静心等待，看他如何操作嘛。"

似乎比利和我是硕果仅存的相信麦克墨菲的人了。正是在那天晚上，比利开始向哈丁看待整个事情的观点靠拢，那天晚上麦克墨菲又打了一个电话，然后回到宿舍里，告诉比利说和坎蒂的约会已经确定，然后一边给比利写一个地址，一边说也许为她的行程寄点"面包"是一个不错的主意。

"面包？钱吗？多少啊？"他往哈丁那边看了一眼，哈丁正对他呵呵笑着。

"啊哈，你知道我的意思，伙计——也许十美元给她，另外十美元——"

"二十美元！到这里来的汽车票不需要花这么多钱啊。"

麦克墨菲从帽檐下往上看，对着比利慢慢地笑了起来，然后用一只手揉了揉他的喉咙，伸出他干燥的舌头："孩子，哎哟，孩子，但是我非常干渴。我想再过一个星期我会更加干渴的，你不会介意让她给我带一点润喉的小酒吧，是不是，比利男孩？"

他故作天真地看着比利，比利不得不笑着摇了摇头，不，不行，然后走到一个角落里，和这个他很可能视作皮条客的人兴奋地谈论起下周六的计划。

我仍然坚持自己的想法——麦克墨菲是一个从天而降的巨人，要从"联合机构"那里把我们拯救出来，无视"联合机构"在整个土地上用铜线和晶体布下的天罗地网，他胸怀博大，不会被金钱这样微不足道的东西困扰——但甚至是我也有点动摇了。事情是这样的：某次小组会议前，他在帮忙把桌子搬到浴盆间时看到了站在控制仪表板旁边的我。

"我向上帝发誓，酋长，"他说，"在我看来，从那次钓鱼旅行以来你已经长了十英寸了。无所不能的上帝，看看你那只脚的尺寸，就像一辆平台货车一样大！"

我低头看到我的脚的确比我印象中要大很多，好像麦克墨菲说说就能把它的尺寸增大一倍。

"还有那条胳膊！我想那当之无愧是一个作为前橄榄球运动员的印第安人的胳膊，如果我曾经见过这样一个运动员的话。你知道我在想什么吗？我认为你应该试着举一举这个仪表板，来检验一下你强大了多少？"

我摇了摇头，告诉他"不"，但是他说我们之间有过协议，我有义务试一试，看看他的健身方法是否有效。我无法拒绝，于是走向了仪表板，为了让他看看我真的无法做到，我弯下腰抓住了仪表板的控制杆。

"就是这样，酋长，现在，直起腰来，用你屁股下面的那两只脚啊，就那样……是的，是的。小心了……尽管直起腰来，哎哟！好了，现在把它小心地放回到台子上去。"

我以为他会非常失望，但是当我退后几步时，我看到他满脸堆笑，指着仪表板，原来仪表板已经从它原来的地方挪动了大约半英尺，"最好把它放回原来的地方，伙计，这样就没有人会知道了，现在还不能让任何人知道。"

小组会议结束以后，大伙儿玩起了皮纳克尔纸牌游戏，他在他们中间游荡，故意围绕着力量、勇气之类的话题闲扯着，然后提到了浴盆间的控制仪表板。我以为他会告诉他们，他如何帮我恢复了从前的强壮，那可以证明他并非做每一件事情都是为了钱。

但是他没有提及我，他不停地说着，直到哈丁问他是否准备再度尝试举起那个东西，他说不，但是他不能举起并不意味着那个东西不可能被举起来。斯甘隆说用一辆起重机也许可以，没有一个人只靠自己的力量就能把那个东西举起来，麦克墨菲点点头说也许是这样的，也许是这样的，但是这样的事情不好说。

我看着他要弄他们的样子，最终他们都过来对他说，不，看在上帝的分上，没有一个活着的人可以举起来——最终他们甚至主动要求打赌。我看到他假装对打赌犹豫不决，故意让赌注变得越来越高，让他们越陷越深，直到他确保他们当中的每个人都同意了一比五的赔率，一些人赌了高达二十美元之多，他根本就没有提及已经看到我把它举起来的事。

我整夜都希望他不要做这件事情。次日的会议上，当大护士说由于参加过钓鱼旅行的人可能携带寄生虫，所以都必须进行特别洗浴时，我不停希望她已经安排妥当，让我们立即去洗浴或者做点别的什么——能阻止我举仪表板的任何事情。

但是，当会议结束的时候，麦克墨菲在黑男孩们还没来得及把浴盆间的门锁上时带着我和其他的人到了里面，让我抓住仪表板的控制杆把它举起来。我不想这么做，但是我无法拒绝。我觉得我帮助他骗了大家的钱。当他们支付赌注时，他们对他还是非常友好的，但是我知道他们心里的感受，就好像有某种东西从他们的身体底下被踢了出去似的。我把控制板放回原处，看也不看麦克墨菲一眼，立即跑出浴盆间，来到了厕所里。我想独自待着。我瞥了一眼镜子里的自己，他已经做了他承诺过的事情：我的胳膊又变大了，和我高中时一般大，和我还在村庄里时一般大，并且我的胸脯和肩膀也变得宽阔而结实。我正站在那里凝视自己的时候，他走了进来，递给我一张五美元的纸币。

"这里，酋长，买口香糖的钱。"

我摇了摇头，迈步走出厕所，他一把抓住我的胳膊。

"酋长，这只是我略表谢意的一点表示，如果你认为你应该分更多——"

"不！留着你的钱吧，我不会要的。"

他后退了几步，把大拇指勾在口袋里，抬起头看着我，凝视了我一会儿。

"好吧，"他说，"现在，告诉我到底是怎么回事？为什么这里每个人都给我冷脸看？"

我没有回答他。

"我难道不是言行一致地做了我承诺的事情吗？让你重新变得强壮起来？我有什么问题？你们这些鸟儿好像把我看成卖国贼一样。"

"你总是……赢东西！"

"赢东西！你这该死的驼鹿，你想指控我什么吗？我做的不过是按照交易中我的义务行事，为什么现在大家突然生气得要命——"

"我们以为并不仅仅是赢东西而已……"

我能够感觉到自己的上下颌飞快地抖动着，就好像我马上要开始哭起来，但是我没有哭，而是上下颌抖动着站在他的面前。他把大拇指从口袋里拿出来，抬起手用大拇指和食指抓住自己的鼻梁，就像有些鼻梁被眼镜镜片夹得太紧的人会做的那样，然后闭上了眼睛。

"赢钱，看在上帝的分上，"他闭着眼睛说，"呼，天哪，赢钱。"

基于我和麦克墨菲之间前述的对抗，我觉得那天下午在洗澡间发生的事情更多是我的错而不是别人的。因此我能够进行任何弥补的唯一办法，就是不管自身的安危和任何降落在我身上的后果，而义无反顾地去做了我所做的事情——难得有一次我不再瞻前顾后。

我们刚刚离开厕所，三个黑男孩就过来了，让我们一群人集合在一起进行我们的特殊洗浴。个子最小的黑男孩用一只像撬棍一样冰冷的、弯曲的黑手沿着踢脚板向前摸索，以免我们懒散地倚靠在上面，他说这是大护士所吩咐的以防万一的清洁活动。鉴于我们旅行的旅伴，我们应该在把疾病传染给医院其他人之前被彻底清洗。

我们赤身裸体地靠着墙排好队，这时一个黑男孩走了过来，手里拿着一根黑色的塑料管子，挤出一种臭烘烘的、像蛋白一样黏稠的膏状物。他首先把它喷到我们的头发里，然后让我们转身弯下腰，把它喷到我们的屁股上。

大家抱怨着、互相开着玩笑，竭力不互相窥探，也不看那些拿着管子一路飘过来的石板面具，他们就像底片里噩梦般的脸孔一般，不时瞄准我们挤出轻柔的噩梦般的枪弹。他们跟黑男孩开着玩笑，"嘿，华盛顿，你们这些家伙其他十六个小时靠做什么事情来取乐呢？""嘿，威廉姆斯，你能否告诉我，我早饭吃了什么？"

每个人都笑了，黑男孩们咬紧牙关没有回答，在那个该死的红头发的家伙来之前，事情不是这样的。

当弗雷德里克森的屁股被喷上膏状物时，他放了一个很响的屁，我以为那个个子最小的黑男孩几乎完全被吹离了地面。

"听！"哈丁说，把一只手握成杯状放在耳朵上，"一个天使的可爱声音。"

每个人都狂笑起来，直到黑男孩继续往前，在下一个人面前停了下来，整个房间突然变得悄然无声了。下一个人是乔治。在那一秒里，乔治身旁的弗雷德里克森直起腰转过身来，一个大个黑男孩正要叫乔治低下头接受他挤出的一坨臭烘烘的药膏——就在那一刻，我们所有的人都很清楚将要发生的每一件事情，为什么它们不得不发生，还有为什么我们都误会了麦克墨菲。

乔治洗澡的时候从来不用肥皂，他甚至不让别人递给他毛巾来擦干身体，监督周二和周四晚例行洗浴的、值夜班的黑男孩们都知道放任乔治对彼此都好，所以他们不再强迫他，那是由来已久的惯例了，所有的黑男孩都知道这点。但是现在每个人都很清楚——甚至身子往后靠、不停地摇着头、用橡树叶一般的手掌努力遮挡自己的乔治也清楚——这个曾被砸破鼻梁的黑男孩，本来就满腹怨气，现在又有他的两个伙伴站在身后看着，一定不愿放弃这报仇的大好机会。

"啊哈哈哈哈，低下你的头，乔治……"

大家已经把目光转向队伍里面隔着一两个人站着的麦克墨菲。

马蒂尼和赛弗林一动不动地站在淋浴间。他们脚边的下水道口不时地被带着气泡的小股肥皂水堵上，乔治看了看不时堵塞、发出汩汩声响的下水道口，就好像它在跟他说话似的。他回头看着眼前那只黑手拿着的管子，管子顶部的小洞里慢慢淌出来的黏液顺着黑男孩生铁似的关节往下流。黑男孩把管子往前移了几寸，乔治一边往后躲，一边摇着头。

"不——不要那种东西。"

"你必须接受，橡皮鸭，"黑男孩说，听起来语气甚至带点歉意，"你必须接受，我们不能让这个地方爬满了臭虫，就现在，可以吗？据我所知，你身上有几乎一英寸厚的臭虫！"

"不！"乔治说。

"啊哈哈哈，乔治，你根本不知道，这些臭虫非常非常小——并不比一个针尖大多少，还有，伙计，它们所做的就是逮住你的汗毛往下钻，钻到你的身体里面，乔治。"

"不要臭虫！"乔治说。

"啊哈哈哈，让我告诉你，乔治，我曾经见过一些案例，这些可怕的臭虫实际上——"

"好了，华盛顿。"麦克墨菲说。

黑男孩鼻梁上的伤疤像是一个扭曲的霓虹灯。黑男孩知道谁在跟他说话，但是他并没有转身，我们知道他听到了，因为我们看到他安静了下来，伸出一根灰色的长手指滑过在那次篮球比赛中留下的伤疤。他揉了揉鼻子，然后把手推到乔治的面前，手指一阵乱动："一只螃蟹，乔治，看到了吗？看这里。现在你知道螃蟹看起来是什么样子了，是不是？现在你一定知道了，你在那只渔船上捞到过螃蟹，我们不能让螃蟹钻到你的身体里去，对吧，乔治？"

"不要螃蟹！"乔治大喊，"不！"他站直了身子，眉毛抬得老高，所以我们看到了他的眼睛。黑男孩后退了几步。其他两个开始嘲笑他："出什么问题了，华盛顿，我的伙计？"另一个大个黑男孩问："什么东西阻止了这一程序的进程，我的伙计？"

华盛顿又凑近了几步，"乔治，我命令你，弯下腰！要不你弯下腰接受这个东西——要不我把我的手放在你身上！"他又把他的手举了起来，它就像一片沼泽地一样又黑又大，"把这只黑黑的！肮脏的！臭烘烘的……手放在你的身上！"

"不要手！"乔治说，把一个拳头举到头上，就像他能把那个石膏头盖骨砸碎，让齿轮、螺母和螺栓洒满一地似的，但黑男孩还是把管子举起来对着乔治的肚脐眼里挤了一下，乔治吸了一口气，猛地弯下身子，黑男孩又喷了一大坨在他纤细的白发里，然后用手揉了几下，把他手上黑乎乎的东西都抹到了乔治的头上，乔治用两只胳膊抱住肚子尖叫起来。

"不！不！"

"现在转身，乔治——"

"我说够了，伙计。"这一次麦克墨菲的声音足以让黑男孩转过身面对着他。我看到黑男孩面带微笑注视着麦克墨菲赤身裸体的样子——没有帽子、靴子或者用来勾住大拇指的口袋，黑男孩呵呵笑着，从上到下打量着麦克墨菲。

"麦克墨菲，"他说，一边摇着他的头，"你知道，我已经开始以为我们也许永远无法彻底解决问题了。"

"你这个该死的浣熊，"麦克墨菲说，不知何故声音听上去疲惫多于愤怒。黑男孩什么也没有说。麦克墨菲提高了声调骂道，"该死的操你娘的黑鬼！"

黑男孩摇了摇他的头，对着他的两个伙伴呵呵一笑："你们认为麦克墨菲先生用那种方式说话用意何在？你觉得他想要我先动手吗？呵呵呵。他难道不知道我们受过专门训练，完全能够忍受疯子们不堪入耳的侮辱吗？"

"卑鄙小人！华盛顿，你不过是一个——"

华盛顿转身背对着麦克墨菲，将注意力又转向了乔治，乔治仍然弯着身子，因为肚子受到那坨药膏的打击而大口地喘着粗气。

黑男孩抓住他的胳膊，让他一转身面对着墙壁。

"那就对了，乔治，现在伸出你的屁股。"

"不、不、不！"

"华盛顿！"麦克墨菲喊道。他深深地吸了口气，走到黑男孩的旁边，一把将华盛顿从乔治边上推开了，"华盛顿，好了，好了……"

每个人都听到了麦克墨菲的声音里无助的、被逼得走投无路的绝望。

"麦克墨菲，你迫使我不得不保护我自己。不是他在迫使我吗，各位？"其他两个黑男孩都点头称是。他小心地把管子放在乔治旁边的木凳子上，转过身来拳头一挥，闪电一般出其不意地打在了麦克墨菲的脸颊上。麦克墨菲差点摔倒，跌跌撞撞地退回到了一群裸体男人的队伍里，大家抓住他，把他又推向黑男孩带着微笑的石膏脸。他又被打了一下，这一次是在脖子上，他很快意识到既然已经动上了手，除了尽力一搏之外没有其他办法。他抓住再次向他挥来的黑蛇一般的拳头，紧紧扣住黑男孩的手腕，一边摇着头努力让自己清醒过来。

他们那样摇晃着僵持了一会儿，跟喘息着的下水道一样喘息了一会儿，然后麦克墨菲一把将黑男孩推开，接着弓起身子，把宽大的肩膀抬起保护自己的下巴，拳头举在脑袋的两边，围着他面前的黑男孩直打转。

黑胳膊像是一把匕首似的刺向正向下一沉的红头发脑袋和公牛似的脖子，麦克墨菲的眉毛和脸颊被擦出了血。然后黑男孩舞动着闪开了，他个子更高，胳膊比麦克墨菲粗粗的红胳膊要长很多，拳头更加快速准确，因此他不用靠得太近就能击打到麦克墨菲的肩膀和脑袋。麦克墨菲不停地往前冲——步伐沉重，拖着脚往前走，脸朝下，不时地眯着眼从脑袋两边文着文身的拳头中间往上看——直到他把黑男孩逼到了一群裸体男人的边上，一拳正中穿着上过浆的白衣服的黑男孩胸部中央。那个石膏脸一动，嘴唇中间露出了一条草莓冰激凌般粉红的舌头。他躲开了麦克墨菲接下来的重击，还击了几下，然后麦克墨菲的那只拳头又给了他狠狠一击，这一次黑男孩的嘴张得更大，露出一团令人恶心的颜色。

麦克墨菲的头上和肩膀上有红色的痕迹，但是他似乎并没有受伤，他一直往前冲，被打十下，然后还击一下。他们就这样在洗浴间里来来去去地周旋着，直到黑男孩开始气喘吁吁，步履蹒跚，不得不把精力集中在躲开那些粗木棍似的红胳膊上。大家高喊着要麦克墨菲把他放倒，但麦克墨菲的动作一点都不急躁。

黑男孩拼命躲开肩膀上险遭的一击，飞快地看了一眼在旁观战的两个黑男孩："威廉姆斯……沃伦……你们两个该死的！"另外那大个子黑男孩分开人群，从后面抓住了麦克墨菲的两只胳膊，麦克墨菲就像一头公牛甩开一只猴子似的把他甩开了，但是他立刻又贴了上来。

于是我把他提了起来，扔进了淋浴间，他身体里全是管子，重量不足十五磅。

个子最小的黑男孩左右摇晃着脑袋，转身往门边跑去。

我注意到了他要逃走，但被我摔在一旁的黑男孩从淋浴间里爬出来用摔跤的姿势抱住了我——胳膊从我的胳膊下面伸出来，双手紧锁住我的脖子后面——我不得不跑回到淋浴间，把他往地板上撞，当我躺在水里试图观看麦克墨菲更猛烈地击打华盛顿的肋骨时，我身后用摔跤姿势抓住我的黑男孩开始咬我的脖子，我不得不甩开了他。他一动不动地躺着，白制服上的浆被冲刷下来，流进了堵塞着的下水道口。

等到个子最小的黑男孩拿着皮带、手铐、毛毯，和四个心理失常者病房的看护一起跑回来时，每个人都已经在穿衣服了，有的过来和我跟麦克墨菲握手，忙不迭地说他们活该，说这是多么喧闹的一场打斗，多么巨大的一场胜利。当大护士帮助从心理失常者病房来的看护调整那些软皮革手铐来绑紧我们的胳膊时，他们一直那样谈论着，努力让我们高兴起来，让我们对于我们的打斗、我们的胜利能感觉好一点。

楼上的心理失常者病房里永远有一种尖锐的嘈杂声，就像一个冲压车牌照的监狱工厂发出的声音。时间是由一张乒乓球桌的乒乒乒乒声来计量的。人们沿着各自的私人跑道走到墙边，肩膀碰了一下墙壁，然后转身又走到另一面墙边，撞了一下肩膀，然后又转身回来，如此反复，迈着急速的小碎步，在地板上留下交叉的痕迹，脸上露出笼中困兽的表情。空气中有一种狂暴的、失控的人们烧焦的味道，在角落里和乒乓球桌下，有一些医生和护士看不到的、看护们无法用消毒剂杀灭的东西蹲在那里磨着它们的牙齿。当病房的门打开的时候，我闻到了那种烧焦的味道，听到了那种磨牙的声音。

看护把我们带进去时，麦克墨菲和我跟一位高个的、瘦骨嶙峋的老者打了个照面，他被挂在一根从肩胛骨中间穿出来的金属杆上晃荡着。他用昏黄浑浊的眼睛看着我们，摇他的头，"整件事情里我是清白的。"他告诉一个有色人种看护，金属杆拖着他慢慢向大厅的另一头走去。

我们跟着他走到了休息室，麦克墨菲在门口停了下来，两脚张开，回头看了看周围的东西，他试图把大拇指勾在口袋里，但是皮手铐太紧了。"真是人间一景啊。"他嘴角吐出了这句话。我点点头，以前我已经见过这一切了。

一两个踱步的病人停了下来看着我们。那位骨瘦如柴、声称自己在整件事情里是清白的老人又拖着脚步回来了。一开始并没有人太注意我们。看护去了护士站，留下我们站在休息室的门里头。麦克墨菲的眼睛肿了，无法正常地眨眼，而且我能看到发笑让他的嘴唇刺痛。他举起戴着皮手铐的手，站在那里看着眼前喧闹的场景，深深地吸了一口气。

"我的名字叫麦克墨菲，伙计们，"他拖着牛仔演员的嗓音说，"而我想知道的是，谁是控制这个地方纸牌游戏的啄木鸟？"

乒乓球时钟在地上嘀嗒了一会儿，然后静了下来。

"因为被铐住了，我无法很好地玩二十一点纸牌游戏，但是我声明，在四明一暗扑克¹游戏里我是一个好战的游击队员。"

1　四明一暗扑克：一种将第一圈牌，也经常将最后一圈牌面朝下放置，将其余牌面朝上放置的纸牌戏。

他打了个哈欠，肩膀一斜，弯下身子清了清嗓子，往五英尺远的一个废纸篓里吐了一点什么东西，那东西当的一声掉了进去。麦克墨菲咧嘴一笑，用舌头舔了舔牙齿中间出血的豁口。

"在楼下发生了一点口角，我和酋长跟两个油猢狲斗了斗牛。"

这下所有磨坊似的嘈杂都停止了，每个人都看着门口的我俩。麦克墨菲就像杂耍表演时招揽客人一样吸引了大伙的目光。站在他的旁边，我发现好像我也有义务让大家看似的，因为大家都盯着我，我不得不尽量站得又直又高，我背着黑男孩在淋浴间摔倒时脊背撞伤了，这块肌肉感觉很痛，但是我没有示弱。一个长着一头蓬乱黑发的、满脸饥渴相的旁观者走了过来，他伸出手，好像以为我有什么东西给他似的。我竭力对他不予理睬，但无论我转向哪个方向，他都不停地跟过来，像个孩子一样对我伸出那只握成杯状的空空的手。

麦克墨菲谈论着我们的打斗，我的背越来越痛，长时间以来，我习惯了缩在角落里的椅子上，这么长久地直直站着对我来说很困难。当一个日本裔的矮小护士过来把我们带进护士站的时候，我很高兴，终于有机会坐着休息一会儿了。

她问我们是否足够平静了，如果是这样的话，她可以把我们的手铐取下来。麦克墨菲点了点头，一屁股坐了下去，头低垂着，胳膊肘放在膝盖中央，看起来异常疲劳——我之前没有意识到直直地站着对他来说一样的不容易。

这个护士——如同麦克墨菲后来形容的那样，大约和一个迷你微雕的细小一端差不多大——打开了我们的手铐，给了麦克墨菲一支香烟，给了我一块口香糖，她说她记得我喜欢嚼口香糖，但我根本不记得她。麦克墨菲抽烟的时候，她用粉红色生日蜡烛一般的小手指从一个药膏罐里蘸些药膏，涂在麦克墨菲的伤口上。麦克墨菲因为疼痛哆嗦一下，她也跟着哆嗦一下，不停地说她很抱歉。她用两只手捧起他的一只手，把手背翻过来，给他的关节也涂上药膏。"谁干的？"她问，看着麦克墨菲的关节处，"是华盛顿还是沃伦？"

麦克墨菲抬头看着她，"华盛顿，"他咧嘴一笑，"这位酋长对付沃伦。"

她放下他的手转向我，我能够看出她脸上小鸟一般的细小骨架，"你有什么地方受伤了吗？"我摇了摇头。

"沃伦和威廉姆斯如何呢？"

麦克墨菲告诉她，也许下一次她看到他们的时候，他们都打着石膏。她点点头看着自己的脚。"并不是所有的病房都像她的病房，"她说，"很多病房是那样的，但并非所有。随军护士总想把病房当军医院管理，她们多少有点病态，我有时候认为所有的单身护士三十五岁以后就应该被解雇了。"

"至少所有的单身军护士。"麦克墨菲补充道，他问我们还能享受多长时间她的热情款待。

"不是很长，我恐怕。"

"不是很长，你恐怕？"麦克墨菲问。

"是的，有时候我更愿意把人们留在这里而不是送回去，但是她比较资深。不，你们不会在这里很久的——我的意思是——像你们现在这样的状况。"

心理失常者病房的床都不大对头，要么太紧，要么太松，我们分到了两张挨着的床。他们没有在我身上绑一块床单，但是在床附近留了一盏很暗的灯。半夜时分突然有人尖叫起来，"我开始旋转了，印第安人！看我，看我！"我睁开眼睛，看到了一排黄黄的长牙齿在我面前闪着光，是那个一脸饥渴相的男人，"我开始旋转了！请看着我！"

　　两个看护从后面抓住了他，把这个又是笑又是尖叫的人拖出了宿舍，"我开始旋转了，印第安人！"他说，然后不停傻笑。他一直重复着那句话，不停地狂笑着一路被拖到大厅的另一头去了，宿舍里终于又安静了下来，我能够听到另一个人说："好了……我在整个事情里是清白的。"

　　"你那个伙伴在那里陪了你一会儿，酋长。"麦克墨菲低声咕哝了一句，翻身继续睡觉，我却无法再睡得踏实。我不停地看到那些黄牙齿和那张饥渴的脸，听到他喊着："看着我！看着我！"或许最后我的确睡了一会儿，但还是听到他不停地喊。那张脸，就是一种黄色、饥渴的需要，不停地在我面前的黑暗里隐现，想讨要东西……要求东西。我不知道麦克墨菲是如何睡着的，不顾一百张那样的脸，或者两百张，甚至上千张那样的脸的困扰。

　　他们在心理失常者病房里安了一个闹铃来吵醒病人们，而不像在楼下那样只是把灯打开，这个闹铃听起来像一个巨大无比的削笔刀在削着某样恶心的东西。麦克墨菲和我听到这个闹铃的时候都一下从床上坐了起来，正想再躺下继续睡的时候，一个扬声器开始叫我们俩的名字，要我们到护士站去。我下了

329

床，一夜之间我的背部已经僵硬到了几乎无法弯腰的地步，我能够从麦克墨菲一瘸一拐的样子看出他和我一样。

"按照程序他们下一步会对我们做什么呢，酋长？"他问，"靴状刑具？拉肢刑架？我希望不要太艰巨了，因为，天哪，我真的是受伤不轻啊！"

我告诉他一点也不艰巨，但是我没有告诉他别的任何东西，因为在抵达护士站之前我自己也不确定。不是昨天那个护士，而是另外一个，她说："麦克墨菲先生和布罗姆登先生吗？"然后递给我们每人一个小纸杯。

我看了看我的纸杯，里面有三个那种红色的胶囊。

我无法停止脑袋里盘旋着的嗡嗡的响声。

"等一下，"麦克墨菲说，"这是那种使人昏迷的药，不是吗？"

护士点点头，扭头往身后看了看，有两个人正拿着冰块钳子在那里等着，胳膊肘互相扣着做出往前扑的样子。

麦克墨菲把纸杯递了回去，说道："不，女士，我不需要这个眼罩，但是可以来一支香烟。"

我把我的也递了回去，她说她必须打电话，然后在任何人能够说其他任何话之前滑上玻璃门把我们挡在了外面。

"我很抱歉给你惹了麻烦，酋长。"麦克墨菲说，但是墙壁里电话线尖利的噪声让我几乎听不见他说什么，我能够感觉到自己头脑里惊慌失措的思绪像山洪一般奔涌而来。

我们坐在休息室里，那些面孔在我们四周围了一圈，这时候门开了，大护士走了进来，身后一步远的地方跟着两个大个黑男孩。我试图在我的椅子里蜷缩下去，从她的身边逃开，但是一切都太迟了，太多的人看着我，黏糊糊的眼光把我粘在了我坐着的地方。

"早上好。"她说，又挂上了她的招牌微笑。麦克墨菲也回答了早上好，而我沉默不语，尽管她大声地跟我打招呼。我看着黑男孩们。一个鼻子上贴了胶布，一条胳膊撑在一个吊腕带里，灰色的手就像一只行将溺死的蜘蛛从布袋里面垂了下来；另一个走起路来的样子像是肋骨周围打了某种石膏似的。他们都微微笑了笑。鉴于他们的伤，他们本来可以在家里休息，但是拿什么换他们也不愿错过这个复仇的机会。我也笑了笑，只为了回敬他们。

大护士用一种轻柔而耐心的声音跟麦克墨菲说话，说他做了不负责任、充满孩子气的事情，像个小男孩似的大发脾气——你不觉得很羞愧吗？他说他并不觉得，告诉她混账的话少说，有屁快放。

她告诉他，在昨天下午的一次特别小组会议上，他们，也就是楼下我们病房里的病人们，如何和工作人员意见一致，认为接受一些电击治疗对麦克墨菲应该是大有裨益的——除非他能够认识到他的错误。只要他认错，并且显露、表现出一些与他人接触时的理性，那样的话，这次的治疗将被取消。

那一圈的面孔注视着、期待着。大护士说这一切完全取决于他。

"是吗？"他说，"你有一张文件让我签字吗？"

"那个嘛，没有，但是如果你觉得需——"

"当你准备那张文件的时候，为什么你不顺便来点添油加醋——啊哈，例如说我是某个试图推翻政府的阴谋的参与者，以及说我如何认为在你病房里该死的生活是夏威夷这一边最甜美的生活——你知道的，那一类的狗屁。"

"我不认为那样会——"

"然后，在我签字以后，你给我拿一条毛毯和一包红十字会的香烟。哎哟，那些激进分子本来可以从你这里学到一两样东西的，女士。"

"兰道，我们在努力帮助你。"

但是他已经站了起来，搔着肚皮，越过她和黑男孩们朝着牌桌走了回去。

"来——了，好了好了好了，那个二十一点游戏牌桌哪里去了，伙计们……"

大护士盯着他的背影看了一会儿，然后走进护士站里打电话去了。

两个有色人种看护和一个有着金色鬈发的白人看护押送我们去主楼。麦克墨菲一路上和白人看护说着话，就好像他一点也不担心似的。

草地上有着厚厚的霜冻，走在前面的两个有色人种看护就像机车似的呼出一股股的白气。太阳焊开了一些云朵，照耀着霜冻的草地，直到地上开始闪烁点点晶莹剔透的光。麻雀们不顾寒冷地抖动着羽毛跳来跳去，在那些晶莹剔透的光点里拨弄着找种子吃。我们穿过踩上去发出沙沙声的草地，经过了上次我看到的那些掘地鼠挖的洞。冰冷的光。洞底下也掩藏着霜冻。

我感觉我的肚子里面也结了霜。

我们爬到了那扇门前，门后面有蜜蜂炸了窝似的嗡嗡声。我们前面的两个人由于红色胶囊开始发挥作用而逐渐变得神志不清，一个像婴儿似的号啕大哭："那是我的十字架，谢谢你上帝，那是我拥有的唯一一东西了，谢谢你上帝……"

另一个人说："玩命球，玩命球。"是游泳池的那个救生员。他也有点哭泣的样子。

我不会哭也不会尖叫，有麦克墨菲在我不会这样的。

技术人员让我们把鞋子脱了，麦克墨菲问他是否我们的裤子会被撕裂、脑袋会被剃光，技术人员说没这样的好运。

那扇金属门用它的铆钉眼瞪着我们。

门开了，把第一个人卷了进去。救生员拒绝挪步，一束像霓虹灯雾的光束从房间里的黑色仪表板上照出来，固定在他有着清晰的耐磨鞋钉印的前额上，把他像拴在绳子上的狗一样拖了进去。光束将他旋转了三圈，然后门关上了，他的脸上充满了恐惧，"一，"他低吼道，"二、三！"

我听到他们在里面就像对待一个下水道检修口似的撬开他的头盖骨，那声响就像卡住的齿轮在猛烈碰撞，四处乱弹。

烟雾把门吹开，一个担架出来了，上面躺着进去的第一个人，他的眼睛让我不寒而栗。那张面孔真的好可怕。担架又被推回去把救生员抬了出来，我能听到啦啦队长喊出他的名字。

技术人员说："下一组。"

地板结了霜，十分冰冷，踩上去吱吱咯咯。头顶上的灯光在呜咽，雪白修长的灯管像冰一样的寒冷。我能闻到和汽车修理厂一样的石墨药膏的气味，也能闻到令人恐惧的酸味。高处有一扇小小的窗户，我看到外面那些毛茸茸的小麻雀像棕色的珠子一样在电线上排成一串，它们把脑袋埋在羽毛里躲避风寒。某种东西开始吹入我空洞的骨头里，越来越高，越来越高，空袭！空袭！

"不要吼，酋长……"

空袭！

"放松一点，我先进去，我的头盖骨很厚，他们伤害不了我的，如果他们不能够伤害我的话，他们也不能伤害你。"

他不须任何帮助就自己爬上了桌子，并伸展胳膊来叠合桌子上的（之前无数躺过的人留下的）阴影。一个开关啪的一声把他手腕和脚踝处的扣钩合上了，把他夹在了阴影中间。一只手把他从斯甘隆那里赢来的腕表摘了下来，扔在了仪表板的附近，腕表一下弹开了，齿轮、轮子和长长的垂下来的螺旋状弹簧跳起来碰到了仪表板的侧面，飞快地嘀嗒起来。

他看起来一点也不害怕，而且一直对我咧嘴笑着。

他们把石墨药膏涂在他的太阳穴上。"那是什么东西？"他问。"导电体。"技术人员说。"在我的脑袋上涂导电体，我会戴上一个满是荆棘的王冠吗？"

他们继续涂着。他对他们唱着歌，让他们的手抖动起来。

"拿来野草根的护肤油，乔利……"

那些东西像耳机一样戴在他的头上，银色荆棘的王冠戴在太阳穴的石墨上面，他们试图让他停止歌唱，于是拿了一截橡胶软管让他咬着。

“羊毛脂一般抚慰人心的奇妙魔力。”

扭动一些转盘，机器开始震动起来，两条机器人胳膊拿起两个铁焊头，往他身上扑去。他对我眨了一下眼，并且跟我说话，正当那些铁块要接近他太阳穴上的银色金属管的时候，他含着那截橡胶软管用含糊不清的声音对我说了点什么——电弧光穿越而过，他立刻僵直了，身体像桥梁似的弓离了桌子，直到除了他的手腕和脚踝以外其他所有部位都拱起来了，从那根被咬得皱巴巴的橡胶软管四周传出一个类似哎哟的声音，他的身体完全被霜花覆盖。

窗外，麻雀们冒着烟从电线上坠落。

他们把他放到一个担架上，他的身体仍然抽搐不已，脸上满是白色的霜花，似乎被电池的酸给腐蚀了。技术人员转向我。

注意另外一头驼鹿，我知道他，抓紧他！

这已经不再是一个意志力的问题了。

抓紧他！该死，不要再来这些没有服用过西可巴比妥的男孩了。

钳子咬住了我的手腕和脚踝。

石墨药膏里有铁屑，摩擦着太阳穴。

当麦克墨菲眨眼的时候，他说了点什么？试图告诉我什么？

有个人弯下腰，把两块铁伸向我头部的金属环。

机器扑向我。

空袭！

大步地跑着，朝着下山的斜坡路。既不能回去，也无法前行，看着黑洞洞的枪口，你死定了、死定了、死定了。

我们从铁道边的芦苇荡里走出来。我躺下用一只耳朵贴着铁轨，铁轨烫着我的脸颊。

"两个方向都没有什么东西，"我说，"一百英里以内……"

"爬起来。"爸爸说。

"我们过去不是常常为了听到野水牛的动静而拿一把刀插在地上，用牙齿咬着把手，然后可以听到很远地方的牛群吗？"

"爬起来。"爸爸又说了一遍，但是他也有点动摇了，铁轨的另一边，去年冬天留下来的栅栏一般高的麦茬在窃窃低语，我们的狗发现麦子下面有老鼠。

"我们应该朝着铁轨的上头还是下头的方向走，孩子？"

"我们的狗说我们应该穿过铁轨。"

"那狗不会紧紧跟着的。"

"它会的。我们的狗说那边有鸟儿。"

"你老爸觉得最好沿着铁轨往北去捕猎。"

"狗儿告诉我最好穿过那片麦茬。"

穿过——下一件我知道的事是铁轨上立即布满了人，拼命射击四面而来的野鸡。似乎我们的狗儿跑到了太前面的地方，把所有的鸟儿都从那片麦茬中赶了出来。

狗儿自己抓到了三只老鼠。

……男人、男人、男人、男人……身材高大、肩膀宽阔，像星星一样眨着眼。

哦，上帝，又是蚂蚁，这次我可把它们搞惨了，这些长着刺脚的狗杂种。嘿，记得那次我们发现的那些尝起来像是腌制的莳萝[1]的蚂蚁吗？你说不像腌制的莳萝而我说像，当你的妈妈听到时，她把我踢得小命都快没了：竟然教一个孩子吃虫子！

哎哟，一个好样的印第安男孩应该知道如何为了生存而吃下任何东西，在那个东西把他吃掉之前。

我们不是印第安人，我们是文明人，你记住这一点。

爸爸，你告诉我，当我死的时候，把我像星星一样钉在天上。

妈妈的名字是布罗姆登，现在仍然叫布罗姆登。爸爸说他生来只有一个名字，生来就被那个名字包裹，就像当一头刚生产完的母牛试图挣扎着站起来时，刚落地的小牛会被一条展开的毛毯包裹那样。提阿米拉图那，山上最高的松树，上帝知道我是整个俄勒冈州，甚至很可能整个加利福尼亚州和爱达荷州，最高大的印第安人，我生来就该叫那个名字。

如果你认为一个基督徒女人会接受一个像提阿米拉图那这样的名字，那么上帝知道你就是最大的蠢货。你生来就有一个名字，那没问题，我也生来就有一个名字：布罗姆登，玛丽·路易丝·布罗姆登。

当我们搬到城里的时候，爸爸说，那个名字会让我更容易获取社会安全卡。

一个人拿着一把铆锤在追赶某个人，如果他穷追不舍的话，一定会抓到他的。我看到那些闪电又闪过了，颜色异常艳丽。

叮叮当，叮叮当，伸出指头给我看；好渔婆，手脚长，捉

1 莳萝：产于欧亚的一种芳香型草本植物，长有纤细分裂的叶子和呈伞形花序的小黄花簇。这种植物的叶子和籽可用作调味品。

住母鸡笼里关，金属的钳子弹性的锁，三只白鹅成一伙；一只向东飞，一只向西飞，一只飞越了杜鹃窝[1]。想要出来就大声说：白鹅把我往外啄！

我的老祖母常常哼哼这个，这个游戏我们可以一玩几小时，一边坐在鱼架旁赶苍蝇。这个游戏叫"叮当叮当伸指头"。数着我伸出的两只手的每一个指头，祖母每唱一个音节我就数一个指头。

叮叮当，叮叮当，每一拍她都会用她黑螃蟹一样的手轻拍一下我的一个指头，我的每一个指甲都朝上对着她，好像一张小脸蛋在请求做那个被鹅啄出来的"我"。

我喜欢这个游戏，我也喜欢祖母。我不喜欢抓母鸡的"叮当叮当伸指头"女士，我不喜欢她，我喜欢飞越杜鹃窝的鹅，我也喜欢祖母，喜欢她皱纹里的尘土。

下一次我看到她的时候，她已经死了，像石头一般冷硬，就在达尔斯市中心的人行道上，一些穿着彩色衬衫的人围着她，这中间有印第安人，有牧牛人，还有一些种麦人，他们用手推车把她送到了城里的墓地，将红色的黏土覆盖在她的眼睛上。

我记得炎热寂静、电闪雷鸣的暴风雨下午，长腿大野兔都跑到了柴油卡车的下面。

"桶里钓鱼的"乔伊自从签约以来就有了两万美元和三辆凯迪拉克，但是他一辆也无法驾驶。

我看到了一个骰子。

---

[1] "飞越杜鹃窝"是本书英文原著的书名，在欧洲，大部分的杜鹃都把蛋下在其他的鸟类窝里，让受骗的其他鸟类把自己的孩子养大。

我从里面看着它，我在底部。我就是那个重量，压着骰子让它扔出了我头上的那个一点。他们让骰子有了重量扔出了一对蛇眼（两个一点），并且我就是那个重量，像白色枕头一样围着我的六小块是骰子的另一面，当他扔的时候六点总会在下面。另一个骰子的重量打算扔出几点呢？我敢打赌也是准备扔出一点的。一对蛇眼。他们把炸弹射向他，我就是重量。

　　小心，这边又扔过来一个东西。啊呀，女士，熏肉室是空的，婴儿需要一双新的歌剧舞鞋。朝你扔过来了，操！

　　输掉了。

　　有水，我正躺在一摊污水里。

　　蛇眼。又抓住他了。我看到了我头顶上的那个一点：他在一条小巷子里的食品店后面无法把冻住了的骰子扔出去——在波特兰。

　　小巷子其实是条隧道，因为太阳已经偏西，小巷子里很冷。让我……去看祖母，求你了，妈妈。

　　当他眨眼的时候他究竟说了句什么？

　　一只飞向东，一只飞向西。

　　不要挡住我的路。

　　该死，护士，不要挡住我的路、路、路！

　　该我扔了，操！该死，又扭曲了，蛇眼。

　　学校老师告诉我，你有一个聪明的头脑，要有所作为……

　　做什么，爸爸？像R&J狼叔叔那样的毛毯编织工吗？编筐子工？还是做一个醉鬼印第安人？

　　我说，服务员，你是一个印第安人，是不是？

是的，没错。

是嘛，我不得不说你的英语讲得十分不错。

是嘛。

好了……三美元的普通酒。

如果他们知道我和月亮之间的特殊关系，他们就不会这么狂妄自大。不是该死的普通的印第安人……

他——怎么回事来着？——走的步调又不一致了，听到了另一声鼓声。

又是蛇眼，呼，天哪，这些骰子真冷。

在祖母的葬礼之后，我、爸爸还有R&J狼叔叔把她挖了出来。妈妈不肯和我们一起去，她从来没有听说过这样的事。把一具尸体挂在树上！听起来就足以让人恶心透顶。

R&J狼叔叔和爸爸在达尔斯监狱的醉鬼牢房里待了二十天，靠玩拉米纸牌戏来打发时间。罪名是亵渎死人罪。

但是他妈的她是我们的老娘啊！

那也没有丝毫不同，孩子们。你们应该让她好好埋着。我不知道什么时候你们这些浑蛋印第安人才能学会。好了，她在哪里？你们最好说出来。

啊哈，滚开，别多管闲事，小白脸，R&J狼叔叔说，给他自己卷了一支烟，我是死活也不会说的。

在高高的、高高的、高高的山上，她高高地躺在松树顶上的一张床里，用那只苍老的手梳理风儿，用那古老的吟唱来数着云朵……三只白鹅成一伙。

当你眨眼的时候你对我说了什么？

乐队在演奏着。看——天空，今天是七月四日。

骰子要休息一下。

他们拿着那个机器又抓住我了……我想……

他到底说了什么？

……在想麦克墨菲如何让我重新变得强大。

他说玩命球。

他们在外面。穿着白色制服的黑男孩们朝着门下面往我身上撒尿，之后进来诬陷我，说我把躺着的六个枕头都尿湿了！六点。我以为房间是个骰子。以为上面是一点，蛇眼，圆圈，其实天花板上白色的灯光……才是我实际上看到的……在这小小的四四方方的房间里……这意味着天黑了。我昏迷不醒多少小时了？屋里又有了点雾气，但是我再不会滑进去躲起来。不……再也不了……

我慢慢地站了起来，感觉到了肩膀之间的麻木。禁闭室地板上的白色枕头是被我弄湿的，当我昏迷过去的时候，我在枕头上面撒尿了。我还不能记起发生的所有事情，但是我用手背揉着眼睛，努力让自己的头脑清醒过来，之前我从来没有刻意努力要从昏迷中清醒。

我跌跌撞撞地朝着房间门上有着鸡笼般的铁丝网的小圆窗户走去，用我的指关节敲打着窗户。我看到一个看护拿着一个餐盘从大厅那边走了过来，想要递进来给我，我知道这一次我打败了他们。

过去每次电击治疗之后，我都可能会游荡于一种恍恍惚惚的状态中长达两个星期之久，生活在那种雾蒙蒙的、混乱的模糊里，很像是生活在睡眠的粗糙的边缘，那种介于光明和黑暗之间的灰色地带，或者说是介于睡眠和清醒、生与死之间的灰色地带，在那里你知道你不再是无意识的，但是却还不知道今天是什么日子，你是谁，或者清醒过来后还有什么用处——整整两个星期。如果你没有一个醒过来的理由，你可以在那个灰色地带里游荡很长一段时间，一段完全失真的时间；或者如果你很想的话，你可以斗争一下，努力从那种状态中摆脱出来。这次我用了不到一天的时间就挣扎着走了出来，用了比之前都要短的时间。

当浓雾最终从我头脑里散去的时候，我好像刚刚从一次漫长的、深入海底的潜水中破水而出，而之前我已经在水下待了一百年之久。这是他们给我的最后一次治疗。

那一星期他们又另外给了麦克墨菲多达三次的治疗。正当他刚刚要从一次治疗中恢复过来，他的眼神开始有了灵气的时候，拉契特小姐就会和医生一起到来，问他是否准备好正视自己的问题，并且回到病房接受治疗。而他会情绪高涨，意识到心理失常者病房里的那些脸都转向了他，充满期望地等待着他的回应，于是他又会告诉大护士，他很遗憾他只有一次生命可以奉献给他的国家，在他最后放弃他的船之前，她可以亲吻他玫瑰色的屁股。哈哈！

然后他会站起来向那些看着他的人鞠几个躬，而大护士会带着医生到护士站里给主楼打电话，授权又一次的治疗。

有一次，当她转身要离开时，他拽住她制服的后襟抓住了她，狠狠地拧了她一下，让她的脸变得和他的头发一样红。我想如果不是因为医生也在场的话，她一定会给麦克墨菲一耳光的。那一刻医生正努力掩饰他的窃笑。

我试图说服他敷衍一下大护士，以便能够早日结束治疗，但他只是笑着告诉我说，见鬼去吧，他们能做的就是给他的电池充电，而且是免费的，"当我从这里走出去的时候，第一个接纳有'一万瓦特'功率的红头发精神病人老麦克墨菲的女人将会像一个弹子机一样亮起来，不停支付银币。不，我不怕他们的小充电器。"

他坚持说电击没有伤害到他，甚至拒绝服用他的胶囊，但是每一次扬声器叫他不要吃早餐，准备去一号楼时，他下巴的肌肉总会收紧，他的整张脸会全无血色，看起来消瘦而充满恐惧——就像从海岸回来的旅途中我所瞥见的那张映在车窗上的脸。

周末，我离开心理失常者病房回到了普通病房。在离开之前我有很多的事情想要跟他说，但是他刚刚接受完一次治疗，只会坐在那里盯着乒乓球，目光就像被焊接了似的。有色人种看护和那个金发白人看护带我下楼，让我独自回到我们的病房去，并且在我身后把心理失常者病房的门锁上。在心理失常者病房待过以后，我觉得我们的病房似乎显得异常安静。我走到我们的休息室，基于某些理由在门口停住了；每个人的脸都转向了我，用一种从未有过的表情看着我。他们的面孔被点亮了，就好像他们在注视着一个杂耍表演舞台上的炫目光彩。"看啊，"哈丁夸张地说，"在你眼前的不就是那个拧断黑男孩胳膊的野人吗！嘿——哈，快看，快看。"我对着他们呵呵一笑，意识到麦克墨菲在过去几个月里看着这些面孔对他欢呼呐喊时的心情。

所有人都走了过来，想要我告诉他们发生的每一件事情：他在楼上表现如何啊？他都做些什么啊？体育馆里流传的谣言是真的吗？说他们每天都用电击治疗来打击他，但是他就像对待水滴一般轻轻地把它们抖落了，电极碰到他以后还能跟技术人员打赌他能保持睁眼多长时间？

我告诉了他们我所能告诉他们的一切，似乎没有一个人考虑到为何我突然和大家谈起话来——一个从他们认识以来一直被视为又聋又哑的人，居然和任何人一样诉说和倾听着。我告诉他们，他们所听到的每一件事情都是真的，并且随意地添加了几个我自己的故事。我告诉他们麦克墨菲怎样调侃大护士，他们听了狂笑不已，躺在潮湿被单下的两个慢性病人也随着这笑声咧嘴傻笑，还不停地哼哼着鼻子，就像他们理解了似的。

次日，大护士主动将病人麦克墨菲的问题在小组会议上提出来，她说基于一些非同寻常的理由，麦克墨菲似乎对电击治疗没有反应，她强调说也许有必要采取一些更为激烈的措施来触动他。哈丁讥讽道："好了，拉契特小姐，是的——但是从我所听到的有关你在楼上和麦克墨菲打交道的情况来看，他没有任何困难来'触动'你。"

一屋子的人都嘲笑起她来，她猝不及防，脸涨得通红，之后再也没有提起这件事情。

她注意到当麦克墨菲在楼上的时候，他在大家的心目中变得越来越高大，几乎快要成为一个传奇人物了，而大家却看不到她在他身上留下的伤痕。很难使一个不在眼前的人在大家眼里变得弱小，于是她开始制订把他领回病房的计划。她考虑到那时大家可以亲眼目睹他的脆弱——和下一个即将接受这种惩罚的人一样脆弱。如果他整天坐在休息室里处于一种电击后的恍惚状态，就不可能继续扮演英雄角色。

大伙儿预见到了这一点，也就是说只要他留在病房整天让他们看着，那么他每一次从电击治疗中恢复过来，她都会继续给他同样的治疗。于是哈丁、斯甘隆、弗雷德里克森和我仔细讨论了如何能够说服他，让他认识到对于每一个人来说，最好的事情就是让他从病房逃跑。当星期六他被带回病房里来的时候——就像一个拳击手走进拳击场一般迈步进了休息室，双手高举过头顶拍着手，宣布冠军的回归——我们已经把计划的每个细节都研究过了。我们将等到天黑，然后放火烧一个床垫，等到消防队员到来的时候，我们就趁乱把他送出门。这个计划看起来是如此天衣无缝，我们看不出他有什么理由可以拒绝。

但是我们没有考虑到那天是他安排女孩坎蒂偷偷溜到病房来和比利约会的日子。

上午大约十点的时候，他们把他带回了病房——"全是尿臊味和醋酸味，伙计们，他们检查了我的插头，清洗了我的太阳穴，然后我就像一个T形的火花线圈一样被点亮了。你曾经在万圣节的时候玩过那种线圈吗？嘣！非常有趣。"他以前所未有的高大形象在病房里到处游荡，把一桶拖地的脏水洒在了护士站的门下，趁个子最小的黑男孩不注意的时候把一小块黄油准确地扔到了他的白色羊皮鞋上，然后整个午饭期间拼命地捂着嘴笑，看着黄油融化，显出一种被哈丁称为"最有深意的黄色"的颜色。他比以前任何时候都要强大，每次他和一个实习护士擦身而过的时候，她总是会一声尖叫，眼珠一翻，然后咚咚咚地跑过大厅，一边揉着她的腰部。

我们告诉他为他制订的逃跑计划，他跟我们说不着急，并且提醒我们比利的约会，"我们不能让比利这孩子失望，是不是，伙计们？特别是在他将要兑现他的初夜权[1]的时候，我们不能让他失望，并且，如果我们安排妥当的话，今夜将会是一次不错的小小聚会；我们姑且可以说这将是我的告别会。"

这周末是大护士当班——她不想错过麦克墨菲的归来——并且她决定我们最好开一次会将某些问题解决了。在会议上，她再次提及关于采取更为激烈的措施的建议，坚持要医生"在为时已晚而无法帮助病人之前"考虑类似行动。但是，在她说话的时候，麦克墨菲就像一个陀螺似的不停地眨眼，打哈欠，不时还打几个嗝，最后她不得不闭嘴了，而当她安静下来的时候，他又通过同意她说的每一件事情来让医生和所有的病人都觉得恰如其分。

"你知道，她也许是对的，医生，看看微不足道的几伏电压所带给我的好处。如果我们把电流加大一倍的话，也许我可以收到第八频道的节目，就像马蒂尼一样。我厌倦了躺在床上时脑子里除了充斥着新闻和天气预报的第四频道外无法产生其他幻觉。"

---

1 这里原文用的是"cash in his cherry"，cherry作为俚语有处女膜和处女的意思，暗指比利原本是处男，他将在今夜行使他的初夜权。

大护士清了清嗓子，试图重新控制她的会议："我并不是在建议给予更多的电击治疗，麦克墨菲先生——"

"女士，你什么意思？"

"我是建议——我们考虑一次手术，真的非常简单，并且我们已经有过一些成功案例，能消除极端病人的攻击性倾向。"

"攻击性？女士，我就像一只小狗一样友好，在将近两个星期的时间里我从来没有殴打过看护，没有理由进行任何的切除吧，是不是？"

她屏住微笑，竭力让他明白她是多么富有同情心："兰道，不会涉及任何的切除——"

"而且，"他继续道，"把它们切掉一点都于事无补，我还有另一对搁在我的床头柜里。"

"另——一对？"

"一个和棒球一般大，医生。"

"麦克墨菲！"当她意识到她被调侃了的时候，她的微笑立即像玻璃似的碎了一地。

"但是另一个大得还算正常。"

麦克墨菲一直这样嬉皮笑脸到我们准备就寝，那时病房里渐渐弥漫起一种喜庆的、乡村集市似的气氛，大家开始悄声议论举行晚会的可能性，如果那个女孩带了酒来的话。所有的人都追逐麦克墨菲的目光，碰到他的目光时呵呵傻笑，还不停地眨巴眼睛。当我们在排队拿药的时候，麦克墨菲走了过来，问戴着十字架、长着胎记的小护士他能否要几颗维生素。她看上去很吃惊的样子，说她想不到任何拒绝的理由，然后给他拿了一些和鸟蛋一般大的药片。他把它们装进了他的口袋里。

"你不把它们吞下去吗？"她问。

"我？上帝，当然不，我不需要维生素，我只是替我们这里的男孩比利要的。我看他似乎呈现一种憔悴的病容，因为晚——很可能是因为疲惫。"

"那么——你为什么不把它们给比利呢？"

"我会的，宝贝，我会的，但是我想我会等到午夜时分他最需要的时候再给他。"说完麦克墨菲用一只胳膊搂着比利由于害羞而涨得通红的脖子走到宿舍去了，当他从我们身边经过的时候，他对着哈丁眨了眨眼睛，用大拇指捅了我一下，身后护士站里的护士瞪大了眼睛，将水都倒到了自己的脚上。

关于比利·彼比特，你应该了解的是，尽管他脸上有皱纹，头上有零星的灰白头发，但他看起来仍然像个小孩子——就像你在那些日历上会看到的某个有着一对招风耳、满脸雀斑，长着龅牙的、光着脚丫子吹着口哨的孩子，在身后的尘土里拖着一串鲇鱼——但他又完全不是这样的，你总是会吃惊地发现，当他站在其他任何一个人身旁的时候，他并不比任何人矮小，而且如果你仔细看一看的话，你会发现他没有长着招风耳，也没有满脸雀斑或者长着龅牙，而且他事实上已经年逾三十了。

我只听他提及过一次他的年龄，还是当他在楼下的门厅里和他母亲谈话的时候无意中听到的。她是那里的接待员，一个壮实而丰满的女人，头发常常每几个月就从金色变成蓝色然后变成黑色，之后又变回到金色，她是大护士的邻居，而且我听说，她还是大护士一个非常亲密的朋友。每当我们因为什么活动下楼的时候，比利总是觉得有义务停下来，将涨得通红的脸颊伸到桌子的另一边去让她亲吻一下。这让我们其余的人和比利自己一样感到非常尴尬。没有人因此取笑比利，甚至麦克墨菲也没有。

我记不清楚是多久以前的一天下午，我们出去活动前稍做停留，有的坐在门厅里的塑料大沙发上，有的坐在外面下午两点的阳光下，等着黑男孩给他的赌马经纪人打电话。这时候比利的妈妈借此机会放下手中的活，拉着她的男孩的手从她的桌子后面走了出来，坐在我附近的草地上。她僵直地坐着，即便弯腰的时候身体也绷得紧紧的，穿着长筒袜的短粗的圆腿伸在前面，让我想起博洛尼亚大红香肠的颜色，比利躺在她的身边，把脑袋枕在她的大腿上，让她用一朵毛茸茸的蒲公英搔他的耳朵。比利在谈论着某一天要找个妻子和去上大学。他的妈妈用蒲公英的茸毛挠他的痒痒，嘲笑他这种想法很傻。

“甜心，你还有许多的时间来做那些事情，你的一生还长着呢。”

“妈妈，我三、三、三十一岁了！”

她笑了起来，一边用蒲公英捻着他的耳朵：“甜心，我看起来像一个中年人的妈妈吗？”

她皱着鼻头，对着他张开嘴唇，用她的舌头在空气中弄出湿吻的声响，而我不得不承认她看起来根本就没有一点做妈妈的样子。我无法相信他已经三十一岁了，直到我悄悄挪到了较近的地方，瞄到了他腕带上写着的生日。

午夜时分，当基瓦和另外一个黑男孩以及护士下班的时候，老黑人特克先生来换班了，我想象着麦克墨菲和比利已经起床在服用维生素。我从床上爬起来，披上一件衣服，走进休息室，他们正在那里和特克先生说着话。哈丁、斯甘隆、赛弗林和其他的一些人也走了出来。麦克墨菲正在告诉特克先生，如果女孩真的来了的话应该怎么做——实际上是在提醒他，因为看起来他们在一两个星期之前就已经仔细讨论过这事了。麦克墨菲说应该让女孩从窗户里进来，而不是冒险让她从门厅进来，夜间检查员可能会在那里。然后特克应该打开禁闭室的门。是的，那不是一个绝佳的给恋人们度蜜月的小屋吗？超级隐蔽。（"啊哈哈哈，麦克墨、墨菲。"比利一直努力地想说出这句话。）并且一定要把灯关了，这样的话检查员就无法看清里面了。然后关上宿舍门，以免吵醒在睡觉的慢性病人们。记得一定要保持安静，我们不想打扰他们。

"啊哈，行了，麦、麦、麦克。"比利叫道。

特克先生不停地点头或摇头，貌似已经快睡着了。当麦克墨菲说"我想已经全部交代清楚了"，特克先生回答说："不——不是全——部。"身穿白色制服的他坐在那儿咧嘴笑着，黄色的秃头就像一根棍子上的气球来回飘动着。

"好了，特克。你会觉得很值的，她会带来几瓶酒的。"

"你有点靠谱了。"特克先生说。他的脑袋懒洋洋地垂着，轻轻地来回摇晃。他看起来要花很大力气才能保持清醒。我曾听说他白天在一个赛马场还有另外一份工作。麦克墨菲转向了比利。

"特克坚持要更大的合同，比利男孩。你觉得行使你古老的初夜权对你来说值多少钱呢？"

在比利能够停止结巴回答问题之前，特克先生摇了摇头："不是那样的，不是钱的问题，除酒之外她不是还带了别的来吗，是不是，这个小甜心？你们这些人将分享酒瓶以外的其他东西，不是吗？"他看着周围的人呵呵坏笑起来。

比利几乎要爆炸了，竭尽全力地结结巴巴地想要告诉他们：不可以分享坎蒂，不可以分享他的女孩！麦克墨菲把他拉到一旁，告诉他不要担心女孩的贞洁——等比利搞完的时候，特克很可能已经醉得不省人事了，这个老浣熊肯定不能把一段胡萝卜放到洗衣盆里的。

这女孩又来晚了。我们穿着睡衣坐在休息室里，听着麦克墨菲和特克先生讲述部队里的故事，他们两个轮流抽着特克先生的一支香烟，用一种搞笑的方式抽着，吸了以后把烟雾含在嘴里，直到他们的眼球都快鼓出来了。有一次，哈丁问他们在抽什么烟，怎么闻上去这么有挑逗性，特克先生用一种尖尖的、屏住呼吸的声音说："就是一支普通的老香烟啊，嘿嘿，你要不要来一口？"

比利变得越来越紧张不安，害怕女孩可能会不来，也害怕她真的来了。他不停地问为什么我们不上床睡觉，而是像一群在厨房里等待桌上食物残渣的狗一样，赖在这又冷又黑的休息室里。我们只是对他嘿嘿笑。我们当中没有一个人想去睡觉，室内一点也不冷，而且在半夜里放松一下，听着麦克墨菲和特克先生讲传奇故事是一件很愉快的事情。没有人看起来很困，而且甚至没有一个人担心时间已经过了深夜两点，而女孩还没有露面这个事实。特克说她之所以晚了可能是因为病房太黑，她看不清楚应该到哪一间来，麦克墨菲说这是显而易见的，于是他们两个站起身在大厅里跑来跑去，把每一盏灯都打开了，甚至准备把宿舍里天花板上用来叫大家起床的大灯也打开，这时候哈丁说这样会吵醒其他的人，他们会起来分享一切的。于是他俩被说服了，决定不开这个大灯，但是把医生办公室里的灯也都打开了。

正当他们刚刚把病房的灯都打开，将四周照得如同白昼一般的时候，我们听到了有人在敲窗户。麦克墨菲跑到窗户边，把脸贴在上面，将手往脸部两边一放，想看个仔细。然后他后退一步，对着我们嘿嘿笑起来。

"在黑夜里她像个美女一般地走了过来，"他说，他抓住比利的手将他拖到窗户边，"让她进来，特克，让这个疯狂的种马朝她扑过去。"

"等一下，麦克墨、墨、墨、墨菲，等等。"比利就像一个骡子似的叫着。

"你不要麦麦麦麦克墨菲我，比利男孩。现在退缩太迟了。你一定要闯过这一关，我告诉你：我出五美元赌你一定会让那个女人欲火中烧，好吗？打开窗户，特克。"

黑暗中站着两个女孩，坎蒂，还有钓鱼旅行没来的另外那个。"热狗，"特克说，帮助她们从窗户进来，"足够每个人吃的。"

我们都过去帮忙：她们不得不把绷得紧紧的裙子撩到大腿

上，从窗户爬进来。坎蒂说："你这该死的麦克墨菲。"然后疯狂地扑上来用胳膊绕住麦克墨菲的脖子，几乎把两只手里拎着的酒瓶都打碎了。她狠狠地转了几圈，挽在头顶上的发髻开始慢慢散落下来。我认为上一次钓鱼旅行的时候她把头发梳在后面的样子更好看。她指了指正从窗户进来的手里拿着一瓶酒的女孩。

"桑蒂也来了。她终于振作起来，跟毕韦顿来的那个疯子离婚了，疯狂吧？"

那女孩从窗户进来，亲吻了一下麦克墨菲。"你好，麦克，我很抱歉上次没有来。不过那已经是过去的事了。一个人对于诸如在枕头里发现小白鼠，在润肤霜里面发现虫子，或者在胸罩里发现青蛙这一类搞笑事情的忍耐是有限度的。"她摇摇头，手在面前一摆，似乎想要把关于她那个热爱动物的前夫的记忆一下抹去，"上帝，简直就是一个疯子。"

她们都穿着短裙，针织上衣和尼龙袜，没穿鞋子，两人都脸红扑扑地咯咯笑着。"我们不得不一直打听方向，"坎蒂解释说，"在我们路过的每一家酒吧。"

桑蒂的眼睛瞪得大大的，不停地四处打量："哦哟，坎蒂女孩，我们现在到底在什么地方啊？这一切都是真的吗？我们在精神病院里吗？天哪！"她个子比坎蒂要大，也许比坎蒂要年长五岁，红棕色的头发在脑袋后面挽成一个很时髦的发髻，但是一缕缕的头发不停地掉到乳白色的脸颊上。她看起来像是一个硬要装成上流社会女士的女牛仔，因为肩膀、乳房和屁股都太宽了而算不上美女，但她是漂亮和健康的。她修长的手指勾在一个酒瓶口边的铁环里，装着一加仑红酒的酒瓶在她身体一侧就像个手袋似的晃来晃去。

"怎么，坎蒂，怎么、怎么、怎么这些疯狂的事情会发生在我们身上？"她又转了一圈，然后停下，咯咯笑起来。

"这些事情没有发生，"哈丁故作严肃地对女孩说，"这些事情是你夜里睡不着的时候躺在那里编造出来的、不敢告诉心理医生的幻想。你并不真的在这里，那瓶酒不是真的，这一切都不存在，好了，我们从这里开始吧。"

"你好，比利。"坎蒂说。

"看看那个东西。"特克说。

坎蒂费力地把拎着酒的一只胳膊伸出去："我给你带来了一个礼物。"

"这些事情是桑恩·史密斯[1]一类的白日梦！"哈丁说。

"天哪！"名叫桑蒂的女孩说，"看看我们让自己卷入了什么样的场合？"

"嘘嘘嘘嘘，"斯甘隆说，皱着眉头朝四周看了看，"你们这么大声说话会吵醒其他那些狗杂种的。"

"你怎么回事，吝啬鬼？"桑蒂咯咯一笑，又开始转起圈来，"你害怕没有足够的东西让大家分享吗？"

"桑蒂，我应该预见到你会带来那种该死的廉价波尔图酒。"

1　桑恩·史密斯：一位生活于19世纪末20世纪初的美国作家，擅长撰写幽默的超自然幻想作品。他的作品中有大量关于性、酗酒和超自然的描写。

"天哪！"她停止转圈，抬头看着我，"来研究一下这一个，坎蒂，整个一歌利亚[1]——哎呀哎呀。"

特克先生说"热狗"，然后把纱窗锁上了，桑蒂又说了一遍"天哪"。我们都尴尬地在休息室的中央挤作一团，胡乱地说着一些话，主要是因为大家还不知道应该做些什么事情——从来没有遇到过这种情形——我不知道什么时候这种略带不安的兴奋交谈、傻笑和在休息室里四处走动的局面会结束，如果大厅另一头的病房门没有响起钥匙开门的声音——病房的门被打开了——就像一个防盗铃铛突然响起来一般把每个人都吓一大跳。

"哎哟，主啊，上帝啊，"特克先生说，把手往他的秃头上一拍，"是检查员来了，来解雇我这个老黑人了。"

我们都跑进了厕所里，把灯关了，站在黑暗里，互相倾听着对方的呼吸。我们能够听到检查员在病房里四处走动，用一种响亮的、略带恐惧的耳语似的声音呼唤着特克先生，她的声音轻柔而略带忧虑，呼叫的时候声调上扬："特克——克先生？特——特克先生？"

"他妈的特克跑哪儿去了？"麦克墨菲悄悄说，"为什么不回答她。"

"别担心，"斯甘隆说，"她不会检查厕所里面的。"

"但是为什么他不回答呢？也许他已经喝醉了。"

"伙计，你瞎说什么？我根本没有喝醉，那么点度数的酒

---

1 歌利亚：《圣经》旧约里的非利士巨人勇士，被大卫用石头打死。这里意指酋长个子非常高。

怎么可能让我喝醉。"黑暗的厕所里响起了特克先生的声音。

"上帝啊，特克，你在这里干吗呢？"麦克墨菲竭力让自己的声音显得严厉，但同时又在努力克制自己不要笑出来，"出去看看她想要干什么。如果她找不到你，她会怎么想呢？"

"我们的死期到了，"哈丁一边说，一边坐了下来，"真主保佑啊。"

特克打开门溜了出去，到厅里接待检查员。她过来检查为什么所有的灯都是亮着的，究竟是什么事情需要把病房里的每一盏灯都打开呢？特克说不是每一盏灯都开着，宿舍里的灯就没有开，厕所里的灯也没有开。她说没有理由把其他的灯都打开，究竟为什么他让这些灯都亮着呢？特克无法给出一个答案，在那长长的停顿里，我听到了酒瓶在周围的黑暗里被传来传去。检查员又问了一遍，特克告诉她，好了，他不过是在打扫，把这些地方擦拭干净。如果是这样的话，她想知道为什么要求特克打扫的厕所却是唯一黑着灯的地方。我们等着看他会如何回答时，大家又开始传递起酒瓶来。当酒瓶传到我面前时，我喝了一口。我觉得我需要它。我能够听到外面大厅里特克不停地咽口水，哼哼哈哈地试图说点什么。

"他的脑袋钝住了，"麦克墨菲说，"某个人得出去帮他一把。"

我听到身后响起冲厕所的声音，门开了，哈丁走了出去，一边走一边往上提睡裤，大厅的灯光里显出他的身影。我听到检查员看到他时大吃一惊，他请求她原谅，解释说太暗了，他没有看到她。

"不暗啊。"

"我的意思是厕所里很暗，我总是关了灯以实现更好的排便效果。那些镜子啊，你理解吗，当灯光亮着的时候，那些镜子就像坐在那里审判我，如果排便排得不顺畅的话，它们就会实施惩罚。"

"但是特克看护说他在里面打扫……"

"而且做得非常不错，我应该补充——考虑到黑暗给予他的限制。你介意进来检查一下吗？"

哈丁把门推开了一条缝，一点光线照到了厕所的地板上。我瞄见正在往后退的检查员，她嘴里说她不得不拒绝他的邀请，但是她还会回来检查的。我听到大厅另一头的门又一次打开，检查员离开了病房，哈丁还在后面大声叫她尽快再次莅临检查。每个人都冲出来和他握手，拍着他的背夸他搪塞的方式很漂亮。

我们就那样站在大厅里，酒又开始传递起来。赛弗林说如果有什么东西来调和一下的话，他可以考虑喝点伏特加酒。他问特克先生病房里难道没有什么东西可以放在酒里面，特克说除了水以外什么也没有。弗雷德里克森问止咳糖浆如何，"他们有时候会从药房的一个半加仑的大瓶子里给我们倒一点点，那止咳糖浆的味道还不坏。你有那个房间的钥匙吗，特克？"

特克说夜里只有检查员有药房的钥匙，但是麦克墨菲竭力说服他允许我们试试看能不能把锁撬开。特克咧嘴一笑，懒懒地点了点头。当他和麦克墨菲用曲别针努力打开药房的锁的时候，两个女孩和我们其余的人跑到护士站里翻开文件阅读病人们的记录。

"看这儿，"斯甘隆说，挥舞着一个文件夹，"什么叫作无孔不入。他们居然有我小学一年级的成绩单，啊哈，很糟糕的成绩，真的很糟糕。"

比利和他的女孩在翻阅他的文件夹。女孩后退一步打量着他："这是你吗，比利？这个说你精神有毛病，那个说你不健康？你看起来一点不像有这些问题。"

另一个女孩打开了一个供应品抽屉，对于护士们为什么需要这么多的热水瓶——几乎上百万个——感到大惑不解。哈丁坐在大护士的桌子上，看着周围的一切不断摇头。

麦克墨菲和特克打开了药房的门，从冷冻盒里拿出了一瓶浓稠的樱桃色的液体。麦克墨菲把瓶子往灯下一举，大声地读着瓶子上的说明。

"人造香料、色素、柠檬酸。百分之七十的惰性物质——那一定是水——百分之二十的酒精——那没问题——百分之十的可待因（自鸦片中提取的碱质）。警示：镇静剂可能会使人上瘾。"他打开瓶盖尝了一口，闭上眼睛把舌头往牙齿四周一舔，再喝了一口，然后又读了一遍说明。"好了，"他说，上下牙一磕，就像它们刚刚被磨尖了似的，"如果我们用伏特加酒来稀释一下的话，我想应该没有问题的，冰块准备得怎么样了，特克，老伙计？"

在装药的纸杯里混合了白酒和廉价红酒的止咳糖浆尝起来有种儿童饮料的味道，又像我们过去在达尔斯喝过的仙人掌苹果酒，在喉咙里冰冷而熨帖，但是到了胃里却有一种火热而激烈的感觉。我们把休息室的灯关了，围坐分享这种混合饮料。前两杯我们像吃药似的一口咽了下去，严肃而安静，并且留心着这东西会不会把人给毒死了。麦克墨菲和特克不停地交替喝酒和抽特克的香烟，当他们讨论到和那个午夜下班的长胎记的小护士搞搞会是什么滋味时，他们又咯咯地笑了起来。

"我会害怕的，"特克说，"她可能会用那条链子上的十字架来鞭打我，那将是多么可怕的事情啊！"

"我也会害怕的，"麦克墨菲说，"也许正当我欲仙欲死的时候，她会突然伸手从我后面拿出一个体温计来量我的体温！"

这句话把大家都逗乐了，哈丁努力止住笑，以便加入这个笑话中。

"或者更糟的，"他说，"她就那样躺在你的身下，脸上呈现一种可怕的专注表情，然后告诉你——啊哈，上帝，听听——然后告诉你你的脉搏是怎样的！"

"啊哈，不要啊……啊哈，我的上帝……"

我们笑得在沙发和椅子上前仰后合，上气不接下气，眼泪都要笑出来了。两个女孩笑得都没有力气了，努力了两三次才站稳。"我要……要去撒尿。"大个女孩一边咯咯笑，一边歪歪扭扭地朝着厕所走去，但是走错了门，跌跌撞撞地进了宿舍，我们都互相示意不要出声，屏住呼吸等待着，很快听到女孩一声尖叫，然后老曼特森上校的咆哮声传了出来，"枕头是……一匹马！"——他摇着轮椅紧跟在女孩后面飞快地从宿舍里溜了出来。

赛弗林把上校推回到宿舍里，然后亲自给女孩指厕所在什么地方，告诉她这厕所一般只有男人在用，但是她在里面的时候他可以站在门口，并向上帝发誓绝不会让任何人进来侵犯她的隐私。她很严肃地向他表示感谢，还握了握他的手，然后两人互相点头致意。但是正当她在厕所里的时候，老上校又坐着轮椅跑了出来，赛弗林忙得不可开交地把老上校挡在厕所门外。当女孩从里面出来的时候，赛弗林正在用脚努力挡住冲过来的轮椅，而我们都站在旁边给双方呐喊助威。女孩帮助赛弗林把老上校弄回床上去了，然后两人一起走到了大厅另一头，跟着只有他们可以听到的华尔兹舞曲跳起了舞。

哈丁一边喝着酒，一边注视着周围，不停地摇头："这一切并没有在发生，这是卡夫卡、马克·吐温和马蒂尼的结合。"

麦克墨菲和特克开始担心灯光也许还是太亮了，于是他们把大厅里上上下下亮着的灯都关了，甚至包括齐膝盖的小夜灯，直到整个地方漆黑一片，伸手不见五指。特克拿出了一些手电筒，我们把储藏室里的轮椅都拿了出来，在大厅里玩起了接龙游戏，正玩得兴高采烈的时候，突然听到一声赛弗林癫痫发作的叫声，我们赶快跑了过去，发现他四仰八叉地躺在大个女孩桑蒂的身边。她坐在地上轻拂她的裙裾，低头看着赛弗林，"我从来没有经历过这样的事情。"她用一种近乎敬畏的口吻说。

弗雷德里克森跪在他朋友的身边，把一个钱包放在他的牙齿中间，以防他咬了自己的舌头，然后帮他把裤子的纽扣扣上："你没事吧，塞弗？塞弗？"

赛弗林没有睁开眼睛，而是举起一只软塌塌的手，把那个钱包从他的嘴里拿了出去。他呵呵一笑，嘴里满是白沫，"我没事，"他说，"给我一些药，让我能够尽早出院。"

"你真的需要一些药吗，塞弗？"

"药。"

"药。"弗雷德里克森回头大叫。"药。"哈丁重复道，拿着他的手电筒摇摇晃晃地朝着药房走去。桑蒂目光炯炯地看着他离去，她坐在赛弗林的旁边，仍然像身临奇迹般轻轻抚摸着赛弗林的脑袋。

"你最好也给我拿点什么东西，"她用一种醉了似的声音在哈丁身后叫着，"我从来没有经历过这样的事情，哪怕是类似的事情都没有。"

我们听到大厅另一头响起了玻璃碎裂的声音，哈丁回来了，两只手都满满地捧着药片，他把所有的药片对着赛弗林和女孩撒下，就像把土块撒向坟墓一般，然后抬眼望向天花板。

"最仁慈的主啊，接受这两个可怜的罪孽深重的灵魂，拥抱他们吧！并且，请让门开着，等待我们其余的人到来，因为你正在见证末日的来临，绝对的、不可逆转的、奇妙的末日。我终于意识到了正在发生什么事情。这是我们回光返照的最后一击。从此以后我们的命运就注定了。我们都会在黎明时被处决。每人一百毫升。拉契特小姐会让我们都靠着墙站成一排，面对填满枪膛的枪，她已经在里面装了眠尔通！氯丙嗪！利眠宁！三氟啦嗪！镇压！用镇静剂把我们都消灭。"

他靠着墙一瘫，滑到了地板上，他手里的药片就像红色、绿色或者橙色的昆虫一样四下里散落开去。"阿门。"他说，闭上

361

了眼睛。

　　地板上的女孩把她的裙子在修长的、久经劳作的腿上压平，看着灯光下仍然咧嘴笑着并不停抽搐的赛弗林，说道："我一生中从未经历过这样的事情，哪怕是类似的事情，哪怕只有这事一半那么荒诞。"

　　哈丁的言论，即使没有完全让人们清醒过来，也至少让他们意识到了我们正在做的事情的严重性。夜正一点点地过去，我们不得不考虑到早上即将到来的工作人员。比利·彼比特以及他的女孩说已经四点多了，如果没问题的话，如果大家不介意，他们想让特克先生打开禁闭室的门。他们在一圈电筒光的照耀下离开了，我们其余的人走进休息室讨论清理打扫的善后问题。特克从禁闭室回来后已经醉得几乎不省人事，我们不得不用一个轮椅把他推进休息室。

　　当我走在他们身后的时候，我猛然意识到我喝醉了，真正喝醉了，从部队出来以后我第一次喝得满脸红光、面带笑容、跌跌撞撞；我与五六个男人和两个女孩一块喝醉了——就在大护士的病房里喝醉了！就在"联合机构"最强大的要塞的正中央喝醉了，而且还到处乱跑、又笑又闹，和女人们胡乱调情！我回想起这一夜，以及我们所做的一切，几乎无法相信这是真的。我不得不一再提醒自己这一切真的发生了，是我们使它发生了。我们只不过是打开窗让这一切进来，就像让新鲜空气进来一样。也许"联合机构"也并非万能的。既然现在我们知道实行这一切并不那么难，究竟还有什么可以阻止我们再这样做呢？或者阻止我们做其他我们想做的事情？当我想到这里的时候，我感觉好极了，于是一声长啸，猛地扑向走在我前面的麦克墨菲和女孩桑蒂，一手一个把两人都夹在胳膊里，一路跑向休息室，任凭他们像孩子似的又叫又踢。我的感觉就是如此的好。

曼特森上校又起来了，眼睛明亮，像有很多课程想要讲授，斯甘隆再次把他推回到床上去。赛弗林、马蒂尼和弗雷德里克森说他们最好也睡觉去了。麦克墨菲、我、哈丁、女孩桑蒂和特克先生决定留下来把所有的止咳糖浆喝光，同时讨论一下我们应该如何对付病房这一团糟的残局。实际上只有我和哈丁对混乱的病房感到担忧，麦克墨菲和大个女孩只是坐在那里啜饮着糖浆，望着对方呵呵笑，在阴影里用手玩着游戏，而特克先生则在打盹。哈丁尽了他最大的努力想让他们关注眼前的问题。

"你们都未能充分理解这个情形的复杂性。"他说。

"狗屁。"麦克墨菲回道。

哈丁一拍桌子："麦克墨菲，特克，你们都没有意识到今夜发生了什么事情。在一个精神病房。拉契特小姐的病房！后果将是……毁灭性的！"

麦克墨菲咬了咬女孩的耳垂。特克点了点头，睁开了一只眼睛说道："一点不错，她明天也会来上班的。"

"但是，我有一个计划。"哈丁一边说，一边起身。他说麦克墨菲很明显已经醉得无法处理眼前的问题，其他人不得不接管。当他说话的时候，他的身体挺得更直，神志更加清醒。他用一种热切而急迫的口吻说着话，配合着手势，我很高兴他能够站出来主持大局。

他的计划是把特克绑起来，让别人以为是麦克墨菲从背后偷袭了他，用诸如烂布条之类的东西把他绑住，抢了他的钥匙，并且在抢到钥匙之后，破门而入把药撒得到处都是，出于对大护士的怨恨——她会相信这一点的——把文件夹搞得乱七八糟——然后打开纱窗逃之夭夭。

麦克墨菲说这听上去就像一个电视里的密谋，荒唐得不能再荒唐，所以反而会让人信以为真。他赞扬哈丁仍然头脑清醒。哈丁说这个计划有它的可取之处：它可以让其他人脱离干系，不被大护士追究，让特克能够保住工作，还可以让麦克墨菲逃离病房。他说麦克墨菲可以让女孩们开车送他到加拿大或者墨西哥的提华纳，或者甚至去内华达也没问题，如果他想的话。这不会有风险的，警察从来不会卖力地去追查一个从医院里逃出去的病人，因为他们当中百分之九十的人几天以后就会自动回来——身无分文、烂醉如泥，回来找免费的床铺和膳食。我们计议了一会儿，喝光了糖浆，最终陷入了沉默，哈丁又坐了回去。

麦克墨菲把搂着女孩的胳膊拿下来，看看我，又看看哈丁，陷入了沉思，那种奇怪的、疲惫的表情又浮现在他的脸上。他问我们怎么打算，为什么不起身穿好衣服跟他一块逃走。

"我还没有完全准备好，麦克。"哈丁告诉他。

"那什么让你认为我准备好了呢？"

哈丁静静地微笑着，看了他一会儿，然后说："不，你不理解，我几个星期以后就会准备好的，但是我想靠自己的力量做这件事情，独自做这件事情，从那扇前门走出去，遵循所有传统的繁文缛节，我想要我的妻子在约定的时间开着一辆车来这里接我，我想要他们知道我能够以那种方式离开这里。"

麦克墨菲点点头："你呢，酋长？"

"我想我没事，我只是还不知道我想去哪里，而且在你走了以后，应该有人留在这里几个星期，确保事情不会回到老样子去。"

"那比利、赛弗林、弗雷德里克森和其余的人呢？"

"我不能代表他们说话，"哈丁说，"他们仍然还有各自的问题，就像我们所有的人一样，在很多方面他们仍然是病人。但至少，他们现在是病人，不再是兔子了，也许某一天他们能够变成健康的人，我说不准。"

麦克墨菲仔细地想了想哈丁所说的话，盯着自己的手背，然后抬头迎着哈丁的目光。

"哈丁，到底是什么原因？你们身上到底发生了什么事情？"

"你指的是我们的病？"

麦克墨菲点点头。

哈丁摇了摇头："我无法给你一个答案。哦，我能够用一些复杂难懂的话来给你进行弗洛伊德式的分析，只要把这些分析搬出来，什么状况都能冠冕堂皇地说明白；但你想要的是理由背后的理由，而我无法给你那些，至少我无法告诉你别人的理由。就我自己而言？罪恶感、羞耻感、恐惧感、自我贬低。我很小的时候就发现我——我们可否善意一点说成与众不同？

这是比另外一个词更善意的、更为泛泛的词语。我沉溺于我们的社会觉得不体面的一些活动中，然后我生病了。我认为这并不是由于我参与了那些活动，而是我感觉到社会举着那根巨大的、致命的、尖锐的食指在指责我——一百万个巨大的声音在大声吟唱'可耻、可耻、可耻'。这是社会对待与众不同的人的方式。"

"我也与众不同，"麦克墨菲说，"为什么那样的事情没有发生在我身上？从我能够记事起，就有人不停地因为这事或者那事来烦我，但那并不是——但它并没有让我发疯。"

"是的，你说得没错。遭遇排挤不是让我们发疯的原因，至少并不是唯一的原因。尽管过去有段时间，也就是在几年前那些畏首畏尾的日子里，我曾经一度认为社会的谴责是把一个人逼上疯狂绝路的唯一力量，不过你促使我重新评估我的理论。还有其他的东西驱使人们，驱使像你这样强壮的人，我的朋友，朝着疯狂的绝路上走。"

"是吗？我倒不承认我正在往疯狂的绝路上走，但是你所说的其他的东西是指什么啊？"

"是我们。"他把一只雪白的手轻柔地往自己周围挥了一圈，"我们。"

麦克墨菲半信半疑地说了句，"狗屁，"他咧嘴一笑，然后站起身，把女孩也拖了起来。他眯着眼看了看暗淡的钟，"快要五点了，在大逃亡之前我需要稍微睡一会儿，上白班的人两小时以后才会来，也让比利和坎蒂在下面再待一阵子，我会在大约六点离开。桑蒂，宝贝儿，也许在宿舍里待一小时会让我们清醒过来，你觉得呢？我们明天还有很长的路要赶，无论是加拿大、墨西哥还是其他地方。"

特克、哈丁和我也都站了起来，仍然歪歪扭扭的，一副醉态。但是一种柔美的、淡淡的忧伤在醉意之上荡漾起来。特克说他会在一小时以后叫麦克墨菲和女孩起床。

"也叫醒我，"哈丁说，"当你骑马离去时，我想拿着一颗银色的子弹站在窗前问，'谁想要拿下那个戴面具的人？'"

"见鬼去吧。你们两个都给我上床去，我永远不想再见到你们的皮毛或者头发，你们明白吗？"

哈丁咧嘴一笑，点了点头，什么也没有说。麦克墨菲把一只手伸出来，哈丁握了握。麦克墨菲就像一个摇摇晃晃走出沙龙的牛仔一般身子往后一仰，眨了眨眼。

"你又可以做回疯子老大了，伙计，现在没有大个麦克在这里碍手碍脚了。"

他转身对着我，皱了皱眉头："我不知道你能做什么，酋长，你需要修饰一下你的外表，也许你能找个工作，在电视摔跤节目里扮演坏人，无论如何，放松一点。"

我握了握他的手，然后我们朝宿舍走去。麦克墨菲叫特克先生去撕一些被单，挑出一些他喜欢的打结方式待会儿用来绑他自己，特克说他会的。宿舍里灯光晦暗。我上了床，听到麦克墨菲和那个女孩上了他的床。我感觉全身麻木，但很温暖。我听到特克先生打开了外面大厅里衣物保管室的门，然后发出一声长长的、响亮的、夹着打嗝声的叹息，从身后关上了门。我的眼睛适应了黑暗，我能够看到麦克墨菲和女孩肩膀靠着肩膀依偎着，想躺得舒服一些，他们更像是两个玩累了的小孩子，而不是上床做爱的成年男女。

而当黑男孩们在早晨六点三十分打开宿舍的灯的时候，他们发现麦克墨菲和那个女孩以那样的姿势躺着。

我对于接下来发生的事情进行过反复的思考，我意识到并且认为那一切是注定要发生的，无论如何也会发生，无论在此时还是彼时。即使特克先生按照计划叫醒麦克墨菲和两个女孩并让他们离开了病房，大护士总会有办法察觉已经发生的一切，也许只要通过比利脸上流露出来的表情她就洞若观火，而她还是会做同样的事情，无论麦克墨菲在还是不在。而比利也还是会做出同样的事情，这样的话麦克墨菲肯定会获悉此事并且杀回来。

注定会回来的，因为他不会坐视不管地在医院外面四处晃荡，在卡森城、里诺城或者别的地方玩纸牌，而任由大护士进行最后一击，上演最后一幕；他不会任由她在他的眼皮底下为所欲为然后蒙混过关，这就像他已经签字画押同意参加整个游戏，没有什么理由会让他中途毁约。

当我们开始起床在病房里转悠的时候，昨晚的事已经以星火燎原之势悄悄地传开了，"他们有个什么？"没有参加的人问，"一个娼妓？在宿舍里？主啊。"不仅仅是一个娼妓，而且是个脚下生风的醉鬼，另一个人说，麦克墨菲打算在白天当班的工作人员到来之前偷偷把她带出去，但是他没有醒。"你是在痴人说梦吧？"不是痴人说梦，是像福音书一样的字字箴言，我都参加了。

那些参与了夜间活动的人开始带着一种难以言表的骄傲和美妙的感觉来讲述整个事情，就像那些看到酒店着火或者水库决堤的人——非常庄严、带着敬意，因为伤亡都还没有开始统计呢——但是讲述持续的时间越久，大伙儿就越发失去了那种庄严感。每一次大护士和慌忙跟在她后面的黑男孩们有了什么新发现，例如止咳糖浆的空瓶子或者像空空的摩天轮座椅一般陈列在大厅尽头的一堆轮椅，就会清晰地唤回夜里发生的某个片段，可以讲述给没有参加的人听，也让参加了的人再回味一番。每个人都被黑男孩赶进了休息室，无论是慢性病人还是急性病人，大家兴奋而迷惑地挤在一起。两个老慢性病人躺在他们的被褥里，目光炯炯，直咂吧牙床。除了麦克墨菲和那个女孩以外，每个人都还穿着睡衣和拖鞋，那女孩已经穿好了衣服，但是脚上少了鞋子，丝袜搭在她的肩膀上，而麦克墨菲穿着他的白鲸黑色短裤。他们手拉手一起坐在沙发上。女孩又开始打起盹来，麦克墨菲斜靠着她，脸上露出满意而略带睡意的笑容。

尽管不是出于本意，但我们严肃的担忧还是让位给了欢乐和幽默。当大护士发现了哈丁撒在赛弗林和女孩身上的那些药片时，我们开始乱动起来，喷着鼻息，竭力控制不要笑出声，当他们在衣物保管室里发现了特克先生，并把他带出来时，我们终于忍不住狂笑起来：他仍然眨巴着睡眼，嘴里哼哼唧唧的，就像一个宿醉未消、裹着一百码撕碎被单的木乃伊。对于我们的嬉皮笑脸，大护士涂着脂粉的脸上不曾露出一丝微笑，每一阵笑声似乎都被强迫塞到她的喉咙里，直到她变得像一个膀胱似的随时都可能爆炸。

麦克墨菲把一条光腿从沙发边垂下来，帽子拉得很低以免灯光刺伤他通红的眼睛，他不停地伸出舌头在嘴唇周围舔着，看起来那舌头就像被止咳糖浆刷了一层漆似的。他好像生病了，而且十分疲惫，不停地用手掌根按着太阳穴，打着哈欠。尽管看起来很糟，但他脸上仍然带着笑意，有一两次甚至对着大护士发掘出的罪证大声笑了出来。

当大护士进去打电话给主楼报告特克先生的辞职时，特克和那个女孩桑蒂借机打开了那扇纱窗，和大家挥手告别，然后跳出窗户，跌跌撞撞地穿过潮湿的、闪烁着阳光的青草地。

"他没有把纱窗锁上，"哈丁对麦克墨菲说，"走啊，跟他们走吧！"

麦克墨菲呻吟了一下，睁开一只就像正在孵化的鸡蛋似的布满血丝的眼睛。"你开玩笑吧？我甚至无法让我的脑袋钻过那扇窗户，更不要说我的整个身体。"

"我的朋友，我不认为你充分理解了——"

"哈丁，让你和你的大话见鬼去吧，今天早上我唯一充分理解的是我仍然半醉半醒，而且生病了，事实上，我认为你也仍然酒醉未醒。酋长，你呢，酒醒了吗？"

我说我的鼻子和脸颊仍然没有任何知觉，如果这意味着什么的话。

麦克墨菲点了点头，又闭上了他的眼睛，双手交叉放在胸前，身体在椅子上慢慢向下滑，下巴缩在衣领里。他咂吧了一下嘴唇，就像在打盹似的微笑着，"天哪，"他说，"每个人都仍然酒醉未醒。"

哈丁仍旧很担心，不停地说麦克墨菲的最佳选择就是趁着老"仁慈天使"还在里面打电话向医生报告她所发现的暴行时，马上飞快地穿好衣服拍拍屁股走人；但是麦克墨菲坚持说没有什么事情值得他这么激动，他的情况并不比之前更糟，不是吗？"我已经承受了他们最狠的一拳。"他说。哈丁两手一挥，起身离开了，他笃信厄运必将来临。

有个黑男孩看到纱窗没有锁，于是把它锁上了，然后走到护士站里拿出一大本点名册，一边大声地叫着每一个名字，一边核对被叫到的人是否在场。为了迷惑大家，点名册是按字母顺序倒着排列的，所以他一直到快要念完的时候才叫到了以字母B开头的名字。他向休息室四下里看了看，手指没有离开点名册上的那个姓氏。

"彼比特。比利·彼比特到哪里去了？"他的眼睛睁得大大的，他在想比利已经从他的眼皮底下溜出去了，算计着自己还能否抓到他，"谁看到比利·彼比特离开了，你们这些该死的蠢货？"

黑男孩走回了护士站，我们看到他把这件事告诉了大护士。她把话筒往电话机上一扔，走出了护士站，一缕头发从白色的护士帽里掉了出来，就像湿乎乎的灰土一样散在脸上。她要求我们告诉她私奔者去哪里了，大家用一阵哄笑来回答她的问题，她四下里瞪着大家，眉心和鼻尖下开始冒汗。

"是吗？他没有走，是不是？哈丁，他还在这里——在病房里，是不是？告诉我，赛弗林，告诉我！"

她说每个字的时候都像把眼珠子扔了出来，试图刺穿每个人的脸，但是大伙儿对她的毒性已经有免疫力了。他们迎着她的目光呵呵笑着，嘲讽着她已然丧失的自信微笑。

"华盛顿！沃伦！跟我来检查房间。"

当他们三个开始行动的时候，我们也跟了上去，他们打开实验室、浴盆间、医生的办公室……斯甘隆用他骨节突出的手来掩藏他的微笑，低语道，"嘿，可能有一些笑话要发生在老比利的身上了。"我们都点头赞同，"而且想来比利不是唯一一个要闹笑话的人，记得还有谁在那里面吗？"

大护士到了大厅尽头禁闭室的门口。当大护士打开锁猛地把门甩开的时候，我们都一拥上前，挤作一团，伸长了脖子拼命越过大护士和两个黑男孩往里窥视。这个没有窗户的房间很黑，黑暗中有窸窸窣窣的声音，一阵忙乱，大护士伸手啪的一声把开关打开，灯光下躺在床垫上面的比利和女孩正眨巴着眼睛往上看，就像在鸟巢里的两只猫头鹰。大护士不理会她身后响起的一阵爆笑声。

"威廉姆·彼比特！"她竭尽全力让自己的声音听上去冰冷而严厉，"威廉姆……彼比特！"

"早上好，拉契特小姐，"比利说，甚至没有试图起身扣上他的睡衣。他伸出自己的手拉住女孩的手，咧嘴一笑："这是坎蒂。"

大护士的舌头从她瘦瘦的喉咙里发出咯咯的声音："哎呀，比利，比利，比利——我为你感到羞愧极了。"

比利还没有足够清醒以回应她所表达的巨大失望，女孩则在床垫下面四处寻找她的丝袜，刚睡醒的她慢慢地移动着，脸上给人一种很温馨的感觉。她不时地从半梦半醒的摸索中停下来，微笑着抬头看看胳膊交叉在胸前、冷冰冰地站在那里的大护士，然后又摸摸看自己的运动衫是不是扣好了，接着继续拉扯夹在了床垫和地板之间的丝袜。他们两个都像阳光下喝足了温暖牛奶的肥猫，慢吞吞地移动着，我猜测他们仍然醉醺醺的。

"哎呀，比利，"护士说道，就好像她是如此的失望以至于可能控制不住要哭起来似的，"这样的一个女人，一个廉价货！粗俗的！粉刷的——"

"交际花？"哈丁补充道，"荡妇？"大护士转身试图用她的目光把哈丁钉死，但是他继续说道，"不是荡妇？不是吗？"他搔搔头皮，佯装思考，"那么莎乐美¹呢？她可是出了名的邪恶。也许'女爵士'这个词是你想要用的。好了，我只是提供我的帮助而已。"

她猛地转身对着比利。他正在努力让自己起床：翻身，膝盖跪在床上，屁股就像牛要站起来那样撅在空中，然后两手一撑，一只脚站了起来，另一只脚也跟着站了起来，终于站直了整个身子。他看起来对自己的成功很满意，就好像他甚至没有察觉我们一堆人挤在门口取笑他，对着他欢呼叫好一般。

大家的谈话声和嬉笑声在大护士周围盘旋。她看看比利，

1　莎乐美：新约中希罗安提帕之侄女，用她的舞蹈向安提帕换来施洗者约翰的头颅。

看看女孩，然后又看看她身后我们这一群人。她的瓷釉和塑料般的脸开始塌陷，她闭上眼睛竭力让自己不再颤抖，让注意力集中。她靠着墙壁，心里清楚考验她的时候到了。当她的眼睛再次睁开的时候，它们变得非常小，并且死一般的沉寂。

"让我担心的是，比利，"她说——我能够听出她声音的变化——"你那可怜的妈妈该怎么承受这一切。"

她得到了她想要追求的效果，比利哆嗦了一下，用一只手盖住一边脸颊，就好像他突然被泼了硫酸。

"彼比特女士一直对你的判断力感到非常自豪。我知道她是这样想的。这将会万分扰乱她的心境。你清楚当她被扰乱时她会做何反应，比利，你知道这个可怜的女人会变得多么病态，毕竟她是非常敏感的，特别是如果事关她的儿子的话，她谈及你的时候总是非常骄傲。她总——"

"不！不！"他的嘴唇挪动着，拼命地摇着头，哀求她，"你不、不必、必、这样！"

"比利，比利，比利，"她叫着他的名字，"你的妈妈和我是老朋友。"

"不！"他喊道。他的声音擦过禁闭室光秃秃的白色墙壁。他抬起下巴，对着月光般冰冷的灯光喊叫着："不、不、不！"

我们不笑了。我们注视着比利跌坐在地上，脑袋往后仰，膝盖往前伸。他的一只手不停地上下搓动着一条绿色的裤腿。他惊慌失措地摇着头，就像一个被告知马上要挨鞭子的孩子眼睁睁地看着柳条被抽下来。大护士轻轻地抚摸他的肩膀安慰他，这抚摸就像一记重拳击向他。

"比利，我不想让她相信你会做出这种事情——但是我想不出其他的可能性。"

"不、不、不要告诉，拉契特小、小、小、小姐。不、不、不要。"

"比利，我必须告诉她，我不愿意相信你会干出这种事情——但是，真的，我想不出其他的可能性，我发现了你在一个床垫上，和这种女人在一起。"

"不！我没、没、没有，我是——"他的手再一次盖住脸颊，"是她干的。"

"比利，这个女孩不可能用武力把你拖到这里来。"她摇了摇头，"你必须理解，虽然我情愿相信事情不是这样的——为了你那可怜的妈妈。"

他的手顺着脸颊抓下来，留下了长长的血痕，"她干、干的。"他四处看看，"还有麦、麦、麦克墨菲！他干的。还有哈丁！还有其、其、其余的人！他们嘲笑我，给我取外号！"

现在他的眼睛牢牢地盯住了她的脸，他没有再往左右看，而是直直地盯着她的脸，仿佛那不是她的脸而是一束盘旋的光，一个具有催眠效果的白、蓝和橘红混合液体的旋涡。他吞咽着口水，等着她说点什么，但她就是什么都不说，她的技巧、她那可怕的机械力量又流回到了她的身体里，帮她分析眼前的情形，然后向她汇报说，她需要做的事情就是保持安静。

"他们让、让、让我做的！求你了，拉契特小、小姐，他们也许、也许、也许——"

她控制了一下自己的光束，比利的脸耷拉着，他如释重负地轻轻啜泣。她把一只手放在他的脖子上，将他的脸颊贴近她那浆洗过的制服，贴近她的胸前，轻轻地拍着他的肩膀，同时用一种鄙夷的目光打量着我们这群人。

"没事，比利，没事，没人会伤害你，没事的，我会向你妈妈解释的。"

当她说这话的时候，她继续严厉地瞪着我们。那种声音十分轻柔、抚慰人心，温暖得就像一个枕头，但却从一张瓷器般的脸上发出，不禁让人感到异常奇怪。

"好了，比利。随我来吧。你可以在医生的办公室里等着。没有理由让你和这些……所谓的朋友一起待在休息室里。"

她带他走进办公室，轻轻地拍着他低垂着的脑袋，说："可怜的男孩，可怜的小男孩。"而我们都沉默不语地退回到了大厅，坐在休息室里，既没有面面相觑，也没有说话，麦克墨菲是最后一个坐下来的人。

休息室另一边的慢性病人们不再胡乱地兜圈子，各就各位坐了下来。我偷偷地瞄着麦克墨菲，尽量不让人发现。他坐在角落里的椅子上，休息一会儿以应付下一个回合，以及接下来的数不清的回合。他要对付的东西是无法一劳永逸地被制伏的。你能够做的就是不停地斗争，直到你再也无力应对更多的回合，别人不得不接替你的位置。

护士站里又有更多的电话被打了出去，几个权威人士露了几次面来取证。当医生终于亲临现场的时候，每个人都看着他，就好像在说整个事情是他策划的，或者至少是他默许和授权的。他在这些目光注视之下脸色惨白、浑身颤抖。你能够看出，他已经听说了很多在他的病房里所发生的事情，但是大护士又向他重述了一遍，用一种缓慢而高亢的声音，以便我们也能听到。这一次她要大家用一种恰当的方式来聆听，严肃地聆听，在她说话的时候没有窃窃私语或者咯咯乱笑。医生不停地点头，手里摆弄着他的眼镜，他的眼睛眨得如此厉害，我都觉得他的泪水会溅湿大护士。最后她告诉他在我们的引导下比利·彼比特这个可怜的男孩所经历的悲惨遭遇。

"我让他留在你的办公室里。从他目前的状况来判断，我建议你立即去见他。他已经经历了可怕的折磨。当我想到这个可怜的男孩可能遭受到的伤害时，我就觉得不寒而栗。"

她在等着医生也同样的不寒而栗。

"我想你应该去看看你是否能跟他谈谈。他需要很多的同情。他正处在一种令人同情的境况中。"

医生又点了点头，朝着他的办公室走去。我们注视着他离开。

"麦克，"斯甘隆说，"听我说——你不会认为我们会相信这种骗人的鬼话吧？事情是很糟糕，但是我们知道该怪谁——我们没有责备你。"

"是的，"我说，"我们没有一个人在责备你。"话音刚落我就看到了他看我的那个样子，让我后悔得想把舌头连根拔起。

他闭上了眼睛，看上去像是在等待什么。哈丁站起来走到他的身边，刚要开口说话，医生的尖叫声突然从大厅那头传过来，把众人的恐惧变成现实砸到了每个人的脸上。

"护士！"他狂吼，"我的上帝啊，护士！"

她立即跑向大厅另一头医生仍然站着狂喊不已的地方，三个黑男孩也一块跑了过去，但是没有一个病人起身。我们知道我们什么也做不了，除了老老实实坐在那里，等着她回到休息室来告诉我们其实大家都已经知道的注定会发生的事。

她径直走到麦克墨菲的面前。

"他割了自己的喉咙，"她说，她等待着，希望他能够说点什么，但他没有抬头看她，"他打开了医生的抽屉，找到某个工具割开了自己的喉咙。这个被误解了的痛苦不堪的可怜男孩自杀了。他现在就在那里，坐在医生的椅子上，喉咙被割开了。"

她又等待着，但是他仍然没有抬头。

"先是查尔斯·契思威克，然后现在是威廉姆·彼比特！我希望你终于满意了，拿人的生命当儿戏，用人的生命来赌博——就像你自己是上帝一样！"

她转身走进护士站，把身后的门关上了，而她凄厉的、冰冷得足以杀死人的声音仍旧回荡在我们头顶上的灯管里。

首先我飞快地想到要制止他，要说服他接受他已经赢得的东西，让她在最后一个回合占个上风，但是另一个更大的想法把第一个想法完全扫荡出去了。我突然以一种清澈见底的确定性认识到，无论是我还是其他将近四十人中的任何一个都无法阻止他。无论是哈丁的辩论，还是我的武力，或者是老曼特森上校的教导、斯甘隆的抱怨，又或者把我们所有的人都动员起来，也无法阻止他。

我们无法阻止他，因为我们就是让他做这件事的人。并不是大护士促使他这么做的，是我们的需要促使他慢慢地把自己从座位上推起来。他的大手往皮椅子的扶手上一按，他把自己的身体往上一推，就像电影里那种还魂的尸体般站起身来，遵从身后四十个主人的命令。是我们让他一直坚持了几个星期，迫使他在手脚已经精疲力竭之后仍然长时间站着，迫使他在他的幽默已经在两个电极管之间被烧焦之后仍然又是眨眼、又是咧嘴、又是嬉笑地继续着他的表演。

我们迫使他站起身，往上提一提他的黑色短裤，就好像它们是骑马的皮套裤，然后用一根手指往后推一推他的帽子，就好像它是一顶十加仑重的牛仔宽边帽。他的动作缓慢而机械——当他从你身边走过的时候，你似乎看到了他鞋后跟的铁掌在地板上磨出了星星点点的火花。

在他砸碎玻璃门闯了进去以后，她的脸猛地转了过来，脸上的恐惧永远地破坏了她之后可能试图使用的任何表情。当他抓住她，把她的制服从前面一撕到底的时候，她发出了尖叫声；当她那对在灯光下呈现出温暖的粉红色的大圆乳房暴露出来，而且似乎膨胀得越来越大，比任何人曾想象过的都要大的时候，她又一次发出了尖叫声。在医院工作人员意识到了三个黑男孩只会袖手旁观，而他们不得不在没有他们帮助的情况下把麦克墨菲制伏时，医生、检查员和护士们一拥而上，奋力把那些如同长在大护士颈骨里的红手指从她雪白的皮肉上掰开，猛吸着气拼命将麦克墨菲从大护士的身边拖走。只有在这最后的一刻，他才显示出了一点迹象，表明他也许并不完全是一个清醒、固执、顽强的男人，只是正在执行一桩无论喜欢与否最终不得不执行的艰难任务。

他大声吼叫，最后终于向后倒了下去，他的脸上下颠倒地在我们面前闪现了一秒，然后就被一堆白色制服淹没在地板上，他让自己放声哭号。

那是一种困兽发出的恐惧、憎恨、屈服和抗争并存的叫声，如果你曾经追逐过浣熊、美洲狮或猞猁，你会明白那是被追赶上了的、中了枪的动物倒下并被猎狗撕咬的那一刻发出的声音，那一刻除了他自己和临近的死亡以外，他对其他任何东西都不再关心了。

我多待了一两个星期，想要看看接下来会发生什么事情。一切都在改变。赛弗林和弗雷德里克森无视医生的反对同时出了院。两天以后另外三个急性病人也离开了，另外六个病人转到了另一个病房。对于病房里的聚会和比利的死亡有很多调查活动，并且医生接到通知说他的辞职信将会被接受，而医生反击说如果他们想要把他赶走要费更多的周折。

大护士在医院住了一个星期，所以有那么一小阵子，从心理失常者病房来的那个矮小的日本护士暂时代管我们的病房，这给了大家一个改变病房规定的机会。等到大护士回来的时候，哈丁甚至已经让浴盆间重新开放，自己在那里主持起了二十一点纸牌游戏，试图让他做作的、轻薄的声音听上去像麦克墨菲那拍卖人般的咆哮。他正在主持二十一点纸牌游戏的时候听到了她的钥匙开门的声音。

我们都离开浴盆间到大厅里去迎她，向她询问麦克墨菲的情况。当我们靠近的时候她往后跳了两步，有一刻我以为她可能会转身逃跑。她的脸青紫肿胀，一边变了形，一只眼睛也完全闭着，一圈厚厚的绷带缠在喉咙处，身上穿了一件新的白色制服。一些人对着她的制服呵呵笑着，这制服比她的旧制服更小更紧而且上了更多的浆，再也无法掩藏她是女人这个事实。

哈丁面带微笑凑了上去，问她麦克怎么样了。

她从她的制服口袋里掏出一个小本子和一支铅笔写下几个字，"他会回来的。"然后把小本子递给大家传阅。纸张在她的手里颤抖着。"你确定吗？"哈丁读了以后想要确切的答案。我们听说了各种各样的事情，有的说他放倒了心理失常者病房的两个看护拿了他们的钥匙逃跑了，有的说他已经被送回劳改农场了——甚至有的说在他们找到新医生之前，代为管理的大护士正在给他进行特殊治疗。

"你非常确定吗？"哈丁重复。

大护士又拿出了她的小本子，她的关节非常僵硬，比之前任何时候都要惨白的手在小本子上掠过，就像是小巷子里收一个便士就可以给人刮出运程的吉卜赛人。"是的，哈丁先生，"她写道，"如果我不确定的话，我不会这么说的。他将会回来。"

哈丁读完纸上的字，然后把那张纸撕碎了，将碎片扔向她。她哆嗦了一下，本能地举起一只手来保护她青肿的半边脸。"女士，我认为你简直就是满嘴喷粪。"哈丁对她说。她盯着他，拿着小本子的那只手踌躇了一会儿，之后她转身走进了护士站，一边把小本子和铅笔塞回到了她的制服口袋里。

"哼，"哈丁说，"也许我们的谈话会显得缺乏连续性。但是，如果你被告知你是满嘴喷粪时，你能够用什么样的书写内容来反驳呢？"

她试图让她的病房恢复旧日的秩序，但是这做起来很困难，麦克墨菲的灵魂仍然在大厅里噔噔地跑来跑去，仍然在会议上放声大笑，或者在厕所里引吭高歌。她再也无法以旧日的权威来统治，至少无法通过在纸上写字来统治。在哈丁被他老婆接走，紧接着乔治转到了另外一个病房之后，我们当初的钓鱼组合就只剩下了马蒂尼、斯甘隆和我。

我还不想马上离开，因为她似乎确信自己在等待着又一个回合的斗争，如果这个回合真的发生的话，我希望自己在现场。有一天早晨，在麦克墨菲离开三个星期以后，她实施了最后的表演。

病房的门打开了，黑男孩们把一个担架推了进来，底部有一张纸片，上面用粗粗的黑色字母写着"麦克墨菲·兰道，手术后"。下面是墨水字：额叶切除术。

他们把担架推进休息室，让它靠墙紧挨着"植物人"的行列。我们站在担架的后面，读着下面挂着的纸片，然后抬头看看担架另一头陷在枕头里的脑袋。一团红色的头发盖着脸，脸上除了眼睛周围青紫肿胀以外，别的部位都呈现乳白色。

在沉寂了一会儿后，斯甘隆转身往地上啐了一口："啊哈哈哈，这个老母狗到底想要用什么把戏来骗我们？看在上帝的分上，那根本不是他。"

"一点也不像他。"马蒂尼说。

"她觉得我们很愚蠢吗？"

"啊哈，但是他们的工作做得还是比较到位的，"马蒂尼说，沿着那个脑袋周围移动着，一边说一边比画，"看看，他们伪造了这个破损的鼻子，还有那个疯狂的伤疤——甚至鬓角也很像。"

"的确，"斯甘隆咆哮道，"但是该死！"

我推开其他的病人站到了马蒂尼的身边。"的确，他们能够伪造伤疤或者破损的鼻子之类的东西，"我说，"但是他们无法伪造出那种神情。这张脸空洞无物，就像店里的人体模型，是不是啊，斯甘隆？"

斯甘隆又往地上吐了一口口水："该死，没错的。这整个东西空空如也，你知道的，任何人都可以看出这一点。"

"看看这里，"一个病人掀起被单往下瞄了一眼说，"文身。"

"的确，"我说，"他们也可以伪造文身，但是胳膊呢，嗯哼？胳膊呢？他们无法伪造胳膊，他的胳膊是很粗壮的！"

那个下午剩下来的时间里，斯甘隆、马蒂尼和我一直在不停地奚落那个被斯甘隆称为杂耍表演中廉价替身的躺在那里的人，但是当时间一点点过去，那人眼睛周围的肿块逐渐减退时，我看到越来越多的人走过去观察他。我注意到他们故意表现得好像他们是要走向报栏或者饮水机，然后趁机瞄一眼那张脸。我注视着，努力想知道他会采取什么行动。我只确信一件事情：他绝不会把这样一具标着他的名字的躯壳留在休息室里二十年或者三十年，让大护士用它作为一个例子来杀鸡儆猴，恐吓大家说如果你反抗这个制度，你会有什么样的结果。我对这一点确信无疑。

那一夜我一直等待着，直到宿舍里的声音告诉我每个人都已经睡着了，直到黑男孩们查房完毕。然后我在枕头上翻一翻身，以便我能够看到旁边的那张床。自从他们把盖尼式轮床推进来，将担架放在那张床上以来，好几个小时我一直在倾听着旁边发出的呼吸声，倾听着他的肺部挣扎着，几乎停止了跳动，然后又重新开始呼吸起来，当我倾听着的时候，我希望他的肺部永远地停止呼吸——但是那会儿我一直没有翻身察看。

　　窗前有一弯冷月，把月光像脱脂乳似的洒进宿舍里。我在床上坐起来，我的影子穿过了旁边那具躯壳，就好像把它从屁股和肩膀的正中央一劈两半，只在中间留下一个黑色的空间。眼睛周围的肿块已经消得差不多了，于是那双眼睛得以睁了开来。它们直愣愣地盯着满屋的月光，睁得大大的，目光里无梦无幻，一眨不眨，几乎跟玻璃球没有什么两样，更像是保险丝盒里被弄脏的保险丝。我开始移动，拿起了枕头，那双眼睛盯着我的动静，跟随着我移动的身影，而我站了起来，走完两张床之间几英尺的距离。

　　那个巨大、坚硬的身体对于生存有着强烈的渴望，它斗争了很长的时间，竭力反抗我将生命从它身上夺走，那身体拼命地挣扎、使劲地扑腾，以至于我不得不把整个身体压在它的上面，用自己的腿分开那两条四处乱踢的腿，同时把枕头用力往那张脸上压去。我似乎在那身体上面躺了漫长的好几天，渐渐它的扑腾停止了，最后它安静了一会儿，猛地抖动了一下，然后完全静止不动了。接着我翻身下床拿开了枕头，在月光下我看到那张脸丝毫没有改变之前那种空洞的、到了尽头似的表情，即便在被压迫窒息了之后。我用大拇指把他的眼皮完全合上了，然后躺回到了我的床上。

我在床上躺了一会儿，举着被子盖住自己的脸，心里觉得自己把一切做得悄无声息，但是斯甘隆从他的床上发出的咝咝声让我意识到，我做得还不够隐蔽。

"放松点，酋长，"他说，"放松点，没事的。"

"闭嘴，"我低声呵斥，"睡觉。"

周围安静了一会儿，然后我听到他又发出了咝咝声，并且问我："完成了吗？"

我告诉他，是的。

"上帝，"然后他说，"她会知道的，你清楚这点，对吗？没错，没有人能够证明任何东西——任何人都可能像他那样在手术后猝死，这经常发生——但是她，她一定会知道的。"

我没有说什么。

"如果我是你的话，酋长，我会马上夹着尾巴逃离这里。是的，我告诉你，你离开这里，在你离开以后我会说我看到他起来四处乱动，用这种方式掩护你，那是最好的办法，你不觉得吗？"

"哦，是嘛，就那么简单吗？就是要求他们打开门锁让我出去那么简单吗？"

"不是。他教过你一次如何逃走，如果你回想一下应该能记起来，第一个星期，你记得吗？"

我没有回答他，而他也没有再说什么，宿舍里又变得安静了。我躺了几分钟，然后起身穿上衣服。穿好衣服之后，我伸手到麦克墨菲的床头柜里拿出他的那顶帽子，往自己头上戴，但帽子太小了，而我突然因为试图戴它而感到羞愧。当我走出宿舍的时候，我顺手把那顶帽子扔在了斯甘隆的床上，他对我说："放松点，伙计。"

月亮穿过浴盆间的窗户照进来，映照出控制仪表板隆起的、沉重的轮廓，镀上一层清辉的铬合金装置和玻璃喷头显得如此冰冷，我几乎可以听到控制仪表板咔嗒一声开始发威。我深深地吸了一口气，弯下腰抓住控制杆，两腿一用力，感觉到了脚下的重量和压力。我两腿又一用力，身体奋力一举，听到了金属线和连接处脱离地面所发出的声响。我步履蹒跚地把它举到我的膝盖附近，刚好一只胳膊绕过它，另一只手托在下面。贴着我脖子和脑袋的铬合金异常冰冷。我背对着纱窗，然后猛一转身，让那股动力带着控制仪表板飞出，穿过了纱窗和玻璃窗，同时发出一阵碎裂的声响。玻璃在月光下四处飞溅，就像一股明亮的冷水在为沉睡的地球进行洗礼似的。我气喘吁吁的，有那么一秒想回去叫上斯甘隆和其他的一些人，但是那一刻我听到大厅里响起了飞奔而来的黑男孩们的鞋子发出的咯吱声，于是我一只手抓住窗台，弓身一跳，越过了窗外的控制仪表板，跃入了月光里。

我穿过草地，朝着那只狗冲着高速公路而去的那个方向飞奔。我记得当我跑的时候，我的步子大得不可思议，似乎一只脚迈出以后，我要在空中飘浮很久，另一只脚才会着地。我感觉自己好像在飞翔。我知道没有人会费力来追赶一个从医院里逃出去的病人，而且斯甘隆能够应对有关那个死人的问题——

没有必要这样没命地跑，但是我无法停下来，我一直跑了很多英里以后才放慢脚步，沿着路基走上了高速公路。

我搭了一个人的车，一个墨西哥人，他正驾驶着一辆装满了绵羊的卡车往北开。我给他编了一个听上去很真实的故事，说自己是联合会试图锁到疯人院去的印第安人职业摔跤手，他很爽快地停下车让我搭载，还给了我一件皮夹克来盖住我的绿色病号服，并且借给了我十美元让我在沿途搭车去加拿大的路上可以有钱吃饭。在他驶离前我让他写下了他的地址，我告诉他只要有点着落，我就会马上把钱寄还给他的。

我最终也许会去加拿大，但是我觉得旅途中我会在哥伦比亚停留。我想在波特兰、胡德河沿岸和达尔斯转一转，看看那里还有没有我过去在村庄认识的、至今还没把自己喝成傻子的故人。我想要看看，从政府试图出钱买断他们作为印第安人的权利到现在，他们都在干些什么。我甚至还听说有些部落开始在那座价值百万的水电大坝四周建造古老的摇摇欲坠的木架子，在溢洪口处用叉子抓鲑鱼。我愿意付出点代价看看那种情形。最重要的是，我想要再看看峡谷四周的乡村，只为了让有关乡村的一些记忆重新变得清晰起来。

我已经离开得太久了。

肯·克西

（Ken Kesey）

　　美国著名作家。生于1935年，2001年因肝癌逝世。1959年在斯坦福大学攻读写作学位期间，他自愿参加了政府在一所医院进行的药品实验项目，并在1962年基于这一体验出版了长篇小说《飞越疯人院》，从而一举成名。他被称为嬉皮时代的催生者和见证人，一位严肃的小说家，可以同菲利普·罗斯和约瑟夫·海勒相提并论。他还在好莱坞影片中出演过次要角色。1990年任教于俄勒冈大学，直至去世。正如1997年"垮掉的一代"宗师金斯堡的离世，肯·克西的去世所留下的空白同样无人可以填补。

　　本书插图均为肯·克西所画。